山根

下 春来

胡说 —— 著

shangen

重庆出版集团 重庆出版社

山根

目录 Contents

第12章 / 背叛 / 001

第13章 / 创业 / 030

第14章 / 父亲 / 069

第15章 / 婚姻 / 093

第16章 / 生活 / 146

第17章 / 小军 / 191

第18章 / 绿水青山 / 240

第12章
/ 背叛 /

1

"你能不能不要来找我？我工作很忙！"王永华说着就把春霞往旁边推。

而春霞则死死地拉着王永华的衣袖："我不是想来找你麻烦的，我只是担心你，所以来看看你，你不辞而别……"

听到春霞那带着哭腔的语气，杨小兵心里说不出的难受，要知道春霞在他的心中是一个既坚强又自信的女孩，她怎么可能对一个男人如此卑微乞求？

"我不是早跟你说过了吗？我要来公司这边住！"

春霞听到王永华那决绝的语气，情绪早就已经失去控制，一种强烈的失落感死死地霸占着她的内心，她能做的只有更加卑微地乞求："永华，你住在公司不方便，没有人给你做饭，也没有人给你洗衣服……"

"你真的不用为我做那些……"

"难道我为你做的那些你都不感动吗？是因为你觉得我跟杨大哥有什么吗？你不是已经原谅我了吗？我不是也跟你说过我们什么都没发生过吗？永华，永华！"春霞想到什么就说什么，只要是一切能挽回王永华的话她都说。

因为是中午，研究所门口来来往往的同事越来越多，王永华回头机警地看了眼身后，无奈地说道："算我求你了！你回去吧！"

春霞觉得身体里的力气都被抽空了，她拉着王永华的衣袖怎么都不肯放开。王永华却将她的手一扯，春霞只感到一阵钻心的痛，原来是指甲刮到了王永华的衣服，从中间断开来，鲜血渗了出来。

杨小兵本来不想参与两个人的对话，但是看到这一幕他实在忍不下去了！

"你给我过来！"杨小兵一把扯住了王永华的衣领，连拖带拽地把王永华拉到了研究所侧面的大墙后面，直接就用胳膊肘把王永华抵在了墙上。

"你要动手？"王永华也不客气。

杨小兵没说话，只是死死地盯着王永华，接着一把就把王永华放了下来："我只是让你好好跟春霞说话！"

王永华看着杨小兵冷笑了一声："还是你向着春霞呀！她是我女朋友，反倒天天去你那里，现在还让你给她撑腰！你们关系果然不一般啊！"

"我杨小兵行得正坐得端，我对春霞没做过半点越界之事！"杨小兵的话字字干脆，这股气魄倒是让王永华的气焰灭了几分。

"既然是这样的话，我跟春霞说话你就不要来掺和！"

王永华说着来到了春霞面前："春霞，我这个人有些大男子主义，对于那几天发生的事我无论如何都不会原谅你！"

春霞百思不得其解："你原来不是这样的人啊！你那么温和……"

"可是你伤了我的心，我实在不能原谅你，我看咱俩之间就不要再勉强了！"

春霞当下死死地捂着自己的心口，她感到心脏有一种如同碎了一般的疼痛。杨小兵看不下去再一次把王永华按在墙上："你是个男人吗？就这些小事儿至于让你和春霞分手吗？你怎么这么小心眼儿啊？"

"你要动手吗？"王永华有些鄙夷地看着杨小兵："动手能解决什么问题呢？大家都是受过教育的人，请你的行为文明一点！"

杨小兵看着王永华眼中那股不可一世的劲儿，更觉得血管中流淌着一股热血："你有文化，但是我没有文化，我今天就要揍你！"

杨小兵说着就举起了拳头，春霞却冲上去死死地抱住了杨小兵的拳头："杨大哥！不要！"

在一瞬间，杨小兵看到春霞那双哭红了的双眼，竟有一种恨铁不成钢的感觉："春霞呀！就这么一个男人你有什么值得为他哭的！"

春霞在原地蹲了下去双手抱着头："我也不知道，可是我真的好爱好爱他。永华，我不是也跟你说过吗？我会对你更好，只要你回到我身边……"

在这一刻，王永华的心也如同刀绞一般，但是他面对着春霞，又不得不露出另一副冷酷的面孔来。

这一切的一切都是被逼无奈。

"你看春霞都成这样了,你就不能像个男人一样负起你的责任吗?"杨小兵的眼睛也红了,他不知道自己是因为生气还是因为心疼。

"你不要管我跟春霞的事!还有春霞,我希望你能懂事一点,我现在的工作很忙,留在公司要比住在你那里好!"

王永华也看不得春霞那悲痛欲绝的模样,干脆别过了脸。杨小兵咬了咬下嘴唇,指着王永华说道:"王永华,你还记不记得你曾经用过春霞的钱?你知不知道春霞多省吃俭用?就是为了能给你买件好衣服穿!能让你每天不至于在学校忍饥挨饿!"

当杨小兵说到这里的时候,王永华也觉得鼻子一酸,却冷冷地扔下了一句:"春霞,你给过我的每一分钱我都记得清清楚楚,等我攒够了钱,还给你!"

春霞几乎不认识王永华了,她摇着头问道:"之前我要你还吗?我要你还的是钱吗?"

春霞让王永华还的是这一份感情,可王永华什么都拿不出来,而这样快速的转变也几乎将春霞整个人的身心都击倒。

"我会尽快还你钱!"王永华说着又看了一眼时间,"我实验室里的实验还在进行,我回去了。"

王永华走了,春霞想上去拦住他,却被杨小兵一把抓住了:"春霞呀!"

王永华走到一半回头看了看,对杨小兵说道:"其实我一直觉得你们两个也挺般配的,希望你照顾好春霞!"

任春霞在后面怎么哭怎么喊,王永华再也没有回过头一下。

杨小兵任由春霞在他的怀中哭了很久,等到春霞的情绪平复了几分,才道:"走吧,回我店里去。"

春霞站起来这才发现自己的腿都麻了:"杨大哥你等我一会儿……"

但是还没等春霞的话说完,杨小兵就已经把她背在了背上。

2

一路背着春霞,一路说着宽慰的话,杨小兵就这么带着春霞回到了店里。

春霞仍旧抽泣着,杨小兵将一团纸巾塞到了她的手中:"哭出来会好一些吧?"

"都怪我,你半天没开业……"春霞心中愧疚,"还把我背回来。"

杨小兵拍了拍自己坚实的大腿:"我有的是力气呢!再说耽误这半天也少不了几个钱,春霞呀,你有没有什么想吃的?饿了吧?你洗把脸,我带你去吃饭!"

杨小兵故作轻松,可是春霞的心情却是真的沉重,她哪里还有吃饭的心情。

"我什么都不想吃……"

杨小兵板起脸:"为了一个男人至于吗?春霞,你可真没出息!竟然连饭都不吃了？"

本来就委屈的春霞听到杨小兵这么说，一下子又哭了。

"好了好了我不该说你，只是你不吃饭我心疼！"杨小兵一边说着一边拍着春霞的肩膀，一下一下，又轻又柔。

"我该怎么办？杨大哥你说我该怎么办？他不要我了！你说当初我是不是不应该来你的店里帮忙？我应该怎么让他相信我？"

看着这个在爱情中盲目的女孩，杨小兵不知该怎么开口，其实作为一个男人他最了解的就是男人，王永华如此决绝地分手，想必是有其他原因。

"我想这个误会可能真的给永华带来了挺大的伤害，不过，或许你冷静一阵子，你们又能重修旧好呢？"杨小兵不敢再刺激春霞，只好这么说。

"是真的吗？他会回来吗？"

杨小兵觉得很为难，但还是说道："会呀！他会回来的！"

春霞听到这里心里才稍稍宽慰了一些。杨小兵去外面买了包子跟豆浆，看着春霞吃下去，他才放下心来开始忙起了店里的生意。

杨小兵告诉春霞，男人是需要冷静期的，春霞便乖乖听话不再去找王永华，按部就班地生活，可是一看到家里王永华曾经留在这里的种种痕迹，春霞的心就如同是被撕碎了一样地疼，她呆呆地望着天花板上的灯，有的时候一整晚都无法入眠。

由于精神上的折磨，春霞终于体力不支地病倒了，她请了假打算在家里好好睡上三天。

王永华的机电研究所正在搞党员活动，他翻遍了行李也找不到自己的党员证，这时才想起来也许是之前放在春霞家的书架上了。

为了避免和春霞见面，王永华决定白天到春霞家去取。

可是一打开房门，便感到房间中有一股闷热的气息，再走进去才听到春霞重重的咳嗽声，一声又一声，让王永华的心一抽一抽地疼。

春霞听到响动连忙起身，看到是王永华，想也没想就翻身下床，可是她发着烧，浑身软得就像是一块棉花，整个人直接晕倒在地上。

看到这里，王永华没办法坐视不管，他把春霞抱起来，发现春霞身上滚烫，马上洗了凉毛巾给春霞擦脸，又飞快地跑了出去。

几分钟之后，王永华带着从楼下药店买来的退烧药和感冒药来到了春霞的床边。

春霞半睡半醒着，却能感觉到王永华在身边那种强烈的气息，她一边哭着一边问道："是你吗，永华？你回来了对不对？你原谅我了对不对？你冷静够了吗？"

听着春霞口中喃喃的话语，王永华给不出回答，他倒了水端过来，扶着春霞坐了起来，在她的耳边轻声地说道："春霞，吃药，来，张嘴！"

春霞却无论如何都哭喊着不肯吃药,她一定要问王永华是不是打算回来了,王永华看到她这样也不忍心,便只好说回来了。

春霞这才乖乖地张开嘴,王永华把药片放入她的口中,又小心翼翼地喂她喝了水,好好地给她拍背,如此一番温柔而细致的照顾让春霞终于有了短暂的安宁。她虽然在病中浑身都疼得厉害,可是有王永华在身边,这一切都是幸福的。

王永华的研究所下午还有一个会议,他本来打算走,但是春霞又实在烫得厉害,无奈之下他只好留下来陪春霞,一直到了晚上。

落日的余晖洒到窗户中,春霞的烧退了,她缓缓地睁开眼睛,模糊中看到了王永华。

"永华,永华,永华……"春霞不断地喊着王永华的名字,一声比一声心碎。

"我不是在这儿吗?"王永华看着春霞那张憔悴的脸,心中也没好过到哪里去:"春霞,你病得好重,现在好些了吗?"

"好了,永华,只要有你的陪伴我就好了……"

看着春霞那双渴望的眼睛,王永华就算是铁石心肠也没办法踏出这家门,便只好暂时留在了春霞的家中。

他给春霞做了些粥,两个人就着咸菜吃了晚饭,到了晚上春霞又有些发烧,她浑身发冷,王永华不得不抱着她让她取暖,那身体传来的阵阵滚烫的颤抖,也烫着王永华的心。

"永华,你知不知道?我这些年过得有多苦呀!我每天都在想我的母亲,每天都要想尽办法赚钱去维持我父亲和小军的生计,我觉得好累好累,但你知道吗?每次一想到你我就不累了,你真的是我撑下去的全部动力了!我这一辈子活到现在,你是唯一降临在我身上的好运,我真的舍不得你……"

借着外面月光的波澜,王永华吸了吸鼻子,他又怎能不心疼怀中这个苦命的女孩。

她把所有的脆弱都展现在了他的面前,更是把那颗强烈的渴求真爱的心,完完全全地交给了他!

"你答应我?不要再离开我了,好吗?"

王永华不知该说些什么,只好点了点头。春霞这才安心地睡去。

3

王永华的味道让春霞感到前所未有地安心,春霞枕着王永华的胳膊,听着王永华那一声声真实的心跳,仿佛幸福又回到她的体内,竟让所有的病痛都不翼而飞。

从小受苦的孩子,并不需要很多很多的爱去调和感化,只需要一点点,便觉得足够甜蜜。

然而，当春霞再次醒来的时候，王永华已经不在了。

春霞挣扎着起来看了一下时间，早上五点半，还没到上班的时间，王永华去哪里了？难不成去买早餐了？

顾不上浑身无力，春霞爬起来左等右等，却不见王永华的身影，她才明白原来昨天晚上的那一切都是谎言。

春霞抱着被子，一个人坐在地上哭着，可是哭久了眼泪也哭干了。她茫然地看着四周那凝固了的空气，不知该做些什么，整颗心都被王永华抽走了。

中午，春霞再一次来到了王永华的单位门口，她不知道自己为什么会出现在这里，只是脚不听话带着她的身体来到了这里。

就这样等了好久好久，春霞终于看到了那个熟悉的身影，可是那个身影旁边却站着一个女人！

一时间春霞的身体僵硬了一下，她终于明白为什么王永华会义无反顾地抛弃她！

春霞恨不得上去直接将两个人拉开，然后质问王永华，却怎么都没勇气，只好一个人躲在角落静静地看着他们。

王永华的手时不时地放在女孩的脸上摩挲几下，女孩则伸手要去摸王永华的头发，王永华便弯下腰让她去抚摸，乖得像是一条可爱的狗狗。

看到这个场景，春霞再也没有勇气走上去了，因为王永华从来没有在她的面前这样做过。

终于，春霞实在无法承受这样的心理打击，加上身体的病，整个人直接倒了下去。

听着那扑通一声，王永华直接冲了上去，身旁的女生也一起跟了过来，来到春霞面前，王永华愣住了。

他想要蹲下来马上抱起春霞去医院，可是又想想身边的女人，只好假装说道："小琴，你先回单位去吧，我把她送到医院去！"

女生看了看王永华："你一个人行吗？要不然我开车送她去医院吧！"

王永华知道，如果春霞中途醒了的话，看到自己和别人在一起亲密的场景，恐怕会崩溃。

"不用了！都是小事我来处理就好，下午你不是还要跟你爸爸一起去参加一个讲座吗？不耽误你的时间了！"

"好吧，永华，你见义勇为真让人崇拜！"

看着女生眼中射出那亮闪闪的光芒，王永华却显得格外低调，他抱起春霞往外跑，好在这附近有一家医院，当王永华抱着春霞跑去的时候，春霞已经在朦胧之中清醒了过来。

王永华的眼泪热辣辣地滴在她的脸上,她却不敢睁开眼睛,她更不敢想象刚刚王永华和那个女生打情骂俏的样子。

医生为春霞做了简单的治疗之后,春霞清醒了过来,王永华陪在她的身边。

春霞抬头看了一眼悬在自己头顶的玻璃瓶,把头别向了窗外,迟迟不敢看王永华。王永华想对春霞说些什么,春霞却只是冷冷的,如同魂魄也被抽干净了一般。

"春霞,你病得这么重就不要再出来闹了好不好?我走了……"王永华说道,毕竟他晚上已经约了小琴一起去吃饭。

见王永华真的要走,春霞这才急匆匆地回过头一把扯住了王永华,也不管手上的针,她几乎是拼尽了全身的力气拉住了王永华。

"永华,昨天晚上你不是说你会留下来吗?你都答应我了呀!"

王永华沉默了一阵子:"春霞,那是我为了让你吃药才哄着你的,我不是真的心疼你,你还是清醒一点好!"

春霞不知道自己还要被反反复复伤害多少次,她听着这句话觉得浑身发凉:"是因为你已经有了别的女人吗?"

王永华埋下头不置可否,春霞继续说道:"我已经看到了,你们那么要好,比我跟你还要好!"

王永华知道既然纸包不住火,干脆就一五一十把自己这段时间的经历全都告诉了春霞。

"她叫蔡小琴,你知道她是谁吗?"

"我不想管别人,我什么都不知道!我只求你不要离开我,我相信你只不过是一时的冲动罢了,你忘了咱们同甘共苦的日子了吗?"春霞虚弱地说道,可语气中还带着一股浓浓的执拗劲儿。

王永华继续叹息,他心里也充满了愧疚与羞耻,但还是坚持把他和蔡小琴的事讲完了。

王永华每次说到蔡小琴,春霞的心都如同被雷击一般,但是她还是乖乖地听着。

"那我就告诉你她是谁!她是我们研究所所长的女儿,她很有钱,家里更有钱!所以,我没有别的办法,刚好她喜欢我……"

"就是因为钱吗?"

王永华捏着拳头沉思了好一会儿,这才突然爆发一般地说道:"在这世界上活着哪个人不为钱!不为钱恐怕连活下去的机会都没有!春霞,我对不起你,我真的对不起你!"

"我不是说过吗?钱我们可以一起赚,我每个月赚那么多呢,难道不够咱们生活吗?"

王永华依旧是冷笑:"这不是你那一点点钱能解决的事!几百块钱又算得了什么!能把我的父母哥嫂孩子都接来吗?"

"永华,你不是这样的人!"

王永华反倒显得很平静:"我也是被逼得走投无路,我真的不是有意要牺牲你。嗯,你说的一点都不假,可是现在摆在这里的是现实,我根本就没有能力扛得起这座大山啊!蔡小琴说过,一旦我跟她结婚,他们家已经准备了婚房,随时随地可以住进去,春霞,我求求你理解我。"

"理解"二字在春霞的头脑中盘旋着,她回过头来问道:"你是让我理解你,然后主动放弃是吗?"

4

钱,很重要。

春霞比谁都理解王永华的意思,因为钱她也缺过,因为钱她连书都没得念!

可是,若是让她在爱情和金钱之间选择的话,她会毫不犹豫地选择爱情。

可男人的思维终究和女人不一样,春霞看着王永华脸上那冷冰冰的理性,身上虽然在发着热,心里却渗着冰一般的凉意。

"钱真的有那么重要吗,对于你来说?"春霞的眼睛模糊了,真恨不得自己手中能变出钱来,"我也可以赚得多一点啊?苦一点累一点我都不怕……"

王永华却摇了摇头:"你能赚得了多少呢?也不过是个女孩子罢了。"

春霞哑口无言,这时护士来给别的病人换药,王永华来到春霞的床边:"把你传呼机给我!"

春霞没动,王永华就自己从她的外套里把传呼机拿了出来:"我工作上有些事,你借我一下。"

"王永华,你再考虑考虑好不好?不要离开我好不好?"

护士看到春霞哭得厉害,过来安抚了几句:"小姑娘,都生病了不要再这么情绪激动!"

春霞点了点头,王永华把传呼机扔回到她面前。

"永华,其实凭我们两个奋斗,也不一定……"

王永华坐在床边没说话,春霞却句句紧逼:"也许,也能挣来我们想要的生活呢?"

"你知道我想要的生活是什么吗?"

春霞摇了摇头。

"我不想吃苦，我也讨厌等待，你可以趁着今天看清我这个人的真面目，不过就是一个好吃懒做的人！"

王永华越说情绪越激动，他似乎急于向春霞证明自己本就是一个普通人罢了。

春霞拼命地摇着头："不，你别说了，我知道你只是一时不清醒，对不对？那我给你时间……"

就在这时，门外传来了脚步声，春霞抬起头，发现杨小兵已经站在了门口："你怎么来了？"

杨小兵一面喘着气，一面走到春霞的面前关切地看着她："不是你让我来的吗？你说你生病了！"

春霞摆手："我没有让你来呀！你白天的生意那么忙，我怎么好意思让你一直耽误工作来陪我？"

说着说着春霞明白了，原来是王永华！

王永华略带歉意地看着杨小兵："是我工作太忙，春霞生病了我没时间照顾她。"

杨小兵点点头："知道了。"

他说完便直接拉着王永华来到了病房外面："永华，我真不知道你是怎么想的，你怎么能辜负春霞这么好的姑娘？也许你是一时的糊涂？"

王永华没多做解释，只是说自己研究所里的工作很忙，让杨小兵照顾好春霞，整个人便一溜烟地消失了。

杨小兵回到病房里，看着春霞一脸憔悴，心里也不是滋味："你生病了怎么不主动告诉我？"

春霞呆呆地看着打着吊针的手，杨小兵加重语气："你生病了告诉王永华，你认为他真的会照顾你吗？"

"杨大哥……"春霞含着泪讲完了刚刚发生的事。

"窝囊废罢了！"杨小兵气愤地骂道，"我真不知道这么一个吃软饭的男人，到底有什么值得你流这么多的眼泪！"

春霞咬着嘴唇："我不知道，我不知道我为什么这么爱他……杨大哥你知道吗？他明明都已经跟我说过马上就跟我结婚，可是……你说，是不是我有什么地方做得不够好？"

"你真是脑子不清醒了！他根本就不够爱你呀！"

"可是他对我很好！我们俩在一起的时候，他会夹肉给我吃，会不舍得让我拎重的东西……就连过马路的时候都紧紧地牵着我的手！"

杨小兵看着春霞回忆起桩桩件件的细节，突然想起春霞曾经跟他说起的童年遭遇，那是一个阴暗的冰冷的童年。

"那我对你不够好吗？如果你只要认为一个男人对你好就是爱的话！"

春霞愣着没说话，她已经思考不了太多，头脑中满满的只有王永华这个人。

"难道你不觉得这些对你好都很容易做到吗？甚至就像是吃饭喝水一样简单！"

可春霞并没有经历过那些，她就好像是一个刚刚吃到了糖的孩子，认为全世界最好吃的就是这块糖！

她不知道还有蛋糕、汽水、薯片、饼干等那么多的零食，所以死死地抓着这块糖不肯放手，仿佛丢掉了，就再也尝不到任何甜美了。

西北。

小军所在的高中是整个城里最好的高中。

自然，在这个高中里是卧虎藏龙，有的同学学习很好，有的同学家境很殷实。

一直品学兼优的小军来到这所高中，发现自己平庸得瞬间就被人海吞没了。

他经常会在放学的时候，看到校门外面的车将马路堵得满满的，然后那些穿着校服的同学便会坐到车里……

小军没怎么坐过车，尤其是那种小轿车。他低头看了看自己脚上的那双布板鞋，鞋帮的布料都已经磨花了，露出丝丝纤维。

与同学们巨大的家境差异让小军的心中留下了一道难以跨越的鸿沟，他看着同学们，时常觉得自己仿佛与他们相差甚远。

一开始，小军努力学习，希望用自己的成绩来证明自己的能力，可是他发现有好多同学不用上晚自习，白天上课也没有那么认真，却能考出好成绩。

后来小军才知道，原来那些人也并没有什么特别的秘密武器，只是每天晚上去上补习班罢了。

小军的英语很不好，他经常一个人早上打着手电筒在被窝里背单词，可是仍然收效甚微，这个时候小军想到了补习班。但是补习班一定很贵，小军又把这个念头悄悄地放在了心里。

期末考试的成绩邮回了家里。

老李没文化，但是成绩单还是看得懂的，在这长达好几页的成绩单里，老李整整找了一个下午才找到了小军的名字！

当天老李就在门口竖起了一个棒子，等着小军回家。

5

小军去同村的同学家玩儿了。

回到家刚刚走进院子，便看到老李瞪着眼睛望着他，他心中一惊，便猜想到是成绩发下来了!

"你这个娃,怎么这么不懂事?你知不知道你姐为了供你念书多不容易?我多不容易?"

老李一边恨铁不成钢地说着,一边挥起了手中的大棒子,朝着小军就打了过去。小军下意识地闪躲,却被老李抱住,一只手将小军摁在地上动弹不得,一只手拿起棒子在小军的屁股上狠狠地打去。

要知道小军是一名高中生了,也是一个小大人了,如今被父亲如此责打,只觉得脸上发烫,自尊心受损。

"我让你不好好学习!我让你不好好学习!"

老李越看这孩子便越恨,小军哭喊着说:"你怎么知道我没好好学习?"

"还问我怎么知道?你自己看看你的成绩单!"

小军看到了自己的成绩单,考得还可以,只是因为这是整个陇原县的成绩排名,所以他的名字自然不能像初中那时名列前茅!

"这是整个县的成绩单,我的排名肯定没有那么靠前呀!"

可是任由小军怎么解释,老李都不肯相信,他是一个固执的农民,只相信眼见为实,除此之外就都是欺骗!

"你就是不好好学习!还敢找借口!"

小军被打得受不了,他已到了身强力壮的年纪,干脆把父亲手中的大棒子一把扔到一边。老李看到他竟然敢反抗,更加气愤地叫骂了起来。

小军也快气疯了:"是!我是学习不好,那你给我钱去念补习班啊!班上的同学个个都念补习班,只有我没有,我的成绩自然比不上他们呀!"

老李皱了皱眉头:"什么补习班?就是花钱在学校外面上课那个?"

"是啊,我也想去念补习班!"

老李听过"补习班"这个词,村里面有个小姑娘也去念了补习班,据说学费贵得要死。

"你这孩子怎么这么不懂事!你姐在外面赚钱容易吗?你为什么上课的时候不知道好好听讲?非要去念什么补习班?"

"你不知道,念了补习班成绩会提高好多……"

可是老李并没有听小军的话,而是自顾自地说道:"你就是上课的时候没努力,才想去念什么劳什子的补习班。我告诉你,你最好想都别想补习班的事,咱们家也没钱!"

小军气得胸脯起伏:"那你让我怎么办?既要让我考出好成绩,又不让我念补习班!"

"补习班，我告诉你，别想了！"

老李丢下这一句话就进了屋，外面堆了他的一些篾匠活儿，小军死死盯着那堆东西，只恨父亲就是一个既没文化又固执，且什么都不懂的老头子！

同学们的父亲却不一样，有的是在县城里开商店的，有的是在工厂上班的，而自己却偏偏摊上了这么一个老篾匠。

屋子里面父亲责怪小军的声音仍然没有停下，小军忍无可忍，一怒之下干脆离开了家。

可是离开家还能去哪里呢？坐着去往县城的拖拉机，小军漫无目的地看着四周的原野，觉得自己的心也如同被丢在这原野上的一粒沙石，前途渺茫。

在县城，小军买了一张火车票，这几乎花掉了他身上所有的钱，他要去找春霞。

坐了一天一夜的火车，小军没有钱买食物，只靠着火车上的免费热水熬了过来。接热水的时候，他看到有人拿着方便面过来泡，热水倒进碗里，一阵香气扑鼻而来。

那香味勾引着小军的馋虫，让他的胃一阵阵地闹腾，最终他只好捂着肚子回到座位上让自己尽量睡着，睡着了就不饿了。

一觉醒来，火车已经到达了深圳。

如同春霞第一次到深圳，小军走出火车站的那一刻，一股陌生感涌入他的脑海，紧接着全身便被繁华的景象震慑得起了一层鸡皮疙瘩。

原来深圳是一个这么美这么繁华的城市，有好多好多的植物，就连空气都是澄澈的，比起自己的西北老家，这里是那么的湿润温和！

小军的手中握着一张春霞的名片，他照着上面的地址，一路逢人就打听。

炎炎烈日晒得饥饿的小军差点在街边晕倒，他在路边短暂地休息了一会儿，一想到马上就能见到春霞便又有了劲儿，终于在下午，小军来到了春霞之前所在的公司。

"你找春霞？"顾大姐问道。

"是的，她是我姐，在这里上班。"

"孩子，你还不知道吧？春霞已经不在这里上班了，她被调到分公司了！"

"分公司？"小军对此感到很迷茫，好心的顾大姐把分公司的地址写在了纸上，然后递给了小军："你去找她吧！"

小军点了点头，此时他已经感觉不到饿了，只是觉得喉咙、胸腔中都火辣辣的，他向顾大姐讨了杯水，然后朝分公司的方向走。

分公司离这家公司不算近，小军又是好一阵折腾，直到快傍晚的时候，才来到了顾大姐所指的那个地址。

小军来到了春霞工作的柜台前，张望了一会儿却没看到春霞的人影。这时一位女同事问道:"小伙子?你是遇到什么困难了吗?"

小军说明了来意,同事让小军等一会儿,她说春霞生病了没有来上班,但可以用传呼机呼她一下。

春霞在医院挂完水,被杨小兵送回了家,这时突然看到传呼机上的消息,原来小军来了!

杨小兵让春霞留在房间里休息,他去公司把小军接回来。

到了公司,杨小兵看到了坐在那里不知所措的小军,黝黑的脸颊,瘦削的身材。

"小军,我来接你!"

小军的脸上出现了一丝警觉的意味,杨小兵笑道:"我是你姐的朋友,别怕!"

6

往回走的路上,杨小兵问道:"放暑假了吗?"

内向而孤独的少年点点头。

"好好来深圳玩儿一玩儿,放松放松,高中挺累的吧?"

"我不想再回去了,不想念书了!"

小军执拗地说道。

"为什么?"

"念书有什么用?我也念不好!"

杨小兵觉得奇怪,春霞说小军的成绩很不错,便问清了其中的缘由,这才知道原来是小军想念补习班,而家里拿不出钱。

"我是真的受够了那个环境,我不想每天穿着破破烂烂的衣服,成绩也不好,干脆出来打工赚钱吧!"

小军看着街道上那些衣着光鲜的人群,投去羡慕的眼光。

杨小兵叹了口气:"打工有什么好的?还是好好念书,春霞没念大学你知道多遗憾吗?"

小军没有说话,两个人又径直走了一段,小军问道:"你是我姐的朋友吗?"

"是啊!"

"可是,我姐不是已经有男朋友了吗?是王永华!他写信回家说年底就打算结婚了!"小军的言下之意,是想问问杨小兵跟春霞到底是什么关系。

杨小兵眨着眼睛思考了片刻:"小军,一会儿见到你姐,不要提王永华好不好?"

"为什么?"

"你先别问了,你姐姐生着病,你来了就好好照顾她!"

小军点点头,两个人来到了春霞的家里。

春霞要强，知道小军要来，即使生着病也把家里打扫了一番，还去厨房做了两碗面。

杨小兵看到她这样，语气中带着责怪："你都生病了还不知道好好休息。"

春霞笑了笑，仍然掩盖不了脸上的憔悴与悲伤："小军，你来了我能不亲自下厨吗？"

小军早就饿疯了，呼哧呼哧地吃完了整碗面条，杨小兵几乎没动筷子，看小军吃完了就把自己的面条让给他："你饿了就多吃些！"

小军也没客气，三下五除二就又吃完了一碗面条，春霞看到他这样，心疼坏了："你一路上没吃东西吗？怎么会这样？爸没给你钱吗？"

小军摇了摇头，春霞有些担心："到底是怎么回事？你怎么会突然过来找我？"

在春霞的逼问之下，小军才把事情原原本本地说了出来："我挨了爸一顿打，我说可不可以给我念补习班，爸说不行，我实在受不了了！"

春霞叹了口气："我知道你不容易，那我多给你些钱不就成了？你在这边住几天就回家去吧！"

可是小军不这么想，他本来就已经受够了学校的那个环境，他受够了自卑，当他来到深圳之后，才发现深圳这个城市有多么繁华美丽，就更加不想回去了。

与其辛苦念书，还念不出一个成绩来，倒不如早点打工，给春霞减轻些负担。

杨小兵又劝了小军几句，但小军死活都听不进去，无奈春霞只好让杨小兵先离开，再慢慢劝小军。

春霞病好了便回到公司去上班，她看着脚下的路，想起王永华曾经送她上班，心中便觉得绞痛不已，但是来到了工作岗位上，春霞又不得不打起精神。

勉强地做好工作，已经耗尽了春霞的全部心力。下了班，春霞整个人便像是一个泄了气的皮球，那种疲惫和颓废之感写在脸上。

"姐，你到底出了什么事？"小军看出春霞不对劲。

春霞摇头："没事。"

"王永华呢？你不是说他已经来深圳实习工作了吗？怎么没见到他来？"

提到"王永华"这三个字，春霞的心就如同被打了一拳一般，闷闷地疼着。

在小军的逼问之下，春霞不得不把王永华的事情和盘托出。

"什么？那个男人对你做出这种事来！"小军气得用拳头砸着桌子，"姐！他欺负你，那你怎么不告诉我？"

春霞低着头，口中喃喃地说着："他也是没办法，不过，小军，他也没有对我很绝情，我想他只是一时间没有想明白罢了，我想他一定会回来找我的，一定会的！"

此时王永华在宿舍里打开了抽屉,这已经是他第五次打开抽屉了,因为里面是蔡小琴写给他的情书。

他始终不太理解蔡小琴对他的那种热情,因为在老家,女孩子就算有了心上人,也都是腼腆的暗示,而蔡小琴对他却是很激烈地追求。

这封情书不乏赞美之词,让王永华的自尊心和虚荣心得到了极大的满足。他一遍又一遍地看着上面的字,怀疑自己到底有没有蔡小琴说的那样好。

而对于蔡小琴,他不知道自己到底喜不喜欢,因为蔡小琴长得并不算漂亮。

所以有的时候王永华又想起春霞,他的心思在这两个女人的身上来回摇摆,一边是初恋,刻骨铭心爱过的一个农村女孩;一边是研究所所长的女儿,一旦结婚,他的整个人生都会因她而变得轻松顺遂。

理性与感性在王永华的头脑中不断地作着斗争,他想到前段时间春霞为他撕心裂肺的那副模样,无论如何也不忍心。

思虑再三,王永华还是想再去看看春霞。

没想到一开门,里面的人竟然不是春霞,而是小军。

小军听了春霞跟王永华的事本来就憋着一股气想要教训王永华,若不是春霞拦着他,他非要到研究所里好好闹一番不可!

今天他看到王永华送上门来,一拳就打在了王永华的脸上。

"你辜负我姐,你不是人!"

这一拳不轻不重,王永华还承受得了,他心中有愧,便任由小军打了他一顿。

打完了之后,小军看着沉默的王永华问道:"你还打算对我姐负责吗?"

王永华叹了口气:"你还小,有些事情你还不明白。这不是负责不负责的事,现在是一个经济社会,有很多事情是身不由己……"

"那也就是说你要当一个吃软饭的屁蛋包?"

王永华听到这句话,忍无可忍,两个人你一言我一语,越来越激烈,便扭打在一起。

7

小军年轻气盛,下手没轻没重,而王永华就算是生气,但心中本就对春霞愧疚,也因为小军是个孩子,仅仅反击了几下便任由小军打了。

拳头与肉体碰撞,小军越打越起劲儿。

其实小军说的又有什么错呢?王永华忍着脸上与身上的疼痛,可心中比这要痛上千万分,又怎能忍受?

"你以为我想和你姐分手吗?"王永华终于说道,"我也是被逼无奈!你还小,你不知道混这个社会有多难！"

小军哪听得进那些？口中一口一个"厌蛋包吃软饭的"，王永华也在心中接受了这一点，毕竟自己的确是个吃软饭的！

可是这天下哪个男人面对这样的诱惑又能不动心呢？不吃这一口软饭，那恐怕在深圳这个地方连硬饭都没得吃了！

这时春霞下班了。

她在楼下就听到两个人激烈怒骂的声音，匆匆跑上来，看到小军正在对王永华拳打脚踢，她心疼王永华，一把便把王永华抱住了："永华……"

这个热烈的充满着情意的怀抱让王永华愣了一下，他的后背感受到春霞湿热的呼吸，那是一种熟悉的感觉，但也是一种负担。

王永华把春霞的手放下来，这一刻春霞再一次感到撕心裂肺的痛，她以为王永华这是想通了，所以才来找自己。

"姐，你干吗不让我教训他？"小军还没出够气，摩拳擦掌准备再打，春霞说道："小军，回你的房间去！"

可是小军心里仍然气不过："姐，都到什么时候了你还护着王永华！"

春霞厉声说道："再怎么说永华也比你大，你怎么能直呼人家的名字呢？回房间去！"

听到春霞这么说，小军气鼓鼓地回到了房间，砰的一声关上了房门，只留下王永华跟春霞在外面。

春霞含着泪，深情地甚至是带着乞求地看着王永华："永华，你想好了吗？回到我身边好不好？我会很爱你，会对你好……"

王永华的心中本来对春霞还是有很深厚的感情的，可是春霞越是这样求着他，他就越感到想要逃离："春霞，我这次来是看看你的病好没好，你的身体要是好了，我也就放心了。"

王永华说完便走，春霞却死死地拉住他的衣角："不要走！你不要离开我！"

王永华停顿了一下，其实他跟春霞之间早就已经说了千万次分手，每一句话都说得明明白白，他不想再说了，干脆甩开了春霞的手，直接下楼了。

春霞本来打算追上去，这时小军从房间里走了出来："姐！就这样的男人你还……"

"你给我回房间去！"春霞哭了，她跌跌撞撞地跑到阳台上，看着王永华离去的背影，王永华的肩似乎在风中颤抖着，一只手放在脸上，似乎在擦着眼泪。

春霞喃喃地说："明明是你要分手，又为什么要擦眼泪？"

为什么要擦眼泪？

这样一个动作更加深深地抓着春霞的心，撕扯着她的情感。

她回想起和王永华的初次见面，高中时期的两个人都是那般朴素且腼腆，尤其是王永华，他有时候穷得连头发都没有钱剪，反倒是那个发型，略带蓬乱地显出他那孤僻而又深沉的气质来。

不过春霞不知道王永华当初根本就不是因为孤僻和深沉，而是因为深深的自卑，所以根本就抬不起头来。

唯独春霞不嫌弃那个时候的他，两个人的关系才近了些。

渐渐地又想起王永华念大学时的意气风发，那浓浓的书卷气使他的眉眼之间更多了几分清秀，然而就是这清秀的少年竟然能够见义勇为！

春霞不知道怎么了，头脑中竟全都是王永华的身影，甚至连小军叫她吃饭，她都吃不下东西。

小军看到春霞日益消瘦，心痛难耐："姐，那男人到底有什么好的？至于你这样茶不思饭不想的吗？"

春霞放下筷子，看着小军："现在我的事不重要，重要的是你一个人跑过来，书也不念了？"

小军吃了几口面条，觉得不辣又加了几勺辣子，再加了几勺子陈醋，边吃边看着手边的那份招聘信息。

"我问你话呢！"

小军扒拉了几口面条："我真的不想再念书了，我念够了，我想赚钱！"

春霞叹了口气，失望地看着小军："当初我没钱念书，想有你这机会还没有呢！你现在跟我说你不念书了！你是要气死我吗？"

小军低着头不说话，任由春霞责骂他，但是那个学校他是不想再回去了！更不想再回到固执而又倔强的父亲身边！他想要的是一种展开翅膀翱翔的自由，最重要的，是金钱上的富足。

见到小军已经铁了心不念书了，春霞的心思也并未放在小军的身上，干脆就由着小军了。

春霞仍旧浑浑噩噩地上班下班。杨小兵担心春霞的状态，便常常去等春霞下班，每次看到她一脸失魂落魄，又一身疲惫地走出公司的时候，杨小兵的心里也不好过。

但是也没有办法劝，因为他实在太了解春霞这个女孩，她对待工作极为认真，只要想做就一定要做到最好，而这种固执也同样存在于感情之中！

"春霞，你都瘦成什么样了？晚上我请你跟小军一起吃个饭吧！给你好好补补！"

春霞摇摇头："一起吃个饭也好，只是我不想吃东西，就别点太多了。"

"不行！春霞你这样子实在让我太心疼了，今天晚上就当是你给我杨小兵一个面子，好好吃顿饭！"

三个人来到了饭店，杨小兵点了一桌子菜，小军从未见过这么丰盛的菜品——来自深圳的鱼类海鲜，还有那道他最喜欢吃的蛋黄南瓜！

饭桌上，小军敞开肚皮吃个不停。杨小兵则负责不断地给春霞夹菜，看春霞都乖乖地吃了下去，他才自己吃了些。

8

杨小兵问小军有什么打算。小军是个孩子哪有什么打算。

"要我说暑假你在这儿好好玩，然后回去念书！别辜负你姐的一片心！"

杨小兵的劝慰反倒让小军心里生起了一丝叛逆来："我就是不想念书，再说人也不是只有念书这一条出路！不念！"

"你这孩子……"春霞叹了口气转而对杨小兵说，"那也不能让小军就这么闲着，杨大哥，你以前在工厂上班，能不能想办法把小军也安排一下！"

杨小兵看了一眼小军还带着稚气的脸孔，颇为不忍地问道："你真的吃得了那种苦吗？去工厂！"

小军连忙点头："只要能赚钱，不念书了，你让我去哪儿都成！"

杨小兵虽然已经从工厂辞了职，但是好歹认识些车间主任，便暂时把小军安排进去做学徒。

小军一走进工厂，一股油腻的味道混合着铁锈味钻入了鼻孔，他看到一个男人走出来，手上脏兮兮的，身上也蹭着黑油。

"你就是李小军？"

小军有些怯怯地点了点头。

"跟我往里走！"

小军跟着男人走到了车间里面，金属碰撞和切割的声音不加任何掩饰地争先恐后地钻进小军的耳朵里。在这样吵闹的环境里，大家都在按部就班地做着手中的工作，似乎谁也没有嫌这里脏和吵。

男人把小军带到了一台机器面前，这台机床很大，上面黏着油腻的污渍，中间是锋利的刀刃。

"小子，从今天起你就是我的学徒了。不过呢，我也挺忙的，你学东西最好快一点！"

男人相当不客气地说道，尤其是面对这个毛孩子，他的态度就更加不加掩饰。

"好。"

男人直接从机器的下面拿出了一个盒子，里面是各种各样的工具，他翻出了几把尺子，拿给小军："这是卡尺，每一个零件都要经过卡尺的精确测量，不许有误差！"

小军愣愣地接过了卡尺，接着又接过了一大堆工具，就这样他的工厂生涯便正式开始了。

他不知道这些同事到底是怎么在这么嘈杂的环境当中安静地工作下去的。已经习惯了念书的他早就已经习惯了安静的环境，如今，那嗡嗡的嘈杂声几乎要了他的命。

但是既然来了，他就不得不认真地做起活儿来，然而就是这样，每天跟在师父屁股后面的他还要被骂脑子不灵光，学习太慢。

要知道小军还从没被人这般责骂过，而且师父仗着手艺也根本不把他放在眼里，所以想骂就骂想怪就怪。

等到中午吃饭了，小军作为年龄最小的，要等别人先打过饭自己才能打。到他的时候别提肉了，就连青菜也剩下不多，还要连着菜汤一起打才够吃。

杨小兵知道工厂不好混，他常常在小军下班后问："怎么样？工作还习惯吗？"

小军心中叫苦不迭，但是当初选择不念书的人是他，便故作轻松地说道："我觉得挺习惯的呀！"

杨小兵笑了笑："你习惯那个环境？我做了好几年都没习惯！"

小军撇撇嘴："我什么环境都生存得下去！"

"好，那你就好好做，记得多学些手艺。"杨小兵鼓励道。

小军在工厂中混得浑浑噩噩，春霞也没好到哪里去，她有时候对王永华实在思念得心切，便趁着中午午休那么一点点的时间跑到研究所的外面去，她唯一想做的就是再见见王永华。

可是，到了研究所的外面，春霞本来是打算远远地看一眼王永华就够了，可是人越来越贪心，她已经习惯了王永华在身边的陪伴，甚至下意识地把王永华当成了自己的丈夫，自己的丈夫有什么不能碰的呢？

王永华一走出来，春霞便挽住了他的胳膊："永华！"

王永华突然像是触电一样地抖开了春霞的手，这时又走出来一个女生，短头发，个子不高，但看起来十分机灵。

"小琴……"

很明显，蔡小琴已经看到了他刚刚与春霞发生的那一幕，所以抱着手臂板着一张脸，看着王永华。王永华对她似乎有些忌惮，便马上解释道："小琴，不是你想象的那样，这，这是我的表妹……"

看到王永华急于与自己撇清关系的模样，春霞也终于控制不住自己的情绪，她死死地拉着王永华的手无论如何都不肯放开:"永华,你跟我相处了这么久了,你怎么忍心就这么离开我?"

蔡小琴一听就明白是怎么回事了,而且王永华之前也跟她透露过其实自己原来有一个女朋友。

"你就是永华的前女友?"

"我是他女朋友!什么前女友?"春霞的心中对王永华生起一种强烈的占有欲,她恨不得此时此刻把王永华生吞下肚,这样他才能永远属于她!

蔡小琴点点头又看了看王永华:"永华,你不是告诉我说你已经把你的事情处理好了吗?现在是单身状态!"

王永华急着跟蔡小琴解释,这边春霞又在看着自己,他那一张原本清秀的脸顿时就红了起来,窘迫的目光看起来甚至像一个犯了错的小孩。

"春霞……你工作这么忙,先回去上班吧!"

春霞哪里还有心思上班,她喊道:"永华,你真的放弃了吗?我们这么多年的感情啊!你回来好不好?你回来!"

然而王永华的脸上仍然是不为所动的神色,他也不敢有所动,他下意识地离春霞远了一些:"春霞,我不爱你了,你这样强行把我留在身边,有意思吗?"

"你不爱我了?真的吗?你不爱我了吗?"

看到春霞这一脸哀求且悲痛的模样,蔡小琴的心中生起一种优越感来:"春霞,我知道你也不容易,但是爱情这种东西不是也勉强不来吗?"

勉强不来?春霞第一次意识到,这个词竟然用在她跟王永华的关系上!

9

春霞疯狂地扯着王永华的衣袖:"永华你不可能不爱我对不对?你说的是气话吧?还是说你不敢说?你忘了我们曾经在一起的那么多美好时光吗?"

王永华看春霞不太镇定,心中的耐心更是被消耗无几,他更不想让蔡小琴听见他们两个人的往事,便厉声对春霞说:"住嘴!"

"你都忘了吗?"

春霞这边说着话,王永华时不时地望着蔡小琴的脸色,他终于忍无可忍:"不是让你别再说了吗?"

蔡小琴抱着手臂,嘴角翘了翘:"永华,你怎么能这么对待女孩子呢?让我来跟她说!"

春霞从朦胧中抬起头,看着蔡小琴:"我有话跟你说!你能不能把王永华还给我!他是我的初恋也是我唯一的爱恋呀!没了他我真的活不下去……"

春霞如此这般地哀求让王永华对她很失望，他想不到春霞竟然是一个这么脆弱的女人，所以一时间心中原本对春霞的那份爱恋与不舍便全都消失了。

"是吗？我还没听说过这世界上有谁离了谁活不下去的！春霞，其实你知道真正的爱是什么吗？爱是一种成全，成全对方的选择、幸福，你不能作为对方的阻碍呀！"

春霞根本听不进去这些话，她用求助的眼神看着王永华："难道你跟我在一起不幸福吗？"

可是王永华没有丝毫的回应，反而是站在蔡小琴那边，与春霞完完全全地撇清了关系！

"你怎么能这样对我？你怎么能这样？你忘了是谁供你念书？是谁给你买衣服？"

蔡小琴听到春霞的话，便直接翻出了钱包抽出了几张百元大钞就往春霞的手里塞："春霞，这个钱你收着，我知道你为永华付出了很多，我觉得亏欠你，你收着！"

这几百元放在手上如同侮辱，春霞无论如何都不肯接钱，蔡小琴这才说道："我知道这些钱不够！可我身上也只有这么多，不够的话晚上我就去取，明天中午你还在这里等我……"蔡小琴说着思考了一会儿，"不如这样，你把你花在永华身上的钱全部列一个清单，我拿现金给你，对了，包括你们之前约会的钱也都算在永华的身上！"

此时，王永华看着蔡小琴的眼神里充满了感动，而这个眼神，春霞从来没有感受到过一次。

"我不要你的钱！"春霞又把钱塞回了蔡小琴的手中。

"我希望你收下这个钱，不为别的，只为了弥补一下当年你对王永华付出的那些……"

"我说了不要就不要！"春霞说完看了一眼王永华，便匆匆地离开了，一颗心也真正地掉在了地上。

等到春霞走了，蔡小琴指着地上的钱说："永华，帮我捡起来！"

王永华乖乖地低下头去捡，而这时蔡小琴才发作道："不是你说的吗？已经跟前女友说清了，没想到她今天还会来！"

"我也没办法，她挺喜欢我的，我总觉得我实在是太有愧于她。"

王永华的这番话很快激怒了蔡小琴，蔡小琴故意在他屁股上留下了一个脚印。

春霞一个人失魂落魄地往公司走，她几乎不敢相信自己爱了这么多年的人，竟然会轻易地选择放手，在别的女人面前，就那么急着与自己撇清关系！

回到了单位，正赶上旺季，春霞机械地投入到工作中，不管销售的是什么东西，春霞只能如机器人一般地说着推销的话语，可是就连自己卖的是什么，她都不知道。

果然，春霞出事了。

晚上核对账单的时候，张经理才发现春霞交上去的钱跟账单差了快一百块！

春霞明明已经回家了，但是张经理又把她呼了出来："钱去哪里了？"

春霞看着账单，这才如梦初醒地拍了一下大腿："糟了！我忘记让客人付钱了！"

张经理听到春霞这么说，惊讶得下巴几乎掉下来，毕竟做的这一行是销售，而作为一个专业的销售人员竟然忘记让客人付钱了！

"春霞，你真是辜负我！当初我把你挖到这里来，是为了让你在这个公司里创造更高的业绩，可是你呢？来了之后就给我惹麻烦，要不是你那个未婚夫，就是你现在失恋，我真没见过哪个女人失恋之后像你一样，这么颓废！"

张经理把春霞里外骂了个遍，春霞能做的也只是不断地道歉，可是不管道不道歉，那将近一百块钱都需要她来偿还！

第二天，春霞拿来钱，张经理接过了钱之后，也给春霞开了一张证明："拿着这个证明去人事那儿领钱吧！"

春霞愣住了："张经理，你这是要辞掉我？"

张经理头也不抬地说道："春霞，我想过了，一个连客人的钱都能忘了收的人，实在不适合做销售，至少不适合在我们公司做销售！"

明白了张经理的意思，春霞的心竟有那么一刻仿佛放下了！

她这几天活得好累，唯一想干的就是休息，便没有再多作哀求，直接去人事领了工资。

带着工资，春霞迷迷糊糊地往回走，回到家里这才真正意识到问题的严重性！

她失业了！这是她来到深圳的这家公司之后第一次失业！

春霞干脆去楼下买了酒，一个人坐在家中独自喝着，她看着酒瓶呆呆地发笑，明明工作跟爱情一切进展得顺利，她以为能保持现状一直到结婚！甚至为结婚之后都做足了打算！

却没想到这个梦碎得太突然，太干脆！肥皂泡终究承受不住春霞的太多梦想。

而杨小兵晚上去等春霞下班，左等不来右等不来，进了公司他才知道，原来春霞被开除了！

得到这个消息，杨小兵想都没想就往春霞家跑去，一打开门，醉酒的春霞整个人便栽倒在杨小兵的怀中。杨小兵不知道她喝了多少，几乎不省人事！

10

杨小兵看到春霞这样，顿时就明白发生了什么，原来春霞竟然是打算喝酒买醉！可是喝酒，又怎能减少心中的痛苦半分？

"春霞，你醒醒！"

要知道春霞如此颓废的模样杨小兵还是第一次看到，他把春霞从地上拉了起来，接着又抱到了床上。春霞看着杨小兵，也不知道是因为困倦，还是因为泪水，视线变得模糊起来，杨小兵的脸在昏黄的灯光之下显得格外柔和。

"杨大哥……"

杨小兵让春霞好好躺在床上，接着打开窗户散散酒味，一阵冷风吹来，春霞感到胃中一阵抽搐。

"怎么了？"杨小兵看到春霞皱着眉头，又马上跑过来。

"好疼，好难受……"春霞的手放在自己的胃部，抓扯着衣服，杨小兵看她难受，手刚想放上去，又觉得不妥。

想来想去，杨小兵最后还是把手放在了春霞的胃部，轻轻地打着圈："春霞，你喝太多的酒了，这样怎么会不难受呢？"

春霞迷迷糊糊地睁开眼睛，看着杨小兵的脸庞，泪水就这样悄然地划过了脸庞："我该怎么办？我不喝酒该怎么办？你告诉我一个挺下去的办法呀！"

杨小兵也没有办法，他唯一能做的就是陪在春霞的身边，可是春霞现在也实在太不争气！

"春霞，不就是一个男人吗？值得你这样终日戚戚？值得你拿自己的身体开玩笑？你喝这么多的酒，那个王永华是不会心疼你半分的！"

提到王永华，春霞的手放在自己的心口狠狠地握着，她拼命地摇着头："不，不是这样的，他会心疼我！"

杨小兵很生气，他随手捋了一把自己的头发，短的寸头刺得手疼，他拿出了春霞的传呼机，呼叫王永华。

接着，杨小兵就来到了楼下的公共电话亭前面，等待着王永华的电话。

等了很久，杨小兵呼了一次又一次，终于，王永华回了电话，听声音仿佛很不情愿。

杨小兵握着电话叹了口气，他不知道自己这么做是不是一时冲动，但是也只有这么做才能让春霞认清王永华究竟是一个什么样的男人！

显然王永华对于杨小兵的声音感到很惊讶："怎么是你？"

"你还问怎么是我？若是春霞能亲自给你打电话的话，又何必是我呢？"

王永华在电话的那一端沉默了几秒，这才问道："春霞出什么事了吗？"

杨小兵说道："春霞为你自杀了！"

在电话那端停滞的时间中，杨小兵已经深深感受到王永华心中的不情愿，但是他还是说道："春霞为了你快死了，你难道就不能为春霞负点责任吗？"

"春霞她怎么了?"

"她喝酒喝到酒精中毒,现在已经昏迷不醒,整个人好像已经……出现了危险!"

杨小兵当然知道说谎不对,但是他也想看看王永华这个人的心到底是什么长的!果然,杨小兵现在一点都不怀疑王永华的心就是石头做的,铁打的!

因为王永华在电话的那一端说道:"杨大哥,春霞有你照顾,我这边有点忙,试验还没结束……"

"春霞都要死了!你还试验不试验的,你可真是一个文化人,有文化得连真正有血有肉的人都不做了吗?"

杨小兵从来不愿意对任何人咆哮,但这一刻他对着电话咆哮的声音像是一头被激怒了的猛兽。

王永华终于同意了。

很快,王永华来到了杨小兵所在的地点,他一路跑过来额头上全都是汗,来不及擦便问道:"春霞怎么样了?她真的酒精中毒了吗?"

杨小兵冷冷地看着王永华:"你着急了?你心疼了?"

王永华不置可否,着急,还是心疼,他又有什么资格说呢?

看到王永华那一副既窝囊又不敢承担责任的样子,杨小兵一拳就打了上去。王永华想要反击,但是杨小兵军人出身,一身的腱子肉直接就把王永华撂倒在地。

"春霞对你那么好,换来你这么冷血无情!你是人吗?"连同责骂加上如雨点般的拳头打在王永华的脸上心上,王永华只得闭上眼睛默默承受。

他想起在家里耕田的母亲,那一双手布满了老茧跟皱纹,他想起在外打工的父亲,长时间在工地上风吹日晒,皮肤常年泛着黑光,身体病痛不断,又想起了哥哥嫂嫂做苦工勉强度日的千般万般不易!

如今,所长的女儿喜欢他,这样好的机会他怎能不抓住?

一想到穷困的家人们,本来还对春霞有着深深爱意的王永华,瞬间就切断了这种情感。

他的梦想是赚钱,让家人过上幸福的生活,而自己的那一点爱情,就当是牺牲小我成全大家了!

杨小兵打完了王永华,王永华啐出一口带血的唾沫来,转身要走,杨小兵又死死地揪住了他:"你想去哪儿?"

"难道我还要站在这儿被你打吗?"王永华平静地看着杨小兵,那脸上不为情所动的冷酷竟让杨小兵都觉得有一种深深的冷意。

"你去看看春霞!"

说完杨小兵连拖带拽地把王永华带到了春霞的家里,春霞此时正因为喝多了白酒在家痛得烧心胃疼，整个人神志不清地在床上哼着，滚着，没一刻是舒服的。

看到这样的春霞，王永华的心里心疼不已，但更多的只是感到麻烦。

"……春霞。"王永华低声唤了春霞的名字。

"永华！"春霞瞬间清醒，她流着眼泪从床上连滚带爬地下来，几乎已经顾不上形象，那双眼睛也早就哭得像馒头一样。

春霞去拉王永华的手，王永华却把手放在背后："春霞，你镇定一点！"

"你告诉我，我要怎么镇定？你都离我而去了，你不要走！我好好赚钱，我去创业，你相信我好不好？"

看到春霞这乞求的模样，王永华的心中再无爱意，只是冷冷地说道："春霞，你这样子我很不喜欢，我讨厌脆弱的女人。"

11

杨小兵这次没有对王永华动拳头，因为他不想春霞再受到任何伤害，他甚至害怕王永华再说出任何绝情的话！

他带王永华来这里就是为了让春霞看看这个男人有多么绝情狠心，可是当这男人如此残忍的话说出来的那一刻，杨小兵恨不得堵住春霞的耳朵。

王永华看着春霞，他不知道哪来的勇气，竟然又狠狠地对春霞说道："像你这样寻死觅活的女人，世界上不会有任何一个男人喜欢的！你又何必强迫我呢？"

"春霞，你不要听这个男人在这儿胡说八道！"杨小兵冲到了春霞的身边，拼命地捂住春霞的耳朵，接着对王永华大声喊道："你不喜欢！是你不会珍惜！你不想想春霞是为了谁变成这样的？倒叫你反咬一口？"

王永华分不清这些话到底是自己心中的真实意图，还是只是为了让春霞死心。他看着春霞饱受折磨的样子，心中竟泛不起一丝波澜，或许，他早已把自己的感情置之度外，或许，他从来就没有真正地理解什么是爱情。

春霞自然听到了王永华的话，她无论如何都没有想到王永华竟然这样看待自己，难道这么多年来的爱情，对王永华来说只是一种勉强？

"杨大哥，我看你对春霞也挺好的，啊，我收回我刚刚那些混账话，我觉得在这个世界上有你爱着春霞就够了，我做不到！"

王永华说完转身就下楼了，他匆匆的脚步让杨小兵来不及去阻拦，杨小兵便只得留在床边陪着春霞。

突然，春霞发疯一般地大叫起来，她想用自己的叫声来掩盖住心中王永华对她说的话，可是，无论声音叫得多么高亢多么尖锐，王永华的声音还是在她的心中回荡着，那么清晰，也那么明确。

"春霞！春霞！"事实上杨小兵的确是被春霞的这个举动吓坏了，他只得把春霞抱住，轻轻地摩挲着春霞的背，温热的手掌渐渐让春霞的情绪平复了下来。

"杨大哥，吓到你了吗？"春霞沙哑着嗓子问道。

"傻丫头，这么容易就吓得到我吗？我在部队的时候所经历的事情，你还不知道呢！"

杨小兵故意用开玩笑的语气对春霞说着话，可是春霞却无论如何都笑不出来，她摇着头说道："我不想吓到你，我求求你，离开这儿好吗！"

"为什么？我不会离开你的！"杨小兵坚决地抱住春霞的身体，他的臂弯那么有力，那么强壮，令春霞无论如何都挣脱不开。

"我求求你，你离开我好吗？我不想让你看到我这个样子，我好害怕我会吓到你，对不起……"

春霞的声音虚弱而又苍白，杨小兵却死死地把春霞搂在怀中："你尽管发作！你尽管失控！无论你做出什么我都不会害怕你，更不会讨厌你，我只会一直陪着你！我只求你一件事，只求你一件事！"

杨小兵比出一根手指头，他因为憋着眼泪，脸红成了一片："我求你不要伤害自己，你只要不伤害自己，我做什么都可以！"

就这样，春霞在杨小兵的怀中哭了整整一个晚上，她有好几次都忍不住说，想去找王永华，想去挽回这段感情，想去跟王永华道歉。

"你道什么歉？"

杨小兵也被春霞折磨得困倦不堪，他用生硬的语气问道："你到底有什么需要道歉的？"

"是我情绪化，如果我不情绪化，如果我不这么糟践自己的话，如果我自强不息，永华是不会讨厌我的，我知道他喜欢的是那种女强人，可是我好脆弱，我怎么会这么脆弱呢！我的脆弱，真的很讨人厌吗？"

春霞的声音越来越小，到最后的问句就只剩下气息，杨小兵恨不得把春霞揉进自己的身体里，那样地护着爱着热着暖着温着！

可是他什么都做不了，因为他不是春霞爱着的那个人！

"那只不过是他的借口罢了！你难道不懂吗？那不过是他避重就轻的借口罢了，他只不过是一个不负责任的软蛋孬种，把你们分手的所有责任都推到你的头上好让自己心安理得，你怎么能中他的圈套呢？你怎么能被他牵着鼻子走呢？"杨小兵说着眼睛就红了，接着掉下眼泪。

春霞在泪眼蒙眬中看到杨小兵的眼泪，一下子就愣住了，她帮杨小兵擦了眼泪："你这是干什么？"

杨小兵哽咽着："我心疼啊！我心疼啊！春霞，我也爱护着你，保护着你，可是你竟然要为了这样一个男人无数次地伤害自己的身体和心灵，你让我能不心疼吗？"

杨小兵实在不明白为什么这个被自己视若珍宝的女人，却从来不懂自己的丝毫苦心，不懂也就罢了，可是她至少应该珍惜自己！

"我求求你，不要再自我伤害了好吗？就当是为了我，保护好你自己的身体和心灵好吗？王永华不过是一个窝囊废，不过是一个窝囊废啊！不值得，不值得！"

杨小兵的泪让春霞的心一下子就冷静了下来，她后悔自己在杨小兵面前的种种行为："我不该这样，不该让你伤心……"

"不！若是能让你好受一些的话，你尽情地伤害我就好，把你对你自己的伤害都放到我的身上来，让我去替你承受吧！去替你承受痛苦的童年，去替你承受你在爱情中的失意，承受你的一切！"

"你为什么对我这么好？"春霞不可思议地望着杨小兵，"啊，永华刚刚不是还说过，像我这样情绪化的女人是没有男人会喜欢的，你又是何必呢？"

听到春霞说出这样的话，杨小兵真恨不得把王永华的嘴撕烂，他知道春霞童年的悲惨、伤痛，他知道春霞的心中住着一个自卑的小孩，而王永华的那些话，无疑深深地刺痛了那个小孩，也深深地将春霞的心碾成了碎片。

12

然而，一波未平一波又起。

春霞怎么也没有想到，王永华和蔡小琴的婚礼竟然会那么快举行！

蔡小琴是一个很精明的女人，她自然知道王永华的心里有另一个女人，所以婚礼办得很迅速。

而春霞并未从任何人的口中得知这个消息，只是白天在经过一家大饭店准备去杨小兵店里的时候，看到了那三个熟悉的大字。

红色的纸上用金黄色的字写着王永华的名字，可是旁边写着的名字却不是李春霞。春霞呆呆地看着那贴在饭店门框上的字，那是她幻想了无数次的婚礼。

她想过婚纱要穿白色的，或穿红色的，她想过王永华的西装要穿黑色的或是蓝色的，但不能穿白色的，因为王永华的脸色配上白色西装会有些苍白，穿蓝色最帅气。

鬼使神差地，春霞竟然走进了这婚礼的现场。

春霞怎么都没想到，自己曾经跟王永华说了好多次结婚的时候不要穿白色西装，他却还是穿了。

可是即便他穿了，也那么帅气，本就有些瘦削的身体在西装的剪裁之下竟也显得健壮起来。他满面笑容地拉着蔡小琴的手，蔡小琴的口红那样红，笑起来就好像是还未拉开的弓。

王永华喜气洋洋的脸上笑容始终都没有断过，很显然他并没有看到那个在人群当中失意的春霞。

在主持人说完了话之后，一个人走过来问春霞是谁的家属，春霞这才如梦初醒地说道："我可能是走错了。"

来到车来车往的大街上，春霞迷迷糊糊地想要穿过马路，她的心中对这个世界产生了一种厌恶的感觉，甚至有那么一刻，她好希望大货车能够碾压过她的身体！反正爸爸还有小军，她只不过是一个女娃子罢了，她死了也不会有什么影响吧！

突然一辆转角而过的大货车急驰而来，春霞愣愣地看着那大货车，她知道自己明明该躲可是脚下却无论如何都仿佛被粘住了一般。

那一声尖锐的急刹车的声音让众人纷纷投来好奇的目光，也让围观的人心里紧紧地绷了起来。

春霞倒在了地上，众人纷纷赶来，她晕了过去，身体上的疼痛对她来说已经无所谓了，众人在她身边叫喊的声音，也都听不见了。

春霞被送进了医院。

"什么时候醒来的？"清醒过来之后，春霞只听到一个熟悉的声音，原来是杨小兵！

他冲进来，发现春霞醒了，心中是又气又急，但还带着些庆幸："春霞，你疯了！"

春霞愣愣地看着杨小兵，这是杨小兵第一次用如此态度对她说话。

接着，杨小兵恨不得一巴掌打在春霞的脸上，可是他忍住了，因为春霞的脸上还有伤，她的头上还被纱布包裹着。

"你这是干吗？"杨小兵摇晃着春霞的身体，"送你来医院的人已经告诉我了，你都不知道躲！大货车开过来你就在那儿等着！"

春霞摸了摸自己脸上的伤，刚刚那一刻她就如同做了一场噩梦一般。

"你想自杀吗？"杨小兵拼命地摇晃着春霞的身体，"你就这么不珍惜自己的生命吗？你就这么自私吗！只想到了死吗？"

"杨大哥，你不知道，我在刚刚来的那条路上看到了王永华和蔡小琴的婚礼，你知道吗？我走进去，我看到王永华他穿着白色的西装，他……"

看着春霞那双无神的眼睛，杨小兵真的生气了："你这段时间寻死觅活，哪一天不是我在陪着你保护着你，你呢？就一定要为那个男人去死吗？"

"我不知道我这样活着还有什么意义，我不知道……"

"就这么点小事至于去死吗？若是你李春霞对我杨小兵还有半点的友情，你就没有必要为这点小事寻死觅活！你就应当珍惜你的身体！就当是为了我，如果你愿意的话，为了我再活个十天半个月的！"

终于，春霞看到杨小兵脸上的焦急、生气，她才明白原来自己其实拥有的东西很多，可是她只看到一个王永华！

"我知道你为什么难过，是因为你想要一个家庭，可是他不给你家庭，你自己就是家庭，若是你觉得还不安全的话，那就把我当成你的家人，好吗？"

家庭？春霞听到这个词语的时候心中下意识地泛起无限的幻想。杨小兵握着她的手："就把我当成你的家庭吧，你可以随便依靠我依赖我！好吗？"

春霞重重地点了点头："我知道了，可是我现在连工作都丢了，我什么都没有了，就这样的一个我，你还愿意……"

杨小兵看到春霞的思想终于有些改变，便笑了："我现在不是开了一家店吗？如果你没有钱，我可以随时都给你啊！"

"我怎么能要呢？"

杨小兵说道："我知道你自尊心强，不愿意跟别人要钱，那你就自己站起来，重新振作起来好吗？"

春霞点了点头。

接着春霞跟杨小兵便规划起了接下来的生活与工作，重新应聘一家销售，或者在杨小兵的店里面帮忙。

可是春霞连着去了好几家公司，那些公司开出来的薪资都太低，而杨小兵的小店也并不需要两个人一起打理，春霞干脆一拍大腿，决心创业。

可是创业也不是那么容易的，杨小兵之所以开了一家音像店是因为之前已经摆了好长时间的地摊，春霞琢磨着自己应该做些什么呢？

手中的钱不太多，但是也足够盘下一家店面。

想了很久，春霞突然想起之前在公司认识的一个同事，他后来辞职去了一家日化公司，春霞心想现在日化正是风头最盛的时候，干脆就做日化产品的销售吧！

"你的点子还真不赖！"杨小兵颇为欣赏地看着春霞，"接下来，你需要找到渠道，如果你实在找不到店面的话，干脆把我的音像店一分为二，一面卖磁带和录像带，一面就去卖你的日化产品怎么样？"

第 *13* 章
/ 创业 /

1

春霞曾经的那名同事在羊城一家日化公司上班，毕竟她的第一份销售工作也是日化产品，所以对此有所了解。

由于那家日化产品公司也想在国内打开市场，便很快跟春霞签订了供货协议。

杨小兵让春霞不要再盘店面，把手上的钱都用来进货，音像店便一分为二，一面摆上春霞进来的日化产品，一面摆上杨小兵进来的录影带和磁带。

春霞所经营的日化产品名叫莹露，这个牌子在大陆还没有什么名声，但是所生产的香皂、沐浴露、洗发水等产品质量都有保证。几乎所有进来的产品春霞都亲自试用过，如此一来春霞能够更好地跟顾客介绍产品的功效功能，从而才能够提高产品的销售额。

不过正是因为亲自试用，春霞的脸过敏了。并不是每一款产品都适合春霞的肌肤，而春霞反倒为此感到高兴。

毕竟把容易让人过敏的化妆品筛选出来，可以让莹露这个品牌的信誉度更高，在这个大家都刚刚用上化妆品的年代，大众更能够接受安全又平价的护肤品。一旦产品出现什么问题，也许会让顾客对这一整个牌子的产品都不再相信，春霞要保证的不仅仅是产品的质量，更是用在脸上的安全性。

只是面对着脸上的痘痘，春霞还是有些苦恼，毕竟这些痘痘使春霞的整张脸变得又红又肿。

"医生怎么说？"春霞从医院回来，杨小兵便匆忙地问道。

春霞有些惆怅："医生说可能是我化妆品用得太多导致的，现在我不能再继续使用这些化妆品了，可是新进来的货品还有很多都没有亲自试验过，我也没办法摆上货架……"

杨小兵叹了口气，心疼地说道："你呀你，什么时候都只想着工作，不想着自己的脸吗？到现在了还惦记试用呢！"

说完杨小兵从春霞的口袋中拿出了几支药膏，在手中看了看。

春霞也叹了口气："看来你是嫌我丑了吧？"

"说什么呢？你哪里丑？你长得漂亮，这几个痘算什么？你这小丫头，就知道瞎想!"

看到杨小兵如此认真地对自己说话,春霞的脸有些红了,心中缓缓地荡漾起一种感觉。

这种感觉并非虚无缥缈,而是一种对杨小兵的依恋,她不知道从什么时候起开始在意杨小兵的感受,更开始在意自己在杨小兵心中的形象。

"真的吗?可是我觉得真的有点丑啊!"春霞低着头故意撇着嘴说。

杨小兵想要抬起春霞的脸,好好地看着她,告诉她一点都不丑,可是抬起的手又放下,他对春霞始终有一种距离感,而这种距离感是出自对春霞的尊重。

还记得那天在医院里,春霞包裹着纱布的头倚靠在床边,杨小兵心疼地想去摸她的脸,她却躲了过去。

"你这是干吗?"杨小兵低下头轻声问她。

春霞只是默默地流着泪,泪水渗入纱布之中,跟淡黄色的药物混在一起,渐渐地晕开。

过了许久,春霞轻声说道:"对不起,我只是现在真的好讨厌男人,也说不上是讨厌,只是距离男性太近,会让我不小心想起永华。"

杨小兵顿了顿说:"好的,我跟你保持距离好不好?但是你不要拒绝我的照顾!"

春霞这才同意。

杨小兵理解她的想法,或许这是一种创伤后的应激反应。他在去医院照顾春霞的时候,都与春霞保持着一定的距离,直到春霞出院,他都不敢再主动地去触碰春霞。

春霞把镜子立在自己面前,接着在脸上抹上药膏:"怎么办?一个系列的产品之中总有几个稍微带点刺激性。我暂时不敢上架有刺激性的,现在又没法试……"

"那就我来!你的每一款产品我都先用一遍!"杨小兵自告奋勇。

从此,这个铁骨铮铮的军人汉子,脸上便充满了化妆品的香气,身上的沐浴露是花香系列,头上的洗发水也又香又甜。

当杨小兵有一次出门买午饭的时候,还被别人白了一眼,他下意识地摸了摸自己日渐光滑的肌肤,嗅到了自己身上的香味,也觉得有些脸红。

看来别人是把他当成娘娘腔了吧!

每个产品试用三天,春霞便让杨小兵把试用的效果记录下来。

有了杨小兵这个样板,春霞又继续上货。严格而诚信的筛选,让春霞的小店越做越大。刚巧来音像店买东西的也大部分是女孩子,所以两个人的生意更是相辅相成。若是客人买音像制品一类的东西买得多了,春霞便拿出一些日化品试用装作为赠品,让人拿回家试用,如此一来便招揽了很多回头客。

渐渐地春霞的生意越做越大，杨小兵的小店很快就容不下这座大神了，每天登门的女性顾客络绎不绝，杨小兵有时候不得不帮春霞一起销售。

这其中有不少女生是冲着杨小兵去的，因为杨小兵的外形高大俊朗，再加上为人非常正直热情，散发着人格魅力。有些小姑娘便故意在店里多做停留，非得让杨小兵把所有的产品都介绍一遍才罢休。

这样的回头客不占少数，有些小姑娘围在杨小兵的身边叽叽喳喳，还有些内向的小姑娘则用爱慕的眼神看着杨小兵。

等到她们都走了，春霞才说道："没想到你还挺有女人缘的！"

杨小兵放下手中的产品笑了笑："怎么？你很在意这个？"

"我才没有呢！"

"真的吗？没吃醋？"杨小兵正说着玩笑话，店外走进来一个女人，她浑身散发着一种优雅的气场。春霞的眉头皱了皱，下意识地便往杨小兵的后面躲闪。

然而这女人已经看到了春霞，她走上去问："你在这儿卖东西？是这儿的销售吗？"

作为研究所所长的女儿，蔡小琴心中自是生出一种优越感来，而这种优越感也深深地刺伤了春霞的心。

2

蔡小琴实际上是一个胜利者。

春霞并不因为自己在外做生意或是做销售而感到自卑，她反倒认为销售是一种更有挑战性的工作，需要更强的能力才能完美完成。但是，王永华毅然决然地选择了蔡小琴，甚至不惜对她说出无数种伤害人的话语。

那些话语仍然在春霞午夜梦回的时候深深地折磨着，刺伤着她的心。

她的情绪化，她的学历低，她的生命中还没有一次这样地自卑过。

"您好，要了解一下莹露的产品吗？您是想购买哪方面的产品呢？洗护用品，还是化妆品？"春霞显得有些紧张，但还是尽量让自己保持镇定，然而这种装出来的气势，在蔡小琴这个真正的胜者面前显得那么不堪一击。

"你都给我介绍介绍吧。"

听到蔡小琴这颐指气使的声音，杨小兵知道春霞的心里不好受，便干脆来到了春霞的身边，极为礼貌地说道："老板，让我给她介绍吧！"

蔡小琴的眼睛扫了一眼货架，听到"老板"这两个字，心中有些疑惑："你当老板了？"

春霞笑了笑："刚刚创业。"

不过就是一个做生意的，蔡小琴认为春霞哪能跟自己比呢。

"让春霞帮我吧！"蔡小琴点名让春霞服务，春霞便只好一一地介绍起产品来。她拿起蔡小琴的手准备抹开爽肤水时，突然想到这双手或许是王永华天天握着的，甚至是亲吻着的，那张脸那张嘴也都被王永华亲过抚摸过……

一时间春霞的心中痛如刀绞，她不过是用工作抹平心中的伤口罢了，可是究竟平不平只有当事人知道。

爽肤水在蔡小琴的肌肤上延展开来，蔡小琴相当嫌弃地嗅了嗅："这什么牌子的？"

"莹露，是国内的一个新牌子，但是质量很好，也很适合国人的肌肤……"

蔡小琴嗖地收回了手："国货呀！我当是什么呢！"

"国货的质量更能够保证，因为生产销售都在国内，每一瓶化妆水都能追根溯源到工厂……"

春霞虽然这么说，但蔡晓琴还是耸了耸肩："算了吧！"

接着蔡小琴又在店里闲逛了一圈，临走时转过头对春霞说："春霞，我走了，永华一会儿要下班了……"

春霞实在不知道为什么她要刻意提起王永华，因为想要刺激自己，蔡小琴一个人来便足够了，只要看到她，春霞心就碎了。

然而走出去的蔡小琴，却暗自觉得背后有一种虚无的感觉。

因为，她在新婚之夜清晰地听到王永华躲在被子中的哭声。

她很奇怪王永华一个大男人为什么要躲在被子里哭泣，难道是喝多了？

王永华那天喝酒喝得格外多，也格外醉。她帮王永华脱了外衣，两个人躺在床上，她本以为王永华应该抱着她说说浪漫的情话，结果却听到王永华口中那一声声"春霞"。

到底谁是真正的胜利者呢？

蔡小琴一直以为自己胜券在握，她有着如此尊贵的身份，能给予王永华那么多财富与前途，所以王永华心甘情愿地跟她结婚。她也能感觉到王永华对她的爱意，甚至是对她千般万般的好，洗脚水替她打好，连指甲都帮她剪，可是到头来，王永华的一颗心却还是拴在了春霞的身上。所以她才拼命地想要证明自己是胜利者，但可悲的是她只得到了王永华的人，却得不到他的心。

"喂，谁是老板？"春霞故意打趣着跟杨小兵说道，"你叫我老板，是不是以后我可以指使你做事？"

杨小兵一脸苦笑："姐，祖宗，你之前不是天天指使我做事吗？你的日化产品卖得好，哪一天不是我帮你卖？还要帮你卸货，擦货架，我呀，就是你的打工仔！"

春霞觉得有些惭愧，毕竟这个小店是杨小兵盘下来的，结果现在却有点鸠占鹊巢。

"春霞，我觉得在这个小店销售这么好的产品，实在是……"

"怎么，你要赶我走？"春霞眨着大眼睛看着杨小兵。杨小兵连连摆手道："怎么可能？我只是觉得春霞你很有能力，不如把事业做大一些吧！"

其实杨小兵这么说也是因为蔡小琴，他看到春霞在面对蔡小琴时眼中的那份自卑，他希望通过自己与春霞的努力能让春霞的事业做得更好更大，让春霞重新拾回在失恋中丢掉的自信心！

"你觉得我真的可以做大吗？"

杨小兵想了想，然后真诚地看着春霞："你有这个能力的！你知道吗？在你失恋之后我真的看到你成长了不少，你变得坚强，工作也做得越来越好，我想你应该感谢这次失恋，它让你拥有了更强的能力！"

这是两个人从医院出来之后第一次正式提到"失恋"这两个字。

杨小兵之前避而不谈，就是怕春霞伤心，然而现在他觉得春霞已经有能力去面对这份刻骨铭心的恋爱，万劫不复的分手。

春霞的心仍然重重地痛了一下，但还是坚强地笑了出来："祸兮福所倚，福兮祸所伏！"

"那好！春霞，我帮你一起做事业，咱们两个好好干，咱们要比蔡小琴更有钱，什么研究所所长的女儿？还不是安排进单位工作，拿着死工资？春霞，你要知道你的优秀根本不是一般人能比得了的！我想你一定有能力去做强做大的！"

春霞看着杨小兵略微掀起来的领子，帮杨小兵整理了一下，温柔地说道："你不要把我说得太优秀，若是我有你说的那种能力，也都是因为你，因为你的陪伴，你的保护，你知道吗？若是没有你在身边陪着我，恐怕我真的会选择……"

"你不会的！你是很坚强的人！"

杨小兵下意识地想去抱春霞，又怕春霞讨厌自己，却没想到春霞已经紧紧地抱住了他，将脸贴在他的胸口上："谢谢你，我不是跟你见外，而是好想好好地跟你说一句，谢谢，谢谢你。"

3

在这么一瞬间，杨小兵愣住了，他的手不知该放在哪里，最后缓缓地落在春霞的背上，心惶恐地跳动着，血液激动地流淌着，他感受到春霞的泪水透过衣服紧紧地贴在他的胸肌上。

"为什么哭？"

"我不知道，但就是想哭，杨大哥，让我好好地哭一会儿吧！"

杨小兵一下一下地拍着春霞的背，他知道春霞在做最后一次决断，也知道春霞在哭过这一次之后能够更坚定地重新启航。

想要创业，春霞却苦于没有足够的资金，虽然在这段时间也赚了不少钱，但是想要开一家公司却不是那么简单的。

在家思前想后，又正好赶上小军休息，春霞跟小军说打算贷款创业。

小军听到贷款创业，心中有些担忧："姐，你打算贷多少钱啊？"

春霞想了想："那要看银行怎么说呢！"

春霞和小军来到了银行，咨询过后才知道想要贷款必须要有东西抵押，可是春霞没什么可抵押的东西。

晚上春霞和杨小兵一起吃饭，杨小兵问春霞创业的事，这才知道春霞苦于没有贷款，杨小兵当机立断："就用我的这家店面来抵押吧！"

听到杨小兵这么说，春霞和小军都愣住了，毕竟那家店面对杨小兵来说也很珍贵，是用杨小兵多年的积蓄才盘下来的店，就这样抵押出来，是否过于草率。

"这怎么行呢？杨大哥，我知道你是一番好意，但是……"

杨小兵突然握住了春霞的手："我相信你，你有这个能力做好这份事业！"

"你这么全力支持我……"

"如果可以，我愿意跟你一起做这个事业！"

第二天杨小兵就将店面抵押了出去，在银行完成了贷款，春霞和杨小兵一同注册了公司。

公司开业，春霞觉得光是进货零售利润虽然高，但是量少，便亲自来到了几家工厂，直接由工厂订货，再由春霞的这家公司发往全国各地。

公司最好的产品莹露就占据了公司全部产品一半以上的销售额，而这一切都离不开春霞与杨小兵的勤奋。

任何一家店，只要进了春霞公司的货，春霞都会亲自前去考察，问顾客的使用效果如何，问每一家店每一种产品的销量，进行记录比对，之后再进行整体的产品评估，这样便能够筛选出更适合每个地区顾客的产品。

看到春霞每天晚上都忙到很晚，杨小兵有些心疼："都几点了，再不睡觉，你该受不了了！"

春霞却一心盯着手中的笔记本，一页一页地翻着，过了好一阵子才回过神来发现杨小兵正在跟她说话。

"你先睡吧，我睡公司。"春霞头也没回地继续盯着本子。

杨小兵忙完了白天的工作，本来也比较疲累，但还是下楼给春霞买了一份蛋饺回来。

"看看这是什么？"

杨小兵把袋子放到了春霞跟前，春霞这才想起自己晚饭还没吃："你怎么又回来了？"

"怕你饿着呗！"

春霞的嘴角翘了翘："你还挺细心的！"

接着她把蛋饺大口塞入嘴中，可心思还在笔记本上，杨小兵夺过了她的笔记本："吃东西就好好吃，不专心吃东西胃会受不了的！"

春霞无奈地吃着蛋饺，杨小兵翻阅着笔记，看着上面密密麻麻的字，以及贴上的各种标签。

"你知道这是什么吗？"

"这个应该是你对全国各地进货的统计记录，有什么在困扰你吗？"杨小兵一整天都看到春霞用手撑着额头，微微皱眉。

"我在研究全国各个地区的肤质，就比如说广东这儿，这个地方很湿，所以对保湿产品要求并不多，那么在这边就不需要太多保湿的产品，但是像咱们家乡，就很需要保湿锁水能力极强的护肤品，还有中部地区……"

杨小兵没想到春霞居然能想到这么多这么远，她根据每个地区地域的不同，来进行产品的筛选。

"你看，到了海南这里，对于护肤品的要求几乎就只有清爽，至于东北地区，也是以保湿滋润为主……"

杨小兵点点头："看来我为你抵押出那个店面还是对的！"

"哪里啊！"春霞吃完了蛋饺，又把心思全部放在工作上。杨小兵实在看不下去春霞顶着两个黑眼圈，便直接把笔记本没收了。

"你这是干吗？"春霞有些生气，她眨巴着发红的眼睛。

"去睡觉！"杨小兵说得坚决而冷酷。

"我就不！明天就要跟供货商那边订货了，今天晚上我必须统计出来！"

杨小兵把笔记本塞到自己的口袋里："我来统计就好了！"

"你哪懂啊！"

杨小兵的脸色一沉："听我命令，现在你必须睡觉！"

春霞气鼓鼓地站起来："你又不是我的班长，我又不是你的兵！你凭什么命令我？"

看到春霞这一副倔强的模样，杨小兵反而觉得她身上那股劲儿带着些天真可爱，不知怎地鬼使神差他一下子就把春霞横抱了起来，春霞两脚腾空下意识地就抱住了杨小兵的脖子。

两个人愣了一下，春霞的脸顿时就红了，而杨小兵只是轻轻咳嗽了一声，似乎在掩饰心中的紧张，脸上仍旧冷若冰霜地把春霞抱进了里面的小卧室："我告诉你，今天晚上你不许再工作了，你已经连续好几天都在熬夜了！"

春霞翻了个白眼，算是对杨小兵这种强制行为进行反击："你怎么还不走呢？我这就睡！"

杨小兵用笔记本敲了一下春霞的头："你以为我会信你说的话吗？今天晚上我就坐在这里看着你睡着，否则我不走！"

两人就这么僵持了一小会儿，春霞终于无奈地躺了下来，杨小兵帮她盖好了被子。

她虽然嘴上念着工作工作，可是当头轻轻地挨到枕头的那一刻，困意便升腾上来，更何况有杨小兵在身边，她几乎瞬间就进入了梦乡。

4

春霞第二天醒来，杨小兵就已经把全国各地所需要的化妆品以及洗护用品分类开来，细致到什么地方喜欢用沐浴露，什么地方喜欢用香皂这一类型的问题都清楚明白地列了出来。

看到杨小兵一脸憔悴，春霞一把抓起自己有些蓬乱的头发："啊，你整理得好细致啊！不会是一宿都没睡吧？"

杨小兵看了看座位："也趴了一会儿，今天这个会议很重要，春霞，我知道我在社交的能力上不如你，所以今天你有个好的状态更重要！"

春霞来到杨小兵的身边，拍了拍杨小兵的背说："辛苦你了。"

或许是因为一起开公司，两个人从原来的朋友变成了一种密切的合作伙伴，而这种关系更加增添了两人对彼此的信任，渐渐地，春霞开始依赖起杨小兵来。

不过春霞还是下意识地将这种依赖从心中拔出，因为她实在害怕了再去依赖一个人。所谓的依赖不过是自己的不坚强，然后再把软肋亲手递到另一个人手上罢了。

上午，好几家供货商一起来到了春霞的公司，春霞根据杨小兵列出的明细表，跟每一家供货商订好了进货的数量。

莹露是春霞最开始做的品牌，如今春霞的公司又增加了好几家供货商，这几种品牌自然而然成为了彼此最大的竞争对手，在这场会议中几个不同厂家的业务营销人员，彼此也都想要多增加一些订单。

春霞面对着这些不断的劝说、推销，虽然态度礼貌客气，为人也亲切，但对于自己总结下来的数据却没有丝毫变更。

杨小兵在一边看着干着急，毕竟若是真的得罪了某一家供货商，那么以后春霞的公司也不好做。

"对于你们的建议，我都已经在心里记了下来，现在我的公司起步不久，也是要求一个稳中求进，所以暂时我就订这么多货，如果你们觉得有些产品也不错的话，那么就请你们下次带来样品，不，或者我亲自去你们的公司取样品！"

"你说的不错，李经理我也知道你是谨慎的人，但是有几款产品我们公司已经做过市场调查，都是非常不错的产品，大众反馈也不错，我想你如果先少量订购一些，也是不错的选择！"一位业务人员说。

春霞点了点头："那看来是不错的产品，这样的话，市场很容易打开。希望你们能够多做一些试用装，作为赠品，让顾客渐渐接受这个新的产品，认同它的质量之后，再来购买！"

春霞对于这些业务员来说，是一块硬骨头，工厂那边老板希望他们能够签下更大的单子，结果叫春霞反将一军，让他们拿出试用装！

一场会议结束了，杨小兵替春霞捏了一把汗，毕竟刚刚起步的小公司靠的就是这些供应商，可是春霞总是把底线明确地摆出来，不免惹人生气，但是春霞本人身上却散发着一种温柔热情的个人魅力，那种亲切的感觉反倒让人觉得春霞的心中藏着一种坚定的力量。

春霞在附近的酒店安排了午饭，由杨小兵和她亲自招待。

觥筹交错之间，几位业务员都被春霞的迷人魅力所折服，纷纷敬春霞酒，杨小兵看在眼里，连着帮春霞挡了好几杯。

即便这样，春霞也有些醉意，杨小兵在春霞的耳边说道："你的胃不好，不要多喝酒，交给我来就是了！"

几句温暖的话语在春霞正不舒服的时候吹入了她的心扉，杨小兵站起来为春霞盛了汤："怎么了？不舒服了？你乖乖地喝几口热汤！"

春霞愣住了，她从心底想把这份好意推出去，可是杨小兵的温柔又让她觉得无力拒绝，便只能静静地承受着。

这的确是一种承受，对于春霞来说，她不得不去承受这得到温柔之后心里的那份恐惧。

这时，一名业务员，也就是春霞曾经所在的日化公司的前同事敬酒道："李经理，你真的很让我佩服！从刚入公司时一个农村来的小姑娘，变成了一个敢爱敢恨的洒脱女强人，仅仅几年时间，就做大一家公司，真的令人钦佩！"

"哪里！你说得太夸张了！"

春霞抿下了一口白酒，敢爱敢恨，洒脱，这难道真的是她么？

她其实早就变得不敢爱也不敢恨，只能放下感情，所以显得洒脱了！

很快，春霞向供应商订购的货品来到了公司，春霞把这些货品带到了公司直营的店铺里。当然，春霞现在没有更多的流动资金开更多的店铺，便只能带着产品打入更多的超市商铺之中。

开公司看起来风光，但也只是表面，因为其中的辛苦无人看到。

春霞拿着产品一家一家地跑，希望能够把自家的货品放在超市的柜台上，可是有些超市却希望春霞能把价格压得更低，而且这其中还需要春霞支付一定的入驻费。

这笔钱对于公司来说，也是一笔不小的开支。

春霞为此思来想去，每天愁眉不展，杨小兵看到春霞这样闷闷不乐心中也着急。

"春霞，我觉得我们还是开直营店好！"

"谁不知道开直营店好？只是开了直营店不是要花更多的钱吗？现在市场都没完全打开，咱们哪还有钱去开直营店？"

春霞摆弄着手中的钢笔，本子上是一排排数据，那些数据代表着真金白银，真要是开直营店的话，所要付出的真金白银比现在可要多上几倍了！

"谁不知道？"春霞看着杨小兵，"关键是，我们去哪里找钱去？"

杨小兵抱起手臂："我想我们干脆抵押贷款，把公司抵押出去！"

春霞望着杨小兵，明白杨小兵这是要兵行险招，思来想去，她试探着问道："打算贷多少钱？"

5

能贷款多少钱，杨小兵也不知道，两个人一同来到了银行。

春霞开的这家公司出资人大部分是杨小兵，因为是用杨小兵的音像店抵押，而这一次需要用春霞的名义贷款。

很快贷款的钱就被批下来了。

春霞有些战战兢兢地看着银行卡上多出来的数字，不知道自己将用多长时间把这笔钱赚回来，只是心里无条件地相信杨小兵，或许，在她的心中杨小兵所做的每一个决策都是正确的。

拿着这笔钱，春霞直接在闹市区盘下了两家店面，开起了直营店。

这两家直营店的生意之好是连春霞自己都没有想到的，首先是地理位置比较好，其次是春霞几乎整日都待在两家店中，用自己的方式亲自来培训两家店的店员。

这两家直营店给春霞带来了最直接的利润，春霞此次贷款的金额不多，但是如此高的利润给春霞的心，也带来了一种蠢蠢不安的欲望。

她想迎风而上，做得更大更强。

"发什么呆呢？"杨小兵先是忙完了音像店，时候已经不早，就回到公司里，他平常几乎住在公司，昨天回来却发现春霞还没有下班，而是留在座位上思考着什么。

"小丫头！你想什么呢？"

春霞眨巴着眼睛看着杨小兵："咱们现在都是靠着进货来做生意的，我总觉得这样咱们还得去跟那些供货商搞好关系，总感觉不是那么稳妥似的！"

"那你的意思是？"

春霞一边看着桌子上放着的两家店的业绩、流水，一边思考着，过了几分钟之后，才郑重其事地说道："靠去别人的厂家进货这种方式，我总觉得不是很稳妥，我想，干脆自己开一家工厂！"

杨小兵觉得自己已经算是一个冒险家，但是没想到春霞也与他一样，同样是一个冒险家。

"我说，你要开一家工厂？"

春霞点点头。

"开工厂可不像是做销售，甚至根本就是两种经营模式，春霞你觉得咱们两个真的应付得过来吗？"杨小兵认真地对春霞说道。

春霞思来想去："那我再考虑考虑。"

杨小兵握着春霞的手坐下来道："我知道你这个人要强，但是，现在这几家直营店就弄得你焦头烂额，要开工厂的话，我不知道咱们还分不分得出精力去给工厂！"

春霞的手反握住杨小兵："我这个人没什么安全感，所以就总想着能够让所有的事情都在自己的掌控之内，这才想着去开一家工厂，不用再去被动地等着那些厂家提供给我们货源，干脆我们自己生产！"

"你说得不错，不过我希望你再慎重考虑一阵子。"杨小兵说完看了一眼桌子上放着的闹钟，时间已经很晚了。

"你该回去了。"

春霞点点头从椅子上拿起外套披在身上，刚刚起身，却一瞬间觉得天旋地转，整个人差一点就摔倒在地上。

杨小兵说时迟那时快，一下子便把春霞拉到自己的怀中，才发现春霞的身上有些发烫。

"你这是怎么了？发烧了？"杨小兵说着摸了摸春霞的额头，果然，温度很高。

春霞倒也是在意料之中："我今天去门店培训的时候淋了场雨，后来就变成这样了，没什么，我打车回去。"

杨小兵觉得不放心："小军也不在家，你生病了一个人自己在家里我怎么放心？

我陪你回家吧，你放心我睡地铺！"

"不用了！"春霞说着下意识地推开杨小兵的手臂。

"怎么了？"杨小兵突然意识到自己的动作或许对于春霞来说过于接近，马上放开了手，"是不是我让你讨厌了？"

春霞摇了摇头，困意席卷而来："不是，只是不想你太累。"

其实春霞的心中明白，此时此刻正是她内心需要依赖的时刻，她下意识地想去依赖杨小兵的温柔，但是又本能地想起王永华曾经对她的伤害。

她真的不敢再把心交给任何一个人，尤其是男人。

"那你睡在公司吧，我回我的店里去睡！"

杨小兵说完转身就走，春霞望着他的背影，在椅子上缓缓地闭起眼睛，不一会儿杨小兵又回来了，他步履匆匆，手中拿着一个袋子，里面是感冒药。

"你还没走？"

"我给你买了药才走！"杨小兵说着把口袋里面的药片拿出来，"我去药店问过了，你应该只是普通的感冒，但是一定要注意休息！"

药片被塞到春霞的手中，杨小兵又倒了水过来，看着春霞吞下药片，这才放心："好了，估计明天早上就好了。"

春霞点了点头。

"春霞……"杨小兵看着春霞欲言又止，他不知道王永华对她造成的情伤还要持续多久，还是说其实春霞很讨厌自己，才不断地将自己推开。

"怎么了？"

杨小兵叹了口气："没什么，只是你最近太累了，工作上的事情就交给我吧！好好休息！"

送春霞到公司的卧室里，杨小兵关了门才离开。春霞因为感冒药的药物作用，也渐渐闭上了眼睛。

公司的效益蒸蒸日上，正当春霞打算大展手脚，亲自去开办工厂的时候，一个潜在的问题便浮出了水面。

都说外来的和尚好念经，当时有很多国家比中国有着更高的科技与发展，所以大家几乎本能地相信国外的护肤品，而对于国内的护肤品似乎都不太信任。

这段时间，国外有好几家品牌纷纷在内地打开了市场。春霞的那几家直营店，便在这段时间之内，渐渐地门庭冷落起来。

看着春霞每天都愁眉不展，杨小兵除了宽慰，却也想不到更多的办法。

"幸亏当初听你的没有直接开办工厂，否则现在这个难关怕是过不去！"春霞说。

"我只是想稳中求进。"

春霞点点头，接着用有些无助的眼神看着杨小兵，说出了她这辈子最无助的那句话："你说，咱们的公司会不会经营不下去了呀？"

6

事实上，杨小兵也不是没有思考过这个问题。

最近这段时间国外的几家产品在国内打开市场之后，对于国货，几乎是一场灭顶之灾。他亲自考察过，有几家国货工厂几乎面临倒闭的危险。莹露最近的发展也同样受到阻碍。

要知道，他们在这家公司投入了自己全部的积蓄，两个人的身上也都背着贷款，如果现在就开不下去了，那么对两个人都是沉重的打击。

"该怎么办？"春霞望着杨小兵，想从他的眼睛看到答案。

杨小兵沉默了，春霞有些急躁地说道："你说现在国货品牌真的没救了吗？难道我们这么多的中国人都要去用外国的品牌？"

"谁让咱们国家落后了一阵子，落后就要挨打，一些老百姓的心中有了崇洋媚外的思想，自然而然国货——本土的产品就受到了打击！"

春霞的心中像是压了一块重重的石头一样，她的手在桌面上交叉相握："我该怎么办？"

春霞虽然在生活上本能地抗拒着杨小兵对她的帮助，让自己的心不要去依赖杨小兵，但是在生意上才发现她早就已经深深地依赖上了杨小兵。

"应该怎么办呢？"

春霞看着本子上的数据，要知道如果这个季度的销售额上不来，她连下个季度订货的钱都拿不出来！那公司就开不下去了！

"春霞，俗话说办法总比困难多，你先别急，交给我，我总有些办法！"

如此温柔而温暖的话语给了春霞心中一种安定的力量，她信任地看着杨小兵："谢谢你，不过还是量力而行吧！"

屋漏偏逢连夜雨。

公司的效益本就不好，春霞觉得两家直营店的销售额还不够，打算继续带着产品到各大商场寻求入驻。

而当她走到一家商场时，正在与超市的工作人员沟通，竟看到了一个熟悉的身影！

那个人不是别人，就是春霞曾经上班的日化公司的副总！

春霞为了能把自己的产品放到超市的货架上，不断地跟超市的工作人员讨价还价，压低价格，可是工作人员却认为国货品牌没什么市场，想把春霞打发走。

而昔日的那个张副总大摇大摆地走过来，工作人员看到是他，马上露出笑容："张总，您是来考察咱们超市的销售情况吗？"

张总笑眯眯地看了看这位女性工作人员："是啊！把你们最近的销售额拿给我。"

春霞看到工作人员如此积极的态度，便知道这个张副总的身份地位。

她曾经一度以为像这样的人根本就不配去当什么副总，事业也绝对不会做出大的成就，但是老天似乎并不看这个人的人品如何，只看这个人的能力与手段如何，来决定是否让这个人走向成功。

"哟！这不是春霞吗？"张副总笑眯眯的眼神又放到了春霞的身上，他的笑意很绵柔，目光中却藏着刀子一般。

春霞礼貌地跟他打了招呼。

"你来这是干吗呀？"张副总说着看了看春霞手中的一堆产品，便猜得八九不离十："你现在是业务员？"

"是的。"

"你可真谦虚！"张副总的笑容收敛在脸上，"我早就听说最近有一家日化公司像一匹黑马一样，发展得很快，说是这个公司的李老板是一个女人，能力却比男老板还要强，春霞，说的就是你吧？"

春霞一向低调做事，但是身份被曝光之后便也点了点头："没有你说的那么夸张，不过我是开了一家公司。"

张副总点点头，从上到下打量了一番春霞，说："好啊！真没想到你从我们那个小公司走出来，如今还能有这么大的成就！"

"那还要感谢贵公司当年对我的栽培！"

春霞跟张副总聊了几句天，又想起了曾经那个晚上的饭局，他多次劝说春霞做别人情人的场景，那种对女性的侮辱让春霞到现在都觉得心中憋屈。

但在生意场上，她还是不得不从容地面对。

"李老板，我跟张副总这边已经约好了时间谈生意，咱们的事情改天再说好吗？"

春霞只好离开了超市，又来到了下一家商场。

杨小兵和春霞就这样在深圳市跑了一圈，腿都快累断了，却只有几家小的超市和商场愿意入驻他们的品牌。

春霞揉着自己的腿："好累呀！"

"可不是也签下了几家超市和商场吗？"杨小兵安慰道。

"是啊，总还是有几家超市商场愿意接受我们的产品，只是每到产品入驻的时候，我的心就总是慌慌的。"

杨小兵笑了笑："别想那么多，宽宽心，做生意总是有起有伏，若是都像你把什么事情装在心里，那岂不是快把自己难受死了？"

春霞点点头："我终于知道为什么那些老板会成功了，无非是天时地利人和，咱们现在天时地利都有了，唯独差的就是人和。"

"你呀！不是告诉你先不要想那么多了吗？人应该适时把大脑放空，才能够更好地做下一个决定，春霞，你累了吧？我帮你捏捏腿？"

"不用了！"

"我在部队学过按摩，那时的训练很累，所以我们都要学着给自己按摩来消除疲乏。"

春霞点了点头，算是接受了杨小兵的好意，杨小兵的手法很高超，力道也拿捏得恰到好处，竟真的让春霞腿部肌肉的酸痛缓解了不少，没有那么紧绷的难受之感了。

"暂时也签下了几家商场，明天我送货过去，春霞，你就别太着急了，什么事情总有一个韬光养晦的过程，咱们之前的发展很激进，现在就求一个稳定进步就好了。"

可是，当杨小兵拿着货物去送货的时候，这才发现，那些明明已经说好了可以入驻的商场超市，态度却来了一个一百八十度的大转变！

他们竟然不想让春霞公司的产品继续入驻了！

7

仅仅一瞬间，拿着货物的杨小兵就感到全身冰凉，力气仿佛从头泄到了脚下。

他几乎晕倒，毕竟这个打击对他来讲很大，对春霞的公司来讲，更是灭顶之灾。

正是因为跟好几家商场和超市签订了合约，同意品牌入驻，春霞这才向公司订购了一大批产品，而这些产品都带有保质期。

但抛除保质期不说，短期的资金周转不灵，就可以让这家公司陷入万劫不复，而且春霞与他的身上都背着债务。

"怎么会这样呢？不是已经谈好了吗？所以我才把货物送过来！"杨小兵急切地询问，他狠狠地盯着工作人员，眼神中仿佛要冒出火来，毕竟这不是儿戏。

可是无论杨小兵怎么说，工作人员却只是摆了摆手："我们觉得国货的品牌现在市场很小，所以……"

"可是明明之前已经说好了，商场不是儿戏，你们不能这么做！"

杨小兵的追问让工作人员感到很不耐烦，他推说自己很忙，便直接离开了，只留下杨小兵和背后那一整包货物。

看着他们离开，杨小兵只好拖着货物下楼，在楼梯上，杨小兵一边搬着货物一边思索着到底是怎么回事。

来到了楼下，杨小兵把货物放在车子上又来到了下一家商场。

杨小兵的心中有一种不祥的预感，果然，他看到超市工作人员的脸上仿佛蒙着一层薄雾似的，那种淡淡的疏离感已经让杨小兵猜到了是怎么回事。

"我来送货了！"杨小兵朝着那位工作人员爽快地打了声招呼，但是那个人的脸色却更加难看了，杨小兵的心重重地沉了下来。

"什么时候能上架？"杨小兵一边说着一边把货物放到了工作人员的面前，这时人家才说道："对不起，你们家的货物，我们不要了！"

"什么不要了？怎么就不要了？"杨小兵刚刚碰了壁，这个时候更是急躁。

"不要了就是不要了！国货现在的行情就是这样，我们也不敢卖！"

"不可能！你们前几天还不是这么说的，我们也做过了市场调研，到底为什么不收我们的货物？我们的产品质量也都很好，经过国家的专业检测，完全达到你们超市上货的标准！"

杨小兵说得口干舌燥，可是对面的工作人员看着他却只是连声地叹气，工作人员欲言又止，最后只好说道："反正我们家是不收的！"

"合同都签了！"

"签了又能怎么样？那只不过是一个临时的协议罢了！并不具备什么法律效力！"

杨小兵眼睛红了，他看着这个工作人员，恨不得一拳就打在他的脸上，可是他能做的也只有把这些货物带走。

本来春霞是跟五六家商场和超市签订了合同，可是这些商家全部都不认账了！

从早上杨小兵信心满满地送货，到晚上一个产品都没有送出去，他一边骑着自己的三轮车，一边看着街上的车水马龙，人来人往，一边连声地叹气，心中不知该怎么办。

他也不敢回公司，因为这些货物没送出去，他不知道该怎么跟春霞交代，若是春霞知道了今天这个情况又如何能承受！

就这样漫无目的地蹬着三轮车，耳边熙熙攘攘的人声渐渐安静了，只剩下车辆穿梭的声音，渐渐地连车辆穿梭的声音也没有了，杨小兵一个人把三轮车靠在路边，自己坐在马路边上默默地抽烟。

烟一支接着一支地抽，直到头晕目眩。

"杨大哥！"

清脆而爽朗的少年的声音传入了杨小兵的耳中，杨小兵回过头来这才发现是自己音像店这段时间才雇的店员。

小军和这名店员关系不错，两个人结束了工作晚上出来喝酒，回来便看到了杨小兵这颓废的模样。

"小周，这么晚了怎么还在街上？"杨小兵迫使自己振作起来，可是说话的声音显得格外虚弱。

"嗯，和小军一起吃点东西，回来得就晚了点，不过杨大哥你放心，我是不会耽误明天早上开店的！"

杨小兵点了点头，这时小军问道："杨大哥，不知道你和我姐开的公司最近发展得怎么样了？"

一句话问住了杨小兵，他从不撒谎，可是这个时候却不知道怎么回答："还可以。"

小军看着杨小兵脸上流露出来的颓废，又看了看车上的那堆货物，心中有一种不安："小周，你回家吧，我想跟杨大哥聊聊天！"

小周打了个哈欠："正好我也困了，走了！"

看着小周离去的背影，过了好一会儿，小军才问道："杨大哥，是不是公司出了什么事？我觉得你好像不太……"

"是，我的状态不太好，是有些累了。"杨小兵站起来，因为一天没吃饭的关系，脚步就有些踉跄。

"杨大哥！你这到底是怎么了，出了什么事？"小军急了。

"我说了我没事！"杨小兵突然喊道，"回工厂去睡觉！大晚上出来外面喝什么酒？"

小军莫名其妙地被骂了一顿，心情自然也不好："杨大哥，我这是在关心你，你这是干吗？"

杨小兵也知道自己不该对一个孩子发脾气，但是他现在心中正闷着一股火，看着那堆货物更是不知所措："我现在心情确实不太好，所以不想跟任何人说话，回去就是了！"

可是小军一直都惦记春霞的公司，常常寝食难安，生怕春霞的公司赔钱。因为春霞刚刚经受了王永华的打击，公司若是再出什么事，春霞又能否承受得住？

"杨大哥，我能不能和你一起去公司？我看你现在也不太舒服的样子，你坐到车上，我蹬车回去！"

年轻的小伙子身上有的是力气，但是杨小兵还是说："你呀，别管这些了！"

"我不是想管这些，我只是担心我姐和你，我也把你当成我在深圳最亲近的人，所以你们有事不要瞒着我，好吗？"

8

　　杨小兵也知道，小军已经不是一个孩子了，或许有些事情，他也有权利知道。

　　杨小兵骑着车，小军便在后面跟着他，两个人回到了公司。

　　春霞还在公司等着杨小兵的回复，这一天她也是焦头烂额，杨小兵到了半夜还不回来，一整天又联系不到人，她不知道杨小兵到底是出事了，还是生意上没谈拢。

　　当公司的大门被打开时，春霞急匆匆地来到了门口，看到杨小兵和小军站在一起，总算是舒了一口气："杨大哥，你担心死我了！你没事就好！"

　　看着春霞那满脸担心又如释重负的样子，杨小兵的心里感到了一丝短暂的安慰，但是随着小军把那些货物拖到春霞面前的时候，他的心又重重地跌到了谷底。

　　春霞看着这些货物，上面还有她早上打包好的胶带，也就是说今天这个包裹，连拆都没有拆开过一次！

　　"杨大哥……这是怎么回事？"

　　春霞的声音中带着哭腔，她眨着含着泪的眼睛："不是应该把货物送到商家吗？"

　　杨小兵重重地叹了一口气，接着整个人无力地坐在旁边的椅子上点起了一根烟。

　　可是杨小兵却忘记了抽烟，直到烟差不多快熄灭，这才缓缓地抽了一口："春霞，我……"

　　"姐，你不要怪杨大哥，杨大哥也挺难受的……"

　　春霞看着杨小兵，一字一句地问道："难道是，没有商家收我们的货？"

　　"是的，我走遍了所有的商家，但是，他们都不肯要咱们的货！"

　　一时间春霞也觉得天旋地转，她一只手扶在桌子上，小军看到这里也明白发生了什么，或许这一次的打击对于公司来说就是毁灭。

　　"不是已经说好了吗？"

　　"没有用！他们就是不肯收，说出的那些理由根本就是在扯淡！我怀疑这背后或许是有什么别的理由！"

　　春霞听到这里，也渐渐地明白了什么。

　　三个人站在公司的房间里一言不发，只有那一大包货物，在不断地提醒着三个人，公司即将走下坡路。

　　"我想，干脆把我的音像店也用来做咱们的直销店吧！"

　　但是面对这么多货物，加上春霞之前跟供货商订购来的货物，那个音像店也难以消化这么多。

　　"现在的问题是我们的货物必须要进入超市和商场，因为这样才能让大众熟知我们的产品并且信任我们的产品，才会因此来到我们的直销店，可是连这一步都没有，就算是放到直销店又有什么用呢？"

春霞的分析很在理，杨小兵也无话可说："那你说该怎么办？"

"我也不知道。"

春霞让小军先去卧室睡觉，两个人留在公司里，望着那扇小小的窗户，以及楼下的路灯。

一整个晚上，两个人都未曾合眼，他们不知道命运的漩涡将要把他们推到哪里去，那些债务也不是几年就能还得清的，或许把整个人生搭进去才有还清的可能。

"春霞，吃点东西吧。"杨小兵拉着春霞去楼下吃早餐，可春霞摇了摇头："我真的吃不下！你觉得我还能吃得下什么？"

"可是身体是最重要的，不管到了什么时候，身体都比金钱要重要。"杨小兵坚定地拉住了春霞的手，春霞这才发现自己在精神崩溃的时候，杨小兵比她更痛苦，却更坚强。

努力地咽下了几口早餐，春霞望着外面那白亮亮的天，却不知道此时该往哪里走，回到公司去，也只是面对那一大堆无法上架的货物。

终于，春霞再也忍不住了，她抱着杨小兵："杨大哥，我该怎么办？我该怎么办？"

杨小兵也紧紧地抱着春霞，两个人在这巨大的城市之中，只有彼此能够给予安慰，此时此刻，他们也只有彼此了。

不过就算再颓废，公司还是要运作，直营店还是要继续做生意，春霞再一次来到了那些商场中。

在春霞的不断逼问之下，终于有一位工作人员忍不住开口说道："不要再来为难我了！我也没有办法，你自己得罪了人！"

春霞顿时明白了什么，她还记得自己从那家日化公司离开的时候，给公司带来了很大的损失，而那天与张副总的偶遇，显然是让张副总再一次盯上了她，并且打算狠狠地报复她！

"是张副总？"

工作人员被春霞磨得实在没办法，便只好从实招来："张副总说了，如果商场上架你家的货物，那么他就提高价格，或者是直接撤柜，你说让我们怎么办？你们家的货物不过是这样一个小小的柜台罢了，你知道人家公司的货物占多少个柜台吗？难道我还有别的办法？"

春霞这才知道，和工作人员说这些都无济于事，他们也不过是无奈，而这一切都是张副总的报复！

回到公司，春霞把这一切说给了杨小兵听："杨大哥，都是我的原因，当初不小心得罪了这个张副总,导致你也跟我一起受牵连,你给了我这么大的信任陪我一起开公司,却落到今天这个地步!"

杨小兵连连摇头:"春霞,这件事不怪你,我更不怪你!你心里不要有负担,至于欠的这些债,我们两个慢慢还!"

"音像店的贷款如果还不上的话,可能就要抵押出去,我会想办法先把这个钱赚出来还给你,剩下的……"

突然杨小兵一把就把春霞拉进怀里:"你在说什么?我不要你还钱!你根本也不欠我的钱!我只要你好好的,咱们一起面对这些,只要我们两个一直在一起,同心同德,一定会有办法的!"

这几句说起来好似夫妻之间的话,此时此刻却并不显得突兀唐突。

"你为什么要对我这么好?为什么要去跟我承担这些?为什么?"

春霞经过王永华那件事以后已经不相信这个世界上还有什么真情真爱,可是杨小兵却屡屡打破她的这个认知,她的底线。

9

杨小兵轻轻地坚定地说道:"我愿意与你一起承担,这不需要理由!"

话虽然这么说,可真正要去承担却不是说说那么简单,两个人马上就要面临下个月的贷款,如果还不上,公司就彻底倒闭了。

就这么焦头烂额地想了三天三夜,春霞突然找到了杨小兵:"杨大哥,我不甘心!"

"不甘心?"

"对!我不甘心,我不甘心这份心血就这么付之东流,我不甘心以后要背上那么高的债务,我想再试一次!"

杨小兵扬起眉毛,他能够感受到春霞心里燃起的那种火焰,那高昂的斗志。

"春霞,不管你做出什么决定我都信任你支持你!你说吧!"

春霞说道:"咱们公司之所以没有竞争力,是因为我们没有一套完整的生产线,我们的大部分货物也不过是从别人家的工厂里东拼西凑来的,如此一来,人家商场自然会选择生产研发到营销整个生产线的那个厂家!"

杨小兵明白了,原来春霞的心里还是想要去开设一家工厂!

"可是这需要更多的钱!我们……"

春霞咬了咬牙:"用公司再抵押贷款,趁着现在公司还没有出现资金周转不灵的情况,我们赶快去贷款!否则,就真的来不及了!"

杨小兵也知道春霞的兵行险招,这一步甚至可以说是背水一战。

"这么没有把握的事,你也敢去做?"

春霞叹了口气，其实她的脆弱都写在脸上，她不过是强撑着。

"不试一试怎么知道成不成？难道我们的人生就死路一条了吗？去还债？"

不，不是这样的！杨小兵的心中也燃起希望了，他腾地一下子从椅子上坐了起来："我答应你！我一直都会陪在你的身边，我们一起去做这个事业！"

等到天亮，春霞便把公司所有的资料都带着，两个人一同去了银行。

温柔的风吹在两个人的脸上，阳光也一如既往地照耀着大地，这个世界同昨天一样，该上班的人上班，该玩乐的人玩乐，没有人会注意到这两个在绝望与希望中翻滚着的年轻人，他们抱着多大的决心去做一件多么冒险的事。

其实就连春霞和杨小兵自己都不知道这一刻自己究竟在做些什么。

终于，来到了银行的门口，春霞还是退缩了。

"不行，不行，我不忍心让你陪着我去做这么冒险的事！杨大哥，在我贷款之前能不能求你一件事？"

杨小兵问道："什么？"

"离开我吧，不要再跟我一起冒险了！这所有的一切都让我自己去承担吧！你是一个勤劳肯干的人，你的人生若是离开了我也一定会保证顺遂温饱，而我是一个想要冒险的人，不能拖着你一起……"

"如果你觉得贷款可能太仓促，那么我们就等几天，但是春霞，如果你让我离开你，不可能！"

春霞愣住了："为什么？"

杨小兵用一双坚定的眼睛望着春霞，那双眼睛生得俊俏，可是目光却格外有担当，有责任。

"李春霞，你听好了，我杨小兵很喜欢你，很欣赏你！或者说，我早就已经爱上了你！"

"爱？"

这个字在王永华那里春霞听了无数遍，可是到头来，却也不过落得曲终人散的下场，而杨小兵所说的爱又如何？

"我知道，在这个节骨眼上我不应该对你说什么情与爱，可是你既然想知道答案，那我就告诉你，我爱你！所以我永远都不会放弃你，不管你落得什么样的处境，我都要跟你在一起！"

看着春霞眼中的犹豫迟疑，杨小兵意识到自己的话说得太直白，便只好说道："爱，不是一种简单的东西，也不是每一个人的爱都那么坚定！但是我的爱，比起任何人都要坚定！也仅对你！"

春霞的眼睛湿润了，她模糊的视线中看着杨小兵的身影仿佛在发着光，她扑进了杨小兵的怀中："你为什么要为我奉献牺牲这么多？真的值得吗？"

"这世上从来没有值得不值得一说，只有愿意不愿意一说，春霞，为了你我什么都愿意！"

为了杨小兵的这一句"我愿意"，春霞没有贸然地踏入银行，她与杨小兵一起回到了公司。

这段时间，她努力地使自己手下的几家直营店经营得好一些，不至于生意惨淡，而另一方面她在寻找着新的出路。

春霞曾经在日化公司的同事来春霞的公司，春霞这才知道，原来那个张副总是打算打一场持久战。

"所以春霞，我劝你还是快点放弃吧，你真的斗不过他的公司，现在能够及时退出，或许还不至于惨败！"

春霞沉默着，她想退出却不甘心失败，那个同事继续说道："现在国货本来也不好做，你知不知道在东边的那几家小工厂？原来都是做国货日化，但是呢？现在也都濒临倒闭！"

"很多企业都倒闭了吗？"

"是的，只剩下几家还在苟延残喘，这段时间正在想办法找公司收购，或许收购了还能够减少一些损失，但是又有谁会去收购呢？"

春霞的眼睛闭了起来，她的心中逐渐萌发了一个念头，既然没有人去收购，那她就去收购！

"我知道了，谢谢你今天的话，真的很感谢！"

跟这名同事聊过了之后，春霞便直接和杨小兵来到了那几家濒临倒闭的工厂。

看到工厂上面挂着的牌子，春霞叹了口气，这曾经也是响当当的牌子，可是却因为外国货而濒临倒闭！

她与杨小兵走进工厂，这才发现因为工厂的效益不好，工人们都懒懒散散，不是谈天就是打牌。

"你们的老板呢？"春霞问道。

"老板？我们都几个月没见着了，留在这里就是为了等这个工资，现在也没有订单，我真怕工资也要不回来了！"

在这种绝望的气氛中，春霞皱起了眉头，她不知道自己的这个选择是否正确，却仍然想试一试。

10

这个工厂的破败程度可想而知，连老板都没影了。

春霞又深入地走进了工厂之中，一台又一台的设备被闲置，偶尔听到别的机器发出的噪声。

能被春霞所看见的地方是打包的部门，而真正产品的生产跟研发是在里面的房间，春霞和杨小兵等人进不去，便在外面等着。

过了一会儿从里边的房间里走出了两个人，两个人身穿白大褂戴着眼镜，看起来学历很高的样子，然而脸上却和那些工人有着同样麻木的表情。

他们戴着手套和白色的帽子，先是摘掉了口罩然后对视着叹了口气："也不知道这个月的工资什么时候才能发下来，我老婆都要生孩子了！"

另一个人也垂着头说道："就是，再这样下去我真坚持不住了，干脆回老家去当建筑工人！"

春霞这时候跟了上去，跟两个人打起了招呼，接着说道："这工作这么好，怎么想着去当什么建筑工人呢？"

还没脱掉白色帽子的那个人说道："当建筑工人赚得多呀，反而像我们这种搞研究的，连老板人都跑了，家里急需要钱，只能去当建筑工人！"

另一个人也点了点头。

春霞叹了口气，看来这个工厂的确是举步维艰，她当机立断地说道："有什么缺钱的地方吗？如果缺，暂时从我这里拿吧！"

杨小兵被春霞这个行为所惊叹，毕竟他们才不过是刚认识几分钟的人而已，春霞却要掏钱资助他们的生活！

"这是为什么？"

两个人都看着这个姑娘，感到十分吃惊。

"别管这些，也不为什么，钱的话就从我这里出！但是能不能帮忙联系一下你们的老板？"

两个人把老板的电话给了春霞："我们自己都联系不上了！"

春霞从口袋中摸出了二百元钱，然后递给了两个人："我今天出来得匆忙，没有带太多的现金，只能先给你们救救急！"

两个人被动地接受了钱财，回过神来想还给春霞的时候，春霞已经走远了。

春霞来到了下一个部门也就是公司的财会部门，这个部门才真叫一个人去楼空，就连工厂的会计跟出纳都不见人影了。

好在账本毫无保留地放在桌子上，春霞打开账本一页一页地翻阅起来，这才知道厂子的效益是如何一天一天下降，直到今天变得如此衰败落魄的。

"你看，在外国的货物打入市场之后，工厂就接不到什么订单了！我真的很生气，咱们中国人什么时候能够意识到国货的好？"

杨小兵道："无论如何，国货是非常具有性价比的产品，反倒是那些外国货，名头大，价格高，可是究竟有什么功效，咱们也不清楚……"

本来春霞和杨小兵是打算去外面给老板打电话的，但既然财务部的办公室门没有锁，春霞便索性用单位的座机拨打了老板的电话。

也许是财务的手上握着什么重要的资料，老板接了电话。

"小刘吗？"

春霞在电话这边直截了当地说："我不是小刘，我是偶然来到你的工厂的一个人，我看了一下你们工厂的经济效益，我觉得……"

"你算是哪根葱？竟然敢教育我？我怎么开工厂关你什么事？"

电话的那边破口大骂起来，春霞把听筒离自己远了些，等那个老板骂够了之后，春霞才说道："虽然我不该参与你工厂的事，但是你至少应该过来给工人一个交代，我听说已经好几个月没有发下来工资了！"

"跟你有关系吗？"

春霞拨弄了一下账本："当然没什么关系，但是如果我是工人的话，一定会联合起来告你，到时候你不是更难收场吗？"

对面电话里的人长长地叹息了一声："我说你这个人怎么这么爱多管闲事啊？我要是能开得下来工资，我也想开呀！可我没有啊！"

春霞点了点头："我知道你没有，但是我有一个办法，我可以帮你，你可不可以跟我见一面？"

电话那头沉默了良久，过了好一会儿才说道："你他妈不会是在骗我吧？说什么开工资的事，你怎么那么清楚？你不会就是我公司的员工吧？"

春霞和那个老板约定了个时间和地点："你可以远远地看着我，一旦是你认识的人，你掉头走就是了，反正是闹市区，我拉也拉不住你拦也拦不住你！"

电话挂断了，春霞能从那个老板的语气中听出绝望和无奈来。

"这是什么老板？欠了工资还这么理直气壮？"杨小兵说道。

"家家有本难念的经呗！老板也是一样，甚至老板所付出的成本比普通人要更大一些，现在也正在难关之中！"

在约定的时间，春霞和杨小兵来到附近的一家街市，这里算是闹市区。

过了一会儿，有一个人探着脑袋向这边看了看，中午的阳光刚好映着他半秃的头皮，春霞觉得有些刺眼，但很快这个半秃的头便小心翼翼地接近，顺着人群找到了春霞和杨小兵两个人。

"你们找我干什么？反正我事先声明，我并没有打算把工人的工资独吞或是赖掉，只是我实在没办法，等我有钱那天，一定还钱！"

春霞却伸出一只手："你就是张老板？"

张老板无奈地跟春霞握了手，春霞摸得到他手中的茧子，而这些茧子虽然很厚，却很柔软，看起来是刚刚留在手上的。

张老板所剩不多的头发凌乱地摆在头上，他的穿着仍然不菲，却显得有些脏乱。

完全看不出是一家大工厂老板的样子，他点点头："是我！我不知道你们一定要找我干什么，反正现在要钱我没有，我自己也在工厂打工呢！就是为了快点把工人的钱还上，要是现在抓了我，以后不就更还不上了吗？"

春霞连忙说："我们没有别的意思，我是想帮你渡过难关！"

11

张老板觉得自己简直是听错了，这个时候有谁能帮他渡过难关？

他拍了拍大腿上的尘土，和袖子上的白灰，露出了一个比哭还难看的笑容："你们两个就别跟我开玩笑了！"

杨小兵说："我们没有要跟你开玩笑的意思！"

"还说没有？谁能帮我渡过难关呢？我老婆都跑了，说句不好听的，我还有三个小情人也都跑了！都跑了！我给过她们那么多钱，现在一分也不借给我！你们看一看！"

说着，张老板伸出了手，手上有灰色、白色和红色的灰尘："我现在自己都在烧砖厂打工，每天就想着多干一点，好多还一点钱！"

看到张老板这个样子，春霞更是有种胜券在握的感觉："我想收购你的公司，这样你就不用再担心工人的工资问题……"

听到这里，张老板的眼睛睁大了，他不可思议地望着春霞："怎么可能有人收购我的工厂？疯了？那工厂现在近乎处于停工的状态！"

杨小兵道："现在我想问你，你们工厂除了工人的工资没有结算清之外，还背负着什么别的债务吗？"

张老板连连摇头："我倒是想背这点债，可是我跟我老婆是假离婚，所有的房产都在她的名下，怕的就是工厂有一天出问题，会冻结我的财产，又没什么可抵押的，跟银行贷不了款，厂子就更……"

一说到厂子，张老板的眼睛就红了，这也是他多年的心血，怎么就几个月的时间，就被拖垮了？

"既然是这样的话，我们打算收购你的工厂！"

春霞当机立断地说道，当天下午春霞便和张老板来到了公司，找了专业的律师以及会计，将公司所有的法律相关的文件整理出来，将现在的资产评估了一番。

由于张老板已经是走投无路的状态，春霞把收购工厂的价格压得很低，而张老板一心只是迫切地想要还清债务，便也不得不同意了下来。

往回走的路上，春霞和杨小兵送走了律师和会计，两个人在河坝的边上，望着夕阳。

春霞自始至终都很冷静，但是冷静之中也透着一种年少带来的不安。

杨小兵踢着路边的石头，笑着对春霞说："真没想到你能把价格压得这么低！"

春霞道："我也知道张老板可怜，可是商场不就是这样吗？若是有太多的同情跟怜悯的话，岂不是自取灭亡？"

事实上，张老板的工厂有人能收购已是不幸中的万幸，否则若是直接等到工厂倒闭，那张老板恐怕是一分钱也拿不到了！

杨小兵低头拾起了一根狗尾巴草，放在口中，两个人都沉默了良久，突然同时开口说道："杨大哥……"

"春霞……"

"你先说吧！"

春霞这才说道："杨大哥，你说咱们这么做，是不是太冒险了？"

杨小兵耸了耸肩："或许，这就是命运的安排吧！你我必须要去做这件事！因为你我都有一颗不甘平凡的心，那就努力试一试闯一闯！总比什么都没做要好！"

很快，春霞向银行贷了款，把张老板的这家工厂收购了。

得到了一家几乎濒临倒闭的工厂，春霞做的第一件事就是统计了张老板对大家工资的欠款，不统计还不知道，原来工资欠款也是一笔不小的数目。

结清了欠款，春霞手上的钱已寥寥无几，而眼下的运作也需要钱。

杨小兵把自己所有的积蓄都掏了出来，甚至最后放在桌子上的还有几个零钱，小军也把这几个月来在工厂里赚的钱摆在了桌上。

而春霞也是一样，看着这一桌子的钱，她突然笑了："杨大哥，我猜你把你家里上上下下翻了个遍！甚至连每个衣服兜里都掏过了吧？"

"你怎么知道？"

小军这时抢着说道："因为我跟我姐也是这样呀！"

三个人的目光齐刷刷地放在这一桌子的金钱上，这是他们最后的希望！

"这个是不是就叫做破釜沉舟？"杨小兵看着春霞。

"是啊！不过我想既然我们有这个决心，就一定会把这件事情做好！"

早在收购工厂之前，春霞就已经做了一场大型的市场调研，她在每个门店里都投放了一种机器，能够感应出试用者的肤质类型。

而经过大面积的统计，春霞总结出大部分中国人的肤质，也找到了比较适合中国人用的一些种类的护肤品。

春霞打算从这方面入手,她知道国货现在竞争不过洋货,但是可以在产品的舒适度和效果上多做文章,再尽量打价格战。

春霞和杨小兵来到了工厂,大家还是一副懒散的样子。

这时春霞向大家宣布了工厂已经更名换姓了的事实,接着告诉大家从今天起杨小兵负责管理工厂,每一个人必须收起现在的懒散状态。

杨小兵是军人出身,自然而然对规则有一套自己的理解,规则就是铁打的纪律,每一个人必须顺应这套规则和纪律,否则将面临罚款,或是被辞退的风险。

杨小兵负责管理工厂,春霞负责研发。

那两个拿了春霞钱的研发人员再一次找到了春霞,说什么都想把春霞的钱还给她,可是她却无论如何都不肯收下:"帮助自己公司的员工渡过难关是我应该做的,你们不要放在心上,你们也有你们应该做的事!"

接着春霞将自己对国人肌肤的一些见解告诉了研发人员。

春霞要的产品是更温和更滋润的,对国人这种角质层较薄的肌肤没有更多刺激的产品,更多地加入草本植物,甚至是一些中药材,而这一点是打败那些洋货的重中之重!

外国人没有中草药,只有化学产品,而在中国不少人都认同中医中药,春霞便死死地抓住这唯一的优势。

这些研发人员曾经得到过春霞的帮助,所以更加努力工作,很快便研发出几款新产品来。

12

草本的香皂、沐浴露是第一批研发出来的产品。

春霞还是老样子,自己投入使用,将每一款产品的使用感受都记录下来。

清淡的草本植物的香气令人感到心旷神怡,春霞用了几次觉得还不错,便决定将产品投放到市场。

而思来想去了几次,春霞仍然觉得有些不妥。

她不想这么好的产品悄无声息地被放入市场中,那样的话岂不是仍旧和之前的国货一样不显眼吗?

所以,春霞便直接注册了一个新的品牌,不再借着莹露这个品牌的影响力,而是另起炉灶。

"这个品牌叫什么名字比较好呢?"春霞的手指放在桌子上来回地摩挲着,手指发烫。

杨小兵闻着香皂上植物的气息，眼睛一亮："我仿佛闻到了春天的味道，你的名字就叫春霞，干脆先取一个春字！"

"好！"春霞点点头。

外面是阴沉沉的雨天，刚好放晴了，万丈的霞光从云层的缝隙中透出来，双彩虹挂在天边，春霞开心地望着那双彩虹："就叫春彩！你看怎么样？"

杨小兵听到这个名字，双手抱起春霞的肩："你真是一个浪漫的女孩子！这个名字好听！就用这个名字吧！"

于是，春彩这个品牌终于横空出世！

不过，接下来的问题来了，那就是如何去做宣传，工厂暂时没有盈利，几家店铺也都在正常地经营着，并没有太多的收入。

可是广告的费用很高，尤其是在电视台上播出，则需要更多的钱。

春霞知道为什么之前张副总的日化公司会有那么强的竞争力，就是因为名声早就打出去了！

所以到底该怎么把新产品的名声打出去呢？

这时，杨小兵从工厂回来，他在楼下顺便买了饮料。

"来，给你买的，你别累坏了！"

春霞自然而然地接过杨小兵手中的饮料，不知从什么时候，她似乎已经习惯了杨小兵对她的照顾："谢了啊！"

饮料香甜的奶味在口中四散开来，春霞低头看着这个饮料的品牌，突然心中一个念头一闪而过！

这世界上打不起广告的品牌多了去了，但不是也有成功的案例吗？就比如说这个饮料的品牌。

"你还记得抗日时的一个战略方针吗？"

杨小兵对这些很了解："你怎么突然说起这个？"

"农村包围城市！咱们干脆用这个方法！"

春霞一开始的时候总是把目光放在深圳闹市区的几家商场和店铺里，可是想要打入这样的商家又何其艰难！

所以，春霞决定反其道而行之，她带着新研发的几款产品，来了一趟短暂的小旅行。

当然这场旅行可不是去什么大城市，而是来到深圳周边的一些城市，把这些产品介绍给一些小的商家。

其中，春霞并没有吝啬给这些小商家的利润，所以便很快就谈成了几笔生意。

工厂也因为这几笔生意运作了起来，春霞见到形势一片大好，干脆道："杨大哥，我想我们应该走得更远一点！把沿海的城市走个遍，一直到山东辽宁，你说怎么样？"

东南沿海城市的购买力较高，销量自然不用愁，但春霞更希望能够打入到更多的农村或者是县城的市场，而且好多小地方的人根本就认不得什么洋货国货，什么东西便宜好用就用什么，而这便符合了当时春霞研发这个品牌的意义。

"你真要去那么远的地方？"

"当然，我不想我们的品牌就集中在这么一个小地方，我想把我们的品牌推广到全国！"

杨小兵对春霞很是钦佩，他实在搞不懂为什么一个小姑娘的身上竟有着如此的雄心壮志，她那勇往直前的心就连自己一个大男人都比不过。

"好吧，不过你要答应我一件事。"

"你说？"

"绝对不可以擅自行动！你要去更远的地方，一定要有我在身边，否则你一个小姑娘受了什么委屈怎么办？我担心你！"

"那工厂怎么办？"

杨小兵早就胸有成竹："这段时间我已经设立了一个管理层，公司早就不再像之前那样的一盘散沙，而是有了非常严格的纪律，你放心，就算是我离开一阵子也会正常运作的！"

春霞笑了："我发现，我们两个的能力还真的很互补！我觉得我的创意和创造力更多些，社交力更强一些，而你是那种稳扎稳打的管理力，你知道吗？你就是我坚实的后盾！没有你我真的不知道我竟还能走到今天！"

得到春霞这么高的评价，杨小兵这个大男人一时间竟有些难为情，他随手挠了挠头发："若是没有你的带领，我不知道我能不能走到今天！"

两个人就这样互相鼓励互相夸奖了一番，很快便踏上了新的行程。

火车有节奏的响动着，杨小兵跟春霞相视而坐，窗外的景色如同流水一般向后流去，从深圳出来，来到北方的城市，树木已经不像深圳那边葱绿，渐渐地显出一片枯黄来。

春霞这才意识到又要到冬天了，她只因长期留在深圳——这个常年闷热潮湿的城市——才失去了对季节的感知。

而如今眼前的这一片景象，才让她逐渐地回忆起故乡的冬天来。

"怎么了？"

"没什么。"

杨小兵望了一眼窗外，又看了一眼春霞，躺着才想到："你是不是想家了？"

春霞觉得杨小兵仿佛是有什么魔力一般，竟一下子猜透了她的心。

人最怕的就是被别人知道自己想什么，春霞却有些惊喜："你怎么知道我在想什么？"

杨小兵也笑了："是因为默契！就像是我们两个在工作的时候，常常因为彼此一个眼神便心领神会，所以省下了好多交流跟对话，省下了好多时间，不是吗？"

春霞点点头，默契这种东西不知道从什么时候起就潜移默化地留在了彼此的心中，她也不知从什么时候起开始享受起这份默契，安下心来感受着这份默契。

13

一排化妆品、日化产品被摆在了小县城商场的柜台上。

春霞在山东威海的一座小城停留，等待着商品上架之后的销售情况的结果。

山东的海和深圳一样，还没有结冰，与深圳不同的是，在岸边的海滩上有着细碎的冰碴，春霞穿着临时买来的一双棉鞋走在上面，听着碎冰与沙滩交融在一起的声音。

吱嘎吱嘎，与风声融为一体。

杨小兵跟在春霞的后面，两个人在沙滩上一前一后地走着。

天很蓝，风也很硬，春霞的头发在大风中变得凌乱，可春霞并不在乎这个，她自打开公司以来，到今天甚至没有睡过一个安稳觉，每一天都是在辛勤地劳作，在担惊受怕中度过。

唯独这一次，她远离了公司，也远离了家乡，在这几天，春霞决定将心中的包袱放下，然后再来到海边。

虽然不是旅游旺季，冬天的海边也没什么人，但是春霞喜欢这样的环境。

她太累了。

终于，当春霞走累了，杨小兵这才跟上来："你呀，要不要回去好好睡一觉？"

春霞摸着心口："还是觉得有些睡不着，好紧张，你说山东这边的销售额会怎么样？"

杨小兵伸出手感受了一下风，然后笑了笑："咱们的产品最注重的就是滋润度，以及长时间锁水的能力，山东的冬天很干很冷，正是化妆品热销的季节，所以你不必担心。"

"是吗？"

"是啊！就把这次的行程当成一次旅行，好好放松一下身心。"

杨小兵一边说着一边把手放在春霞的肩上，揽着她离开了海边："这儿的风太硬，别再感冒了！"

回到了小旅馆，两个人坐在小小的电视机前扒拉着盒饭，毕竟公司是刚起步，春霞舍不得住贵的宾馆，杨小兵也同样舍不得吃贵的盒饭。

他把盒饭中唯一的鸡翅让给了春霞。

"你怎么不吃？"

"我不想吃，今天不想吃肉。"

杨小兵很自然地说着，并且逼着春霞一定要把鸡翅吃下去。

因为一路颠簸春霞本来就没吃太多东西，外面的盒饭又贵，春霞每次都点全素的，杨小兵没办法，只好想方设法让春霞多吃一些。

可是春霞又何尝不能感受到这份情谊呢？

吃完了饭，两个人看着电视中反复播出的广告以及电视剧，春霞靠在墙边说："杨大哥，为什么你总是对我那么好？"

杨小兵吃惊地看着春霞："怎么突然说起这个？"

"我，真的值得被别人这么好地对待吗？"

春霞的声音里带着迟疑带着犹豫，她到现在仍然会被杨小兵对她的细致照顾而感动。

"当然值得！"

"我有这么好？"

杨小兵突然很认真地看着春霞，而春霞也看着杨小兵那虽然年轻俊美，却写满了沧桑的眼睛。

"你真的很好，你有着很突出的能力，有着不算难看的面容，有着丰富的同情心，你有很高的素质……"

"喂！你可不要拍马屁，我哪有什么很高的素质？我高中毕业就出来了，可比不上念过大学的人有素质！"

春霞噘起嘴巴，认为杨小兵是在嘲讽她。

可杨小兵却认真地说道："有素质并不在于学历高低，而在于一个人是否有着同理心，慈悲心，一个有着这样胸怀的人，一定不会做出坏事，反而不管一个人的学历多高，若是他没有同理心的话，那么无论如何也不算是一个高素质的人！"

对于素质这个词，春霞终于有了全新的理解。

"我如果提起王永华，你会不会伤心？但是我要说，王永华虽然有学历，但是我真的从他的身上看不到太高的素质！我只看到了他的自私狭隘，甚至可以说是目光短浅！"

春霞垂下眼睛："人家可是娶了研究所所长的女儿。"

杨小兵轻哼了一声："人这一生很长，日子也都是一天天过来的，一个只有利益,而没有多少爱情的婚姻,又能坚持多久?"

王永华的面容浮现在春霞的脑海中,一时间春霞竟觉得有些模糊,她已经不知道从什么时候起习惯了身边没有王永华的日子,习惯了心里没有惦念的人的日子。

"而且,王永华这个人识人不清啊,你是一个多么好的女孩,你是一个多么有能力的人,他什么都看不到!既然这样,那他确实是目光短浅,或者也可以说,不懂得欣赏你吧!"

"那你懂得欣赏我吗?"

杨小兵离春霞更近了些:"我不仅仅懂得欣赏你,我更是想要照顾你,若是春霞你没有现在的能力,仍然是一个普通的上班族,我也很愿意照顾你,我并非是因为你的能力喜欢你,而是因为你就是你,所以我喜欢你。"

春霞的脸红了,她把头靠在墙上,一面用手挡住了脸:"你不要这么说,说得我都害羞了。"

杨小兵笑了笑,没再说什么。

在山东威海总共停留了一个礼拜,春霞几乎把所有的小县城都跑了一遍,准备哪一家商场销售的情况好一些,回去之后就向那边集中供货。

但是没想到的是,竟然有好几家商场都对这个新产品十分满意,普通的老百姓看重的是性价比,而春彩走的正是这一条路线,很快便在同等产品中脱颖而出。

有着传统国货的价格,却有着堪比洋货的质量,所有产品都如同春彩这个名字一样,散发着青春洋溢的力量。

看到小县城的货物马上就要卖光,春霞也无需再等下去,和杨小兵尽快回到了深圳。

而在上路之前,杨小兵就已经跟工厂打了招呼,加急了几批订单。

两个人回到深圳之后,又马不停蹄地工作起来,好不容易加班加点地把供往山东的货发出。

看着那一批打包运好的货物被送上了火车,春霞跟杨小兵相视一笑,目光中满是对彼此的信赖。

14

解决完山东的一大批订单,春霞和杨小兵终于短暂地休息了下来。

而这一大批订单带来的最直接的东西就是经济上的好转,一下子就解决了公司资金周转不灵的问题,燃眉之急被解决,春霞的心情大好。

"晚上我请你吃饭!"

杨小兵道:"工作狂,你有时间跟我吃饭?"

春霞耸耸肩，当然这个动作是跟杨小兵学的："那不吃算了！"

"怎么不吃？"

春霞为了今天晚上的晚饭，已经考察过了好几个餐厅，传统的餐厅总是太吵，杨小兵经常应酬客户，大部分的菜也都吃了个遍，没什么新奇的。

于是，春霞带着杨小兵来到了最近新开的一家西餐厅。

一走进去，穿着燕尾服的侍者便亲切而又保持着距离感地服务二人。

那人带领着两个人来到了预订的座位上，帮两个人分别倒了两杯水。

杨小兵几乎没有来过西餐厅，不过在电视上看过，他有些惊讶春霞竟然会带他来西餐厅。

春霞看了一眼菜单，她也是第一次来西餐厅，不过在来之前她已经做好了功课，因为这个晚上，对于她来说很重要。

点了前菜，牛排、甜点、红酒。

菜品一样一样按顺序被端上了桌子，春霞拿起刀叉，虽然显得不熟练，但是春霞并不因此感到难为情。

她自然而然地割开牛排，品尝着这种新奇的味道。

侍者帮忙倒了红酒，春霞举杯："来，我敬你！"

杨小兵举起杯子碰了一下："嗯。"

"敬你这么长时间对我的照顾！"

喝完了这第一杯，春霞又再次拿起了酒杯："这一次我敬你对公司的帮助，敬咱们两个的合作默契！"

杨小兵端着酒杯一饮而尽："春霞，你今天好正式，我所做的这些都是很平常的事。"

"平常的事也同样值得赞美，世界上不也处处都是平常的事吗？"

有些微弱的灯光使得春霞的面庞变得更加温柔起来，杨小兵微微有些醉，一时间有了想要亲吻春霞的冲动。

但是他从来都是个绅士，唯一能做的也只有笑眯眯地看着春霞。

第三次，这下无比郑重地拿起了酒杯，她收起了脸上的笑容，这种凝重而又正式的表情让杨小兵的心里感到有些奇怪。

"杨大哥，第三杯酒我不敬你，但我想问你一件事！"

"你尽管说！"

春霞犹豫了片刻，脸上带着些羞涩，更带着些期待与向往："杨大哥，你是否愿意……"

莫名其妙地，春霞竟感到鼻腔一酸，有种想哭的感觉。

"你怎么了?你可别哭!说说我哪惹到你不高兴了?"

春霞却摇了摇头:"杨大哥,我要问你愿不愿意与我结为夫妻!"

餐厅似乎一下子就寂静了起来,就连钢琴与小提琴的声音也逐渐远去,仿佛这里只剩下他们两个人,杨小兵听得到春霞那有些沉重而激动的呼吸,也听得到自己那几乎已经快跳出来的心脏收缩与扩张的声音。

那是一种感动,是一种激动,是一种从来都没有体会过的感觉!

春霞的眼睛亮晶晶地看着杨小兵,她满怀着期待的表情让杨小兵竟有一种置身梦中的感觉。

"春霞,你为什么突然这么说?"

"因为……我想要好好珍惜你,如果到现在为止我还看不清身边的你对我有多么照顾爱护,那么我实在是太傻了吧?你救我出泥潭,你帮我获得今天的成就,我,想要好好地回报你!"

听着春霞的话,杨小兵反而冷静下来,他并不着急喝手中的那口酒,而是让春霞认认真真地思考。

"结为夫妻最重要的是彼此相爱,诚然,你知道我一直是爱着你的,可是,你是否也一样爱着我呢?若只是为了感激和感恩,那不必要结为夫妻也同样能做到这些。"

杨小兵的这个问题让春霞有些猝不及防,春霞能够确定的是她喜欢跟杨小兵在一起,是她对杨小兵那特别的感激,是她一颗想要回报的心。

"你仔细想想,这些东西是爱吗?但不管是不是爱,不管我会不会与你结为夫妻,我都会一直照顾你,也照顾着咱们的生意!"

春霞刚刚从王永华的阴影中走出来,她下意识地回避爱这个话题,所以她作为一个诚实的人并不能够给杨小兵最终的回答。

看到春霞那脸上的犹豫,杨小兵的心中亦是百感交集,他激动得想要放声大喊,因为春霞的话,但是也同样因此低落无比,因为春霞并没有真正地爱上自己。

"没关系,你慢慢去想,去感受,不要担心,我一直都在你身边!"

春霞点了点头,她不知道对杨小兵的这种依恋,到底是不是爱情,但是她知道这种东西是比爱情更重要的。

回到公司之后,两个人便绝口不提此事,杨小兵不想给春霞压力,而春霞也因为自己那天的鲁莽行动而感到有些难为情。

她应该想清楚了再跟杨小兵表露心迹。

渐渐地,公司农村包围城市的策略已经初步完成了,三线城市的供货量逐渐大了起来,而春彩这个品牌也被老百姓熟知。

春霞有信心，这个产品未来一定会打开全国的市场，只是时间问题。

所以春霞乘风而上，又跟几家已经濒临破产倒闭的工厂签订了合同，让这些工厂作为春彩化妆品的代工厂，以便接下更大更多的订单。

而除了工厂之外，春霞又在公司培养了一大群业务人员，再也无需春霞亲自全国各地地跑，而且那样效率也太低，业务员可以跑遍全国，把春彩的风采带到全国。

"杨大哥，我要送你个礼物！"

杨小兵笑道："你记得我生日？"

春霞的眼睛一转，她还真不记得杨小兵的生日，不过还是说道："那当然！今天晚上你跟我去个地方！"

"好！"

晚上杨小兵跟着春霞一路来到了公司楼下的车库里："你要送我的礼物到底是什么呀？"

"那你还没猜到吗？"春霞的兴奋写在脸上。

15

跟着春霞往前走，春霞指了指一台上面还戴着绸缎大花的车，明显是新提的。

杨小兵一惊："这是给我的礼物？"

"对！这台车是给你的礼物！"

要知道轿车可是非常贵重的东西，若不是大老板，哪个能开得起小轿车？

"这礼物实在太贵重了，我不能收！"

杨小兵连连摆手。

"怎么不能？这是我送给你的，你平常公司工厂来回跑，那么远的距离都是坐公交车，我看你太辛苦了，就给你买一台车！"

春霞看到杨小兵眼里对这台车子是止不住地喜欢，可是嘴上还说着不能收，她便拉着杨小兵来到车子的前面："你以为这只是送给你的礼物吗？还不是希望你工作效率快一点！并且也可以载着我去门店呀！我可不想再坐公交车了！"

杨小兵的手激动地放在车子的玻璃上，门上，然后打开了车子。

他在部队的时候就学会了开车，可是还没有想过自己会拥有一台车。

两个人直接开着车子在深圳的夜晚游了一趟车，杨小兵好几年都不开车了，所以压着激动而澎湃的心情小心翼翼地踩着油门打着方向盘，春霞望着璀璨而宁静的夜色，时不时地也看看杨小兵那谨慎的开车的侧脸。

一切都是那么美好。

"你知道吗？今天我感觉好开心好幸福！"春霞自顾自地说着，"我甚至想象不到前段时间我竟为了王永华寻死觅活，那心中的痛苦是如今都不能理解的。"

"因为春霞你值得更好的呀！"杨小兵笑着把车停在了路边，他珍惜地摸着车里的所有设施，然后认真地对春霞说道："春霞，谢谢你！"

"这有什么好客气的？你的那个小破三轮车应该下岗了！你怎么说也算是咱们公司的老板，是你音像店的老板，整天骑着个破三轮车像什么话？"

"瞧你说的，骑三轮车有三轮车的乐趣！开车有开车的乐趣！"

春霞笑道："好吧！不过那也暂时应该让你的三轮车休息休息了！"

两个人从车子上下来，旁边是一条河，河的两边修着白色的石柱与栏杆，春霞靠在上面，却被杨小兵拉到了自己的对面："这儿危险。"

"春霞，谢谢你的车。"

"好了，不要再谢来谢去的了！"春霞一边说着一边抱住了杨小兵，她从未觉得杨小兵的怀抱陌生和突兀，虽然两个人彼此相拥只有几次，但是春霞却觉得无比熟悉与依赖。

那是一种令人安心的力量。

杨小兵愣住了，他的手迟疑着放在了春霞的背上，但是又莫名其妙地不能安分，只好一直摸索着，抚摸着。

"杨大哥，上次的那件事，我还在积极寻找着心中的答案，为了我们彼此负责，你愿意等我找到那份答案吗？"春霞抬起头，亮晶晶的眼睛映满了星光与灯光。

杨小兵也同样深情："我愿意。"

"河南要的那份货发过去了吗？"春霞一边翻着订单的本子，一边抬高了嗓音问道。

要知道最近公司实在太忙，她简直觉得分身乏术，杨小兵总是说她贪心不足蛇吞象，非要一下子占领全国的地盘，忙也忙不过来。

可是春霞总是觉得不该放弃任何一单生意，于是因为这个两个人也简短地吵了几次，吵到最后杨小兵说只是想让春霞不要那么累。

而春霞自然理解杨小兵的这一片苦心，便干脆招聘了一个新人，作为自己的助手。

直到有一天助手匆匆忙忙地跑到了春霞的面前，春霞才从自己那为了成功而陶醉的情绪中走出来。

她才发现这段时间自己只为了工作而工作，为了成功而拼命，有太多太多的东西被抛到脑后。

最重要的就是自己的老父亲，她也有好几个月都没打电话回家去了，只为了生意不停地奔波忙碌。

"总经理，这个电话说是从陇原县的医院里打来的，您去接一下吧！"

春霞的心里顿时感到无比愧疚，她赶快放下了手中的订单本，来到了办公室接听电话。

她知道这是父亲打来的电话，但是父亲打电话一般会从村部打，为什么这次要从县里的医院打过来呢？难道是父亲出了什么事？

春霞拿起听筒，里面传来的却并不是老李的声音，而是理智而又清晰的男声。

"是的，我是家属。"

春霞的心一下子狠狠地落在了地上，她一瞬间突然明白了什么，难道父亲真的生了很重的病吗？如若不然，怎么会是医生替他打电话？

"希望你赶快来一下医院，病人现在的病情很严重，可能随时需要手术，需要病人家属签字！"

春霞拿着电话的手开始抖了起来，她的哭腔凝在嗓子里，但还是用镇定的声音问道："我父亲得了什么病？"

医生叹了口气："家属，你要做好心理准备，病人患的是肠癌。"

春霞闭上眼睛，深深地呼吸了几下，这才尽量使自己平静下来："怎么会得这样的病呢？怎么会……"

"这个病也是由于操劳过度，以及平常的饮食不规律引起的，还有病人随时随地有大出血的风险，所以家属尽快回来，最好是能够把病人转到更大的医院去！"

"我知道了。"

春霞几乎一下子就倒在了靠椅上，她只觉得此时此刻如同天塌了一般难受，痛苦，猝不及防。

杨小兵刚刚从工厂回来，准备告诉春霞新研发的一款产品的试用效果，可一开门却看到春霞那一张惨白的脸，杨小兵连忙问道："春霞，到底怎么了？"

可春霞什么都说不出来，或者她也根本不敢再提那件事，只能在杨小兵的怀里大哭了一场，哭得肝肠寸断，虚弱至极。

助手已经帮春霞和小军买了第二天回陇原县的票。

16

春霞的大哭让杨小兵不知所措，他反复问春霞是不是公司的订单出了什么问题，但春霞只是摇头，只是哭。

杨小兵知道也许春霞现在不想说，便只能让春霞在自己的怀中大哭，而春霞哭了好久，直到感觉已经喘不上气，头晕目眩，这才在杨小兵的怀中渐渐地安定了下来。

杨小兵托着春霞的脸,那张脸已经被泪水浸湿,他擦了擦她的泪:"春霞,你要知道这世界上不管有什么困难我们都会跨越过去,因为我在你的身边,嗯?"

春霞的眼睛肿了,她半抬着眼皮看着杨小兵,紧紧地握着杨小兵的手,两个人的汗水交融在一起:"我该怎么办?"

"什么怎么办?告诉我到底出了什么事?"

杨小兵温柔而担心地说着,春霞这才鼓起勇气把"肠癌"两个字说了出来。

"你生了病?"

春霞一直在哭,所以说话有些含混不清,杨小兵差点以为春霞生了病,泪水夺眶而出,他捧着春霞的脸:"我不会让你有事的,我不会的……"

春霞摇头:"不是我,是我爸……"

杨小兵终于明白了是怎么回事:"原来是这样,春霞,你先别伤心,你要是这个样子回去,你父亲岂不是更难过?现在医疗的手段有很多,我们可以把你父亲接过来治病……"

春霞的手紧紧地抓着杨小兵的衬衫,那湿润的衬衫浸满了两个人的汗水泪水,春霞摇了摇头:"那是不可能的……"

"为什么这么说?我记得你一向是有信心的,你怎么可以这么灰心呢?"

杨小兵的话说得连自己都不信。

他比任何人都清楚一个老实巴交的农民会如何对待自己的病,恐怕是一拖再拖,拖到最后实在疼得不能动了,这才被送到医院里去。

早就错过了最佳的治疗时机。

杨小兵想起了自己的父亲,父亲有肾病,后来发展成尿毒症,走的时候整个人瘦成一把骨头,可唯独脸肿胀得像块面包。

若不是一拖再拖,杨小兵坚信父亲的病是可以治愈的,可是他舍不得钱呀!

"我怎么这么傻?我要这些钱有什么用?"春霞抬起头看着自己经营的这间公司,此时的盈利已经达到了春霞不敢想象的地步,可是她却没有早一点想到为自己的父亲做个身体检查。

全心全意地投入公司,却忘了身边最重要的人。

"杨大哥,我真的好害怕,除了小军,父亲是我唯一牵挂的亲人,我这个女儿真的失职!"

春霞一边说着一边打了自己一个巴掌,她幼年母亲走得早,支撑起家庭的只有父亲,可是这个父亲她也没能保护好!

杨小兵赶紧握住春霞的手不让她再打下去,春霞在他的怀中挣扎了好一会儿,终于被他紧紧地抱住:"春霞,这世界上根本就没有后悔药,后悔丝毫不起作用,我们能做的只能是去面对,是想尽一切办法治好你父亲的病!"

晚上,杨小兵跟春霞一同留在公司的小卧室里,春霞什么都吃不下,只想着马上就回家去,可是偏偏没有车,她唯一能做的只有等。

等,等,等!

墨色的夜让这个等待变得格外漫长,而春霞的心中又何尝不想这等待永远这么漫长下去,时间就停止在这一刻,这样父亲的病情就永远不会恶化,父亲就永远不会死!

杨小兵下楼买了盒饭牛奶,拿上来的时候才发现春霞一动不动,呆呆的像一座雕像一样靠在椅子里,水也不曾喝过一口。

看着春霞茶饭不思的样子,杨小兵除了无奈也只能劝慰,可是春霞仍然不想吃东西。

"谁没有经历过这样的事呢?"杨小兵对春霞讲述了自己父亲离去时的那一段经历,"我也同样难过呀!我在医院里陪床……"

杨小兵说到这里,声音变得哽咽起来,鼻尖和眼睛都红红的:"我早就该回家去照顾我爸,可是当时我还在服役,我本来是打算在部队再签个几年,我原本已经做了排长,升官的概率很大,但是我提前退伍了,可即便是这样我回去也只陪了父亲几晚上而已。"

春霞惊讶地看着杨小兵,这些话杨小兵从来都没对春霞说过。

杨小兵继续说:"我真的什么都能放弃,只要我父亲能够活下来,可是天不遂人愿啊,这世界上有太多太多我们不能控制的事,我们唯一能控制的只有我们自己,去接受,去接纳这万事万物的无常。"

"原来谁都有过这么心碎的时候,你知道吗?当我知道我父亲生病了,我才知道曾经因为失恋的那份伤心有多么肤浅,可现在的悲伤我也真的承受不起,我不想我爸爸……"

春霞再一次抱住了杨小兵,她早已经哭得肝肠寸断,所以这一次她哭不出来了,浑身的虚弱让她止不住地颤抖。

杨小兵用热水隔着袋子泡了牛奶,又把牛奶倒到杯子里,把杯子放到春霞的嘴边:"喝一点。"

春霞乖乖地喝了牛奶,杨小兵又打开盒饭,可春霞无论如何都不想吃,杨小兵说道:"明天你要坐一整天的火车,现在不好好吃东西,到火车上体力不支怎么办?你还要面对的事情太多!自己一定要振作起来!"

说着杨小兵找来一把勺子,又让春霞背靠着自己,接着一口一口地喂春霞吃饭,像是哄小孩子一般:"再吃一点,再多吃一点!"

可春霞的口中咸咸的，什么味道都尝不出来，每一口饭都是硬逼着自己咽下去，一想到父亲现在正在承受着病痛的折磨，春霞觉得连自己现在这样安安稳稳地吃饭都是一种罪。

"我为什么没有早一点关注父亲的身体呢？我为什么没有早一点，再早一点……"

吃饱了饭，杨小兵抱着春霞："春霞呀，有些时候你要相信这世界上有命运一说，这是你父亲的命，你不要太责怪自己。"

第14章
/ 父亲 /

1

小军在上夜班。

春霞不敢打扰小军的工作，怕小军不小心出了差错伤到自己，直到小军下了班，春霞才找到他。

小军看到春霞那一脸憔悴以及红肿的眼睛，就知道春霞一定经历了什么不好的事，他问是不是公司的订单出了什么问题，可春霞却只是安慰着小军说："小军，你已经是一个大孩子了，不，你已经是一个大人了，作为一个大人，要承受的事情很多，你要有个心理准备。"

小军几乎一下子就猜到了是什么，若不是父亲生病了就是姐姐生病了。

"到底出了什么事，姐？"小军呆呆地站在春霞的面前，仿佛是等待着命运的判决一样，等待着接受这个结果。

"爸得了肠癌。"

果然，小军那一时的悲伤不比春霞少，只比春霞多。

在那个落后的村庄里，人人都重男轻女，而小军的父亲又何尝不是把自己最好的给了他，宁可委屈了女儿也要让他好好读书！

所以小军更是难以接受，他在工厂的门口沿着大门蹲了下去，只觉得胸口憋闷得难受喘不过气来，他把手放在胸口上不断地揉捏着抓挠着，可是缓解不了丝毫。

杨小兵看到这里，除了心痛还是心痛，他来到小军的身边，在他的耳边轻声说道："现在，你是家里的男人了，春霞她是个女娃娃，她承受不了太多，所以你要当她的支柱，好吗？"

小军点点头："知道了，可是你也给我一点时间，我一时间也难以接受！"

杨小兵把小军拉起来："你必须得马上接受，因为你要照顾春霞呀！还要照顾父亲，今天你们就要回去了，我实在不放心你们姐弟两人，可是公司这边还离不开人，所以我只有托付你，好好地当一个坚强的男人，照顾你姐姐你爸爸，好不好？"

他们买的早上的车票。

杨小兵清早就去买了不少食物，放到了春霞的背包里，接着开车送姐弟二人去车站。

"春霞，公司的事情都交给我，你安心陪你父亲看病，有什么事情马上联络我，你要知道，不管你处在什么样的境况，我都在你身边支持着你保护着你，还有，千万不要糟蹋自己的身体，好吗？"

目送着姐弟两人上了车，杨小兵的心中也跟装了金属一样沉重，他听着火车开动的声音，这才离开了站台。

他大概能猜得到春霞回去之后会面对一个什么样的场景，所以只好在心中祈祷着，春霞能够挺过去！

火车上，姐弟二人沉默着。

周围有人在打牌，有的孩子在哭闹玩笑，有的女人在唠着家常，有的老人平和得像一尊雕像。

火车上凝聚了太多人的悲与欢。春霞紧紧地靠着小军，她不知道要迎接他们的究竟是一个怎么样的场景。

来到医院已经是半夜了。

小军走在医院的走廊里，消毒水的味道让人的心情格外沉重，他回想起自己与父亲发生矛盾的时候，自己是多么不懂事！

"姐，你知道吗？我上一次看见爸，那个时候他的身体还健康，我那么叛逆，他要揍我，我就跑来找你了！我真的好后悔，我不应该对爸那样，怕他带着我不容易……"

说到这里，小军的哭泣变成了号啕大哭，这个刚进入社会的男孩子，不得不承受这个年龄所不能承受的重担。

"早知道这样，我一定陪在爸的身边，姐，我不该对爸这样，我错了！"

春霞握着小军的手："小军，你也不要再懊悔自责了，现在我们要面对的是爸的治疗问题，你现在不要再哭了，一会儿让爸看到咱们都掉了眼泪，他心里也太不好受了！"

两个人搀扶着彼此，在值班护士那里春霞和小军得到了父亲的病房信息。

两个人来到了父亲病房的外面，透过一扇小小的玻璃窗他们看到父亲正在沉睡着，病房里也还有其他病患。

为了不打扰父亲和其他病人休息，春霞和小军在病房门口的地上窝了一个晚上，可是谁都睡不着，即便是坐长时间的火车，让他们两个人都心力交瘁。

终于挨过了这个漫长的夜晚，早上春霞和杨小兵整理了一下自己的心情与表情，推开了病房的门。

两个人缓缓地走到了老李的床前，那泛着黄色的床单与被子使得老李的脸也显得更加苍白灰黄，他们才发现原来父亲已经瘦得只剩下一把骨头，露在外面输液的手青筋暴突，枕头上的脑袋，像个婴儿似的，萎缩成那么一点点。

看到这一幕，春霞的脚几乎站不住了，若不是与小军互相搀扶，她恐怕就要倒在地上。

"疼呀！疼！"

老李即使是在睡梦中也仍然被癌痛所折磨着，他的口中时而大时而小地喊着痛，春霞抓住老李的手，那老篾匠的手布满了老茧，因为角质层太厚，连汗都排不出来。

老李似乎感觉到了什么，这才张开了眼睛，发现春霞和小军已经来到了他的床前。

"小军，春霞……"他虚弱地说着话，仿佛这两个名字已经要了他的命一样。

小军出来打工仅仅四个月的工夫，他怎么都没想到在这短短的时间之内父亲会虚弱成这样。

"爸，我回来了。"

老李欣慰地看着小军："你回来就好，回来就好，爸想你了，但是又不敢给你打电话，怕耽误了你的工作……"

春霞早已控制不住自己汹涌的泪水："你不舒服了为什么不早点告诉我？"

老李虚弱地摆了摆那双苍老的大手："我听小军说你正在开公司，我不想打扰你，再说我以为本来就是个小病，却没想到……"

小军突然间想起曾经在家里的厕所里看到了血迹，他没在意，这才知道，其实他早就应该注意到父亲的病。

2

老李的身体已经很虚弱了，长时间的出血让他时常处于贫血中。

医生之所以急匆匆地打电话让家属过来，就是因为老李的消化道出血很严重，必须要先做一个手术。

"我们医院只能简单做一个止血的手术，如果想摘除肿瘤的话，还是应该转院，去市里的医院。"医生冷静地跟春霞说，春霞当机立断道："转院！"

医生理性地推了一把自己的眼镜："家属，我觉得有些话还是提前跟你说比较好，病人的身体情况不是很好，转院的路上有可能因为颠簸就失去生命，就算是转院成功了，摘除了肿瘤，但是……总之这是一笔非常大的开销，或许也只能延长一小段生命。"

春霞明白医生的意思，但是她知道父亲留在这个医院里恐怕很快就会离开人世，她急迫地想为父亲做些什么。

她想做的太多太多，可现在唯一能做的就只是帮父亲治疗。

春霞整理好情绪回到病房中，她摸着父亲苍老的脸，把自己的额头贴在父亲的额头上："爸爸，这家医院不太好，下午我给你转院，咱们去市里的医院好不好？"

老李听到这里，却无论如何都不同意了："春霞，我只不过是想看看你跟小军，我不想再折腾了，咱们家没什么钱，我不能再花钱了！"

春霞紧紧地握住父亲的手："爸，我还没有来得及告诉你，我现在开了一家好大的公司，我的产品已经销往了全国各地，我好有钱，我真的好有钱，我要用这些钱来孝敬你！爸，你别担心钱的事好吗？"

老李听到这里，脸上露出笑容："春霞，我的女儿，我真没想到你有这么大的成就，爸爸替你骄傲！"

"是啊，我这么有钱，你不要怕花我的钱，我们今天下午就转院！"

老李却虚弱地摇了摇头："你的钱是你的钱，我不想花你的钱，说实话，你从小到大都没吃过什么好东西，都没尝过生活半分的甜头，跟着我就是吃苦，如今，我怎么能拖累你？"

"你没有拖累我，我求求你不要这么说！是你把我拉扯长大，现在我只想你能健健康康平安喜乐地陪在我的身边，让我好好地孝敬你……"

春霞怎么也忍不住自己的哭声，她把父亲的手放在自己的脸上："我很需要你，需要你好好地爱护我照顾我，因为我是你的女儿啊！既然你之前觉得我吃苦了，那你就好好活下来弥补好吗？"

小军在病房外面听到父女俩的这些话，心痛得如同刀绞，他何尝不知道姐姐是什么样的人？她是那样孝顺听话，不像自己这般叛逆，她的心里根本不需要父亲弥补什么，她这是想方设法让父亲活下来。

终于，老李同意了转院。

下午老李就坐救护车来到了市区的医院，一路的颠簸加上老李的消化道出血严重，救护车上的床单都被血浸湿了。

春霞看到那些血，心中早就由恐惧变成了心痛。好不容易救护车来到了市里，老李的状况急转直下，因为颠簸出血他瞬间进入了昏迷状态。

"病人出现休克！马上抢救！"医生拼命推着担架往医院里面跑，老李被直接送进了抢救室。

好漫长。

春霞一遍一遍地看着手腕上的时间，她觉得每一分钟都过得好慢，她知道手术的时间越长就代表风险越高。

姐弟两个人紧紧地握着彼此的手，等了好久好久，医生才满头大汗地从抢救室中出来，春霞看到抢救室那三个字的灯灭了，一时间心头生起一种不祥的预感。

难不成父亲死在了手术台上？

医生面色凝重地走出来喊病人家属，春霞走上去，等待着医生的最终判决。

"病人消化道出血是因为消化道中长了一个非常大的肿瘤，肿瘤破了，刚刚我们把那个肿瘤切除了，所以病人暂时没有生命危险。"

听到这样的话春霞的心中总算是生起了一丝希望，她问道："大夫，那我父亲好了吗？手术的效果怎么样？"

医生看着这两个年轻人，叹了口气："病人的情况很不乐观，打开了之后才发现肿瘤早就扩散了，而且扩散的地方很多，所以只能说暂时脱离了生命危险……"

春霞听到这里即使已经有了心理准备，但还是清楚医生的意思，这时小军在旁边问道："大夫，我爸他还能……"

"如果化疗的话，一两个月左右，如果……"

大夫没有再说下去，因为老李的病情的确凶险，而且又拖了很长时间，早就毫无希望了，他也实在不忍伤这一对年轻姐弟的心。

老李被推进了加护病房里，春霞和小军在旁边守着父亲，不知道过了多久，老李才从冰冷的麻药药力中苏醒过来。

他看到自己的一双儿女坐在床前，因为一场大手术，一种对于死亡的恐惧攀上心头，他死死地拉住春霞和小军的手，在氧气面罩之下虚弱地说着："求求你们，救救我吧！我想活下来！我想活……"

几句话说得春霞跟小军的心都碎了，他们何尝不想求求老天爷？

老李辛苦了一辈子，春霞还想着自己开了大公司把父亲接到城里来住，却已经来不及了。

子欲养而亲不待，原来这句话并不是说说那么简单。

"爸，医生说了，只要咱们好好治，就能好，你看你现在手术也成功了！"

"我的春霞呀，小军呀，我舍不得你们呀！你们都是我的宝贝！我舍不得……"

老李很快又睡着了，春霞用医院的公用电话打电话给杨小兵，电话接通之后杨小兵便听到春霞那如同潮水一般一波波袭来的哭声，他就这样听着，谁都没有说话。

3

第二天早上，老李醒了过来。他身上插满了管子，这些管子束缚着他的身体。春霞看到他不停地动弹，只能心疼地看着他的身体："不要动，如果动了管子就掉出来了！"

老李的脸皱成了一个包子，他张大了嘴巴对春霞痛苦地说道："我疼呢！"

原来是因为麻药的效力退去，所以伤口开始疼痛起来，他根本无法控制自己的身体，哪怕已经虚弱至极，但仍在床上翻滚不停。

春霞急得不知该怎么办，只能暂时按住老李的身体，小军忙跑去叫医生。

医生赶过来，对这个情况也没有特殊的办法，只好给老李打吗啡，一针吗啡打上，老李很快就不疼了，但是整个人也变得昏昏沉沉的，几乎失去了意识。

春霞坐在床边，脸上的表情显得有些疲惫，但还是机械性地拿起毛巾帮老李擦拭身体，她已经很久没有合过眼了，如今又困又累。

可是当春霞看到老李那已经萎缩了的肌肤，那因为一直住院而没有来得及清洗的身体使得一条毛巾从洁白变成了灰黑，她丝毫不嫌弃地把毛巾洗了又洗，直到让老李的身体感到干净舒服。

"姐，你歇一会儿吧！"

小军看到春霞寸步不离地陪在父亲的床边，心疼春霞。

但是春霞的眼睛却从未离开过父亲那张充满沟壑的脸，她知道父亲所剩时间不多，在这短暂的人生中，她此时此刻还能在这里为父亲擦拭身体，可是下个月的今天呢？或许，父亲已经用不到这张床了……

一想到这里，春霞无论如何都不肯合眼，她只想为父亲多做些什么，可是能做的也只有陪伴。

小军实在忍无可忍，他不得不架着春霞来到医院外面的招待所，非要给春霞开一间房。

"你好好休息一下吧！你这样下去身体非垮不可！"

"可我真的睡不着也吃不下，你让我现在怎么休息呢？"

小军叹了口气："姐，你知不知道你要是垮了，我也支撑不下去了，现在唯一还能支撑着我陪在爸面前的力量就是你了，我求你！"

看到小军的眼睛又红了，春霞这才答应小军好好地休息一下。

可是躺在招待所里，春霞盯着屋顶带着陈年旧渍的天花板，无论如何都睡不着。有时睡意刚刚袭来，春霞的耳边便马上回想起父亲那句绝望至极的话："我不想死，你们救救我……"

可是春霞怎么救呢？她恨不得把自己的生命多分一些给父亲，这样她就能好好地用自己挣来的钱去孝敬父亲！

而杨小兵这边，也遇到了一个棘手的难题。

春彩公司营业额一路飙升，虽然是农村包围城市，但是由于产品销售得好，很快便打入了一线城市深圳的市场。

这突如其来杀出的一匹黑马，自然而然引起了外界的关注。

尤其是曾经跟春霞合作的一些公司，春霞曾经要从这些公司进货拿来销售，而如今春霞单方面地跟这些公司取消了合作，并且因为春彩的热销，使得别家公司的产品销量直线下降。

自然而然地，几家公司联合在一起，想办法来了一个捆绑式销售的策略。

原本杨小兵并没有察觉，而是通过市场调研才知道，在这个星期之内春彩的销量突然下降了三成。

要知道少了这三成的营业额，对于春彩公司来说是一个非常大的打击，因为新公司的创办最需要的就是稳定的资金流。

杨小兵开始了蹲点式的调查。

来到化妆品店、超市和商场，杨小兵发现在购买一款产品的同时，若是再买一件另一家公司的产品时，可以优惠百分之十。

他拿起两款产品，在手中端详了一番。

在开办工厂之前，杨小兵和春霞做过市场调研，同时也对几家公司做了一些调查，奇怪的是这两家同时捆绑做活动的公司，曾经还是死对头！

而如今又在一起合作！

杨小兵又看了几款其他公司的产品，果然至少有六七家公司联合在一起搞这个活动！

杨小兵急急忙忙地回到了公司里，拿出了曾经进货的单子，这才发现这几个品牌的提供方都是曾经往春霞的公司供货的几家工厂。

杨小兵惆怅地坐在春霞的办公桌前，这几家公司一起搞优惠活动，就算是有些利润上的损失，但因为是几家公司一起承担，而且都是一些大公司，所以并不会造成实质上的伤害。

反而有可能因为这一次的促销活动，产生更高的营业额。

可春彩公司是一家刚刚创办的小公司，若是真的跟那几家大公司搞竞争的话，恐怕是真的要把自己拖垮。

杨小兵坐在桌子上不断地挠头发，助理走进来看见杨小兵的一脸愁容，却还是不得不把刚刚整理出来的销售额拿给他。

"杨经理，这是这个月的销售额，已经精确到每个星期每一天了……"

杨小兵接过销售额的具体明细表，看着上面直线下跌的数字，沉默了一会儿。

"明天召开个紧急会议吧。"

大部分在深圳周边的业务员都赶回了公司开会，杨小兵告诉了大家别家公司的经营策略，希望大家提一点建议。

有的业务员说想办法降低成本，可是开工厂的杨小兵心里很清楚，若是想降低成本那么在质量上就无法得到保证，一旦在质量上无法保证那就相当于是搬起石头砸自己的脚！

于是这个提议被否决了，另一名业务员说，可不可以让春彩公司也跟一些公司合作，同样的促销手段优惠手段。

杨小兵思索了片刻："或许可以，但是也要看看还有什么公司愿意跟咱们一起合作！"

心力交瘁的一场会议并没有使问题得到实质性的解决，春霞又打来电话询问公司的情况。

4

杨小兵知道春霞是一个非常敬业的女孩子。

可是她父亲生着病，杨小兵实在不知道怎么跟她说公司现在面临的困境。

"怎么了？"

"公司的一切都还好，就是……"

听到杨小兵说话吞吞吐吐，春霞急切地问道："出什么事了？"

杨小兵听得清春霞沙哑的声音，便只好说道："没什么呀！就是没有你我一个人既要撑着公司这边的营销，又要负责工厂那边的管理，分身乏术呀！"

春霞握着公共电话，长叹了一声："我这么突然一走，把所有的工作都压到你身上，也没想过你能不能承受，杨大哥……"

本来想说"想快一点回去"，可是快一点回去就代表父亲快一点消失离开，所以春霞不敢这么说，话生生地僵在半空中。

"春霞，你最近身体好不好？我知道你这个人有些情绪化，你只要一心情不好就吃不下饭睡不着觉，但是这一次你父亲需要你，小军也需要你……"

这样的关心让春霞的心中稍微有了些依靠，这几日来的无助全部宣泄了出来："杨大哥，你会怪我是一个脆弱的人吗？只是我实在是毫无办法！"

"怎么毫无办法？"

"我眼睁睁地看着我爸爸一天比一天瘦弱下去，我知道我什么办法都没有，所以我根本吃不下睡不着，你能理解吗？"

杨小兵沉默了片刻，他在整理自己心碎的情绪，他心疼地说道："我明白！你所说的一切我都明白，我好心疼你，所以春霞你还是要挺过来，要尽量地好好吃饭好好睡觉，听见了没有？这家公司需要你，我也……需要你！"

春霞答应了下来："那公司就拜托你了，你是我在这世界上最信任的人！"

"放心吧！你回来之后公司一定好好地交还给你！"

应付完了春霞，杨小兵继续开始愁眉不展焦头烂额，到底该想什么办法才能够打赢那些竞争公司呢？

他本来想在这通电话中询问一下春霞的意见，毕竟春霞思维敏捷办法很多，但是他还是忍住了没有说。

经过了彻夜失眠，杨小兵的状态也不比春霞好到哪儿去。

睡不着便干脆打开电视，随便调到一个电视节目。

或许是因为夜间的关系，电视节目显得又敷衍又无聊，杨小兵换了几个台，总觉得电视节目还没有广告好看。

广告？

杨小兵的心里一惊，要知道所有能在电视上打出广告的产品销量都非常高，那么如果春彩也被搬上了电视荧屏呢？

可是杨小兵也知道要在电视上插播一条广告，那个价格可是天价！

可是用这个天价去推广春彩，或许也未尝不可！

杨小兵的心中生起了这个有些疯狂的念头，他爬起来把公司所有的财务账务都核对了一遍，暂时还没有到需要资金周转的时候，所以有一笔资金是可以拿出来的。

天已经亮了起来，杨小兵的手在财务的报表上一遍又一遍地翻开又关上，要知道这笔钱对于公司的下一步运转也很重要！

他打听到电视台打广告的价格，几乎一个小广告在地方电视台一天就要一万块！

一个广告至少要打上一个月才能不断加深观众们的印象，那么也就是说，至少需要三十万！

有了这个钱其实都能再开一家工厂了！

杨小兵无奈之下又一次召开了紧急会议，业务员们跑去跟一些别的工厂洽谈合作，却没有几家工厂愿意合作，唯独想要合作的那几家根本拿不出什么像样的产品和品牌来。

这个方案根本行不通。

眼看着销售额一天比一天下滑，杨小兵再也按捺不住自己那一颗焦躁的心。

他害怕这次恶性竞争直接把春彩彻底拉垮。

在电视台的门口，杨小兵踌躇了又踌躇，最后还是迈步走了进去。

他坐在电视台工作人员的桌子对面，觉得自己的头脑有些疯狂。

但这种疯狂也是受到了春霞的影响，若不是春霞当初在那种逆境之下一定要收购工厂，春彩又如何会被创办出来？

或许他也应该试一试！

"要打广告吗？"

"是的！我要打一个化妆品的广告！"

工作人员直接拿出了价格表，十秒钟，九千块一天。

然而这只是深圳一个地方的电视台，要价这么贵，杨小兵犹豫了一会儿："价格还能不能再低一些？"

工作人员直接收回了价格表："你好好考虑考虑吧！能排得上就不错了！还谈什么价格？"

杨小兵沉默了一会儿，工作人员继续说道："反正能在电视台打广告的企业我看都红红火火的！"

"价格如果再低一点的话，我就打这个广告！你看可以吗？"

"不可能！降价的事你干脆想都别想！"

工作人员直接撂下冷冷的一句话，杨小兵一拍桌子："那就成交！但是我有一个要求，这个广告能不能放到晚上七八点钟的时候去播！"

"那可是黄金档！"工作人员强调，"并不是每一条广告都能安排在那个时间，你知道那可是晚饭时间，我给你的价格不高，所以时间要不是在白天，要不就更晚点！"

"通融通融！我们公司实在不容易……"

"没有一家公司是容易的！"

"我知道你说的意思，但是在钱的方面我实在拿不出更多，所以我想问问你可不可以先把我的广告放在黄金档，公司这边有了起色以后我多交一些钱，你就把我们公司的广告一直放在黄金档吧！"

工作人员斜睨了他一眼："你可真敢提要求！"

"我可以跟你们签订合同，广告费可以递增，但是请你们现在一定要把我们公司的广告放在黄金档！"

杨小兵的坚持打动了工作人员,而且递增的广告费对于电视台来说倒也不算赔,工作人员便同意了。

5

公司广告的敲定,让杨小兵的心暂时放了下来。接着便是拍广告。

这个价格自然是请不到什么港台明星,不过电视台联系了一个模特,杨小兵又拿出了一些钱交给模特跟导演。

"高度抗敏,保湿锁水,长久保持青春的秘诀:春彩。"

女模特拿着公司的产品在镜头前说着这样的台词,杨小兵在一边看着,本来是一心扑在广告上的,可是看到那个美女模特,他突然想到了春霞。

春霞长得高挑,也还算漂亮,若是直接让春霞拍这条广告或许能省下模特的费用,而且拍出来的效果也并不比这个差!

广告拍完了,杨小兵拿着录像带,反反复复地看。

他看得很认真仔细,细节处要求导演改了又改,导演也实在无奈:"我拍了这么多条广告,唯独你们家最难伺候!"

"我能拍一条广告不容易,所以自然要精益求精啊!大哥,你就理解我一下吧!"

导演还算是理解,便在杨小兵的指引之下又做了几处改动,很快一条完整的广告便拍完了。

"我手上的钱不多,所以先交十天的,剩下的再慢慢交给你!"杨小兵说着把信封当中那鼓鼓的九万元钱递给了电视台工作人员。

当沉甸甸的钱落在桌上,杨小兵这一刻满是心痛,可是他也知道这世上没有空手套白狼的好事。

若是春霞在场,她会怎么做呢?她会同意自己拍这条广告吗?

杨小兵想来想去,虽然觉得自己这个决定有些不太尊重春霞,但是以春霞的性格,她也一定会同意拍这条广告的!

很快广告便被投放到了荧幕上。

要知道大家对于电视台的信任度很高,若是一个品牌能把广告放到电视台上,那么就说明这个品牌一定有着信得过的质量。

所以不出杨小兵所料,广告投放上去的第二天,春彩的业绩便有了直接的提升。

与此同时,杨小兵也安排了一系列的促销活动,又让工厂加急赶制了一批小包装的赠品。

很快,产品的销量回到了之前的状态,甚至比之前的状态还要好。

病床上,老李痛苦的声音从喉咙中一阵一阵歇斯底里地挤出来。

他的病情恶化得很快，已无法再吞咽任何食物，每天只能靠着营养液活着。

春霞多次问医生为什么父亲的病情会恶化得这么快，可是医生也只是说老李原本的身体素质就很差，加上病拖得太久，恶化是必然的。

春霞失魂落魄地回到房间里守在病床前，眼见着老李的身体一天比一天干瘪消瘦，她抓着父亲的手放在自己的脸上，回想着医生说的话。

也许只剩下十天半个月了。

老李出血越来越严重，甚至到了最后必须要靠输血才能活下来，他趁着清醒的时候问春霞："还有没有什么办法可以治？还有没有？"

春霞不知道该怎么跟父亲开口，再继续欺骗下去，恐怕父亲也不会相信。

看着一双儿女的沉默，老李也意识到自己的命或许已经到了终了之时，他说："回家！我要回家！"

春霞和小军还是希望父亲能多留在医院里一段时间，让他们再好好陪伴一段时间。但是痛苦也让老李产生了离开的念头："反正我也活不长了，我不想再在这里受罪了！"

"你说什么呢？我们要好好地治病……"小军在老李的病床前面抑制不住地大哭，而春霞还算镇定，她知道落叶归根的这种情怀。

"我去问问医生吧。"

医生听说老李要回家，表示理解，但是也跟春霞说："病人的情况很不好，有可能直接在救护车上就……但如果病人一定要回家的话，我们还是建议回去。"

当天晚上春霞就联系了医院的救护车，把老李送回了家。

或许是因为思乡心切，或许是因为想要落叶归根，老李并没有如同医生所说在救护车上大出血，而是平稳安全地到达了家中。

回到了家里，春霞望着院子中熟悉的一切，还有那堆在一角的篾匠活，总觉得时间仿佛回到了自己的高中时期，她一回家父亲就等在家里，他还那么健康那么硬朗，可以为姐弟二人支撑起一个家……

而如今老李却要被抬进屋中的炕上，甚至每喘息一口气对他来说都是一种巨大的折磨，他大口大口地喘息，努力使自己的眼睛能够多看看这个熟悉的家！

年关将至。

村子里家家户户都充满了喜悦，他们置办起了年货，从集市上买来鞭炮，对联。

而春霞和小军却在家中守着老李，他从医院回来之后身体竟奇迹般地好了些，他想吃肉末疙瘩汤，春霞便马不停蹄地到集市上去买，然后回家做。

厨房飘来的阵阵香气让老李对这碗疙瘩汤感到无限的向往。

可是当春霞端来疙瘩汤的时候，老李只是轻轻地舔了舔，他知道自己的身体根本接受不了任何食物了，所以只吃了几口面汤，咸咸的滋味让老李的口中有了些味道，他摇了摇头说什么都不吃了。

晚上，老李无论如何都睡不着，春霞哄着他，他却偏过头："小军呢？"

"小军睡了！"

"叫他过来！我有话对你们姐弟俩说！快点……"

听到父亲这么说，春霞的脚差点没站稳，她深深地意识到一位病人在此时此刻要把儿女叫到病床前是什么意思。

"爸爸……"春霞捂着嘴巴看着老李，眼泪一连串一连串地掉下来。

"快去呀！"

春霞叫来了小军，两个人一同跪在床前，他们看到老李的嘴边渗出了鲜血，但老李还是滔滔不绝地说了起来，那是对于两个孩子未来的叮嘱，是自己心中那万般的不舍和思念，以及这多年来的愧疚与歉意。

6

屋子里灯光昏暗。

老李的这张脸在灯光之下更显得沟壑纵横，而那沟壑中藏满了这一生的沧桑与无奈，记录了他这一生的挫折与失败。

他拼命地呼吸，可是仍然无济于事。

"春霞！爸要跟你说一句话，那就是对不起！"

春霞听到这里，顿时觉得心碎："爸爸，都到什么时候了，你为什么还要跟我说对不起？你没有对不起我，你辛辛苦苦地把我跟小军拉扯大……"

老李闭上眼睛："是我对不起你，我知道从小我就亏欠了你太多，我让你成为了没妈的孩子，让你挑起我的重担去照顾小军，你这个孩子真的受了太多的委屈，甚至到了最后我连大学都没有让你念……"

老李这一番话无疑也勾起了春霞的回忆，在那个雪夜里，无助的春霞跟在老李后面听到的一句话便是，"救孩子"。

在那个漆黑阴冷的夜晚，春霞永远失去了妈妈，她多少次在梦中回想起老李既狠心又绝情地说出保小孩的时候，她觉得父亲是一个可怕的角色。

直到长大了，春霞还是不明白为什么父亲就为了要一个男孩，甚至不惜把母亲的生命都搭进去！

她固然爱着这位父亲，可心中的恨也从未停过，她不恨父亲没有让自己上大学，而是恨那个决定。

他努力地伸出手去握春霞的手，春霞也反握着他："爸爸，过去的事情都过去了，你不要觉得愧疚……"

"我真的好愧疚，我真的愧疚，春霞，我对不起你呀我对不起你！"

老李的声音已经虚弱至极，有血液和痰液卡在喉咙中，使得他的声音变得断断续续，春霞努力地平复着他的情绪，可眼泪却不自觉地流满了整张脸。

"我真的对不起你，也对不起小军，没了母亲的你们生活多么艰难！我从来没有给过你们好的生活，甚至只是让你们跟我受苦受苦受苦！我这个父亲当得不合格！"

老李的忏悔也是碎了小军的心，小军连连摇头："爸爸，你尽力了，我知道。"

"不！我还记得之前你要去补习班，可是我拿不出钱让你去，这个父亲当得真的失职了！我连儿子这么小的愿望都不能满足，我当初就不应该生下你，不应该让你们跟着我一起受罪……"

小军曾经也对父亲充满了怨恨，既然不能给自己好的生活又为什么要生下自己？

可是临到这一刻他才明白，这一切都是无奈，他才知道原来自己从来没有真正地恨过父亲，他只是恨命运，而父亲也不过是这个可悲命运里的一个可怜人物。

"爸爸，我没有怪过你，是我自己不懂事，我偷偷地跑出来……"

"小军，爸爸求求你，回来好好念书吧！"

"我一定好好念书！"

老李点了点头，已经说不出什么话了，他带着满心的遗憾满心的愧疚即将走到生命的终点。春霞尽量忍住眼泪，轻声地说道："爸爸，即使你说了这些事，但是我仍然认为你是这个世界上最伟大的父亲，你尽力地抚养我们，对我们好，这已经足够了！"

老李仰着头喘着气，那一声声喘息紧紧地握着春霞的心，她希望死神能放过他们一家，能让老李还有时间陪在他们的身边。

"我最对不起的，是你妈，其实是你妈呀！她因为我丢了一条命啊，现在我遭了报应，我要去找她，让她狠狠地惩罚我骂我！"

老李说完了这句话之后，手上的力道突然就变小了，春霞意识到了什么，她睁大了眼睛看着父亲的脸，那双眼睛似乎一瞬间就失去了颜色，甚至到最后一刻，还没有闭上。

小军愣住了，这是他第一次接触死亡，这个他们在世界上唯一的亲人，就这样突然离他们而去，这个少年的心一下子重重地落了下去。

春霞的手抬起来，又放下，这样反复犹豫了好几次，才轻轻地把手放在父亲的脸上，父亲的皮肤还是热的，她轻轻地合上了父亲的眼皮……

"姐！姐！我该怎么办？我实在对爸做了太多过分的事，我还来不及向他忏悔向他道歉……"

春霞从恍惚中摇了摇头："小军，只要你以后不要再让爸爸失望了。"

姐弟两人就这样坐在房间里，在昏黄的灯光下整整待了一夜。

第二天早上，春霞和小军两个人已经疲惫到了极致，他们扶着门框走出来，望着那瓦蓝瓦蓝的天和刺眼的阳光。

因为春霞和小军不懂得怎么办白事，他们便来到了村长家里。

村长听到老李过世的消息，表示了惋惜。

"这个老李，之前我就听他说身体不舒服，我劝了好多次让他去医院，他就是不听，我以为他检查过了，只不过是个小毛病而已，真没想到竟然得了这么严重的病，居然走得这么快……"

春霞只是叹了一口气："或许，这就是命运。"

很快，村长帮助姐弟二人办了白事，春霞摆起了宴席，小军负责守灵。

在做这一切的时候，春霞只感到自己的大脑一片空白，她不敢多想，只好机械性地做着这一切，机械性地去招待每一位村民。

小军则在父亲的灵前哭得肝肠寸断，春霞在忙过了一阵之后也来到了小军的身边，她抱着小军的肩膀，这一瞬间才真正地意识到，在这个世界上他们除了彼此再也没有亲人了！

他们必须要马上成长为一个真正的大人，一个坚强的、独立的大人。

很快，吹唢呐的离开了，宴席上的人们也离开了，只剩下小军跟春霞，两个人守在灵堂里。

"其实爸爸跟我说过，让我们姐弟二人以后扶持着彼此，小军，你还有我。"春霞安慰着已经哭成泪人的小军。

小军看了看春霞，他的依靠是春霞，可春霞的依靠又是谁呢？

7

春霞联系了火葬场。

她买下了一个相当好的骨灰盒，然而看着这个精致而豪华的骨灰盒，春霞的心中只觉得讽刺，父亲这一生没有享受过任何服务，到如今住在这个小小的盒子里，再怎么豪华又有什么用？

带着骨灰盒回来，春霞马上联系了墓地。

都说入土为安，春霞虽然想要父亲再陪在自己身边一阵子，但还是不得不将父亲下葬。

姐弟二人在村长等人的帮助下，将父亲的骨灰盒放在了那个深坑里。

终于，当看着那一锹锹黄土即将将父亲的骨灰盒全都盖过的时候，春霞再也忍不住自己的哭声，她从父亲离开到现在，一直在硬撑着，还未曾哭过一次。

村长看到这个年轻的女娃也是心痛，便只好安慰道："人有生老病死，什么事情都要看开一点！"

春霞点了点头，她从未想过这样一句不痛不痒的安慰，竟然有一天也会落在自己的身上。

小军抱着春霞："姐，姐……"

两个人说不出什么话，只是哭作一团。

葬礼结束了。

小军和春霞在父亲的墓碑前坐着，一直坐到了深夜，天寒地冻之下，村长担心他们，便打着手电筒带他们回了家。

回到这个熟悉的家，春霞和小军看到父亲生前所穿的衣物，所吃的食物，还有父亲没干完的那堆篾匠活！

有一瞬间他们甚至以为父亲还生活在这里，他拿着他的刀，一根一根地劈竹子，然后又把竹子劈成更精细的条子，用那双看起来粗糙而笨拙的手，变成一个个形状各异的器物。

老李的活儿做得细致，甚至严丝合缝得打水都不漏！

春霞一个一个将那些半成品拾掇起来，淡淡的竹香飘散在空气中，就仿佛老李还在身边陪着他们一样！

小军站在一旁，他多希望父亲马上打他骂他，无论如何，只要父亲还活着就好！

可是这一切都是幻想，父亲又怎么能活得过来呢？

姐弟二人睡在一张炕上，哭了醒来，又哭了睡去。这是他们最近一段时间唯一睡过的一场好觉，因为老李不再痛苦，不再用声嘶力竭的声音喊着痛。

春彩公司。

杨小兵的这一策略，使得春彩公司的营业额提高了一大截，各个商场的订单也跟了进来，无奈之下杨小兵又只好向其他工厂购置了不少设备用来生产。

他招了好多的工人，又招了一大批业务员。

毕竟一桩生意有起就有伏，要趁热打铁才能把广告费赚回来。

在他生意正做得如火如荼的时候，春霞却突然失去了联系。

他呼过几次春霞，春霞却一个电话都没有打过来。

在公司里坐卧不宁了几天，杨小兵实在担心得很，便把公司里的大事小情都交给助理，一个人踏上了去陇南的路。

他不知道春霞的家具体在哪里，便干脆来到了老李曾经住院的那个医院，在那里他得到了老李家大概的地址。接着又搭上拖拉机，来到了老李所在的村子。

这是一个很小的村子，杨小兵向村民打听起春霞的下落。

村头的几个女人议论了起来，其中一个女人直接问道："你是不是春霞的男朋友啊？这么大老远地来找她？"

杨小兵不知该怎么回答，但嘴上还是说是的，几个女人笑了起来："春霞这小娃有点能耐！去深圳找了一个这么有钱又这么帅的男人！你们看他穿得多气派呀！"

杨小兵虽然找春霞心切，但还是短暂地停留下来说道："其实，是春霞成就了我，我是在她的带领之下才共同与她创业做生意。"

几个女人一听更是惊讶得不得了："什么？竟有女人创业的事？春霞真的那么有本事？"

杨小兵肯定地点头："是啊！她真的是一个很厉害的女人！你们帮我指一指路，她的家在哪里？"

几个女人比较热心，干脆直接把杨小兵带到了春霞的家中。

远远望去，春霞拿着一把篾匠刀，仔仔细细地将竹子劈成薄薄的竹条。

杨小兵站在门口驻足了很久，春霞的动作有些生硬，却很细心。

突然，似乎是竹子上有一个硬结，春霞手中打滑，刀便被崩开了，在春霞的手臂上留下了一道伤口。

杨小兵赶快冲了过去，他看到春霞的胳膊上渗出红红的血迹来："春霞！"

春霞恍惚之间抬起头，这才看到杨小兵："杨大哥，你怎么来了？"

杨小兵把给春霞带的一些营养品跟水果放到了地上，没来得及回答春霞的话，马上捧起春霞的胳膊："你受伤了，我帮你包一下！"

春霞没说什么，她实在无力再说些什么，便任由杨小兵包扎起她的胳膊来。

只见杨小兵从包里拿出一条洁白的毛巾："春霞，这条毛巾我还没来得及用。"

"嗯。"

伤口暂时被包了起来，春霞仍然坐在凳子上一言不发地看着那堆竹条，杨小兵理解这种失去至亲的痛，便只能在她身边静静地陪着。

过了许久，杨小兵这才看到春霞的脸已经冻得通红："春霞，我们先回屋里好不好？"

春霞仍然坐着一动不动，她的脑海里只剩下悲伤，已经无力去顾及其他，甚至是杨小兵的话语。杨小兵无奈只好横着把春霞抱进了房间里。

而这窑洞也冷得跟外面没什么区别，小军在房间里睡觉。

杨小兵叹了口气,把春霞放在被子上,又用被子把春霞的双腿盖好:"春霞,你等着,我去烧柴。"

春霞叹了口气:"我们家里已经没柴了。"

"没事!"杨小兵摸了摸春霞的胳膊,"你在这儿休息就好!"

杨小兵走出了房间,跟邻居家讨了一点柴,赶快生起了火,烧了热水。

8

杨小兵端着热水走进来,分别递给了小军和春霞。

春霞因为哭过太多次所以眼睛肿了,杨小兵轻轻摸了摸她的眼睛:"你该好好地休息休息!"

春霞这才回过神来:"你怎么突然来了?公司那边……"

"公司那边的事情我都交给助理了,临走之前也做了一些安排,工厂也在照常运作,我只是担心你,你一直都没跟我联系……"

春霞这才想起来,自己自从把父亲接回老家之后的这些天,根本就没碰过传呼机,在这深山老林里传呼机也没什么信号。

"我应该提前打个电话给你,但是最近太忙了,我又要在家里面等到我父亲头七以后才能走,公司那边怎么样?"

"公司一切都好,具体的事情我一会儿再跟你说,现在我要给你们姐弟两人好好地做一顿饭!"

杨小兵又钻进了厨房里,因为烧柴所以厨房里的烟尘好大,杨小兵被呛得咳嗽了几声,接着又把自己买来的一些肉和蔬菜拿了出来。

他早就猜到春霞和小军没好好吃饭。

一面用大铁锅蒸米饭,一面又把刚买来的鸡剁成块,放在另一个铁锅中炖了。

很快,厨房中的香气传到卧室里来,杨小兵摆好了桌子,把鸡肉和米饭端上来,盛好了饭放在两个人面前:"你们先好好吃顿饭,什么都不要想。"

杨小兵说完又从包里拿出苹果跟橘子:"一会儿啊,再吃点水果。"

小军看到这一幕,眼泪差一点又涌上来:"杨大哥,你对我们实在太好了……"

杨小兵摇摇头:"哪里!我不过是担心你们,而且我知道人越在这个时候越需要有一个依靠,不知道我来了你们会不会好一些?"

"真的谢谢你,杨大哥!"小军说着吃起了饭。

春霞为了杨小兵的这份心意,也吃起了饭,她拿起筷子将米饭跟鸡肉送入口中,这老家熟悉的味道是她在深圳那么久都没有吃过的。

曾经吃了那么多年的铁锅蒸米饭,如今竟觉得格外香。

"你也吃。"

杨小兵也拿起了碗筷,三个人吃了这段时间以来第一顿安安稳稳的饭。杨小兵其实也如同春霞姐弟俩一样,这段时间吃不好睡不好,压力大得整把整把地掉头发,又何谈好好吃顿饭呢?

吃过了饭,心里总算是热乎了起来,房间里也暖和了起来,杨小兵拉过春霞的手:"这段时间你都瘦成什么样了?太辛苦你了,我却不能到你身边来照顾你!"

"你已经给了我很大的安慰和照顾。经历了这一次的事我终于明白,原来这人世间的生老病死离别,样样都要自己去承受,又有谁能够真正给一个人安慰和依靠呢?"

"你变得坚强了!"杨小兵看着春霞那一脸憔悴,深深地说道:"可是一些小小的安慰我还是能够给你的。"

"是啊,杨大哥,你来了之后不知怎地我的心情好了很多。"

杨小兵摸了摸春霞的头发:"你呀,前半辈子受了太多的苦,现在我要告诉你,你的好日子已经来了!"

春霞惊讶地看着杨小兵:"什么好日子!"

"你还不知道吧?我想这段时间你也没有看过电视。"

春霞的家里没有电视。

"来,你们村里不是有电视吗?我们一起去!"

杨小兵拖着春霞离开房间,也有另一个目的,那就是希望春霞能够好好地活动活动筋骨,把思维从悲伤之中转换过来。

来到了村部,春霞向村长借了电视来看,村长说:"想看什么就看什么!反正这电视是村里的,就是服务大众的!"

到了晚上,杨小兵把电视播到了深圳频道,播完了新闻联播过后,一个广告播了出来。

"高度抗敏,保湿锁水,长久保持青春的秘诀:春彩。"

"天哪……"春霞几乎捂住了嘴巴,当她听到那个模特说出"春彩"二字的时候,一颗心都快跳了出来。

"天哪!天哪!杨大哥你趁着我不在的时候都做了些什么?你打广告?"

村长在一边听得云里雾里,看到春霞这么激动也马上赶了过来:"你们说什么呢?什么广告?"

"是春霞开的一家公司!春霞在深圳开了一家化妆品公司,现在已经在电视上打了广告,不知道你们有没有听说过这个品牌,叫春彩!"

村长一拍大腿:"怎么没听说过?我家娃儿就是看了这个广告,又听同学说用这个化妆品好，前段时间非要让我带她去城里买，原来就是春霞开的呀！"

杨小兵笑着："那当然！春霞真是一个经商的好手！"

"真厉害呀你！真没想到咱们村能走出一个这么有出息的人，真没想到，还是个女娃子！"

可是春霞听到这些却忧心忡忡："杨大哥，这广告的费用可不低，咱们公司怎么拿得出这么多的钱呢？"

杨小兵叹了口气："我这也是无奈中的无奈呀！可是也正是因为这次尝试才让咱们公司迎来了更大的胜利！"

杨小兵对春霞讲了在春霞离开的这段时间公司遭遇了怎样的打击，他铤而走险才去做了这个广告，又想尽一切办法增加了赠品，甚至为了减少一定的成本，他本人都跟工厂的工人们一起加班加点干活儿，这才让公司重新走上了正轨。

"你知道在这段时间之内我们盈利了多少吗？"

春霞茫然地摇了摇头："你先告诉我广告费是多少？"

"我大概交了三十万！"

"什么？"

"你别急你别急！"杨小兵轻声地哄春霞，"你要先听我说我们这段时间盈利了多少，六十万！"

这样的起起伏伏让春霞的心一会儿高一会儿低，她差一点就快晕过去了："怎么可能？"

"因为这个广告彻底打开了深圳的市场，我又添加了好多设备，现在我们一家公司就可以把那些跟我们恶性竞争的公司都比下去！春霞，你要不要夸夸我？"

杨小兵第一次在春霞面前露出有些孩子气的模样，那邀功的样子显得有些顽皮，春霞摸了摸杨小兵的头："你真能干！"

9

杨小兵愣住了。

他还从未设想过今天这样的场景，春霞竟然会主动摸他的头，并且在春霞的眼中竟然还有那么一丝丝的类似于母亲一般的神情。

杨小兵一时间有些坐立难安，并不是因为紧张，而是因为心中的激动。

他曾经问过春霞，对自己到底有没有爱，但是从刚才那个眼神中他分明看到了一种爱意，不是依赖，而是一种主动的，想要去保护的，奖励的，拥有的爱。

春霞看着杨小兵脸上那震惊的表情："你干吗这么看着我？难道是你不许别人摸你的头？"

在杨小兵这个硬汉的脸上,春霞竟然罕见地见到了他有些羞涩的一面,杨小兵的脸红了。

"你不会是不好意思了吧?"春霞倒是问得直截了当,她和杨小兵之间早就已经无话不谈。

杨小兵笑着摇了摇头:"你误会了,我只是好激动……"

春霞看了看自己的手,不过是摸了摸头,有什么好激动的?

这时,村长说:"春霞,没想到你在外面这么有能耐!我看咱们整个县也出不来你这么有出息的女企业家呀!"

"村长你说什么呢?我才不是什么女企业家,我都说是个小老板罢了!"

然而就是"小老板"这三个字春霞都觉得实在是抬举自己了,她有一天从一名打工者一跃成为了小老板!这件事她实在是想都没敢想过。

"你就谦虚!正好咱们这阵子呀缺一个模范,春霞,我想干脆把你报到市里去,市里正好要组织一个三好青年奖,我看你去正好!"

"可是我也不是在咱们的市内工作的呀?这样也可以评奖吗?"

村长笑道:"春霞,你就当是帮我个忙!你去市里一趟,也为咱们村里争光,搞不好市里面还能拉动点什么经济到咱们村呢!"

春霞此时的心情仍然很沉重,她应付自己公司里的事已经心力交瘁,更何况是到市里去领奖呢。

"实在是抱歉,村长,我这开的也不过是一家小公司,市里有头有脸的人物多了,我去了真的合适吗?"春霞想要推托,可是没等村长说话,杨小兵便马上应了下来:"你还是去吧!我陪你!村长,去市里评奖的事给我讲讲,还需要走什么程序吗?"

村长搓了搓手:"哪有什么程序?好像是先采访一下你们,你们就把创业时的事说出来就行了!对了,最好再多加一点挫折波折什么的,这样听起来更突出咱们春霞这个艰苦肯干的精神!"

杨小兵笑道:"要是说挫折波折,那可太多了,搞不好啊,非把记者都说出眼泪来!"

回家的路上,春霞一个劲地责怪杨小兵:"你干吗答应下来呀?"

"村长不是也帮了你很多忙吗?难道人家提个小要求你就不同意了?"

春霞走在杨小兵的前面,漆黑的夜晚,远处点点的灯光几乎被这黑夜淹没了。杨小兵紧紧地跟在春霞的身后,生怕自己的脚步稍慢些让春霞害怕了。

"不是我不想同意,而是公司那边已经耽误了那么多事,若是要去市里接受采访领奖什么的,怕是又要耽误几天,况且我现在这个状态怎么去接受采访呢?"

杨小兵在夜色中拉住了春霞的手,那只有力的手挡住了从春霞的袖口钻进去的冷风。

"春霞，如果这个评选大会能够播出到市里的电视台上，那么不就是在给咱们公司做一波宣传吗？也许我们直接就能把整个省的市场打开！而且你又是个美女，电视台若是愿意在这方面多做些文章，讲述一个美女老板的创业之路，我想咱们的公司名气也会随之大增！一定会有更多人关注到咱们的产品的！"

春霞从杨小兵的手中抽回了手："喂！我发现你这个人现在已经完全有一个经商头脑了！你根本就不考虑我愿不愿意去接受采访，只想着做广告，赚钱！"

杨小兵以为春霞生气了，马上挡在春霞的面前，双手抓着她的肩膀："好好好！你要是不想去的话就不去！我才没有因为想要盈利就委屈你的想法呢！"

"可是你都答应下来了，你让我怎么办？"

其实杨小兵之所以答应下来，也是从多方面考虑过的，他想要通过一些别的事情让春霞尽快从悲伤的情绪中走出来。

"那怎么办呢？要不你就迁就迁就？"杨小兵不知什么时候已经把额头顶在了春霞的额头上，两个人的动作在这个漆黑的夜晚显得格外亲昵。

"我除了迁就还有什么办法吗？杨大哥，我发现你这个人好有主见啊！公司遇到危机不告诉我，打广告不告诉我，这么多钱投进去我连个知情权都没有！"春霞的语气似乎有些生气，"你这完全不尊重我，好吗？"

杨小兵连连道歉："春霞，我可没有这个意思！这你是知道的，当时你的情绪很糟，公司又正好面临困境，我实在没办法让你在这种情况下跟我一起去做决策，其实我想过，如果是你的话也会这么做！"

春霞在黑暗中笑了笑。

"好在是盈利了！不过杨大哥我要跟你坦白一件事！"

杨小兵咽了口唾沫："你说！"

"其实我刚刚并没有生气，也没有觉得你不尊重我，只是跟你开个玩笑罢了。杨大哥，从前我没发现你竟然这么有经商头脑！我终于知道为什么你那时候说信任我，让我去拼去闯，原来是因为我的背后有一个你，你能够替我想到最好的抉择，给我最安全的依赖！"

杨小兵眨眨眼睛，竟觉得有种莫名的酸楚，他没想到春霞竟如此地赞同他："我们两个，算得上是互补吧！算得上是互相成就！"

10

村长把春霞的事迹上报到了市里。

很快，市里面对这个年纪轻轻的女娃子开始高度重视，毕竟从那么一个小小的山村里走出来的女孩，竟然能在深圳站稳脚跟，实在是值得关注，令人刮目相看！

老李的头七之后，春霞跟杨小兵便一起踏上了去市里的大巴车。

在车上，春霞摘下了厚厚的围巾，杨小兵碰了下春霞的脸颊："你知道吗？我刚刚来到你家见到你第一眼的时候，你都瘦得快不成样子了！现在你终于胖一点了！"

春霞噘起嘴巴："这个时代以瘦为美，你竟然还说我胖了！"

"胖瘦要适中啊！不管这个年代是不是以瘦为美，身体健康才最重要！再说这世上的美又不仅仅只有瘦，还要匀称强健，不是吗？"

春霞不知道该怎么反驳杨小兵："杨大哥，你这个人平常安安静静的，没想到这时候尖牙利嘴的，你以前可不是这种人！"

"那是你对我的认识还不够深！"杨小兵道。

实际上杨小兵确实不是爱说话的人，他喜欢思考，喜欢阅读，喜欢揣摩，唯独不喜欢表达。但是这几天他必须使出浑身解数，让春霞的注意力更分散些，甚至有时候故意跟春霞拌几句嘴，就是为了让春霞不要一味地沉浸在难过之中。

车子来到了市里，春霞在杨小兵的陪同之下找到了电视台，电视台的工作人员接待了杨小兵和春霞。

"你们是……"

"我们是春彩化妆品公司的，我是春霞，这位是杨小兵！"

春霞做了自我介绍，工作人员马上就请他们往里面走："你们知道吗？自从知道了你的事迹之后我们办公室的人都在谈论你！你有没有什么办法也教教我们怎么创业怎么致富呀？"

杨小兵说："采访的时候春霞自然会说的！"

整个市里，三好青年这次只选出了十位，而这十个人春霞也有所了解，几乎个个都比自己的年龄大几岁，而且有好几个也都有着不小的成就。

可是到了真正采访的时候，春霞独占鳌头，记者把大部分的时间都给了春霞。

春霞有些难为情，小声地问记者："是不是也该问问别人？你这样一直问我？别人会不会介意啊？"

记者摆摆手，有些不耐烦似的说："那些人啊有的是凭着家里的关系，有些呢，也没有太多波折的经历，这样采访起来没什么意思。春霞，我能不能再采访你一个问题，你一个人出来到深圳的时候，第一份工作是什么呢？"

"我的第一份工作是厂里的女工，后来我又在杨小兵杨大哥的帮助之下摆过地摊，可惜都不大成功。"

"那后来呢？"

春霞并不避讳什么，直言道："我来到了几家公司做销售，可是现在的大公司里面有好多奇奇怪怪的人，他们大部分是公司的高管或是领导，非要对我这个小姑娘做些什么，没办法我就只好离开了……"

"这就是让你创业的原因吗？"

春霞还是摇头："让我创业的原因很简单，是因为发现了一个很好的商机，当然更重要的是因为有我的朋友杨大哥的支持，他的支持让我对未来有了很大的信心！所以我们两个才一同创业！"

"是吗？那你们的创业之路，不知道走得怎么样？两个人是不是也经历了很多风风雨雨？"

"那当然！"面对记者的问题，春霞尽量让自己的情绪高涨些，"我们经历过好多次的恶性竞争，但是每一次我们两个都携手渡过了难关。尤其是上一次，是我的搭档杨大哥独自一人做出了最关键性的决策，才能让春彩公司现在做大做强！公司之所以能走到今天，很大一部分原因是杨大哥的勤奋与头脑。"

杨小兵被如此夸赞了一番，心中荡漾着一种说不出来的甜蜜。

这个世界上爱情的苦有很多种，就如同爱情的甜一样。

他曾经对春霞思而不得所以苦过，而如今又因为所爱的人春霞的称赞，而感受到爱情的甜。

"看来，你们两个是绝佳的拍档了！"

"是的！如果没有杨大哥，就没有今天的春彩。"

一番采访终于结束了，记者拿着话筒来到了别的青年面前进行采访，杨小兵在春霞的耳边说道："你竟然有这么多夸我的话？怎么一直留到今天才告诉我？平常怎么不知道说？"

春霞的脸有些红："你这是在邀功吗？如果你这么喜欢被夸奖的话，那我给你准备了一篮子的话！"

"不必了！只要是你夸奖我的话，说几句我便知足了，我怕你说多了，我骄傲起来！"

两个人讲了几句悄悄话，接着市长亲自拿着证书奖状来给这十位青年颁奖。

带着奖品春霞回到了村子里，一群人看到春霞回来了，马上兴高采烈地来迎接，要知道春霞可是唯一一个给他们村子里长脸的商人，并且还是个女娃！

春霞谢过了大家的迎接，回到了家中，又来到了老李的墓碑前面，她把证书放到墓碑的上面，用充满遗憾的语气说："杨大哥，你知道吗？我父亲这段时间病重，我还来不及告诉他我做出了多大的成就……"

杨小兵道："那你现在告诉也不晚呀？只要你的心意是虔诚的，那么我想你父亲一定会收到你的信息！"

春霞点点头，接着在老李的墓碑前讲述起了她的创业故事，以及今天如何在市里接受采访，说完了工作的事，春霞停顿了片刻又继续说，并且将感情的事情和盘托出。

"爸爸，我不想你担心所以一直没有告诉你，我和王永华早就已经完了，结束了，不过我还是给你带回来一个比王永华更加靠得住，更帅气，更完美的女婿！"

第 **15** 章
/ 婚姻 /

1

杨小兵本来在旁边静静地听着春霞说话，而此时他一愣，春霞的目光也朝着他望了过来："你干吗一副这么惊讶的样子？"

杨小兵有些不可置信地看着春霞，又看了看老李的墓碑，他知道春霞一定不是在开玩笑！

"你的意思是……"

春霞的目光又回到了墓碑上面，然后她带着兴奋的语气说道："爸爸，这位是杨大哥，他对我一直以来都很照顾，我不知道你会不会喜欢这样一位女婿，但是我要告诉你的是，我好喜欢，也好爱他！他是一个值得托付终身的人！我想与他结婚！"

春霞的语气是那么坚定，脸上的表情是那么向往，杨小兵激动地抓住春霞的胳膊，又摸了摸春霞的脸颊："天哪！你这个小娃娃知道自己在说什么吗？"

"你还说我是小娃娃？"春霞故作不高兴的模样，"你是觉得我不够成熟吗？不够成熟去做你的妻子？"

"才不是呢！春霞，我要说的是在我的心里我一直把你当成一个孩子，并不是因为你不成熟，而是因为我好想要保护你爱护你！我还记得第一次跟你见面的时候，你还不到二十岁，你的青涩稚嫩淳朴单纯，看起来就让我心疼又让我怜惜。"

春霞眨着眼睛看着杨小兵，也听着杨小兵语无伦次，听着杨小兵语气中的激动，听着那猎猎的风声……

她才发现，自己从没有任何一刻，是这样的郑重其事，这样的负责。

"杨大哥，我可不可以明明确确地告诉你，我知道什么叫做爱了！爱不是一种感动！更不是一种虚无缥缈的感觉，而是一种实实在在的东西！"春霞一边说着一边再一次摸了摸杨小兵的头发，"你知道吗？在这段时间，我好悲伤，我好几次觉得自己挨不过去了，每一次都是听着你的声音才熬过去。在我父亲走之后，我难过得茶不思饭不想，但是你来到我的身边之后，我的心就突然像是被打开了一样！我才知道，我因为能够见到你而欣喜，因为悲伤的时候有你的怀抱而感到安全，因为与你的合作那么默契，这么多实实在在的东西，我想若是总结起来只有两个字能够概括，那就是爱情！"

杨小兵揩着自己的眼睛，泛起了一阵潮湿，要知道春霞从来没有一连串地对他表白过这么多的情绪，他在上一次春霞提出两个人结婚的时候就已经足够激动了，只是他想对这份感情负责，所以要问清楚春霞对自己究竟是爱，还是感动。

如今杨小兵终于知道，原来春霞对待自己也是同样的爱！

"春霞，我想知道你是真的确定了吗？从前那个人的身影还在你的头脑中吗？"

春霞的眼光眺望着远处那高高的山峰低低的沟壑："如果我实话告诉你还在呢？"

杨小兵愣了片刻。

"因为人都不可能失去记忆，我也是一个人，我想我的心里永远都会记得王永华，但是那种爱恨情仇已经渐渐地淡去，或者说被你所取代了！"

突然，杨小兵把春霞一把抱进了怀中，然后松开她，非常正式地站在老李的墓碑之前："叔叔，请把你的女儿嫁给我吧，我向你保证我会一辈子照顾她爱护她！不会让她受半点委屈！"

"那么，我也是！"春霞笑着看着杨小兵，两个人的眼中充满了对彼此的爱慕，敬佩，保护，依赖。

爱是一种复杂的东西，但也是一种简单的东西，简单到只要自然而然，水到渠成。

但是，春霞并没有急着去办婚礼，毕竟老李的葬礼还没过多久，春霞跟杨小兵去领了结婚证。

走进民政局的那一刻，春霞觉得自己的脚步变轻了，周围的空气也变得稀薄了，她从未想过自己有一天竟然也能离幸福如此近，近到已经被幸福所包围！

杨小兵吻了吻春霞的头发："你知道吗？你真的好漂亮，尤其是今天的你！预备跟我共度一生的你！做出这个明智决定的你！"

领完了结婚证，小军也非常顺口地直接喊杨小兵为姐夫，毕竟这段时间小军早已经看出杨小兵与春霞之间的感情与默契，若是这两个人不能走到一起，那么连老天都觉得遗憾。

为了完成父亲的遗愿，小军也回到了原来的高中里。

不过这一次，春霞已经有了足够的钱让小军去上补习班。

把小军送到学校之后，春霞和杨小兵踏上了回深圳的旅程。

半夜。

王永华翻来覆去都睡不着觉，心中的焦躁越来越大，对蔡小琴的不满也越来越明显！

他不就是想把父母也一同接到深圳来住吗？不就是想办法让自己的小侄子能在深圳上学接受教育吗？不就是想让研究所所长给自己的哥哥嫂嫂分别找一份工作吗？

他们一家那么神通广大，难道这件事情还安排不下来吗？

他实在搞不懂，为什么蔡小琴要因为这些事情跟自己大吵一架。

手中的遥控器百无聊赖地调着频道，突然一张熟悉的脸出现在电视荧幕前，他揉了揉眼睛，这不就是春霞吗？而且那声音，也无数次地呼唤过自己的名字。

王永华看到这个节目是家乡市区那边颁发三好青年奖的大会。春霞就站在台上讲述着她创业的经历，主持人也连连说起"春彩"这个品牌！

王永华这才恍然大悟，他怎么都没想到最近大火的一款化妆品品牌，竟然就是春霞一手创办的！

"天哪！"王永华抱着自己的头，他悔得肠子都青了，若是当初知道春霞有这般能力，他还会离开春霞？

真正跟蔡小琴结婚了之后，王永华才知道蔡小琴根本就不是一个诚实的人，她夸大了自己家的能力与财产。工作了一段时间之后王永华才知道，原来所谓的研究所所长，只不过是一个职位罢了！只不过比工人要更加体面些！但是赚的钱却远不及经商的十分之一。

2

"妈！我都跟你说过几次了，家里的马桶你不要忘记冲水！"

王永华下班回家了之后，便看到蔡小琴摆出的那一张臭脸。

经过仔细的询问，耐心的询问，蔡小琴这才说道："王永华，你要是问我有没有不高兴，那我可以明确地告诉你有，你知道为什么吗？"

"为什么？"

"咱们家的卫生间不是你们家农村的大厕所。难道连冲水都不知道吗？你知不知道那马桶圈被你爸爸妈妈弄得多脏？我实在是忍无可忍，又没办法提醒他们！"

蔡小琴开始喋喋不休，王永华叹了口气，只觉得头晕目眩，因为他已经连着在研究所加班了两天，岳父给了他一项很难也很累的研究项目，而且因为是自家人，所以王永华大概也清楚，哪怕最后申请了专利，恐怕也跟自己没什么关系。

功劳都被蔡小琴的父亲抢去了。

王永华看了一眼这豪华的房子洁白的墙壁，看了看门上面欧式雕刻的花，看了看脚下踩着的黄色的实木地板。

这正是他想要的生活，是他当初不惜放弃自己的初恋，甚至可以说一生所爱，换来的这个环境。

可是就如同一个人望着一座山，那山峰上开着鲜艳的映山红，可走上去才知道，原来那些红不过是远处的一片模糊所演绎出来的景象罢了，这花朵也一样会凋零，一样脆弱无比。

"好了，小琴，我去跟我爸妈说一声！"

王永华来到了父母的卧室，和父母好好说了说上完厕所一定要冲水并且要保证卫生间的干净卫生。

王永华的父亲马上就不高兴了，那一张被风沙吹得又黑又粗糙的脸上显露出一家之长的那种压顶而来的气势。

"你这个浑娃子跟谁说话呢？我是你爹！你竟然敢这么跟我说话？"

那浑厚的声音直接传到了王永华的卧室，蔡小琴听得一清二楚，哪怕是电视中正播的节目声音也无法掩盖王永华父亲声音中的愤怒。

"爸，我并没有对你态度不好啊，我只想告诉你这是城里的卫生间，所以上完厕所要记得冲，还有小便的时候一定要把马桶圈掀上去，否则让别人怎么用呢？"

王永华并没有意识到，在大山深处过了一辈子的父亲，对于王永华的这番劝导感觉到了无比的羞辱，尤其是提到了上厕所的问题，更令他感到无地自容。

一时间大男子主义的性格占据了上风，他怒视着自己的儿子："我们养了你这么多年，你反倒来挑我们的毛病？你小时候拉屎撒尿哪个不是我们照顾你的？你今天竟然敢跟我说这种事，你忘了你小的时候的尿裤子是谁给你洗的吗？"

王永华更觉得疲惫不堪，本来就累，被父亲这么一说心里的一股火也顶了上来："你这简直就是蛮不讲理！我是一个心智成熟的成年人了，难道一定要跟我小的时候去比吗？难道我对你们有这么一点点要求都不行吗？我把你们接来城里，就是为了让你们享受城里这样干净整洁的生活，你们就不能配合一点吗？"

王永华的父亲听完了这样一席话，脸上的黑色转为了红色，他抽下身上的皮带，指着王永华："你小子难道孝顺我们不是天经地义的吗？我们辛辛苦苦地把你拉扯大，现在你说把我接到城里有什么错呢？你竟然还觉得你做了多大的牺牲？"

"你打呀！我为你们付出了这么多，如果你们还觉得不够的话，那就打吧！"

王永华几乎是咬着牙说出这句话的，这句话里面有赌气的成分，可是王永华的父亲没有半点家长的风度，直接拿起皮带就在王永华的身上噼里啪啦地抽了起来。

"老王，你别打了！"王永华的母亲劝着王永华的父亲，可是那语气中也分明没有半点敢反抗的意思。

在这个极为传统的家庭里，妻子对丈夫是绝对的顺从，在孩子的教育问题上，也从来只听父亲的。

听到房间里鸡犬不宁的吵闹声，蔡小琴再也忍不住了，她冲到老人的卧室里，看到自己的老公公正在打自己的老公，蔡小琴受过高等教育，无法容忍任何暴力行为，再加上自己的脾气也很火爆，干脆直接喊道："你疯了吗？爸，他可是你的儿子，你怎么能打他呢？"

没想到这位作为一家之主的老公公完全不给自己的儿媳妇任何情面，反而是指着蔡小琴说："你给我一边去！我教育自己的儿子还不需要外人来干涉！"

一句"外人"彻彻底底地伤了蔡小琴的心，她长这么大还从未受过这样的委屈。

"永华，难道我对于你家来说是外人么？"

可是王永华从小就接受惯了父亲这样严厉的教育方式，他根本就不敢反抗，此时此刻更是无法保护蔡小琴。

"小琴，你先出去！"

"我不出去！我要你们家给我一个交代！什么叫我是外人？"

"你不姓王！你当然是外人！而且已经结婚半年了也没见你怀孕，搞不好你根本就是看不上我们家王永华，也看不上我们，不会是另有私心吧？"

听到老公公如此强硬的一番话，蔡小琴的那一颗心彻底碎了，她是如同公主一般被宠大的，如今却受到如此大的委屈。她用求助的眼光看着王永华，但是王永华却只得低着头，任由父亲打骂。

蔡小琴终于忍不住了，哭着跑了出去，王永华刚想追出去却被自己的父亲一把拉住："追什么追？你连你自己的婆娘都驾驭不了吗？"

王永华欲哭无泪，只觉得一颗心疲惫到了极点。

晚上父亲的气总算是消了，王永华带着一身的伤痕回到房间，蔡小琴不知去向，他拿起了传呼机，满脑子想的只有春霞。

3

看到那个熟悉的号码发到春霞的传呼机上时，春霞愣了一下。

这个号码已经有半年多没有联系过了。

春霞握着传呼机，一瞬间便觉得眼眶湿润，她胸口起伏着，仿佛有一股热烈的情绪梗在心中。

此时的她已经跟杨小兵成为了夫妻，她把传呼机放到了一边，并没有管那个号码。

可是坐在椅子上的春霞却无心工作，电脑里面是一排排业绩，每一个商场每一个柜台每一家店的业绩，可是春霞却无心再看下去。

她回想起半年多以前，王永华跟蔡小琴的那一场婚礼，而且蔡小琴也曾经来店里向她炫耀幸福。

王永华为什么要找自己呢？

杨小兵晚上和别家公司的人去应酬，春霞留在公司里看报表。

在这个寂静的夜里，那串号码显得格外突兀。

春霞本来想也许这是王永华不小心而已，但是传呼机却一次又一次地响起，每一次都是王永华，当那串号码一次又一次地出现在屏幕上时，春霞的心也一次一次被折磨着。

她忍不住回想起两个人同居时，王永华也曾经因为找不到她，所以好多好多次地呼叫她，而那个时候王永华脸上急切的表情就好像在昨天。

终于。春霞忍不住拿起电话，回拨了过去。

在电话的那一端，王永华的声音显得格外沧桑与沙哑。

毕竟热烈地相爱过一场，就算是心中积压着再多的恨，春霞也还是有些心疼地问道："怎么了？"

王永华在听到春霞声音的那一刻，整个人的身体是僵住的，他咽了一口唾沫，这才问道："春霞，你好吗？"

春霞调整了一下呼吸："我还好。"

"你是不是还在恨我？我当时做得太绝情了！"

但事实上当初的恨当初的爱已经在春霞的心里沉淀了，对于王永华的电话，剩下更多的只是一种对于回忆中的那个人的留恋："还好。"

可是王永华的声音却哽咽了，春霞听到这里忍不住问道："你出了什么事？"

"我可不可以见见你？"

"还是算了，你的妻子如果知道你来见我的话会生气的！"

"我真的好想见见你……"

听到王永华这么说，春霞犹豫了一会儿，还是说："那好吧！在哪里见？"

"就在你家楼下的那家饭店好吗？我们常常去那里吃饭！"

王永华所说的地点，是两个人曾经一起吃饭的一家小酒馆。

春霞打了车到了那家小酒馆，那家小酒馆会营业到两点，所以里面还是一片觥筹交错。

再次看到王永华的时候，春霞的心是激荡着的，也同样是留恋的。

仅仅半年的时间，之前在这家酒馆中发生的一切还历历在目，仿佛是在昨天。

"坐下吧！"

王永华直接点了春霞爱吃的那几样东西，又点了几瓶啤酒。

"你一向不爱喝酒。"春霞说道。

可是王永华还是自顾自地开了几瓶酒，然后倒到杯子里，春霞看着王永华，他的衣服看起来很贵，整个人也多了一种气派，而不是以前两个人在一起时的寒酸和局促。

"看来这段时间你过得很好。"春霞顿了顿，"你终于找到你想要的生活了！"

王永华摇了摇头："你就不要再嘲讽我了，你才是过上了你想要的生活，我真的没有想到你会做出那么大的事业！"

春霞给自己倒了一杯酒："时也，运也，不过是一时的机缘巧合罢了。"

王永华苦笑了一声："你现在会不会特别想笑？当初我跟你分开，就是因为钱，而现在你赚了那么多的钱，我想你未来永远不会因为钱的事发愁！"

这时候菜被一道道端了上来，春霞最喜欢吃海鲜粉丝煲，但是每次夹菜的时候又总是会失手，粉丝总是很不听话地掉到盘子外面，王永华还是习惯性地为春霞把粉丝夹到了盘子中。

"难道，你找我就是为了说说这件事吗？"

"不是的！但是我也真的为你感到开心。"

"那是出了什么事？"从王永华的脸上，春霞看到了一种失落与伤心。

"我的确找到了我想要的生活，我把我的父母接到深圳这边来生活，把我的侄子也接了过来，但是……"王永华干了一杯酒又倒了一杯酒，这才说道，"但是我的父母根本无法适应城市的生活，我的妻子跟我的父母也完全不能相处，说实话也不怕你笑，我父亲连撒尿都会撒到马桶的外面，连冲水都会忘记，他们把家里搞得一团糟，小琴根本无法忍受这些。"

春霞点了点头："其实农村人来到城里生活，都会有一些不适应，或许适应一阵子就好了！"

"不是那么简单的事！"王永华一边说着，一边挽起了袖子，只见上面有着道道红印。

"天哪！难道蔡小琴打了你？还是你们之间发生了矛盾？你们不会是动手了吧？"

王永华笑了笑："怎么可能？我是上门女婿！我怎么敢打人？这些是我父亲打

的，只因为我告诉他把卫生间好好打扫一下，保持卫生。"

"我真没想到，你都已经这么大的人了还要被你父亲打？快给我看看！"

春霞仔仔细细地看了那些伤，若不是下了死手，被打的地方不会肿得这么高。

"春霞，我真的后悔了，我也跟你说实话，其实蔡小琴家里根本没什么钱，不过是有套房子，暂时能让我的父母住过来。其实，她的父母已经对我很不满意，也三番五次地告诉我让我父母回去。"

春霞静静地听着，她的心里没有一丝得意，只有对王永华的心疼。

但是这种心疼早就已经不是出于爱情，或者是情谊，只是像一个认识了多年的老朋友那样，只是一种淡淡的心疼，淡淡的惋惜。

"春霞，我打算离婚，我对不起，太对不起你，我想如果有机会，可不可以让我弥补你？"

4

王永华的话说完，春霞的心里这才感到了一丝真正的厌恶。

她没有想到王永华竟然是这样的人："难道你这个人的婚姻只是为了钱吗？你觉得现在我有了钱，所以你想跟你的妻子离婚跟我在一起吗？"

王永华马上摇头："不是的！我只是出于对你的愧疚，说实话，我当初也很爱你，包括现在！"

"你真的爱过我吗？你真的深爱过我吗？如果你深爱我当初就不会跟我分开！"

春霞的话还没说完，突然一个熟悉的身影出现在了春霞的面前。那高大的，健壮的身材，春霞一下子就认出来了。

"春霞，我不过是出去应酬了一下，你就在这里见你的旧情人，还谈什么爱或不爱？你难道忘记了他当初抛弃你的时候有多绝情吗？你疯了！"

杨小兵的声音很高，顿时惊动了这饭店里的所有人，大家的目光都投向了这里，顿时安静了下来。

"我没有！这只是一场简单的对话，并没有像你想象的那样！"

春霞焦急地站起来跟杨小兵解释。杨小兵因为应酬喝了太多的酒，他一把推开了春霞，春霞的脚刚好在椅子前，整个人没站稳，便直接摔在了桌子上，什么菜汤啤酒，洒了春霞一身。

王永华看到这里，也按捺不住心中的一股火气："你还打春霞？我们的事情关你什么事？你凭什么打人？"

王永华一边说着一边把春霞扶了起来，那动作中的温柔跟两个人曾经相爱时一模一样，而就是这个动作彻底地激怒了杨小兵，这一刻，他彻彻底底地失去了理智。

"春霞！你竟然背着我跟你的旧情人搞这一套，好啊！他护着你，那你就跟他走吧！"

说着杨小兵直接离开了饭店，他那毅然决然转身的背影深深地刺痛了春霞的心。

而王永华却温柔地对春霞说道："你有没有摔痛？我送你回家，你现在去洗个澡，不要去管杨小兵，明天我去找他算账！"

而春霞冷冷地看着王永华，她一双手捏着拳头，王永华被她的眼神吓到了，要知道春霞是一个温和的人，她是第一次用一种仇视的眼光去看着一个人。

"你怎么了？"

"你刚刚不是想问杨小兵凭什么那么对我吗？他凭什么参与我们两个人对话吗？那我现在就告诉你！我已经和杨小兵结婚了！"

顿时，王永华觉得五雷轰顶，他急迫地抓着春霞的双手问道："这是真的吗？你不会是一时之间生气所以骗我的吧？你们结婚了？"

"我没有骗你！我李春霞什么时候骗过人？"

王永华第一次感受到什么叫做失去，什么叫做无助，一种不可理喻的失控占据了王永华的心，他拉着春霞："对不起！对不起！是我弄丢了你，我向你承认我当时做错了，可是现在杨小兵不是也打了你吗？我现在就离婚，我知道你还爱着我否则你不会出来见我，我们在一起好吗？我不要你的钱财，我只要你！春霞！我真的舍不得你，说实话我自从结了婚之后，日日夜夜都在想着你，我每一刻都在后悔，我才知道失去你是我今生最大的遗憾……"

突然，春霞一个巴掌狠狠地甩在了王永华的脸上："王永华你真的疯了！你不要脸！我告诉你，我永远不会跟你在一起！"

而这一个巴掌也让王永华回复了清醒，他终于意识到自己失去了多么宝贵的东西，他终于意识到像自己这样的人根本就配不上春霞！

"你再也不要来找我！"春霞喊道，但是看到王永华那般失魂落魄的模样，心中却还是有些不忍，而这种不忍只不过是出于一个寻常人的善意，"你还是好好地对待你的婚姻吧！"

春霞打了车回公司，杨小兵这段时间也一直住在公司的卧室里，可是回去之后杨小兵却不在。

在这么一瞬间，春霞才强烈地知道她有多么渴求杨小兵，这种爱早已经在她的身体里深深地扎了根！

一个晚上的焦急等待，杨小兵却始终没有回来，一直到早上春霞整夜未眠。

坐车来到了公司的工厂，春霞终于看到了杨小兵，他正在指导工人如何调试设备。

春霞走进去："杨大哥！"

可是杨小兵听到春霞的声音，却转身就走，春霞跟在他的身后拼命地解释："昨天晚上的事情不是那样的！我只是，我只是一时有些情绪罢了！你知道我这人有些情绪化，王永华突然找到我，我……"

杨小兵回头看了一眼春霞，气似乎消了，但仍然是满脸的失望。

"我们谈一谈好不好？"春霞诚恳地拉着杨小兵来到了工厂的外面。

杨小兵点燃了一支烟："春霞，我原本以为你真的爱上了我，所以我才会跟你结婚，我是本着对婚姻负责的态度，可是你呢！如此看来你不过是对我有些感动的情绪罢了，因为我照顾你，对吗？"

"不是的！"

"如果你真的爱我，你还去跟王永华谈什么爱不爱的？他爱过你又怎样？春霞，你这是对我最大的不忠！如果你尊重我一点，我想你绝对不会说出那样的话！"

"不是的！"春霞不知道该怎么解释，而当时的那几句话那个场景也足以使一个人误会，更何况是杨小兵！他是一名军人，他的身上带着刚毅的力量，他不容许半点的背叛！

"春霞，你真的是辜负了我对你的一片苦心，我真的对你很失望，哪怕你仅仅是因为跟我在一起的感动，都应当跟王永华断个干干净净！"

"我向你认错，向你道歉！可是只不过是事出有因，我回想起当时发生的事，我只是在发泄我的情绪……"

可是杨小兵却失望地闭上了眼睛，他不想看到春霞那流着泪的心碎眼神，他也决不容忍伴侣对自己有半点的不忠！

5

看到杨小兵坚决地闭上眼睛，那一刻春霞便在心里告诉自己，或许她真的犯错了！她根本不该去见王永华！就算是见了也不该提当初的事！

什么爱过与没爱过？春霞也知道那是因为自己对王永华的心仍然带着一分牵挂，甚至是带着一种执念。

她又何必要证明那个问题呢？不管王永华爱没爱过，她此时此刻万分地懊恼，心中无限地责怪自己。

"我承认我不对，我不应该跟王永华见面，是我的错！"

杨小兵却摇摇头："这不是你的错！你只是跟随着你的心去走，我们结婚刚刚几天而已，这才回到了深圳，我想你还有回头的余地！再说我们什么也没做过，也许根本就算不上真正的夫妻，也许，你的心根本就没有尘埃落定！"

"不是的！我要跟你结婚是认真的！我没有答应你的要求，是因为我父亲的事我还记挂在心里，我没有完完全全把这颗心放下……"

可是面对春霞的一大堆解释，杨小兵怎么都听不进去。

"春霞，你回公司吧！今天晚上不是还有应酬吗？"

杨小兵说完便转身回了工厂里，只把春霞一个人留在原地，看着那个转身离去的背影，那刚毅果断的背影，春霞的心碎了。

她才知道这个时候的心痛比王永华离开她时的心痛，要难过几千倍几万倍！

因为公司很忙，所以春霞也没有时间留在工厂，便只好匆匆地回了公司。

可是一向干劲满满的春霞突然觉得浑身失去了力气，这是她唯一一次感到如此无力无助。

她不知道工作该如何进行下去，更不知道晚上的应酬该怎么办。

助理看到春霞一副愁眉不展的模样，便问道："姐，出了什么事呀？"

助理是一个青春活泼的小姑娘，春霞心乱如麻："没出什么事，但是得麻烦你最近加加班，可能我最近没什么心情工作。"

助理苦着一张脸："姐，你都不知道前段时间你不在公司我忙得都快累死了，现在你又要让我加班，我呀，可真是为工作鞠躬尽瘁！"

小女生用撒娇的语气对春霞说，春霞倒也理解小助理的心情，毕竟她也是从一个小小的公司职员做到老板的："那给你加薪好不好？"

一听到"加薪"两个字，小助理的眼睛就亮了起来："只要钱到位，多累都没事！"

"你这么拼？"

小助理眼睛中亮闪闪的光黯淡下去："其实我倒希望能够多加加班，毕竟我家里还有一个弟弟在上学，我父亲的身体不好，全家就依靠我一个了！"

春霞摸了摸小助理的头："你真不容易！"

"不过也没关系！反正我还有能力去支撑起一个家，若是连我都没有能力的话，那恐怕才是真的悲哀呢！"

小助理笑起来，那带着活泼而高涨的情绪让春霞的心情暂时好了些："我家里也有一个弟弟，也在上高中，前段时间我回家就是为了处理我父亲的事，我父亲走了。"

"真的吗？"小助理皱着眉头，想尽办法安慰春霞，"人生就是有许多的磨难，不过好在杨总对你很好。"

春霞和杨小兵的事几乎从来没有对外说过，他们俩结婚的消息也没有在公司公布，可是小助理却仿佛清晰地知道他们两个之间的关系。

"你怎么知道？"

小助理的脸上出现了一抹笑容："春霞姐，杨总他……"

"怎么了？"

"其实我也不知道你对杨总是什么样的感觉，我想我也没有什么权利去说这些。你走的那些天杨总每一次跟我交代工作的时候，都会提到你，每次一提到你他的脸上就有一种很欣赏的表情，公司前阵子不是出了一个大危机吗？我说要不要告诉你，问问你该怎么办，你知道杨总怎么说吗？他千叮咛万嘱咐，不让我告诉你，就怕你会担心分神。"

春霞听到这里，心更是绞着一般的痛，原来杨小兵对她的爱与欣赏早就已经体现在生活的方方面面，甚至就连一个外人都看得出来。

"后来有几天杨总说联系不上你了，那几天杨总几乎都没心思工作了，他成天在办公室里不是这走走就是那走走，而且不光是这样呢，春霞姐你还没走的时候杨总叫我下去买午饭，一定要让我去买一些养胃的食物，有营养一点的，说你胃不好！"

"原来是这样。"

春霞拍了拍小助理的肩膀："好了，你去工作吧，今天听你这么说，我觉得挺感动的。"

小助理带着满脸的笑容离开了办公室，剩下春霞一个人坐在这里，望着这空荡荡的房间，望着面前那孤零零的电脑，望着桌子上那写满了数据的白色本子，一切都格外的空旷和寂静。

春霞不知道，原来杨小兵对她竟是这般的爱，如此细腻的爱，只是杨小兵不愿意说出来，而是更愿意默默地去做。

可是这样细腻的爱，却被她完完全全地辜负了！

春霞悔恨自己到底为什么去见王永华，到底为什么去探讨王永华爱没爱过她这样的事！

时间渐渐来到了晚上，春霞不得不整理情绪，化好了妆去应酬。

今天要见的人是外省来的客户，春霞打算在外省建立分工厂，所以这样重要的应酬，春霞马虎不得。

来到了饭店，在座几个人都是外省的大老板，春霞努力装出一副精神焕发的样子。

"能够跟你们合资开分公司，是我的荣幸！以后咱们就都是春彩这个大家庭中的一员！"

春霞端起酒杯说着客套的话，一杯杯酒下肚，她不得不让酒精那烧灼感来麻醉自己，暂且忘掉跟杨小兵之间的矛盾。

"春霞小姐,你真是位女中豪杰,能把公司开得这么大,发展得这么迅速,我能感觉到你是一位非常负责任,又有英明决策的女老板,我们跟你合作非常放心,也是我们的荣幸!"

6

不知不觉间,春霞喝多了。

并非是几位老板灌酒,而是春霞不得不靠着酒精去提升自己的情绪与热情。

将几位客人安排好了住处之后,春霞这才把绷着的身体放松下来,一股股醉意翻涌着,使她的脚步踉跄着,也是在这时她的眼泪夺眶而出。

她一个人打车,本来是想回公司,可是到了公司的楼下,她不想上楼,便一个人坐在公司楼下的台阶上吹着风。

这时,杨小兵正好也到了公司的楼下。

在路灯的掩映之下,杨小兵的侧脸浸在阴影中,他远远地看着春霞。

其实这一整天,杨小兵也不好过。

他是一个讨厌背叛的人,尤其是倪姐曾经带给他的那段回忆,更是让他彻彻底底地对背叛零容忍。可是静下心来一想,春霞跟王永华曾经也有着那么深刻的感情,或许是他太小心眼了呢?但是作为一个男人,他也不得不在这件事上小心眼。

春霞看到杨小兵,小跑着来到了杨小兵的面前,虽然脚步踉跄,但还是急切地奔跑着。

"杨大哥,你怎么回来了?"

春霞以为杨小兵今天晚上都不会回来。

杨小兵沉默了片刻,发现春霞的身体摇摇晃晃的,有些生气地问道:"你喝多了?"

"应酬。"

"你是一个女孩子!跟他们应酬,也不应该喝这么多酒啊!是他们灌的吗?如果他们是硬灌女孩子酒的人,这样的老板不合作也罢!"

春霞摇了摇头:"不是的,是我自己想要多喝一些。"

杨小兵更加愤怒了,他指着春霞的腹部:"你明知道自己肠胃不好,还喝这么多的酒!"

要知道春霞在照顾老李的这段时间,身体也被折腾得厉害,胃病又犯了,是杨小兵精心照顾,才让春霞的身体好起来的。

"我是不该喝这么多酒,可是我心里乱,还要照顾客人,我实在没办法,只好多喝了些,来让自己的心里平静点。"

春霞低下头，习惯性地就想要抱住杨小兵，把脸贴在那坚实的胸膛上，可是杨小兵却站在原地，丝毫没有动作……

"我扶你上楼，你好好地歇一歇！"

杨小兵那冰冷的话语中并不带半分的情意，春霞的心碎又加了几分，她抬起头，甚至是用一种渴求的眼光望着杨小兵："你原谅我好吗？我知道我做错了，我知道我该承受你现在对我的这种态度，可是，你以后会原谅我吗？你能不能不要因为这件事把我们之间所有的感情全部否定？"

"先去睡吧。"杨小兵说着扶春霞上了楼。

来到了卧室里，春霞一躺下便睡着了。

其实杨小兵之所以这个时间回到公司的楼下，而不是住在工厂里，也完全是因为担心春霞今天晚上的应酬。

他本来想照顾春霞睡觉之后就走，可是当他走到卧室门边的时候，听到了春霞在梦中的呓语："杨大哥……"

杨小兵回过头，他透过小夜灯这才看到，原来春霞的脸上已经闪起了点点的星光，那星光是春霞的泪痕。

这一刻，杨小兵的心也碎了，他实在不明白为什么春霞会为他这么伤心，可是她还是要去追问王永华有没有爱过她，还是在意着王永华心中的想法！

"杨大哥，我错了，你不要离开我好吗？"

那梦中模糊不清的呓语，深深地揪着杨小兵的心，他轻轻地把手放在春霞的胸口上，那因为喝了酒所以高高起伏的胸口似乎也藏满了心碎的碎片。

"杨大哥，我真的好爱你，你不要离开我，我道歉，我道歉！"春霞一边说着，一边在梦中猛烈地哭了起来，她的手似乎想要抓紧什么。

当听到那句"好爱你"的时候，杨小兵的心彻底融化了。

他知道或许在思维上他还在生着春霞的气，可是在心里他早就已经原谅了春霞，换句话说他其实从来就没有怪过春霞，因为他实在太爱太爱她！

"春霞！"杨小兵用温柔的声音喊醒了春霞，春霞从梦中迷迷糊糊地醒来，杨小兵擦了一把她脸上的泪："你做了什么梦？怎么哭成这样？怎么伤心成这样？"

春霞看到杨小兵还在身边，眼泪更是抑制不住，她哭出了声："杨大哥，你没有走？"

"我一直在这里陪着你，没有走。"

春霞却摇了摇头："你明明走了！你明明丢下我一个人走了，你让我签离婚协议……"

杨小兵知道春霞八成是喝太多了，所以分不清梦境跟现实，他把春霞拉到自己的怀中，认真地说道："我什么时候走了呢？我从来没有跟你说过要离婚！因为我好爱你！我怎么会跟你离婚呢？"

春霞这才彻底从梦境中清醒过来，她死死地拉住了杨小兵的手："真的吗？"

"真的！"杨小兵的大手放在自己的脸上抹了一把，那是热的触感，是水的触感，他才发现自己也哭了。

"太好了，杨大哥，我发誓我以后再也不会去跟王永华见面……"

"我想，你不会。"杨小兵说着摸着春霞有些湿润的头发，"你知道吗？你让我好感动，你刚刚在梦里说你好爱我，你知道吗？这是你第一次认认真真地说你爱我！"

春霞看到杨小兵脸上的那种卑微，她后悔自己没有早一点去体会杨小兵对她的这种不求回报的爱，那种体贴入微的温存，那种极具耐心的等待。

或许，这一切都不该再等下去，春霞终于紧紧地抱住了杨小兵："我爱你！我爱你！我爱你！不是感动，是渴求！"

杨小兵终于听到了春霞的心声，也终于证实了春霞与自己在一起并不是因为感动而是爱。

此时，春霞直接拉过了杨小兵的手，两个人一起躺在床上，她的手解开了杨小兵衬衫上的扣子，一个又一个，她的手放在杨小兵的胸膛上，她在他的耳边轻轻地说道："老公，今天晚上，我把我自己完整地交给你。"

7

由于半年时间没有读书，小军回到学校之后，即使想要好好念书，但是也因为落下的功课太多，连原本可以吃老本的那些知识，也都忘了个一干二净。所以，学习成绩一落千丈，在学校中也跟同学们相处得不算融洽。毕竟小军已经工作了一段时间，他也懒得再去跟那些同学交流，更何况老李的离世给了他很大的打击。于是小军干脆下定了决心，辍学。

春霞接到了老师的电话，和杨小兵一同赶回了家乡，在看到小军的那一刻，春霞生气地冲了上去，尽力忍着心中的脾气，才没有一个巴掌打在小军的脸上。

"李小军！你忘了爸在走之前怎么说的吗？"

小军无奈地看着春霞："可是我的心思已经不在学习上了，你知道吗？我真的很想爸，很想要好好念书，可是我做不到！也许我根本就不是学习那块料！"

"你！当初我想念书都没有机会，现在为你创造这么好的条件你为什么不去念？如果你是不想留在家乡的话，那我给你办转学，你跟我去深圳念书……"

"姐！"小军喊道，"我真的不想念书，而且我还有一个心愿！"

"你现在的心愿就应该是好好念书！再坚持一年你就可以上大学了，你知道读大学是一件多好的事吗?"

杨小兵知道春霞的心中对大学仍然有着执念,有着遗憾,他走上去握住春霞的肩膀:"春霞,考大学也不是每个人必走的道路,也许你想考,可是小军不想考呢?你为什么不听听小军的心愿呢?"

小军看了一眼杨小兵:"还是姐夫懂我!"

春霞平复了自己失望的情绪:"你说!"

"你知道自从我上了中学之后,就跟着爸爸一起做篾匠活儿了,你知道吗?其实我的篾匠活儿做得比咱爸还好!咱爸有的时候粗心,可我细心,我……"

春霞气得一股火差点把天灵盖顶了起来,要知道老李就是做篾匠,所以才穷了一辈子,可是今天小军居然也想要做篾匠!

"你就这点出息?"

小军执拗地看着春霞:"对!我就是想去做篾匠,难道,你不喜欢篾匠活儿吗?那些用竹子编制的工具,带着一种美感,我喜欢这种美感!"

其实春霞的心中也对于篾匠活儿有一种特殊的情怀,她在父亲临终之后,还亲自做了几个。

"可你做这个能当饭吃吗?"

"我不知道!但是我想在篾匠活儿上加以改良,以后做的就不仅仅是生活用品、农用工具,而是一种工艺品!我想要让这门手艺留传下来,也想要专门做这方面的生意!"

"做工艺品就赚钱吗?你以为创业是那么好创的吗?"

看到春霞那么生气,杨小兵能做的也只有安抚,不过他怎么也没想到,小军居然是一个这么具有情怀的人,而且还想要把篾匠活儿做成工艺品,倒也蛮有创意。

"春霞,你也别急着生气,小军就是不想念书了你也不能逼他!"

春霞看着杨小兵:"就连你也向着他?"

"不是我向着他,而是一个人能找到自己的方向不容易,小军还小,你不如让小军尝试一下!"

"高中的时间这么短暂,哪有时间让他去尝试?"春霞说着又劝慰小军道,"我知道你不爱读书,可是只有读书有文化,才能做体面的工作,做篾匠干吗呢?"

小军干脆直言:"你就算是让我去念书,可是我还是想做一个爸爸那样的篾匠!其实在念书的这段日子,我的心中也一直都想着篾匠活儿,爸爸没了,而现在会这门手艺的人越来越少,恐怕这门手艺就要失传了!"

春霞刚想说什么,却被杨小兵阻止了:"小军这样子就算是念书恐怕也念不好了,我想咱们干脆支持他试试!"

"不想念书也可以,那你就跟我回深圳去,哪怕是学一门技术一门手艺,或者是我给你投资开个门店做生意,能从大山中走出去不容易,你不要再回去了!"

可是小军仍然不为所动:"姐,我终于找到了人生的目标与方向,你为什么不能支持我呢?而且我也只想留在家乡这片土地上,我喜欢这儿的黄土,这干燥的空气,以及那吹在脸上的沙尘,这固然没有深圳那边好,可我就喜欢这儿!"

春霞被气坏了,但是又看到小军眼中那纯真而坚定的眼神,实在是无奈:"好吧,既然你已经决定这么去做了,那我拿你也没有办法!"

春霞带着小军回到了曾经的家中。

由于家中已经没有人照料,看着那长满荒草的院落,以及破败的房屋,春霞和小军只觉得心中空落落的。

这个家再也没有了老李做主人,姐弟二人也终于体会到了人生的飘零与无常。但是这种飘零,却让小军更加想要把什么东西抓在手中,更想要继承父亲的手艺。

三个人来到了屋子里,门口照样堆着一堆篾匠活儿,小军拿起来,朝春霞指了指:"你知道吗?这个就是我做的!姐,你看我有没有天赋?"

小军做的篾匠活儿的确跟别人不一样,严丝合缝,精工细作。

"你确定要留下来吗?"春霞一边打量着手中的篾匠活儿一边问小军。

小军郑重其事地说道:"姐,咱爸就是靠篾匠活儿把咱们养大的,我真的很喜欢这个。"

春霞叹了一口气,语气中既有失望,又有对小军的勉励:"既然如此,那你就留下来吧!"

"真的可以吗?"小军迫切地问道。

"除此之外还有什么别的办法吗?你呀你!好日子不过偏要回来跟爹一样受苦!"

小军挠了挠头:"就是喜欢!"

春霞也不得不妥协:"那你就留在家里好好做你的手工活儿吧。"

春霞这才知道,在父亲走之后自己做篾匠活儿只是为了假装父亲还在身边,而小军则是对这种工艺有一种不能割舍的情感。

"好,年轻人能有自己的想法不容易,我为你感到感动,惊讶,所以我也会用钱全力支持你的!"

8

小军听到这里,惊讶得下巴差点没掉下来,春霞明明上一分钟还在震怒,怎么这一分钟就突然变了?还说要支持自己创业!

"姐,真的吗?你真的会支持我吗?"

春霞只好说道:"既然你姐夫都这么说,我有什么办法?不过你以为创业真的容易吗?我要看到你真的能在这上面做出什么文章,才会拿钱帮你投资!"

春霞虽然嘴上这么说,可是看着那么一大堆竹子又发愁了,真要是让小军继承父亲的手艺,他这一辈子不是又要受苦了吗?

等到小军去睡了,春霞一个人坐在厨房里,拿起刀熟练地劈开竹条。

杨小兵在春霞的对面坐下来:"你也挺熟练的。"

厨房里的灯光光线很暗,即便是这样,春霞的动作仍然很娴熟,不曾受伤,竹条更是劈得均匀。

"这活儿我们从小就帮着父亲做,只不过我真的没想到小军竟执意要做这个!"

杨小兵拿起一根竹子,摸着上面那坚硬的纤维:"儿大不由娘,小军大了也不由你这个姐姐了!"

春霞把刀子放下,仔细地看着杨小兵:"那块竹条我还没有打磨过,上面可能有刺,你放下。"

接着春霞把杨小兵手中的竹条放下来,又说起了刚刚那件事:"儿大不由娘,你说咱们的孩子会不会也是这样?"

杨小兵的脸上攀升起一种甜蜜的意味来,他看着春霞那暂时还算是平坦的肚子,在上面轻轻地摸了摸:"儿子呀,你可要听你妈妈的话,不管你长大了之后会不会不由娘,但是至少你在妈妈肚子里的时候,可不要折腾人!"

春霞的脸有些红红的,也同样带着甜蜜的意味。

就在三天之前,他们去医院做了个检查,这才发现春霞已经怀孕了。

也许这一切来得太突然,两个人都还没有真正做好做父亲和母亲的准备,但是既然孩子来了,他们便想着留下来。

春彩公司发展平稳,春霞也终于有时间静下心来好好地休养生息。

"我觉得挺对不起你的,你一直这么累,好不容易有时间能够休息,现在,又被这孩子拖累着。"杨小兵抱歉地说道。

春霞却摇了摇头:"这是缘分,该来的总会来的!又何必争个早晚呢?"

似乎是两个人的话吵醒了小军,小军揉着眼睛从里面的屋子走了出来:"姐,你们说什么呢?"

春霞有些害羞地说:"你快睡吧你!说什么关你什么事?"

"姐,你肯定有事儿!"

小军凑到两个人的面前,杨小兵说道:"小军啊,这段时间你姐姐脾气不好,恐怕你要忍耐着点!"

"为什么?姐,你脾气不是一向很好吗?可是你今天对我真的好凶!"

春霞有些后悔今天说话时对小军的态度，杨小兵替春霞解释道："女人怀孕了，脾气就有些波动起伏，所以你可要让着你姐姐！"

小军的眼睛突然睁得大大的，他难以置信地看着春霞："姐，你怀孕了？"

春霞点点头。

小军的手放在自己的大腿上搓了又搓，又是紧张又是兴奋："你怎么不早告诉我呢？天！如果你早告诉我，我非得在学校坚持一阵子不可，就不折腾你回来了！"

"没关系，反正让你念书你也跟服刑一样！"春霞故意装作没好气的样子看了小军一眼，"快去睡吧！"

小军的眼睛盯着春霞的肚子："我怎么也睡不着，知道了这个重磅消息，我心里激动得不行了，我要当舅舅了！"

春霞看了看杨小兵："你看小军兴奋得，他可不知道当了舅舅还要给外甥压岁钱呢！"

小军兴奋地说道："给就给，我愿意给！"

杨小兵道："那你先看看怎么赚到钱吧，好好把你的这门手艺做好，赚了钱给外甥发压岁钱！"

"好嘞！"

小军这才回了卧室，杨小兵也拉着春霞说道："春霞，咱们也快睡吧，你现在不能累着！"

春霞却仍旧坐在板凳上，她叹了口气："我是答应过我父亲的，好好让小军念书，让他读个大学，我不知道我现在这么快松口，是不是对不起我父亲！"

"人是为自己而活的，每个人都有他想选择的人生道路。春霞，不管咱爸当初说了什么，但是他都没有权利去阻止一个孩子选择自己的道路，所以你没做错，小军也没做错。"

"你总是那么的……理性，你说的每一句话仿佛都很有道理，杨大哥……"

杨小兵的手指突然放在了春霞嘴巴上："春霞，不是跟你说过吗？以后不要再叫我杨大哥了，你要习惯叫我的名字，如果不习惯的话，你就叫我老公！"

事实上"老公"这个称呼，是几个月之前春霞醉了酒之后才脱口而出的，若是放在平常，她可叫不出来。

"你不要强人所难好不好？"

"你叫我一声'老公'就是强人所难了？"杨小兵的脸逼近了春霞，"我今天非让你改了这个毛病不可！"说着他便朝着春霞吻了下去，这个吻又长又深，闹得春霞喘不过气来。

"你叫不叫？"

春霞好不容易缓过一口气，杨小兵又吻了上来，连着好几下，吻得春霞身上又软又累，连声投降："我错了！你不要再惩罚我了！我叫还不行吗？老公！"

春霞一面说着一面把脸埋到杨小兵怀中："没想到你这个人这么独断专横！"

杨小兵耸了耸肩："现在发现也晚了，谁让你已经怀上了我的孩子呢！不，谁让你早就爱上我了呢？"

说到孩子，春霞这才惆怅地说道："咱们结婚这么长时间，你一直推说公司忙，所以都没带我回你家去看看，咱们就这么仓促地结了婚，不知道你家会怎么想！"

杨小兵眼中的色彩黯淡下去，春霞摇着他的胳膊："你家就在隔壁城市，我应该尽一尽我这个儿媳妇的孝道，最近带我回你老家吧。"

9

第二天早上，春霞便发现杨小兵的脸上似乎有些阴霾笼罩着。

春霞梳洗打扮了一番，毕竟今天是要去杨小兵的家，所以比平常更加端庄得体。

倒是杨小兵，一个人磨磨蹭蹭的，面对春霞总是欲言又止。

"你怎么了？心情不好？"

杨小兵的手在自己又短又硬的寸头上摩挲了几下："其实你也没必要急着回我的老家，反正时间还长着呢。"

"我当然要去了！而且借着这次机会去不是更好吗？"

杨小兵把春霞按在座位上，沉思了片刻才说道："有些话我一直没有跟你讲清楚，其实，我已经很久没有回过老家了，因为……"

"因为什么？"

"因为我一直跟我家里闹不和，当初我明明可以继续念书，可是我实在是待不下去了，就匆匆地出来当兵，之后就再也没有回过家里，除了我父亲离世，就再也没有。"

春霞从杨小兵的眼睛中看到了悲伤与无奈，她站起来摸了摸杨小兵的肩膀："可是事情都过去这么多年了，难道你一直不与家里人和解吗？"

"你说的我也在考虑，只是……"

"既然你也有想要回家的意思，那么我们就一起回去，老公，丑媳妇总有见公婆的那一天，不是吗？"

杨小兵点了点头："好吧，不过在去之前我要提前告诉你一件事，我家里还有一个弟弟，这个弟弟被我妈宠坏了，其实就是社会上的流氓，我希望这一次你不会碰到他。"

春霞有些奇怪："怎么可能？你是一个很优秀很正直的人，你的弟弟怎么可能会是一个流氓?"

杨小兵笑了,故作轻松:"龙生九子各有不同,更何况我们不过是普普通通的人家罢了!"

坐上了大巴车,春霞把在超市里买的一大堆礼品一股脑儿地堆在了座位下面。

杨小兵的目光抛向窗外,他内心也在矛盾混乱中。

"还在不高兴?"

"没什么。"

车子一路颠簸,黄土高原的地势本就不平坦,再加上路况不好,又是碎石又是泥泞,春霞怀着孕,便觉得腹中一阵翻江倒海。

杨小兵看到春霞脸色苍白,顿时后悔了:"你不舒服?"

"嗯,想吐。"

杨小兵忙不迭地打开一个袋子,心疼地望着春霞:"怀着孕还坐车,也是够难为你的。"

偏偏早上又没吃什么东西,春霞想吐又吐不出来,杨小兵便耐心地摸着她的背,看着她眼睛里因为不舒服而闪出的泪花,杨小兵更是心疼。

"你真让我心疼,我真不该带你来遭这个罪。"

"可是,我都怀孕了,难道不该见见婆婆吗?再说人总是有家的,人也总应该守孝道,不管早晚,你不都要回去一趟吗?"

杨小兵面带愁容:"其实我跟我母亲之间,曾经发生过很大的矛盾,所以我会尽我可能地保护好你!"

经过了好几个小时的颠簸,春霞总算下车了。

眼前是一片黄色的窑洞,和自己的家差不多,春霞的心中生出一种亲切感,她走上去:"老公,哪个是你的家?"

杨小兵也跟上来:"我带你!"

来到了家门前,杨小兵望着这熟悉的土房子,心中百感交集,那墙壁风化的情况似乎比从前更严重了,那已经接近于腐朽的木头门被风吹出吱吱呀呀的声音,院子中圈养的鹅发出嘎嘎的声音。

杨小兵深吸了一口气,刚刚准备进门,他的母亲便被鹅叫的声音惊动了,匆匆地跑出了门。

一瞬间,杨小兵的心像是被一双大手紧紧地抓住了一般,那般揪心、无奈。

眼前的母亲实在苍老了不少,父亲走的时候母亲的头发是花白的,而如今已经全白了,脸上的皱纹也加深了,增加了,几乎已经完全衰老了!

她佝偻着身子走了出来,看着杨小兵,一瞬间仿佛在做梦一般,她不敢相信杨小兵真的来到了她的身边!

还是杨小兵向前走了一步:"妈,我回来了。"

老太太颤颤巍巍地伸出手,但事实上她也才六十岁,却比同龄人要苍老得多。一双眼睛死死地盯着杨小兵的脸,仿佛要把他的皮肉都看穿一样。

带着浓浓的恨,也带着深深的爱。

杨小兵把春霞拉到自己的身边,刚要跟母亲介绍春霞的时候,母亲却突然号啕大哭了起来。

那痛哭流涕的样子让春霞不知所措,便只好跟着杨小兵一起安慰她,但是让春霞没想到的是,这个老太太力气却很大,一把把春霞推开了。

杨小兵看到这一幕,心中惊得要死,赶快把春霞扶住了,回头便怒斥自己的母亲:"你这是干什么?这是我妻子,是我婆娘!你怎么能这么对她?"

可是,这个老太太却用一双充满了熊熊怒火的眼睛盯着春霞,用浓重的方言恶毒的语气说道:"就是你拐走我儿子的,对不对?"

春霞彻彻底底地蒙了,她还不知道这个社会上竟有女人把男人拐走这一说,况且,在这个年代早就没有拐不拐这一说了。

"您说什么呢?我跟杨小兵只不过是夫妻……"

春霞的话还没说完,杨小兵的母亲便气势汹汹地冲了上来,若不是杨小兵一直护着春霞,恐怕她会再一次把春霞推倒!

"我儿子这么多年不回家,就是被你这个狐狸精鬼迷心窍了吧?"

"妈,别闹了行吗?没有谁拐走我,是我自己在深圳那边打拼!"

"你还说?这个婆娘长得这么漂亮,就是个狐狸精,给你勾得娘都不要了,你这么多年没回来,都是因为这个狐狸精!"

杨小兵的心彻底凉透了,他万分无奈地看着自己的母亲,虽然心中痛恨她骂春霞,却打也不得骂也不得,只能定定地看着她,双手保护好春霞,然而就是这个动作更加激怒了这个孤寡老人。

10

"妈,你别闹了!我带我的妻子回家一趟,就是为了来看看你,你能不能不要再把这些家人往外推了?"杨小兵用近乎强硬的语气跟母亲说话。

"你回来就好!"母亲说着就把杨小兵往屋子里拉,留下春霞站在原地,手中提着一大堆礼品、水果,无奈之下春霞也硬着头皮走到屋子里,可是这个老太太却直接把春霞手中的东西夺了过来,接着往屋子外面一扔,什么苹果呀梨呀,骨碌碌地滚满了院子。

家里养的狗马上就冲了上来，在袋子中翻找了一通，叼走了一根香肠，几只大白鹅也对着水果啄了起来。

看到这一幕，春霞的心中既委屈又惊愕，而这时杨小兵的母亲怒吼道："把我儿子还我！你给我滚出去，我这里不欢迎你！"

"你疯了！"杨小兵一边说着一边退出了家门，他依然把春霞护在怀中，"妈，你为什么要对我的妻子做出这种事情来？她是好心好意来看你！"

"我不要什么好心好意，因为你就是没安好心！"

"她怀孕了！你能不能不要这么对她？"

"怀孕了？"

杨小兵的母亲露出狐疑的眼光在春霞的身体上上下下打量了好几个来回，突然说道："杨小兵啊杨小兵！你可真傻呀！你看看你这个样子？怎么配得上这么漂亮的女人？人家肚子里的孩子可能都不是你的！你还要给人家肚子里的孩子当爹……"

春霞勉强露出笑容，来到了杨小兵母亲的面前，温柔地说道："妈，我知道小兵这些年可能都没有回过家，我也知道你支撑一个家不容易，但是我们这不是回来了吗？希望你不要怀疑我对待杨小兵的这份感情，这个孩子是我们结婚之后有的……"

看着春霞直到现在还保持着清醒理智，用温柔而礼貌的语气对自己的母亲说话，杨小兵只觉得心碎万分，他实在太心疼春霞了。

"滚！你这个贱婆娘有多远滚多远，你不要再来迷惑我的儿子！"

"你够了！妈，你到底为什么要这么做？"

可是杨小兵的话还没说完，母亲就已经把大门关上了，留下春霞一个人孤零零地站在院子里，她听到大门里面上锁的声音。

接着便是杨小兵咆哮的声音，而这时院子中的狗找不到什么能吃的东西了，面对春霞呜呜叫了起来，春霞吓得腿发麻，跑也不敢跑，只能站在原地跟狗对视。

突然狗冲了上来，险些把春霞撞翻，春霞吓得哭了，好在这时候杨小兵打开了门锁冲了出来，一脚就把狗踢飞了。

春霞再也忍不住了，整个人瘫软下来在杨小兵的怀中哭了："老公，我好害怕，我该怎么办？"

杨小兵强行把春霞抱进了屋子里，可是他这边抱着，母亲就那边往外推。

杨小兵实在无奈，便只好抱着春霞离开了院落，母亲追了上来死死地抱着杨小兵的大腿，杨小兵无奈地喊道："妈，你先回屋去，我把春霞送到二姑家！"

春霞被送到了杨小兵的二姑家，好在杨小兵的二姑是一个很热情的人，她看到春霞哭得这么伤心，马上拿来了手帕给春霞擦眼泪。

"小兵，你妈那样，你就不应该带你婆娘回来！"

杨小兵也是心力交瘁，只交代二姑好好照顾春霞，自己先去安抚母亲的情绪。

　　等到杨小兵走了，春霞这才努力地使自己的情绪镇定下来："二姑，给你添麻烦了！"

　　"你叫春霞是吗？小兵刚刚叫你春霞，好名字，春霞，你好好歇着，二姑给你做饭啊？你爱吃什么？我上村头的集市上给你买块羊肉回来吧，家里正好有萝卜，炖个羊肉萝卜汤给你！"

　　"我简单吃些什么就好了，不用麻烦你，二姑你坐着。"

　　"新媳妇回趟家，我怎么也该给你做些什么！"

　　可是春霞又哭了，她刚刚经历了那么一场腥风血雨，现在看到二姑这么温柔，心中更是觉得委屈万分："二姑，你坐下来陪我说说话好吗？"

　　二姑心疼地抹了抹春霞的眼泪："你这孩子也真是的，命太苦了，怎么就遇上这么一个恶婆婆！"

　　春霞眨着眼睛看着二姑："二姑，杨小兵家里到底是怎么回事？"

　　二姑深深地叹了一口气："春霞呀，你听二姑慢慢跟你说。"

　　原来杨小兵的母亲是村里面有名的泼妇，但是要说她完全是个泼妇，也并不对，她的泼辣完完全全是被自己的丈夫逼成这样的。

　　两个人打了一辈子架，杨小兵的母亲也被折磨得精神失常。

　　"我知道是我弟弟的错，可是她把所有的不痛快都发泄在自己的两个孩子身上。小兵是个正直的好孩子，受不了母亲这样，所以离家，可是那个小儿子，却被他母亲逼得也差不多精神失常，整天浑浑噩噩度日，干脆就成了一个流氓！"

　　春霞简直不敢想象杨小兵竟然是在这样的家庭环境中长大的，可是杨小兵从未对她提起过！

　　"杨小兵就不该带你回来，他母亲根本就是一个神经病，但是说来也可怜，自己一个人无依无靠，每天坐在床头以泪洗面，想自己的儿子，现在他一回来，肯定不会放过他！"

　　春霞大概知道了这种家庭模式，或许杨小兵的母亲早把杨小兵当成了自己唯一的精神支柱，所以当自己出现在她面前的时候，她只觉得自己的唯一被抢走了。

　　"是我说一定要让小兵带我回趟老家，没想到……"

　　"唉，不是二姑说你，你这个决定真的做错了！也许这一次，杨小兵想走都走不了了！他是个善良的孩子，他妈若是在他的面前使什么苦肉计，不，也根本不是苦肉计，她想儿子想得快疯了，所以，她根本就不会让杨小兵再走了！"

11

　　春霞听到二姑说的话，心顿时就凉了。

"真的吗？"春霞的手放在自己的小腹上，那带着温度的触感让她想到了里面那个即将到来的小生命。

二姑叹了口气："你这女娃子，既然小兵都不让你回家来见他母亲，你回来干什么？"

春霞坐在二姑家的炕头上，看着窑洞外面透过窗户射进来的夕阳，只觉得心头又凉又沉，而且，吃过了晚饭，又等了杨小兵好长一阵子，杨小兵也没有再过来。

眼看着天已经黑了，外面响起虫鸣的声音，春霞在屋子中坐不住，担心杨小兵家里出了什么事，便到院子中去等。

远处传来大河流水的声音，前两天的大雨充盈旁边那条河的河水，明明听起来是那么悦耳的声音，此时却让春霞感到更加地着急。

二姑从箱子里拿出了一件的确良蓝色外套，披在了春霞的身上："春霞，晚上冷，你要是屋里待不住啊，就把衣服披上！"

春霞谢过了二姑，又把衣服放在手上，因为她身上虽然冷，可是心里却格外燥热，连额头都渗出了些汗水。

就这么等啊等，一直等到了星辰布满夜空，在这个格外黑的黑夜，春霞心中的失望越来越多，一阵夜里的冷风吹来，春霞打了个寒战。

二姑本来在屋子里睡觉，可是放春霞一个姑娘在外面她怎么也睡不着，便硬把春霞拉进了屋子里，炕上早已经给春霞铺好了被褥。

"你要注意身体！小兵他家的事我去说就好了。"二姑安慰着春霞躺下，春霞也实在是累坏了，头刚刚沾到枕头，哪怕心中心事环绕，却也很快就睡着了。

第二天，天刚蒙蒙亮，外面便传来了村民们去做农活时交谈的声音。

二姑已经起床了，她也要去地里做农活。春霞叠好被子，便依靠在窗台旁边，听着外面来来往往的人说话。

"哎，你们知道那刘寡妇吗？"

"怎么了？"

"昨天她好像要自杀来着，半夜给送到医院了！"

春霞本来是有一搭无一搭地听着，但是当听到"医院"和"自杀"这两个词时，便有些惊奇，在这么一个小山村里又能发生什么样的事呢？竟然逼得人要自杀？

"为什么呀？"

"昨天晚上我好像听到救护车的声音了，不过当时我都快睡着了！"

一个嗓门洪亮的年轻女人说道："刘姐啊，她家不是我家邻居吗？我昨天听说好像是她儿子回来了！"

"儿子回来搞什么自杀？疯了？"

春霞越听越觉得不对劲，心里越来越凉，生出了一种奇怪的感觉，难不成……就是杨小兵的母亲？

"就是儿子回来才搞自杀嘛！她成天念叨着儿子儿子的，说什么儿子回来了一定不让儿子再走了！"

"可是现在的年轻人又有几个愿意留在这里呢？要不是我母亲身体不好，我才不留下来！"

年轻女人继续用高亢的嗓音说道，春霞大概已经明白，他们嘴里的这个"刘姐"应该就是杨小兵的母亲！

实在按捺不住心中的焦灼，春霞快速地穿上鞋就往杨小兵的家走去。

凭借着记忆，春霞在一个岔路口远远地就望到了杨小兵的家，她匆匆地走过去，远远地看到院子里的狗已经被杨小兵拴了起来，正在狂吠。

壮着胆子走进去，春霞这才发现，屋门根本没锁，再往里走，屋子里是一片狼藉，却没有人。

难不成？

杨小兵的母亲真的自杀了，真的被送进了医院？

春霞这时突然闻到了一股奇怪的味道，在床边她看到了一个深色的塑料瓶子，干过农活儿的人，一看就知道这是装农药的！

此时，外面刮起了大风，沙石被风打在了纸糊的窗户上，有的直接穿过了破洞刮到了春霞的小腿上。

她看着这个破败的家，难以想象一个女人是怎么独自一个人支持着这个家生活到现在的。

她心里急迫地想要去见杨小兵，甚至她的心中出现了一种深深的占有欲，她觉得杨小兵的母亲恐怕就要把杨小兵——她的丈夫——抢走了，可是她也能理解，这么一个苦命的女人，有多么思念儿子！

站在这个窑洞里，春霞思量了许久，她匆匆地离开，搭上了去市里的大巴车。

下了车，春霞直接来到了市里最好的医院，她猜想，杨小兵的母亲如果真的服毒自杀，肯定会被送到最大的医院里。

医院门口熙来攘往的人，让春霞的心更加地焦躁难耐，她正打算找人询问，一回头便看到了杨小兵！

那是一双空洞而红肿的眼睛，那是一副失去了生机的表情，那是一个抽干了力气的身体……

春霞愣在原地，她几乎从来没有见过这副模样的杨小兵。

杨小兵看到春霞，表情中似乎并没有什么震惊的，他的心仿佛是被什么事情打击过了，所以变得麻木。

"小兵……小兵！"

春霞冲上去心疼地抱住了杨小兵，换做是平常，杨小兵若是看到春霞有这么大的动作，一定会生气。

可是今天，杨小兵却任由春霞抱住他，手上任何动作都没有。

"我听说你妈出事了！小兵，到底怎么样啊？"

杨小兵的手把春霞推到一边，接着放在脸上："你让我先冷静一会儿……"

春霞猜出了什么，难不成抢救无效了？

过了好一阵子，杨小兵才缓过神来，他看着春霞："你怎么来了？"

"我听说出事了就来了！"

杨小兵长叹了一口气。

"你妈她到底怎么样了？"

"还在抢救，还没有脱离生命危险。"

春霞舒了一口气，至少性命还在！

"你吃过早饭了吗？"

"我不想吃，春霞，你还是先回我二姑家吧！或者先回到你自己家，让小军陪着你！"

"为什么？我是你的妻子，难道在你出了这种事情的时候我不应该陪在你的身边吗？"

12

杨小兵沉默了一会儿，护士推着车子从他们两个人的身边经过，买早饭的人也从他们的身边经过，似乎把这沉默都淹没了，但也似乎显得这沉默更加地漫长，更加地令人无法忍耐。

"你说话呀！为什么不让我陪着你？我们是夫妻呀！你的事就是我的事……"

"够了！春霞，我实在不想让你留在我的身边再接受什么狂风暴雨，而且，现在我也没有心思去照顾你，你身边还是要有个人照顾比较好！"

从前杨小兵对春霞都照顾得细致入微，有着男子汉绝对的担当，可是这一次春霞从杨小兵的脸上看到了一种脆弱，一种逃避。

"小兵！你这是说的什么话？现在是让我照顾你的时候！"

"我跟你说实话吧春霞，我母亲现在这种情况，我真的没有心思再面对你，而且，她闹成这样，也都是因为咱们两个人一起回来，所以我的心里好愧疚，我根本就无法照顾到你的任何情绪!"

春霞突然紧紧地抓住了杨小兵的手:"我不需要你照顾,让我来照顾你!"

两个人就这样饿着肚子,一直等到中午。

春霞因为怀孕,更加不能忍耐饥饿,整个人昏昏沉沉地就朝旁边倒去,杨小兵看到这一幕马上把春霞扶起来,这也是整整一上午杨小兵第一次主动抱春霞。

"春霞!春霞你怎么了?"

杨小兵抱着春霞就往急诊室的方向跑:"大夫,我老婆她怀孕了,现在突然晕倒了……"

医生倒是从容,给春霞检查了一下身体,又询问了一下杨小兵春霞的饮食情况,这才说道:"就是因为低血糖才晕倒的,我打个葡萄糖就好了!"

春霞过了好一会儿才醒过来。

而此时杨小兵并没有陪在她的身边,还是护士告诉春霞她是因为低血糖才晕倒的。

"我知道了。"

护士从自己的口袋里拿出一块糖递给春霞:"怀孕了更要好好吃东西,下回你要是觉得晕就先吃一块糖!"

"谢谢你!"

春霞又向护士打听了杨小兵的下落,这才听说杨小兵的母亲好像是苏醒了。

眼看着头顶上的吊瓶也没有多少水了,春霞干脆让护士给拔了,便急匆匆地去找杨小兵。

经过了好一番波折,春霞终于在病房中看到了杨小兵,也看到了躺在病床上那个形容枯槁、憔悴不堪的母亲。

春霞走上来,轻声地询问:"小兵?咱妈的身体好些了?抢救回来了?"

杨小兵点了点头,他觉得浑身无力,似乎连说话都发不出声音。

"春霞,你去吃些东西吧!"

"我不去,我要在这里陪着你们!我好担心!"

春霞才注意到,杨小兵母亲的手虽然干枯而瘦小,却紧紧地抓着杨小兵的手,甚至把杨小兵的手都抓青了。

这个动作让春霞的心里产生了一种奇怪的感觉,她渐渐明白,对于他母亲来说,杨小兵或许是这世界上唯一的亲人,她将那种飘零渺茫的不安全感、强烈的依赖感全部投射到了杨小兵一人身上。

"春霞!你走吧!"

杨小兵回过头来,语气中带着几分强硬,可春霞的脾气又上来了:"我不走!我就是要陪着你们！"

"你在这里没有一点好处！"

"你为什么一定要赶我走？"

两个人的争吵声使得杨小兵的母亲睁开眼睛，她在看到春霞的那么一瞬间，整个人不顾身体极度虚弱，一下子就从床上弹了起来！

"妈，你好好躺着！"

杨小兵的劝慰丝毫不起作用，母亲一只手支撑着床，另一只手手背上还打着吊针，指着春霞骂道："你这个狐狸精！你凭什么勾引我儿子？"

此言一出，病房里的每个人都转过头来看热闹，春霞被弄得摸不着头脑："妈，我是杨小兵的妻子，我们已经结过婚了，怎么能说是勾引不勾引呢？"

"你就是勾引！我儿子连家都不回了，我儿子就是我的全部，就是我的全部，而你这个恶毒的家伙抢走了我的儿子，你这个恶婆娘！"

杨小兵看到这里，已经顾不上春霞了，他想尽办法把母亲按到床上，几乎是用沙哑的声音说道："算我求你了！妈，你好好休息，好不好？"

春霞呆呆地看着这一切，她不知道自己做了什么，让这位母亲如此激动。

"小兵，我……"

杨小兵对付一个母亲就已经足够疲累，又看着春霞，更是心疼无奈："春霞，这段时间你先回家去，或者是回到深圳去，我妈她现在不能见到你！"

春霞的心被伤透了，她并不是因为杨小兵的母亲而伤心，而是因为杨小兵并不能保护自己，非但如此，还把自己往外推。

"恶婆娘！不要脸的女娃子！你也不想想你这种行为叫什么？叫私通！天底下结婚都是父母之命媒妁之言，你呢？你真不要脸！"

杨小兵恨不得春霞马上消失在医院里，他不想春霞再听到任何这样的话语。

"妈！你别说了！"

杨小兵一边说着一边朝春霞摆着手，示意春霞快走。

春霞看到这一幕，自尊心受到了严重打击，便转身哭着离开了病房。

看着春霞那颤抖的背影，杨小兵的心在流泪在滴血，可是眼下安抚好母亲的情绪又是他不得不做的。

看到春霞走了，母亲的脸上也并未露出胜利的笑容，而是更加用力地抓住杨小兵的手："妈求你了，不要离开妈妈，好吗？咱们村里漂亮的女人多的是，你别跟这个狐狸精走！"

杨小兵叹了口气："我不走，我不走！"

"真的吗？你一辈子都留在妈身边？"

春霞站在病房的门口并未离去，直到她听到杨小兵说："我留在你身边！我以后就做个庄稼汉！行吗？"

"行！太好了，你真是妈的好儿子！"

13

春霞的心彻底死了。

她刚要走，杨小兵的二姑一家就赶来了，他们看到春霞脸上布满泪痕，心疼地问道："春霞，你怎么哭了？是不是小兵对你不好？还是……"

二姑跟二姑父心照不宣地看了彼此一眼，杨小兵是个憨厚善良的孩子，怎么可能欺负春霞？

"孩子！二姑知道你为难，可杨小兵也为难啊！他妈就是个精神病，你别放在心上！"

春霞用力地点点头："二姑，二姑父，我知道，只是有些事情，我想小兵也无能为力，我更无能为力！"

两口子安慰了春霞几句，又赶到病房里去看杨小兵的母亲。春霞离开了医院，望着那天边压低的云，只觉得浑身被潮湿的空气黏着，黏了一身的灰土沙尘……

坐上了回老家的大巴车。

春霞在车上第一次如此思念父亲。她好想有一个委屈了可以哭诉的地方，可是看了看周围，什么都没有。

回到了家中，小军正在卸货！

他今天早上去了趟山里，砍了很多竹子回来，堆在家门口。

看到春霞回来，小军的眼睛亮亮的，远远地就喊道："姐，你回来了！"

春霞走过来，努力使自己的脸上保持镇定与微笑，她帮小军放好竹子，可是小军却从她的脸上看出她有心事。

"姐夫呢？"

"他没回来！"

小军担心地问道："他有什么事？你都怀孕了，他更应该时刻不离你的左右啊！"

春霞摇了摇头，眼泪夺眶而出，她不喜欢小军担心自己，可是无论如何就是控制不住眼泪。

此时的小军已经长得很高大，他抱着春霞，春霞把脸贴到他的肩膀上。

等到春霞哭过了，情绪也稳定了下来，小军这才知道春霞经受了何等的委屈！

"姐夫的妈居然这样对你？姐，那你就一直忍着？"

"就连小兵，都不站在我这边，他让我回来，而且他跟他妈妈说，他不会再离开农村了！"

小军一听到这里，心中的一股火气顿时升上来，但他还是安抚着春霞，拉着春霞回到房间里，给春霞做了一碗甜水面。

小军的手艺还不错，毕竟两个没有妈的孩子，若是再不学会做饭，恐怕真的要饿死了。

"姐，你吃了面条之后就好好睡一觉。"

小军拨弄了一下春霞的头发，她的头发沾染了太多的灰尘。

"以前总觉得你是个小孩子，现在倒觉得你比以前长大了不少，成熟了不少！"

小军露出自己坚实的臂膀："我还是小孩子吗？"

等到春霞睡着了，小军偷偷地换了一身衣服。

晚上，在杨小兵母亲的病房门口，这个少年带着满脸的怒气，看着杨小兵。

杨小兵的母亲刚刚脱离了生命危险，但是医生交代杨小兵，她必须要休息静养，还要多住几天院，才能暂时保住性命。

"算我求你了，你有什么话骂在我身上，不要骂在我母亲的身上！"杨小兵诚恳地对小军说道。

"姐夫！你也应该骂！不过，现在我只是想找你的母亲好好理论理论，她凭什么骂我姐？你知不知道我姐今天早上是哭着回家的！"

杨小兵听到这里，也觉得对春霞充满了愧疚，却无能为力。

"你这样怎么对得起我姐？难道，你就真的忍心让我姐承受那些侮辱吗？"

小军喋喋不休，杨小兵朝着病房里面看了一眼，母亲这时候睡着了。杨小兵就直接拉着小军来到了医院的楼下。

"小军，我只能暂时请你照顾好你姐姐！"

"那你呢？孩子的父亲，难道你想要逃避责任吗？"

杨小兵已经一天一夜没有合眼，又经历了昨天晚上的一场巨大战争，此时不仅仅疲累，更是觉得头晕目眩，头重脚轻。

"姐夫！你怎么能这么对我姐呢？我听我姐说，你不打算离开农村了！"

面对着小军一句又一句的逼问，杨小兵终于说出了昨天晚上的事。

他把春霞送到了二姑家，再回去，就发现母亲正站在门口，一双眼睛写满了忧郁和惊恐，她看到杨小兵回来，拉住了杨小兵，然后把大门紧紧地关住了。

杨小兵很不解母亲的行为："妈，你到底是要干什么？难道我娶媳妇都不行？"

母亲的头摇得跟拨浪鼓一样："你娶一个什么样的女子不行？非要娶一个那样的狐狸精？你眼里是分不出好赖了吗？"

杨小兵花了很长的时间跟母亲解释春霞并不是狐狸精，两个人在一起完全是自由恋爱，而且，两个人已经一起在深圳创业……

说到在深圳创业时，母亲的眼睛里突然充满了惊惧，她再一次把杨小兵抱在怀中："我的儿啊！你不要再骗妈了！你不就是在深圳打了点零工吗？深圳有什么好的？在咱们家里你有地，我们踏踏实实地做农活，好不好？"

"你为什么不相信我？我真的已经创业成功了！"

突然，母亲的态度变得极为强硬，她伸出那已经扭曲的手指指着杨小兵说道："你听着！我的孩子我知道什么样，你怎么可能有那么大的本事？我告诉你，你不要再骗我了！"

"我没有骗你！"

"我不信！总之，你不许再回深圳！还有这个婆娘我也看不上，你看看她，光鲜亮丽！你觉得你未来真的会稳住这个婆娘吗？你驾驭得了吗？我看你被这个婆娘已经欺负得够呛！你看她那一副娇滴滴的样子，日子能过好吗？"

"这已经不是旧社会了，你不要再管我的婚恋……"

"我也不想管！可是你跟这个婆娘在一起，以后不会好的！你看她不过就是怀了个孕，就连条狗都对付不了。你知不知道我怀你的时候还下地去挖土豆，我挖得少了，你奶奶劈头盖脸就是一顿骂和打……"

14

"那是你受过的苦！你凭什么让我的妻子去跟你受一样的苦？"

母亲听到杨小兵如此反驳自己，根本已经不想再讲什么理，只顾用自己的那一套固有的观念往杨小兵的身上生搬硬套："一个女人！一生就是干活儿，管她怀孕不怀孕，她就是伺候男人的！你再看看你，成天伺候她，你还算是个男人吗？"

"男人的责任和担当就是保护自己的家人……"

"你放屁！我告诉你，你说的那些话都是狗屁不通！你听妈的，妈给你在村里寻了一个能干听话的女子，老刘家的老二就挺朴实的！而且能干，老刘上回生病，他们家所有的地都是这二丫头干的！"

杨小兵拼了命地跟母亲解释时代早就不同了："妈，你知不知道春霞的才能？若不是她，我们在深圳根本就不可能创业成功！现在我已经有钱了，我不需要再娶什么能干的女人，干了一点点微不足道的家务粗活儿，就能够发家致富吗？"

被儿子说得哑口无言，母亲也确实看到了杨小兵身上光鲜亮丽的衣服，看到了儿子气质的改变，他仿佛已经成为了一个城里人，也有在城里扎根的打算。

"我不信！你说的这些我统统都不信！你只是为了不想给我养老而已！"

"你要是不信的话，你就亲自跟我去一趟深圳，那地方可好着哩！你跟我去，我好好地孝敬你！"

"我不去！我就是不去！"

在农村生活了一辈子的母亲难离故土："你想把我骗去深圳干什么？我一个老太太，你是要把我丢掉吗？"

"你这说的都是什么话？"

"你的眼里还有没有这个妈？妈跟你说什么你都不听了吗？你被那个狐狸精鬼迷心窍了吗？你忘了小时候，妈是怎么把你们兄弟带大的吗？"

那段故事杨小兵固然觉得感动，可是听得多了，耳朵早就已经起了茧子。

他们的父亲常年在外面打工，却赚不到什么钱，只留下母亲在家里带着他和弟弟两个人。母亲为了他们能够喝到有营养的奶粉，拼命在村里面找零工打，秋天帮人家到地里收土豆，春天又去帮别人种稻子。

好不容易凑够了买奶粉的钱，母亲穿着一双就要破掉的拖鞋来到镇上。

她的那双鞋唯一能起到的作用就是让她的脚不必直接踩在硬邦邦的沙土地上，她用布条把鞋底绑在脚背上，拯救了这一双已经分崩离析的拖鞋。

到镇上买了奶粉，她身上连坐车的钱都没有，便穿着那双鞋走回来！

回到了家里，已经天黑，又要被杨小兵的奶奶责骂一通，一整天不在家里，怕是跟哪个汉子鬼混去了！

母亲只好忍下来，她是一个传统、遵守孝道的女人，面对婆婆的责难，她能做的只有忍，再加上伺候好婆婆。

这还不算，婆婆对她早已有了更多的怨言，若不是她与自己的儿子常常吵架，她的儿子又怎么可能背井离乡？

所以，母亲不仅仅要承受自己心中的那份痛苦，更要承受婆婆心中的那份怨言！

而这两个孩子，成为了这个母亲唯一的精神支柱，她每天都在痛苦中度过，可是晚上看到两个孩子熟睡的脸，才有了活下去的希望。

可是，就是这两个孩子，小弟弟初中的时候就去做流氓了，杨小兵自从当了兵以后再也不愿意回家！

外加上杨小兵的父亲也早早去世了，这位可怜的母亲什么都抓不住，一个人孤苦伶仃地生活在大山之中。

这种绝望可想而知。

她要一份陪伴与关爱，而懂事的杨小兵则成为了她唯一索取的对象。渐渐地，杨小兵也承受不住她那近乎病态的依恋，也想在外面干出一番事业，便只好暂时把母亲托付给二姑一家，自己一个人来到了深圳。

这位可怜的母亲就在大山中熬了好多年，终于等到儿子回来，她再也不敢放手了。

杨小兵一直与母亲争论到深夜，可母亲不仅不敢离开大山，更不敢让杨小兵也离开大山："你就是个农民，你为什么一定要跟城里人在一起呢？"

"春霞也不是城里人！"

"那你们就一起留下来，不好吗？"

"妈，我都跟你说了好多次了，我们在深圳有企业有公司……"

突然，母亲大喊道："你以为你用这个理由骗得过我吗？你爸当年为了不回家也是这么说的，做什么生意？可是一分钱都没有拿回来过！"

一番争论无果，杨小兵看到时间太晚，便让母亲明天再说，自己刚要转身回屋睡觉，便听到后面塑料瓶子砸在地面上的声音。

农药的味道瞬间四散开来，杨小兵慌了："妈，你干什么？"

只见母亲眉头紧皱，一双手抓心挠肝地在胸口划拉着："我不活了！你走了我就不活了！"

在这一瞬间，杨小兵终于什么都明白了，他的母亲根本就不是不信他的话，而是怕他离开自己的身边而已。

来不及多想，杨小兵跑到村里给医院打了个电话，匆忙地把母亲送到了医院。

经过了好几个小时的连续洗胃，杨小兵陪着医生一起按着母亲的身体，看到汩汩清水被打进母亲的身体里，又变成粉色的血水流出来，杨小兵心如刀割。

终于，母亲脱离了危险，而杨小兵再也不敢说一句反抗母亲的话。

反倒是母亲，在苏醒过来的第一句话就是："儿啊！我离开你根本就活不下去了，你就听妈的，好好留在农村，咱们好好过好日子！"

杨小兵不敢再反抗，只好点头："好！"

杨小兵把事件原原本本地告诉了小军，问："你能给我想一个别的办法吗？"

小军摇了摇头。

"那你说我有什么办法呢？"杨小兵长长地叹了口气。

15

"可问题是我姐怎么办？难道你让我姐一辈子跟你待在农村？那你们的生意呢？"

杨小兵的眼睛里已经失去了在深圳时踌躇满志的光芒，唯独剩下的就是疲累："你姐会打理好的，但是现在，我必须陪着我母亲！陪她度过生命危险期！"

"你就不想办法把你妈也接到城里去？"

"那根本是天方夜谭！她根深蒂固地认为外面充满了危险，我父亲也是在外面打工之后生的病,她认为外面就是这样,怎么可能让我出门?"

"那我姐怎么办?跟你一起住在窑洞里,生孩子?"

杨小兵心中一直在思索着这个问题,这个两难的局面。

他不是不心疼春霞,甚至在母亲抢救的时候,他就有一个念头闪现出来,那就是不希望母亲活下来。

一方面,母亲再也不用忍受孤寂的痛苦,一方面他也不想母亲影响他跟春霞之间的新婚。

但是,母亲醒了过来,不仅仅醒了过来,这一次她更加强烈地要求杨小兵留在她身边。

看到春霞哭得伤心,小军原本已经决定好好教训杨小兵一顿,可是眼下这个情况,他又怎么能打得下去?

"小军,我恐怕真的不能离开,春霞还要托你照顾!"

"我姐说你的母亲很讨厌她,难不成你要因为这个跟我姐离婚?"

杨小兵的母亲才六十岁,平日身体健康再活个十几年不成问题。

"虽然我不想,但是我也实在没办法,这个孩子春霞生下来,如果不愿意要的话,就送到我身边来!"

杨小兵说完了这句话便匆匆跑回了医院,这时候母亲应该醒过来了,若是看到他不在,恐怕又要发疯似的寻找!

小军带着失望与失落回到了家中,春霞问他去了哪里,他说他想找一片好一点的竹林,就走得远了些,可是身上那医院消毒水的味道还是出卖了他。

"你不会是去找杨小兵了吧?"

"是的。"

"小兵他怎么说?"

看着春霞那期待的眼神,小军说:"他说他不打算回深圳了,他打算为他的母亲负起责任!"

春霞失望地把手放在肚皮上,轻轻地说道:"那谁来为腹中的孩子负责呢?"

"姐,我真没想到杨小兵居然有一个这样的妈!这个孩子,要不然就打掉吧!"

春霞摇了摇头:"我舍不得。"

说完了这四个字,春霞就回到房间里继续睡觉,躺在床上泪不停地流,打湿了半个枕头,她一面心疼着杨小兵,一面也为自己感到悲哀。

在母亲睡着之后,杨小兵经常在医院的外面抽烟,他深深地思念着春霞,以及那个未出世的孩子。

然而,他能做的也只有陪在母亲的身边,说到底,他还是欠了母亲太多太多,孝顺不仅仅是他的义务更是他的责任！

突然，一个熟悉的声音传来："哥！"

杨小兵转头一看，一个长得高大但气质有些猥琐的男人出现在自己的面前，蓬乱的头发上沾着灰尘，样式夸张的衣服已经脏乱不堪。

"哥！"

杨小兵在这张花里胡哨的脸上仔细辨认了一番，这才确定无疑，这个人就是自己的弟弟杨小顺！

杨小顺这个名字是孝顺的谐音，是父亲与母亲共同给杨小顺起的名字，然而他却完全与孝顺不沾边，跟父亲作对，又把母亲扔在家里，不闻不问。

一年半载地回趟家，为的就是跟母亲要钱。

而这些，杨小兵也是从母亲那里听来的。

"你怎么在这里？"

杨小顺朝里面望了望，接着满脸的怒火瞬间升腾了起来："我还想问你怎么在这里呢，你不陪着咱妈，在外面闲逛！"

"你听说妈的事了？"

杨小顺露出一副兴师问罪的态度："那当然！我早就听说咱妈因为你喝了农药！哥，你怎么能这么对待咱妈？"

杨小兵一听到这里就气不打一处来。

"哥，你带我去看看咱妈，咱妈要是出了什么事，我不会放过你的！"

杨小兵也懒得跟这个流氓弟弟计较，两个人来到了病房里。

"妈还在睡觉，你让她多休息会儿吧。"

杨小顺却完全不听杨小兵的话，他干脆扑通一声跪在了床前。

"妈，我回来了，你的小儿子回来了！你告诉我，哥到底是怎么欺负你的，儿子给你撑腰！"

杨小顺瞬间就哭得肝肠寸断，明明刚刚在医院外面还是个正常人，此时此刻倒是像极了家家户户办白事时请的专业哭丧的。

但是，杨小兵对于弟弟的这个行为却并不感到惊讶。

他知道这是弟弟的惯用伎俩，小的时候弟弟的嘴就甜，讨好了爸妈，又得到了零食，反倒是杨小兵，性格内敛而沉稳，也不愿意与弟弟争宠。

"顺啊，你回来了，你好好跟你哥哥说说，别让他再离开这儿！你哥的年纪也不小了，妈妈打算在家附近给他娶个婆娘，好好过日子……"

听到母亲这么说，杨小顺马上拍着胸脯说："妈，这一切就交给我了！我会说服哥的！"

"我的乖儿子！"

杨小兵冷眼看着这一幕，从小到大杨小顺把父母的宠爱都占尽了，而他作为一个内向的哥哥，承担了父母生活中的所有怨气。

而如今，杨小顺还是一样，那种讨好的像狗一样的姿态，又怎能不受母亲的喜爱？

而母亲对杨小兵从来没有宠爱过，更多的只是依赖与索取，甚至在某种程度上，杨小兵是如同丈夫一样的角色，小顺才是她真正的孩子！这也是两个亲兄弟差距巨大的原因。

杨小顺大摇大摆地来到了杨小兵的面前教训道："哥，你能不能别让妈操心了？你把妈都逼得喝农药了！"

杨小兵只觉得浑身无力："你爱怎么说就怎么说吧！"

16

由于母亲并没有喝下太多农药，这个常年在西北吃苦的女人，仅仅花了几天的时间就挨过了这一劫。

杨小兵兄弟俩带着母亲回家。

三个人坐上了大巴车，似乎是因为路途颠簸得厉害，且杨小兵的母亲在医院的这几天里又没吃什么东西，加上洗胃伤胃，如今只能吃流食，所以更加体力不支，晕车得厉害。

杨小兵从口袋中拿出了一个塑料袋，放在母亲的嘴前接着，母亲吐出几口黄色的液体，一路便只剩下了干呕。

"哥呀哥！你看看你，你把妈都折磨成什么样子了！你只顾着你自己在城里享乐，一点都没有想过妈的感受！"

杨小顺坐在车子的前排，回头左一句右一句地叫着杨小兵，杨小兵也知道自己在这件事上做得不对。

他不该去了深圳就不回家，更不该只把母亲一个人扔在家中。

杨小顺滔滔不绝，却始终跟母亲与杨小兵保持着一段距离。他闻不得人呕吐出来的胃液的味道，所以一边嫌弃地捂着嘴，一边又喋喋不休。

杨小兵听着母亲的干呕声，又想起这几天母亲在医院里遭的罪，他恨不得将所有的痛苦都转嫁到自己身上，让自己去承受。

他什么都能承受，身体上的痛苦对他来说又算得了什么呢？

只是让他心碎的是春霞，他现在不能陪在春霞的身边，又想起春霞在医院里转身离开的背影，就更觉得心酸。

他第一次觉得自己真不是个男人，连自己的妻子都保护不了！

好不容易车子到站了。

热烈的阳光将黄土地晒得模模糊糊，杨小兵小心翼翼地把母亲背下车子，几乎是一瞬间，这干热的环境就让杨小兵的头发中渗满了汗水，汗水又流到了额头上，又从额头上流到了眼睛中。

一阵又辣又热的感觉在杨小兵的眼球中扩散开来，不过他只是眨了眨眼睛，身后背着母亲，所以并不能用手去揉。

"哥！杨小兵！你怎么这么不讲良心？"

杨小顺在前头开路，还是没完没了地奚落数落，而他的这个行为无疑让趴在杨小兵背上的母亲感到格外舒心。

"还是小顺好！就是孝顺！还替妈着想呢！"

杨小兵沉默着，闷着头往前走，眼前这一片黄土筑造的景象，让他感到无比熟悉，那一排绿色的树林后面，是一排窑洞，窑洞的后面是一片黄土高原特有的沟壑地貌。

他眯缝着眼睛望着这一片景象，对家乡那特有的留恋，对这片黄土特有的感情在心中慢慢浮现，只是家乡和家庭对于他来说是完完全全的两种感觉。

这个家，从未让他有过任何归属感。

下了车之后还要走一公里的路，杨小兵一个字都没有说，回到了家里，杨小兵这才发现，在那个吵闹的夜晚被撕扯得七零八落的家，此时此刻变得格外干净整洁。

他把母亲小心地放在炕上，让母亲躺下，给她盖上夏凉被。

杨小顺在院子中骂骂咧咧，杨小兵在桌子上发现了春霞常用湿巾的袋子。

一瞬间，杨小兵的眼睛湿润了，他擦去眼中的点点泪花。

母亲在村里的人缘很差，不可能有人来为他们打扫卫生。

他知道能把这屋子收拾得这么整洁的，也只有春霞了。

春霞从医院离开时的那个背影再一次跌落在杨小兵的心里，仿佛是一尊雕像砸进了泥沼中，就这样深陷着，永远成为杨小兵心中的一个结。

把湿巾揣在兜里，杨小兵来到了院子中。

杨小顺照样是一副吊儿郎当的样子，揪住杨小兵的这件事骂个没完，杨小兵终于恼怒了。

他三两步就来到杨小顺的身边，一双眼睛冒着怒火："你说我不管家里，不管咱妈，你管过吗？"

杨小顺叼着一根枯草，眼光回避着杨小兵，口中模模糊糊地说道："你不是大哥吗？照顾妈妈是你的责任！"

"你不是咱妈的儿子吗？"

杨小顺往阴凉处的黄土坯子墙上一靠，黑衣服马上沾染了一层黄色的灰尘，不过他也不在乎："我不是孩子吗？家里有你这个大哥，我又没长大……"

可是事实上，杨小顺跟春霞正是一般大！

"你还没长大？"杨小兵指着杨小顺的鼻子，"你还敢说你没长大？这些年来爹妈替你擦了多少回屁股！你呢？你什么时候照顾过咱妈？就说今天，在医院里连收拾个东西都不愿意做！"

杨小顺皱起眉头，埋怨道："还不是因为你！你自己出的事你自己收拾这烂摊子！"

"我知道你平常就在镇上混，你回过几次家？"

杨小顺转了转眼睛："你怎么知道我没回过家？"

兄弟二人在院子中吵起来，杨小顺故意提高声音，想让母亲听到自己的委屈，杨小兵不吃他这一套。

他直接捂住杨小顺的嘴，拉着他来到了房后的空地上。

"我没回家是因为在外面闯事业！难道你作为咱妈的儿子不应该也关照关照咱妈吗？"

杨小顺听到哥哥这么说，干脆把自己那一副臭无赖的模样展露出来，直接一屁股坐在了地上："哥，你多有出息啊！我连高中都没念过，家里的钱都给你读高中了！我能出去闯什么呀？我不回家也是因为没脸见妈！"

杨小兵冷笑了一声："是吗？杨小顺！你给我听着，当年我可是考上了大学的，就因为妈一定要给你念高中，逼得我不得不去当兵，你呢？咱们家花了那么多钱把你塞进高中，你念了半年就不干了！"

杨小顺听到这话语中有种羞辱人的意味，马上也恼怒了："我就是学习不好！怎么了？"

"怎么了？你觉得有理？你辜负了爸妈对你的这一片苦心啊！也辜负了我！"

17

就连杨小兵也没想到，他有一肚子的委屈等着发泄。

"我就是学习不好！"

杨小顺理直气壮地说着："怎么？你还要重提旧账吗？都过去这么多年了！"

说完杨小顺就要走，却被杨小兵直接摁在了地上："有些话，今天我也该跟你说说了！"

看着哥哥那一双早就已经下定了决心的眼睛，杨小顺知道自己逃不掉了，便乖乖地躺在地上，等着杨小兵说。

"爸妈从小就宠爱你！我沉闷，我不像你那样会说话，会争会抢，这些年来，我在这个家里得到过什么？而你在这个家里得到过什么？"

杨小顺听着杨小兵的这一番话，脸上没有一丝丝愧疚，而是觉得理所当然。

"去镇上买糖，爸妈宁可给你买两块糖，都不给我一块！你的学习成绩不好，爸妈就要揍我，分配给你的农活不干，也要揍我，杨小顺，爸妈对你够好了吧？那我现在要问问你，咱爸死的那天你去哪儿鬼混了？"

杨小顺支支吾吾地说不出话来，那天晚上，他出去看唱戏了，听杨小兵说爸快不行了，杨小顺看戏正在兴头上，也没急着回去，结果回去之后父亲早就断气了。

"爸妈对我真的好吗？他们整天不是吵架就是打架！不然就是教训我打骂我……"

"那是咱妈不想放弃教育你！杨小顺，你现在不会又在街上当流氓吧？"

杨小顺趾高气扬地轻哼了一声："当什么流氓？我现在在混社会，一群大哥罩着我呢！"

杨小兵心中的那股火，被杨小顺的这股无赖气势生生地压了下去，他根本就没心思跟杨小顺吵架，而且他知道在这十里八村还没有人能吵得过杨小顺。

杨小顺时常因为这件事感到很得意，但是大家心里也都清楚别人不敢跟他发生矛盾的原因，只不过是把他当成瘟神一样罢了！惹不起还躲不起吗？

但是，杨小兵却要面对这个不成器的弟弟，一家人躲也躲不过去的。

他作为大哥自然有教育弟弟的责任："杨小顺，你在外面到底结交了些什么人？我告诉你，杨小顺，你要是再这样下去的话搞不好会被抓进监狱，那你就真完了！"

杨小顺在外面逍遥惯了，有他说别人的分儿没有别人说他的分儿，被哥哥这么说了一通，心中自然是颇为不满："杨小兵！你离家这么多年没回，有什么资格说我哩？"

"我今天不修理你是不行了！你从今天起必须跟那些社会上的朋友断掉，我想办法帮你找个工作，你这样游手好闲的……"

"哎，我就不！"

看到杨小顺像头犟驴似的，杨小兵心中本来就窝着一股火，干脆直接抄起了院子中的扁担，扁担上的铁钩子哗啦啦地乱响，惊得杨小顺心惊肉跳。

杨小兵直接把大门锁了，接着便用扁担直接打向了杨小顺的腰，一扁担下去杨小顺当即就躺在地上了，疼得直哼哼："哥，我错了哥！"

杨小顺在地上求了好一阵子，杨小兵低着头看着他，渐渐地，他的眼神蒙上了一层极深的、带着忧郁的颜色。

"杨小顺啊杨小顺！你从小就是爹妈的心头肉，你会哄他们开心。我教育教育你，你会想尽办法让爹妈替你出气，爹妈也爱你，他们何曾对我好过？可是你呢？你是怎么报答爹妈的！"

杨小顺能听得进去这些？他现在只想尽快让杨小兵息怒，然后逃走。

"你说我不回家，那我想问问你，你回家的目的是什么？是不是又在社会上惹事儿了，回家找咱妈要钱？"

热辣的太阳把杨小兵的唾沫星子都烤干了，他的声音显得格外嘶哑。

"我……"杨小顺反倒怪罪起来，"还不是因为你们！你和爸管教得太严了，我实在受不了了！"

杨小兵气得往手上吐了口唾沫，搓了一把双手紧紧地抓住扁担："你，就是欠教训，你看我今天不好好收拾你一通，我让你去结交那些朋友，狐朋狗友！"

听到外面的叫喊声，杨小兵的母亲挣扎着从炕上爬起来，连鞋都来不及穿就冲到院子里，看到杨小顺躺在地上正哇哇大哭，便直接抱住了杨小顺："我的小顺娃啊！"

杨小兵也是血气上涌："妈，你到现在还惯着杨小顺呢！他都被你惯成什么样子了？"

"你有什么资格教训小顺呢？你有小顺一半懂事吗？小顺是我的心头肉，这个家里就只有小顺理解我……"

"你给我起来！我告诉你杨小顺在外面净结交些狐朋狗友，二姑来医院看你的时候已经跟我说了，他惹了事儿还去二姑家要钱……"

可是这个倔强的老妇人，却死死地挡在杨小顺的面前："你这个不肖子！你凭什么打你弟弟？你弟弟是在外面闯事业，他只不过是亏了钱而已……"

杨小兵气得差点在这酷热之中晕倒："那是他骗你的！"

"我不信！"

杨小兵气得把扁担一扔，咣当一声便扔到了水桶上，吓得那地上的母子俩都一惊："你这是干什么？"

只见杨小兵眼睛盯着这对母子，在他们的身边转了一圈又一圈，半晌之后才冷笑着问道："你为什么相信小顺在外面闯事业？为什么就不相信我？我在深圳已经开了大公司！大工厂！你为什么不信？"

小顺一听到自己的亲哥哥这么有出息，马上就换了一副脸孔："哥，你真开大公司了吗？哥，你现在是不是特有钱？"

杨小兵照着小顺的屁股狠狠地踹了一脚："你他妈给我闭嘴！"

接着杨小兵那一双比太阳还要火热的眼睛盯着自己的母亲："你为什么不相信我的话？"

杨小兵的母亲也霎时间哭开了："我就是不信你！你没有小顺那么机灵！我不信！"

18

杨小兵的拳头紧紧地攥着，他看着面前这个女人的脸，他心疼同时也怨恨！

"你知不知道小顺在外面惹了多少事？我在部队的时候他给我写过多少封信来找我要钱？哪一次不是我帮他摆平的？这一次我要教训他，你给我让开！"

"我就不！你根本就没有你弟弟有出息，你还怪你弟弟！"

这一刻杨小兵确实怀疑自己的母亲是不是已经患上了什么精神分裂症。

"我告诉你，你别想动小顺！"

杨小兵本来还算理智，突然一种更为复杂的情绪爆发出来，他哭了。

杨小兵这一哭把这对母子吓了一跳，要知道杨小兵可几乎从没哭过！

"妈，既然你这么喜欢小顺，那你就让小顺陪着你呀，为什么还一定要把我留在身边呢？我现在有我的事业有我的妻子，你为什么一定要干扰插手我的生活？你不是讨厌我吗？"

母亲的眼睛中透出一种伤心悲愤以及不解的意味，她伸出两根颤抖的手指："小顺他比你强！他应该出去闯事业，再说你是长子，你就应该回来给我养老！"

"你凭什么说小顺比我强？我差在哪里？我从小学习成绩就在前面，我考高中的时候是全村的第一名，全县的第一名！你都忘了吗？小顺连高中都没考上，你呢？你还四处借钱给他念高中！"

杨小兵说到这里的时候，声音中已经透出哽咽，甚至是浓浓的哭腔，这条西北硬汉，连哭声都是那么硬，听得人揪心。

"那是小顺一时没发挥好，你是干活儿的料，小顺是走南闯北做生意的料！他学习不好，可是他脑子机灵！你呢？你就是个榆木脑瓜，你就应该在这片土地上好好扎下根，好好种家里的这片地，给我养老！"

杨小兵的脚跺在地上："你们根本就不喜欢我，难道我天天在你眼前晃，你心里就舒服了？我总比不上小顺吧？"

"你！你可是长子！这是你的责任，我一把屎一把尿地把你拉扯大，你今天居然不给我养老！"

杨小兵这才明白，春霞曾经说过，这个世界上最难的事情就是把自己的思想装在别人的头脑里，他实在看不懂母亲那个长满了白发的脑瓜里装的到底是什么！

"妈,还是你懂我,哥什么都不懂,就知道揍我!妈,你替我撑腰!"

"妈替你撑腰!妈帮你教训他!"

老太太颤颤巍巍地站起来,她指着杨小兵骂道:"你这个不忠不孝的,你跑出去就没了影子,连家都不回就是不忠,你现在跟我顶嘴,就是不孝,我今天非得打你这个逆子!"

一边说着,这个瘦弱的老太太一边操起扁担,一下一下地打在杨小兵的身上,杨小兵感觉到,每一下她都已经尽了全力。

"我不忠不孝,难道还不是因为你跟爸偏心?"

杨小兵流着泪,他声音中已经没有了哭腔,因为他的心死了。

"还不是因为你这个孩子像个榆木疙瘩,你一点都不关心我跟你爸,还是小顺对我们好……"

杨小兵看了一眼自己的手,即使他在城里这么多年,但是手上的老茧却没有消失。

"你忘了地里的活儿都是谁做的?你忘了杨小顺是谁带大的?"

"你就是干活儿的命!咱们小顺是享福的命!你还说你在外面开了什么大工厂大公司,你不要再骗人了!"

杨小兵的心彻底死了,他仿佛是认命了一般说道:"你们说的都对,妈,我确实没有杨小顺那样的才能,我没有!"

老太太仿佛终于获得了胜利一样:"早这么说不就完了?何必欺负你弟弟?"

杨小顺看到哥哥再一次失败了,在他们的斗争中,杨小顺每一次都是凭借着父母而取胜。

他搀扶着母亲回了屋,屋里面仍然传来母亲那一阵阵痛骂的声音,而这时杨小顺出来拉杨小兵进屋。

"我不进!"

"咱妈可说了,你要是再敢走的话,咱妈就去死!"

杨小兵长叹了一口气,他叹的这口气是为了自己,叹自己的可悲,叹自己的软弱。

"我不走!"

杨小顺被外面毒辣的太阳晒得受不了,之后回了屋,而杨小兵长久地站在这院子的中央,任凭太阳将他的肌肤烤得生疼。

而这时,也同样有一个人,与杨小兵一样痛心,一样感同身受,她流着泪,同样站在烈阳之下看着杨小兵。

杨小兵不知站了多久,一抬头看到了春霞那张被太阳晒得红红的脸。

"春霞！你怎么又来了？"

杨小兵知道春霞那天走一定是负了很大的气,他甚至都已经做好了春霞跟他离婚的准备。他跑过来,把春霞拉到了阴凉的地方,看到春霞嘴唇干裂,又马上跑到井里舀了一大缸子水给她。

春霞抿了一小口。

接着便定定地看着杨小兵。

"春霞,是我对不起你,我们家的情况你也看见了,恐怕我一时半会儿走不了了,深圳那边的事业,还要你去打理。"

春霞看着杨小兵不说话,杨小兵知道春霞在心里怨自己:"对不起,我不知道要跟你说多少对不起,才能够真的……弥补我对你犯下的这么多过错,你现在怀着孕,也许还要去应酬……"

杨小兵一边说着,一边想要去摸摸春霞的脸,而在这一刻他的手就如同从前那么多次犹豫着又放下了一样,他突然觉得春霞对于他来说已经是一个遥不可及的存在,而他始终是那个在泥泞之中摸爬滚打的农村娃子,他因为她终于脱离了这片土地,但是没想到他到底还是要扎根在这里,永无出头之日。

19

春霞终于哇的一声哭了出来,她摇着头,淡淡的刘海随着她摇头而摆动着,在这一片淳朴的大地上,春霞的感情也显得那么淳朴、素雅。

"小兵啊！"春霞整个人都扑到了杨小兵的怀中,"为什么没有提前告诉我这些？"

杨小兵痛苦地闭上眼睛,他狠狠地咬着自己的嘴唇:"你让我怎么告诉你？这也是我心里的伤疤,也是我的自尊！"

"可是你应该告诉我,因为你在我这里,永远都是最有尊严的人,甚至我李春霞今天的尊严,也是你曾经给我的！"

杨小兵觉得春霞又变回了曾经那个他梦想中的女人,是触不到的:"你才是我钦佩的人,你在我这里才是最有尊严的人……"

"不！你看到我在王永华那里已经丢尽了脸和尊严,可是你仍然一件一件地给我拾起来,让我重新出发,你为什么不让我看到你的这些呢？我同样也可以给你力量,让你重新站起来呀！"

杨小兵看向春霞的眼神里似乎带着一种求救的意味,他的手放在春霞的几缕发丝上:"春霞！"

杨小兵整个人突然就哭开了,他的眼泪仿佛旁边的那条大河一样,不断地流淌着,可是心中的委屈痛苦却流不完！

"是不是你的父母偏心你弟弟……"

"那何止是偏心？他们对他宠溺极了！而我不过是他们的劳力罢了！"

春霞听到这里，更是心痛得要命："我的小兵啊！我真难以想象你在这样的环境中如何成长为今天这样的人，一个正直的人！一个有抱负有思想的人！"

杨小兵把头枕在春霞的肩膀上，那热辣辣的泪掉下来，她一遍又一遍地抚摸着杨小兵好几天都来不及洗的头发，上面沾满了灰尘，可是春霞仿佛抚摸着什么宝贝似的，那么细致温柔。

"我能怎么办？春霞，我就是出生在这样的家庭里……"

"小兵……"春霞的手就如同妈妈的爱抚，她的身体散发出淡淡的汗味，也如同是妈妈的味道，杨小兵拼命地呼吸着春霞的味道，那仿佛是一种迟来的爱在他的身上尽力去抚平一些伤疤，一些痕迹。

"我的小兵！"

两个人就这样哭了好一阵子，春霞才终于明白，为什么自己会爱上杨小兵，原来两个人其实有着差不多的命运，甚至杨小兵的命运比她更惨！

所以两个人都是那样的具有同情心，也那样的理解着彼此，才深爱着彼此！

"春霞，接下来这段日子，我真的不知道该怎么办！"

哭归哭，问题还是要解决！

春霞的肚子会一天比一天大，身边没个人照顾也不行，可是杨小兵的母亲如同发了疯一样地要把杨小兵圈在这块黄土地上，他走不了。

"我回不去了！"

"小兵，那我们想想办法不行吗？也许，也许有什么办法呢？"

杨小兵摇摇头："我母亲根本就不会离开这个地方，我那天晚上跟她提过让她去城里跟我一起生活，可是她直接喝了农药，我再也不敢提了！"

春霞痛苦地皱起了眉头，她明白，那个愚昧的妇人其实是把小顺当成了自己的儿子一样宠爱，却把杨小兵当成了自己的丈夫！

她不断地向这个年轻的"丈夫"索取，把他当成了全部的精神支柱。

"就不能劝一劝？"

"难道要我妈再喝一回农药吗？"杨小兵的情绪突然激动起来，把春霞吓了一跳。

"她对我再不好也是我妈！我不能眼睁睁地看着她去死啊！"

春霞理解杨小兵，可是她也同样舍不得杨小兵。

"这个孩子，一生下来我会尽我所能地抚养，我不想这个孩子拖累了你，春霞……"

春霞的瞳孔突然缩小了，她吃惊地望着杨小兵："难道你要跟我离婚？"

杨小兵艰难地把目光移到了对面的黄土大道上，接着点了点头："嗯。"

"你去追寻你的幸福吧！而我呢？我只能守着这个家！"

春霞一瞬间有一种失足跌落悬崖的感觉，她拼命地摇着杨小兵的手："我不能跟你离婚！不能！"

"如果这个孩子你不想生，那就打掉吧！春霞，我向你发誓，我跟你离婚之后决不再娶！"

"我等你！我等你把家里的事情处理好了，难道就不能等等吗？"

杨小兵可悲地望了一眼春霞："凭什么？你凭什么要等我？你别看我母亲这样，其实她的身体好得很，她至少还能活上个十几年，难道你还要等吗？你的青春啊！不值得！"

"不！我不要跟你离婚，我不要！"

"是我杨小兵配不上你，而且，我不想我的母亲再伤害你了！你知道吗？她固执的思维里已经认为是你抢了我，你若是再敢来，我真的怕我不在的情况下我母亲会对你做出什么……"

"所以你要跟我离婚？"

春霞连着问了好几遍，而杨小兵只是重重地点了点头。

"春霞，我不能拖累你，你已经过上了大富大贵的生活，你有深圳的企业，我所有的股份都不要，全部都给你，你好好生活，你这年轻这么漂亮，你应该拥有一段更好的婚姻！"

后面的话春霞已经听不清了，她疯狂地摇着头："我不在乎什么名利，不在乎什么大富大贵，我要的是你呀，小兵啊！"

可是杨小兵十分坚定地回绝了春霞："我知道你要的是什么！你要的就是出人头地，春霞，你的心气儿高，从我第一眼见到你的时候就知道，你是要成就一番大事业的！如今深圳的事也不能没人管，咱们就彻底断了吧！不要再被我拖累了，春霞，我好心疼你，你小的时候就受苦，我不能让你跟着我继续受苦呀！"

整个下午，春霞是求了又求，她差一点就在杨小兵的面前跪下来，可是杨小兵却狠狠地握着她的手臂把她扶起来："我跟你说实话吧！其实，我并没有多喜欢你！我不想维持这段婚姻，你走！"

20

"不！"

春霞觉得自己已经快疯了："这件事情还有转机！你为什么这么急着要跟我离婚呢？"

杨小兵故意板起脸看着春霞，其实他跟春霞急着离婚，就是因为不想让这个孩子生下来拖累了春霞的一生，他想把这个孩子打掉，然后用自己的一生去给春霞和这个孩子赎罪！

"因为我，根本就不是一个懂爱情的人，说实话我真的受不了你李春霞这么强势的脾气，我现在也想要留在家乡，我喜欢这儿！我不喜欢深圳！更不想活在你的阴影之下！"

春霞惊讶地看着杨小兵："你什么时候活在我的阴影之下了？"

"你那么出色！咱们公司的大单生意都是你谈下的，我受不了这种尊严上的折磨，春霞，你还是走吧，我想我妈说的没错，我这个人就适合在这黄土地上，找一个本本分分的女人！"

这一番话，着实伤透了春霞的心，但是春霞还是在杨小兵的面前深深地说道："我改！我把我强势的毛病改了……"

杨小兵点起了一支烟："江山易改本性难移，我杨小兵受不了你的脾气！"

说完这句话，杨小兵便回了屋子里，然后把院子的大门闩上，把狗放开了。

大狼狗饿了好几天，在院子中嗷嗷地嚎叫着，春霞不敢进去，两行泪在脸上滚烫滚烫的。

她分不清杨小兵说的是真还是假，只知道，也许这段爱情算是完了！

就这样一直站到了晚上，春霞不敢再等下去，她觉得下腹隐隐坠痛，虽然杨小兵让她打了这个孩子，可是她怎么舍得？

那可是活生生的一条人命，更是兼具着两个人遗传基因的一个孩子呀，那是爱情最好的结果，是爱情最崇高的结晶，是爱情最终的归宿……

春霞只好离开了。

在这茫茫的夜色中，杨小兵流着泪看着那个人影悄然消失在门口，整个人无力地倚在门框上，他手中的烟一支接着一支，几乎让他整个人都眩晕昏迷。

"哥！你在深圳有大公司？"

杨小顺凑了上来，一副讨好的表情看着杨小兵。

"我是骗妈的，我的确没有妈说的那么有能力，你也就别打这个主意了！"

杨小顺一听，心中的希望顿时就破灭了，破口大骂道："哥！你为什么骗人呢？你真是跟妈说的一样不忠不孝！"

杨小兵这一次是真的懒得去反驳了，他再也没有力气去教训杨小顺，让杨小顺去好好做人，甚至他连他自己能不能好好做人都不知道了。

春霞一路摸着黑走到了村口，可是已经没有车了，没办法她只好回到了二姑家。

二姑看到春霞这么一副憔悴的模样，心疼得不行，于是给春霞披上衣服又张罗着给春霞做碗油泼面。

春霞赌气似的把油泼面吃了个一干二净，可是这一下午的折腾让她胃中一阵翻搅，春霞又把油泼面吐了个一干二净。

二姑看到春霞这样，连忙端上了一舀子水："春霞娃子，你漱漱口，我知道你现在正是怀孕最难受的时候！"

春霞的一双眼睛里失去了全部的神采，她倚靠着墙，身体上的难受已经算不了什么，她觉得她的一颗心已经彻底碎了。

在这个虚无缥缈的人生路上，她以为她终于抓到了一丝光亮，终于有了一个家，可是这样的幸福却在转瞬之间消散。

"二姑！我的命怎么这么苦？"

二姑连忙劝春霞："我的娃呀！你的命还算苦哩？你开大公司当大老板，不比咱们这些面朝黄土背朝天的农民幸福多了？"

"我不要那些名利，我只想要一个家，我只想要一个家！"春霞的声音越来越虚弱，二姑把她搂在怀里："苦命的娃，告诉二姑，杨小兵，还是他妈对你怎么了？"

春霞绝望地看着二姑："杨小兵要跟我离婚，他想让我打了这个孩子！"

"这个瓜娃子！"二姑急得一个劲地骂人，可是在这一刻，春霞并不觉得这是粗俗，这只是一种朴素而单纯的善良与同情，而这种东西，是杨小兵从小到大都没有得到过的，是杨小兵的母亲与父亲在这悲苦的生活之中早已丧失的感情。

"春霞，二姑告诉你，你不要放弃！二姑去替你说！"

二姑暂时把春霞安顿下来，第二天早上便来到了杨小兵的家里。

杨小兵一夜未眠，两只眼睛红得吓人，他买的烟已经抽完了，便翻出了父亲用的烟锅，吧嗒吧嗒地抽起来。尽管它味道呛得人直咳嗽，但是渐渐地，杨小兵竟然习惯了这种辛辣的感觉，竟也不觉得头疼。

他此时此刻多么想站在窑洞后面的山岗上，对着那深深的峡谷大喊，可是他觉得自己连这种发泄的能力都已经丧失，悲伤与无力已经将他整个人完全吞没。

杨小顺起来了，他一如既往的懒散，来到杨小兵的身边："哥，我跟妈都饿了，你起得早怎么不知道先去擀个面条？"

杨小兵愣着没有动，他仿佛成了一尊雕像一般。

"哥！"

杨小顺甚至对着杨小兵的屁股又猛踢了几脚，算是对昨天晚上的报复，可是杨小兵丝毫都没有动，因为他的大脑正在整理。

他正在飞速地整理一种东西，那种东西叫做回忆！他记起跟春霞第一次见面的细节，接着两个人去摆摊，然后两个人住在一起，后来春霞又去了日化公司，又去了电器公司，最后出来了一个王永华，那爱情的酸甜苦辣在杨小兵的心中仿佛重演了一遍，他的身体一动不动，却一会儿哭一会儿笑。

他贪婪地汲取着回忆当中的能量，贪婪地想把这些回忆完完全全地印在脑中，因为这些，是他最舍不得的东西！

21

二姑在门外拍门。

她从门缝里看到杨小兵那失魂落魄的模样，和昨天的春霞是一模一样！她心疼地看着这个孩子，默默地揩了揩眼泪。

"小兵啊！二姑来了！"

二姑对杨小兵很好，杨小兵之所以能够成长为今天这样的人，有很大的一部分原因就是二姑。

在他那可悲的童年与青春期中，为数不多的温存与爱，都是二姑给的，也是二姑教的他如何做人。

杨小兵跌跌撞撞地去开门，二姑把他拉到了门外，看到杨小兵那一副灰头土脸的样子，二姑帮他擦了擦脸上的尘土："我的娃子呀！你怎么把自己弄成了这个样子？"

杨小兵从恍惚中回过神来："二姑，你来我家做甚？"

"你是瓜娃子，二姑都要被你气死了！春霞那么好的姑娘你为什么要跟人家离婚？"

杨小兵也差不多知道二姑就是为了这个来的，他知道春霞昨天晚上住在了二姑家，因为他一路都在默默地跟着春霞，直到看到春霞安全地走进了二姑家，才如同孤魂野鬼一样飘回到家里。

"二姑，我给不了春霞幸福，我妈这样子你也知道，她说什么都不肯离开这儿，说什么都不让我走，一旦我提出一点反对意见，她就去喝药去自杀，二姑，你给我想个办法？"

这种家庭乱事不管放在谁的身上都难以解决，况且二姑早就知道杨小兵的母亲是一个半神经错乱的人，她算不上真正的精神病，可是思维却跟常人有着天壤之别。

"兵娃，你真的舍得春霞那个女子吗？"

"我舍不得！我舍不得，二姑！"杨小兵想哭，却发现自己的眼泪早就在昨天晚上流光了，流干了，他的身体也仿佛因为失水而迅速干瘪了一样。他舔了舔自己已经成了硬壳子的嘴唇。

"舍不得你还要跟人家离婚！"

"我是为了春霞好！二姑，你不知道春霞是个多苦命的孩子！她为了扎根在深圳，吃了不知道多少苦，她如今终于要飞黄腾达，等到了柳暗花明的那天，难道还要跟我回来过这种苦日子吗？况且我妈根本就不会接纳她！你知道吗？其实我妈想让我一辈子打光棍！一辈子伺候她！"

二姑能够体谅别人心中的苦，反问道："那你就听？"

"我不听？我妈就去死，难道我要眼睁睁地看着我妈去死吗？我杨小兵虽然没什么大出息，但是这点责任我还是担得起的！我给不了春霞幸福，但我不能逼我妈死！"

杨小兵痛苦地说着，二姑也咽不下这口气，推开大门就往里面走。

杨小兵的母亲此时正在炕上躺着养病，二姑走进去二话没说就直接把他的母亲拉了起来："你到底要闹到什么时候！"

"你给我滚出去！我们家的事情跟你有什么关系？"

"跟我没关系，可是杨小兵也是我的亲侄儿啊，我不许你就这么断送我侄儿的幸福，现在，他已经有孩子了，你竟然还……"

杨小兵的母亲照例撒起了泼："我不管！杨小兵就是要在这里给我养老送终！"

"不是我说你，让小兵把你接到城里去，不行吗？你去过享福的日子！"

"我不！我不知道城里是什么样，小兵对我好，万一他那个狐狸精老婆对我不好呢？我就要守在这里，我不想走出大山！"

二姑面对着这个思维已经完全僵化并且极度自私的女人，恨不得直接一个巴掌把她扇醒，但是无奈杨小顺在身边。

"你做个人吧！做人要对得起自己的良心呀！你自己说说你这些年对小兵怎么样？你对小兵是非打即骂，你还敢说让杨小兵去养你，你怎么不让小顺去养？"

"小顺是我的娃儿，我舍不得他受苦！"

这时，那个早就已经被全村男女老少尘封了的记忆再一次浮上了水面。

"小兵不是你的亲生娃，可是对你多好啊！你为什么还要去为难他？你能不能不要这么自私？"

杨小兵的母亲轻哼了一声："我是辛辛苦苦把他养大的！他凭什么不给我养老？他凭什么不听我的？我是他妈，他做什么都要听我的！"

"你这个人是多么自私狠心，你忘了你当初跟我哥生不出孩子的时候，拼命想要一个孩子的时候，是我给你们牵线搭桥，让那个女孩别把孩子打掉，给你们留下。你忘了你刚刚得到小兵这个孩子的时候有多么开心吗？对小兵有多好吗？可是你自从怀上小顺之后，你对杨小兵除了打就是骂，还有什么别的吗？"

事实上二姑说的不假，在小顺出生之后，杨小兵的父亲对两个孩子还算得上是一视同仁，但是作为母亲，她只觉得小顺是自己身上掉下来的一块肉，而这块肉跟杨小兵那个没有血缘的孩子相比，自然是一个天上一个地下！

"就是因为我舍不得小顺受苦，才一定要把小兵留下来给我养老！"

杨小兵的母亲说得理直气壮，二姑本来想再多说几句，却被小顺拿着扁担赶了出来。

二姑离开了杨小兵的家，杨小兵正在门口的大槐树下抽烟，一张脸似乎也被烟熏得黑黄。

"二姑。"

二姑的眼泪一下子就流了下来："小兵啊，你命苦！二姑今天就说句昧着良心的话，你真的不要再管这个家了，你走吧！"

可是杨小兵的心中有着一股正直的力量，让他抛下随时随地想要自杀的母亲他做不到。

"二姑，还是算了吧。"

二姑失望地看着杨小兵，怜悯地摸着杨小兵的脸："那这样，二姑就去劝劝春霞吧！你也别拖累人家了，那女孩子不容易！"

杨小兵点了点头，他觉得自己好像死了一样，全身都化为这西北的一抔黄土，散落在飘渺而苍茫的大地之间。

22

杨小兵如此坚决。

二姑看到这里也不好再说什么，她好几次欲言又止，搓着一双沾满了汗水的手，最终也只好在自己的围裙上擦了擦。

"二姑，你就走吧，把春霞好好送走！"

杨小兵一边说着一边从自己的裤兜里掏出一团卷在一起的钱，那潮湿的钱吸饱了杨小兵身上的汗水，此时变得又软又皱，他把这些钱一股脑地塞进二姑的手中："二姑……"

二姑一皱眉头："兵娃，你这是干什么？"

"啊，春霞这几天在你们家也添了不少麻烦，这点钱你拿着，然后，我想麻烦你把春霞送到村口，不，二姑你直接把春霞送回他们村去吧！"

杨小兵说着这话的时候，一双手低垂着眼睛闭着，面朝着自己家那两口破旧的大窑，二姑看到杨小兵这个样子，心中也明白，现在就算是九头牛也没办法把杨小兵拉回来了。

这个正直的孩子让二姑心疼。

"孩子啊，要不然让春霞先在我们家住下，这事情总有转机，慢慢地，说不定春霞也愿意跟你在这里一起生活，或者，就让她住在二姑家，二姑对她好，像亲妈一样！"

"哎呀，二姑你可别说了！"杨小兵一边说着一边蹲在了地上，"春霞在深圳好不容易混出个名堂来，我这不是害了人家吗？春霞的模样好个头好，还有钱，找个什么样的找不到？二姑你就别管了，让她走吧！"

"那二姑就依你，兵娃，你回来了就把二姑当成你的亲妈，你的事二姑就当成自己的事儿去办，你要是再想寻婆姨……"

杨小兵看了二姑一眼，那双已经完全失去了希望的眼睛让二姑不得不停下了，若是这时候让杨小兵再去寻个别的什么婆姨，怕是杨小兵也看不上。

"那好！"

二姑走了，一边走一边用袖口抹了抹眼泪，杨小兵要是真的待在这个农村里，这娃子又倔，恐怕他只能打一辈子光棍。

春霞早就在二姑家的门口等着了，看到二姑回来，春霞满怀希望地跑到二姑的跟前，二姑连忙把春霞让到屋里去坐："你都怀孕了，可不能这么跑啊！"

春霞点点头："小兵呢？"

"春霞，今天你叫我一声二姑，我也得把你当成自己的亲人一样，春霞，你生得俊，有钱有事业，还是快点儿离开这个地方吧！二姑这是为你好！"

二姑看到春霞的那双眼睛跟杨小兵一样，瞬间就失去了光彩生机，春霞不可置信地看着二姑："二姑，连你也让我跟小兵离婚？"

"不是我想让你离婚，是实在没有办法！姑娘啊！孩子呀，你想想如果你又回到这个农村来，你以后是会后悔的！我知道你在外面打拼不容易，小兵都跟我说过了！你别回来了！"

春霞的眼泪瞬间就掉了下来，那两颗眼泪掉在黄土地上，砸起了两朵尘埃。

二姑按照杨小兵的意思把春霞一路送回了老家。

小军在家里正等着春霞的消息，他看到春霞一个人回来，顿时觉得心中痛苦不堪，他不仅心疼春霞，心疼那个即将出世的孩子，更是心疼杨小兵。

在跟杨小兵相处的这段时间以来，他对春霞的爱小军是看在眼里的，可是现在他们偏偏要离婚！

"小军！"

春霞一面说着一面就倒在了小军的怀里，接着她便大声哭了出来："你说我的命怎么这么苦？"

"是啊姐！你从小就没了妈，还要照顾我和爸，怎么今天好日子终于来了，却要离婚!"

春霞说不出话来,而小军那瘦弱的肩膀也第一次扛起了春霞那沉重的感情。

在家里又住了几天,春霞到村里面打电话,这才听说公司里面都快忙疯了,小助理急得火烧眉毛:"春霞姐,你和杨大哥什么时候回来?这些客户都急着要谈生意呢!"

春霞刚开始离开深圳的时候只是为了小军上学的事,却没想到耽搁了这么多天。

小军把春霞送到了镇上,又辗转来到了县里。

春霞的一双眼睛仍然是干瘪的,她和杨小兵一样流了太多的泪。

"小军,我去买票了!"

"姐,我陪你!"

姐弟二人排起了长长的队,春霞接过了售票员手中的票和零钱,又回头望了望这个县,望了望后面那层层叠叠的大山,那一片黄色的土地。

她的爱人打算永远留在这片土地上,不再回来了,也不再与她共同经营一个家庭了!

小军把路上买的食物塞到春霞的手中,又叮嘱了好几句,这才让春霞上了车,看着那远远离去的火车,小军犹豫了很久。

春霞在火车上几乎没有合过眼,窗外那黄黄的土地被染成了黑色,等到太阳出来,就变成了绿色,她回到了深圳,这个她打拼出一片天地的地方!

可是站在这土地上,她觉得脚下轻飘飘的。

春霞马不停蹄地赶回了公司,小助理来不及关心春霞怎么那么憔悴,马上把工作汇报了一遍,不仅仅是公司,工厂也出了些问题,没有了杨小兵的严格管理,产品的质量出了错。

"我知道了!"

春霞马上投入到了工作当中,应酬了一天下来,她整个人所有的力气都被耗尽了,坐在公司的椅子上,她只觉得困倦,可是无论如何也睡不着。

一整夜,她睡得迷迷糊糊,混混沌沌。第二天早上,一个清脆的男声在办公室的门外响起。

第16章

/ 生活 /

1

"小军?"

春霞从椅子上坐起来,有些惊喜地望着小军,或许在这个她最无助的时候,也只有小军能带给她些许安慰。

"你早上过来的?饿了吧?我带你去楼下吃饭……"

春霞一边说着一边摸了摸小军的脸,小军心疼地说道:"姐,我实在担心你!所以我想我的事业跟梦想先放一放,我想陪在你的身边,陪你一起渡过这个难关!"

春霞感动地把小军抱住,不知道从什么时候起,小军竟然也长成了一个大小伙子,那宽阔的胸膛让春霞感到了一丝温馨与温暖。

工厂里的工人之前懒散惯了,被杨小兵军事化管理之后又高度地紧张起来,杨小兵一走,他们便报复性地变成了原来的一盘散沙。

春霞来到工厂,找到了管事的主任,问清楚了缘由。

小军在一旁听着,越听越觉得气,春霞罕见地板起了脸,紧急召开了一场大会,动员了大家的积极性,也批评了那个让产品质量出错的员工。

"姐,要不然我来你的工厂做工吧!"

"你能干得了吗?"

小军的年纪还小,而工厂的工作很累,春霞有些舍不得。

小军却拍着胸脯说道:"我想为你分担些什么!你让我在这个工厂里做工,给我一个小小的职位,就当是监督他们,我实在不忍心看着你公司跟工厂两边跑,况且……"

小军看了一眼春霞的肚子,往后春霞要是再这么颠簸,恐怕真的要出现危险。

"你容我想想!"

春霞回到公司,把小军带在身边,让他去处理一些公司上的事务。

有时小军也会帮助小助理做一些工作。

小助理的名字叫做王俊霞,是个十分开朗的女孩子,笑起来的时候嘴角弯弯的,眼睛也弯弯的,显得很机灵。

"你看这个报表,要这么做……"王俊霞翻开自己的大账本,上面记着密密麻麻的数据，但是又划分得整整齐齐，小军竖起大拇指："没想到你的表格做得这么好，字也写得这么好，你是不是念过大学？"

王俊霞摇了摇头："我哪是上大学的那块料啊？"

"可是你的字写得好，比我们班长写得还好呢！"

"谢谢夸奖！"王俊霞一边笑一边跟小军说明了公司现在的状况，包括公司里面的财务数据，小军一时间记不太清楚，王俊霞就说道："没事儿，好记性不如烂笔头，你记不住的就写下来，不明白的随时找我！"

面对王俊霞的热情，小军的注意力反而有些涣散了，每当王俊霞靠近他的时候，就会有一种热情让他的心感到一阵麻酥酥的。

接下来的一段日子，小军对公司熟悉了很多，不仅仅能看懂公司里的那堆数据报表，还跟不少同事打成了一片。

中午吃饭的时候，王俊霞跟小军坐在一起，她用那双灵动的眼睛看着小军："小军，真没想到这么几天你就对公司的事务游刃有余了，看不出来你还真有两把刷子呢！"

小军扒了一口饭，他不知道王俊霞跟他说这些究竟是因为姐姐是老板，还是因为是真心的，脸一直红到了脖子根。

看到小军那一脸羞涩的模样，王俊霞拨弄了一下自己的刘海，也被这种羞涩所感染了。

"小军啊，有件事我不知道该不该问你，我看最近春霞姐的状态都很不好，我担心春霞姐的身体！"

小军放下筷子，也没心情吃午饭了："我姐确实遭遇了一件很严重的事，我姐跟我姐夫可能要离婚了！"

王俊霞一听，手中的饭盒差点掉下去，若不是小军托着，里面的菜汤非洒到王俊霞那漂亮的西装上去！

"怎么回事？你快跟我讲讲！"

杨小军叹了口气，把春霞回到村里的那些事情说了一遍。

王俊霞听得是又生气又心疼："这个杨大哥怎么能这么对春霞姐呢？春霞姐对他是一片真心啊！"

"你也别生气，我理解杨大哥，他也是无奈！"

小军又重新吃起了饭，可是这一次换王俊霞吃不下去了，她紧皱着眉头看着小军："这怎么能理解呢？一个堂堂的男子汉怎么连自己的妈都安顿不了呢？"

"我听我姐说了，杨大哥他妈是村子里远近闻名的泼妇，要我看就是精神病！可是，杨大哥哪怕是拖着这个精神病的妈，也不能跟我姐呀！难不成要他妈去自杀吗？"

"什么自杀不自杀的！这老人怎么这么不懂事！"王俊霞气得火气上涌，她直接问道，"你知不知道杨大哥他们村的电话？"

小军摇摇头。

"我真应该好好找杨大哥说说，把春霞姐一个人抛在深圳算什么男人？"

王俊霞一边说着，晶莹的眼泪一边从她的眼角流淌了下来，小军看到这里一时间不知该怎么办，他慌忙从口袋中掏出自己的手帕，可是那手帕早就被他用得又破又旧。

不能给王俊霞擦眼泪，小军也只好看着王俊霞哭，过了一会儿才问道："这是我姐跟我姐夫的事，你怎么哭得这么伤心？"

"我能不伤心吗？春霞姐和杨大哥对我很好，我在心里感激着他们对我的这份恩情，要不然我这个初中都没毕业的小姑娘上哪儿去找这么一份待遇好的工作？所以我是真的心疼他们两个，我是真的太为这段爱情惋惜了！"

小军愣在那里，他的脑海中突然显现出了自己家村里的那条河，那湍急的河流仿佛一下子就闯进了他的心里，把他的心浸泡在那温润的河水中。

他惊讶于王俊霞的善良、心软，也惊讶于她的热情与热心。

"俊霞，你真是一个善良的女孩！"

"善良有什么用？要是我的善良能够拯救春霞姐的婚姻，就好了！"

2

黄土高原上，一个男青年正用手拄着锄头把子，在烈日之下望着远方。

那是一条通往镇上的路，杨小兵不断地想象着春霞离开的那天。

他没敢跟在二姑的后面，他不敢看到春霞登上公共汽车的样子，不敢看到那张写满了悲痛的脸。

同样是那条路，在一路颠簸之中把春霞和他送往了村子中，他还记得春霞忍着身体的不适，向他兴高采烈地说起好多好多童年的往事。

春霞欢欢喜喜回家见婆婆，可是在短短的几天之后，他们的这场婚姻已经画上了句号。

如此天翻地覆的转变让杨小兵的心彻底凋零了。

他突然开始拼了命地干活，锄头下面那飞扬的黄沙甚至盖过了他的头顶，已经许久没有做农活的他，每一下都刨得格外用力。

还没锄几下，他的手上便已经磨起了水泡，可是他并不在乎这些，反倒是水泡被磨破了那种钻心的疼，能让他稍微好过一点。

春霞！我没想到是用这种方式跟你道别。

这种不了了之的方式。

他也从来没有想过道别。

远处传来村民们唱信天游的歌声，那带着野味的歌声也成为黄土高原的一种风景，他看着这广阔的天地突然明白这就是命运，他是被这黄土地养育着长大的人，命运安排他一定要回来，回来！

如今再回想起在深圳与春霞的那一段恋爱，他甚至觉得无比遥远，无比陌生。

他又突然想到，春霞一开始并不喜欢他，杨小兵突然如释重负地觉得，也许春霞就是因为他对她好，所以才跟他结婚！

如今他应该让春霞去寻找真正的爱情，这样不是更好？

杨小兵扔了锄头，坐在地上。

中午，杨小兵回了家，他把头上绑着的那块毛巾扔在脸盆里，母亲看到他回来，一脸不满地问他："农活你干了多少？我听说这几天家里的地你根本就没怎么种！"

杨小兵无力地说："妈，现在天旱，种也种不出什么来！"

"你就是偷懒！庄稼人靠的是什么？不就是地吗？我真不知道你在深圳那边学了什么回来，竟然连地都不种了？"

等到母亲发完了牢骚，杨小兵捂着心口觉得喘不上气来，这才说道："你能不能不要再说了？我心里难受！"

"你难受什么？你从小就种地，现在你难受什么？是被那个狐狸精勾去了魂儿吗？"

咣当一声，杨小兵把水盆打翻在地上，他几乎用一种哀号的方式喊道："那是我的婆姨！是我的孩子！你怎么能忍心拆散我们，怎么能用这种手段来让我……"

杨小兵的话没说完，母亲就突然冲到了里屋，她这次要找的不是农药。

因为家里已经没有农药了，她翻箱倒柜地找到了那把生锈的铁剪刀，手中紧紧地攥着就要往自己的胸口扎，杨小兵当时就跪下了。

"我的亲娘啊！你给我放下！"

杨小兵夺下了剪刀，他恨不得把这把剪刀扎到自己的胸口里："你别这样！"

母亲也跪在了地上："你是要我给你下跪吗？我求你，你别走，你在地里好好地种田怎么了？再说孝顺是天经地义的事，我费这么多心血把你养大不就是为了让你孝顺我，养我的老吗？"

人最重要的是守孝。

这句话杨小兵在这几天已经听了千百次，他坐在门槛上，已经没有力气再跟母亲争论什么，他狠狠地吸了几口烟："我下午去种地，天旱我就去河里担水！"

母亲这才从地上起来，坐回到炕上："我也饿了，想吃口油泼面！"

"做！妈，我给你做！"杨小兵的字字句句都饱含着血泪，他来到厨房把面粉舀到盆里，一时间竟也不觉得有多么痛苦了。

毕竟小时候他也是这么过来的，母亲不爱做饭，也不爱去田里劳动，他小小年纪，做完了活儿又要回家做饭，还要带弟弟。

一想到弟弟，杨小兵就更觉得心烦，杨小顺这几天又不知道去哪里了，八成又到镇上去鬼混了。

做好了油泼面，杨小兵伺候母亲吃饭，而母亲扒拉着面条尝了一口，又露出不屑的表情："你这面条做得怎么这么难吃？"

杨小兵赌气一样地把面条全都吸到口中，然后通通咽下去。

"你做的面还没有你弟弟做的一半好吃呢！"

杨小兵放下碗："他做过一顿饭吗？"

"怎么没做过？他上初中的时候就做过一回！"

杨小兵看着母亲，那是一种近乎于迷茫，又近乎于麻木的眼神："那回是我做的，我为了让他能哄你开心，就说是他做的！"

母亲被这一句话噎得说不出话来，沉默了半晌才继续说道："你就是不想让我好好吃这一顿饭！"

杨小兵没说什么，拿起自己的碗又抓了一把大蒜来到了门槛上，望着家里的这一片光景，他觉得他有责任把家建得更漂亮些舒适些，应该让母亲过上更好的生活，可是现在无论如何都提不起劲。

这时，村支书喊杨小兵去村里接电话，杨小兵的母亲听到了，生怕是春霞回来找他，便跟在后面。

可杨小兵没想到的是打电话来的人竟然是王俊霞，王俊霞在电话中哭着说让杨小兵回来，说春霞一个人在苦苦支撑。

杨小兵不知道王俊霞是怎么查到的村部电话，他刚想说什么，母亲的声音便已经在电话中传达到王俊霞的耳朵中："你这个不要脸的！我告诉你，你要是想抢我儿子走，我非把你掐死！"

说完杨小兵的母亲就挂断了电话，杨小兵对王俊霞的感激与激动也在这一瞬间消失了。

他明白在他未来的世界中，或许再也没有什么爱情、友情和感激之情、感动之情，只有悲伤，像这黄土塬一样宽广的无边无际的悲伤。

3

王俊霞的电话被挂断了,她也大概明白杨大哥不再回深圳的原因了。

有这样一个母亲,还不如没有的好。

王俊霞把这件事情告诉了小军,小军也是同样的看法:"我从小到大还没娘呢!我都觉得我比我姐夫要幸运得多,俊霞,这件事情你就别想了,我也不想我姐回去受苦。"

王俊霞点了点头,她哭了,小军想伸手去摸摸王俊霞,却没有勇气,便只好用沉重的语气说:"别哭了。"

小军已经对春霞的婚姻死了心,他来到春霞的办公室,问道:"姐,你什么时候离婚?"

春霞不说话。

"我问你什么时候离婚?"小军表现出前所未有的严肃,"还有现在怀上的这个孩子怎么办?"

春霞低下头,孩子已经一天一天在长大了,如今已经有些显怀。

"你倒是说说呀?还有,姐夫是怎么说的?他打算让你把这个孩子怎么办?"

春霞咬着嘴唇,半天才说:"他想让我把这孩子打了!"

小军闭上眼睛,痛苦地捏起拳头:"那就打了吧!你以后能找到更好的!我陪你去医院,实在不行让俊霞陪你去!"

春霞摇头:"不!这个婚我不离,这孩子我也不打。"

"姐,不打也行,这婚得离,你不能为了那么一个人的家庭,把自己的青春都浪费了!"

春霞实在不想听什么了,每日繁忙的工作,来回于工厂与公司之间已经让她疲惫:"你不要再说了!你说了我也不想听!你出去忙你的!"

小军无奈地走出了办公室。

春霞来到了窗边,回想起之前的那些日日夜夜,自打开公司以来,两个人就在这间办公室里相互扶持,相互关心。

不知道什么时候,王俊霞出现在她的身后,她知道自己没有权利干涉春霞的生活,便关心起春霞的饮食、情绪。

"春霞姐,你这阵子实在是太累了,我想……"

春霞回过神来:"你坐下!"

王俊霞说道:"我觉得小军是一个很有能力的孩子,其实他唯一的不足就是年纪太轻了,甚至比我还小一些,但是我能看出来这公司里面大大小小的员工都挺敬着小军的，小军也说想去帮你管理工厂，要不你就让小军去吧！"

春霞抬起头："小军真的能行吗？"

"能行！这几天好多工作都是小军做的，完成得又快又好，春霞姐！"

春霞也实在忙不过来这么多工作，便同意小军去工厂。

小军如愿以偿地进了工厂，他虽然心还在篾匠活儿上，还想要成就自己的一番事业，但是现在只要能为春霞分担一些事情，他就满足了。

在工厂忙了一天又一天，小军既当工人又当管理，常常忙得连一口饭都吃不上，晚上工人们都走了，小军还要谨慎地检查货物，清点数量。有时候还要回到公司去跟春霞交接一些工作，在这繁重而又枯燥的工作中，小军每一次回到公司，心中都会燃起一股火焰来，所以脚下的自行车骑得也就更快了。

他想要在这为数不多的时间里看看王俊霞。

不过并不是每次都能看到王俊霞，所以在他看不到的时候，连往回蹬自行车的脚步都慢了。

终于有一次，小军忍不住问春霞："俊霞呢？"

"我最近怀孕不方便去应酬，让俊霞代替我去出差应酬了！"

听到春霞这么说，小军的心才放下，他还以为王俊霞是不想见他所以躲着他，于是又开开心心地回工厂了。

不过小军到底还是年纪小了，经验不足，有些工人偷奸耍滑给自己的工作记得多了些，小军又对不上数量，困扰至极地在货物中来来回回地清点。

这时一双擦得亮亮的小皮鞋出现在小军的面前，小军抬起头这才发现站在自己面前的是王俊霞。只见王俊霞披了一件深灰色的风衣，背着一个黑色的包，竟然跟电视剧里面的人一样，那么端庄漂亮。

"你数什么呢？"王俊霞笑着问道。

"少了！"

王俊霞听到这里赶快把东西放下，接着又照着账本核对了一遍，这才说道："这帮工人，肯定是往自己的头上多记了！没事，咱俩今天晚上清点出来，明天你开会的时候跟他们说说，不许再这么做了！"

"还是你聪明！"

小军一边说着一边为王俊霞拉来凳子："怎么这么晚来工厂？"

王俊霞有些害羞，但还是直言道："我下了火车，就直接过来找你了，反正我也是明天早上才上班，今天晚上我没事！"

这么急着来看我？小军在心中不太相信地问着自己。

"你看！我给你带了什么！"

王俊霞从自己的黑色大皮包里掏出了一个盒子,打开纸盒子,里面放着的是十个生煎包,还撒着芝麻,一打开便是淡淡的甜香味。

小军没吃过这种东西,但是看起来像是包子。

"我去上海出差了,这是我给你带的生煎包,上海那边的人请我吃饭的时候,我觉得挺好吃的,就给你打包了一份,我这么急着来找你就是想把这个给你!"

小军接过了生煎包,咬了一口,凉凉的汁水溢到口腔中,又香又鲜:"你真好!还给我带这个!"

王俊霞看着小兵吃,嘴角露出弯弯的笑容:"我就是想让你也尝尝嘛!你在深圳这边不容易,天天工作连出去吃饭的时间都没有,我也让你饱饱口福嘛!"

小军吃着吃着便觉得眼角湿润,他的心中翻涌起一股特殊的感情来,他对王俊霞很感激,也很想靠近,这种青涩的萌芽在心中结结实实地长起来了!除此之外,他对王俊霞还有另外一种感情,王俊霞比他大一点,他竟然下意识地想要去依赖王俊霞,而这种依赖,并非是男女之情,而是一种对于母亲的渴求。

4

小军每天往返于公司和工厂,经常是工厂刚刚干完了夜班,又匆忙地回到公司去汇报工厂的工作进度。

春霞本来就忙不过来,加上肚中的胎儿越来越大,春霞时常犯困,也无暇顾及小军,大部分的工作小军也都直接汇报给了王俊霞,再由王俊霞整理了给春霞。

有时候王俊霞看到小军来了,眼圈都黑黑的,便关心地问道:"昨天晚上又是夜班?不是轮班吗?你都上了几个夜班了?"

小军苦笑了一声:"夜班谁都不愿意干,就我干!"

王俊霞见小军站着,便把小军拉到座位上按着他的肩膀坐了下去,小军很高,王俊霞按着他的时候有些费力:"你坐呀!"

"不坐不坐,我刚从工厂出来没来得及洗澡,一身的汗臭味,这椅子我要坐了,你坐着该难受了!"

看到小军那一脸朴实,王俊霞笑了:"我才不想那些呢!你只管坐在这儿休息,先喝点水再说工作的事!"

得到了这样的关心,又坐在这个充满了女性味道的座椅上,小军显得有些局促:"实在不好意思,那我歇一会儿!"

王俊霞看着小军递上来的报表,这工厂自打小军来了之后工作进度也上来了,销售部订的货也都能尽快完成。

"太好了!"

"什么太好了？"

王俊霞苦着一张脸："你可不知道，春霞姐没回来的时候进度上不去，我费了好大的心血谈成的订单，结果完成不了，我实在没办法，又给人把单子退了！"

"看来的确是难为你了！"

王俊霞说着就觉得眼眶一阵酸楚："你不知道，我跟人家签单子，后来单子又退了，耽误了人家的事情，人家把我骂得狗血喷头，我也没办法只能听着！"

其实小军还不知道，在这个社会上很多男人对于女性的那种性别歧视仍然存在着，他们会用自己那强势的男性力量去欺压一个小女生。

这些压力，王俊霞都扛在身上，她最后只是轻描淡写地说了一句："虽然单子完不成，跟人家退单的时候我挺害怕的，但好在都过去了，现在咱们的单子跟得上，销售业绩也好了！"

"辛苦你了！"小军说不出别的来，但是这几个字却是发自心底说的。

"对了，你还没吃饭吧？咱们公司楼下开了一家包子铺，挺好吃的，我去给你买吧！"

王俊霞说着就要下楼，小军哪能让王俊霞下去给自己买包子，马上说道："要不然我去买，给你带吧？"

"我吃过了！"

王俊霞说着便一路小跑来到了楼下，买了两个肉馅包子上来。

小军有些不好意思地接过包子："多少钱？"

"你说什么呢？两个包子还要钱，快吃吧！"

小军一边吃包子一边听王俊霞说话："我真没想到，你虽然是老板的弟弟，但是干起活儿来却比那些工人还起劲儿！你这么能吃苦！"

"都是苦过来的人，你不知道，我小时候要一边到地里去干活儿，一边去上学，那时候的苦跟现在可不能比，现在日子过得多舒坦呀！还能挣工资！"

"可不是吗！我也是，家里面老人生病，我除了干活儿上学，还要照顾老人，这不是学也没上成，就出来打工了，我想我若是能赚得多一些，对老人的病也有帮助。"

小军看着活泼开朗的王俊霞，没想到王俊霞也经历过那么一段灰暗的时光，两个人产生了一种惺惺相惜的感情。

"你也是很勤奋的人！"小军说。

"因为我吃过那些苦，所以我现在很珍惜我的生活，我想以后也会越过越好的！"

"是啊！只有吃过苦才懂得珍惜甜！"

这世界上的苦多种多样，而此时在中国的西北，杨小兵也在承受着相思之苦，梦想破灭之苦,低头认命之苦!

他在田间的劳动有了成果,秋天到了,收麦子的时候,小顺不会帮他,成天就是在外面鬼混;母亲也不会帮他,毕竟上了年纪。

更何况在这位母亲的心中有一种报复的心理,她痛恨极了当年杨小兵出门当兵,把她一个人丢在家中忍受着丈夫的暴力。

毕竟在杨小兵还没有出门当兵之前,父亲打母亲也是有所忌惮的,杨小兵会挡在母亲的面前,母亲就会少遭受一些伤害,可是他走了,这种伤害便被母亲完全地承受,母亲自然而然就会把一部分的伤害怪罪到杨小兵的身上。

把麦子一捆一捆地扔在车里,杨小兵便坐在车子上抽烟,他望着这无边无际的广阔天地,心里想着的是自己的妻子与孩子。

他已经到县上把离婚协议书寄给了春霞,却一直没有得到春霞的回信,他不知道春霞有没有看到,或者说春霞已经看到了,却迟迟不给他回信。

这更是令他的心中翻滚着千愁万绪。

他套上车把麦子拉回家,想了又想来到了村部,打电话给春霞。

"春霞?"

再一次听到杨小兵喊自己"春霞"的时候,春霞的心是激动的,她满心盼望着杨小兵或许给她一个满意的答复,也许杨小兵打算回来了呢?

"离婚协议书你收到没有?"

春霞紧紧地闭上眼睛,她恨不得挂掉电话,但是仍然舍不得,毕竟那是杨小兵这么长时间以来与她的第一通电话。

之前春霞打电话回村里,杨小兵都不会去接。

然而这一次的主动却是提醒春霞,离婚。

"再等一等吧。"

"别等了!青春易逝,你还是找一个能照顾你的人吧!孩子呢?"

春霞手握着电话,颤抖着说道:"孩子还在,至于我们俩的事,我现在不想说……"

"那以后再说,但是……"

春霞已经挂断了电话。

5

村长看着杨小兵的表情,猛地抽了几口旱烟,杨小兵放下电话拖着沉重的步伐离开了村部。

不过在这沉重的心情之中,杨小兵仍旧有一丝喜悦,他和春霞的孩子并没有被打掉，他心中仍然深爱的那一对母子，或许未来他们会过上幸福而宁静的生活。

春霞的预产期很快就要到了。

王俊霞和小军都劝说春霞不要再来公司工作了，一切交给他们，可春霞还是执意来到公司："半个多月以后才生呢，着什么急？"

而杨小兵也在计算着孩子出生的日期，他经常对着日历一看就是一两个小时，他不住地想这孩子是男孩还是女孩，不住地想孩子生下来以后那可爱又水灵的模样，或许他会有一双大眼睛，就像春霞那样灵动漂亮。

突然，屋外的一阵响动让杨小兵放下了手中的日历，他来到屋外，看到杨小顺跌跌撞撞地跑回了院子，脸上充满了惊慌失措的表情。

"你小子还知道回来？"杨小兵一边说着一边拿起了板凳，"你多长时间没回来了？是不是又到县上去鬼混了？你这个逛鬼，今天我非好好教训你一顿不可，否则你定要惹出什么事端！"

杨小顺结结实实地挨了杨小兵一顿打，什么板凳扁担都实实在在地打在了杨小顺的身上。

杨小兵心里就觉得奇怪，杨小顺怎么能这么听话地挨他一顿打呢？若是换作平时，杨小顺一定溜着门缝就逃跑了，可是今天杨小兵不管怎么打杨小顺，杨小顺还是站在那里忍受着，并且一边哭一边说："哥，我真的错了，我以后真的不出去逛了！"

看到杨小顺如此悔过，杨小兵的心软了，毕竟浪子回头金不换，他对于这个弟弟倒也不是绝对的厌恶，只是恨铁不成钢。

"行了，把你那一身衣服换了，到河里去洗个澡！"

杨小兵说完就回到窑里，他准备给杨小顺做顿油泼面。

他把面粉放到盆里，和着面，杨小顺就在旁看着他。

"不是说让你去河里洗个澡吗？还愣着？"

杨小顺的表情有些不自然："哥，我想在家洗。"

杨小兵递出了一个大盆："那你去打水，把水晒热了再洗。"

杨小顺一声不吭地将盆子接了过来，安安静静地打水，然而这些反常举动却让杨小兵感到格外奇怪，他怎么也不相信，难道自己的这顿打就让杨小顺马上变得服服帖帖了。

等杨小顺洗完了，杨小兵把油泼面递给他，顺便递给他几头蒜："你未来打算干什么营生啊？不出去逛了总得找点事做。"

杨小顺看了一眼杨小兵，又马上低下头吃面，口中含混不清地说："在家务农！"

"倒也是个办法！"杨小兵倒不指望杨小顺能出去闯个什么名堂，只希望杨小顺能够老老实实地待在家里不去惹事。

母亲从地里回来看到杨小顺，一阵嘘寒问暖，娘儿俩亲亲热热，看到这一幕杨小兵的心中总算是有了丝毫的欣慰。

但是就在第二天，村里便接到了通知，说是有一个小偷还是个流氓逃回了村里。

杨小兵也听到了这件事，他正在田间劳作，便觉得心里发慌，又想到杨小顺昨天的种种行为，便马上撂下麦子回到了家里。

杨小顺此时正在炕头，母亲从厨房中递给他一个白馍："看看你这段时间在外面瘦的，你饿了就先吃个馍，妈给你做菜啊！你想不想吃羊肉，一会儿你哥回来了我让他上街给你买点回来！"

母亲一抬头看到杨小兵回来了，便马上说道："你去街上买点羊肉回来！"

"妈，你先出去，我有话要问杨小顺！"

杨小兵直接把母亲推到了门外，杨小顺在炕上看到哥哥的气势，心中便觉得不妙，连手上的白馍都放在了桌子上，如同一只老鼠一样蜷缩在角落里。看着杨小顺这样的表现，杨小兵心中也猜到了。

"你到底为什么回来？"

"我想妈了呗！"

啪的一下，杨小兵的手重重地落在桌子上，把杨小顺吓了一跳，杨小兵怒骂道："你在外面又惹事了，是不是？"

"没有！我想着也到秋收的季节了，就回来陪陪妈，帮家里干点活儿……"

"狗屁！你回家的时候干过什么？我看你这两天连大门都不敢出，你实话告诉我，你到底在外面惹了什么事，你今天要是实话实说，我还不揍你，你要是敢撒谎，看我不打死你！"

听到杨小兵在屋子里如此训斥杨小顺，杨小兵的母亲听不下去了，她闯进屋里劈头盖脸地就骂了一顿杨小兵，问他为什么要骂人。

杨小兵指着杨小顺："你自己在外面闯的祸你自己跟妈说，你是不是偷了别人东西？"

杨小顺当时就哭开了："妈，我没有，我真没！"

母亲站在杨小顺的面前："就是啊！妈知道你不会做那种事的，小兵你到底为什么要骂人呢？那可是你的亲弟弟！"

"我告诉你杨小顺，派出所的人已经到咱们村了，他们现在要挨家挨户地查，我听说还带着证人，你杨小顺说不说？"

杨小顺听到警察已经来了，顿时就崩溃了，他哭得撕心裂肺，当时就给母亲跪下了："妈，我真的不是故意的，我在外面实在没有饭吃……"

母亲也大吃一惊："难道抓的人真的是你吗？"

"你快给我想想办法？你把我藏起来……"

母亲也跟杨小顺一样哭作一团："我的儿子，这可怎么办，你要是被抓进大牢里了，妈也不活了！"

杨小兵对杨小顺是失望透顶，他现在唯一能做的就是拉着杨小顺去自首，说不定自首还可以减刑，但是当他拉着杨小顺的手腕准备去自首的时候，母亲却一把拖住了杨小兵的腿："我求求你，你不要把你弟拉去自首，他要是去大牢里了，我就不活了！"

6

这招对于杨小兵来说是百试百灵。

因为母亲确实喝过农药，在医院里也是九死一生才出来的。

"你就不要护着杨小顺了，他之所以现在敢出去偷东西，还不是你惯的！"

"不行！"母亲比杨小顺喊得还要撕心裂肺，她拼命地拽着杨小兵的裤子。

"妈，你清醒一点，杨小顺就是现在不被抓起来，难道能躲一辈子吗？"

"那就让他躲呗！咱们就在家里养着他！"

"那警察来了是要搜的！你把他藏哪里呀？一个大活人！"

"我不管！我不管！"

杨小兵把杨小顺的手放开了，他一个人坐在门槛上，正在愁眉不展的时候，警察已经来到了他们家里。

看着这一群穿制服的人进来，杨小顺被母亲关在了房间里。

而那群穿着制服的人手中也押着一个犯人，那个犯人想必就是村民们口中传的那个证人，杨小兵这边正在想着到底该怎么跟警察说，警察就直接破门而入了。

"你就是杨小兵？"警察来到杨小兵的面前。

"是。"

这时警察又问了一下那个被押着的犯人："这就是你同伙啊？"

杨小兵觉得头脑有些发蒙。那犯人马上点点头："对，这就是我的同伙！我们一起的！"

"谁跟你是一起的？"杨小兵一股怒火上来直接拉住了那犯人的领口："我认识你吗？"

"你给我闭嘴，给我把手放开！"警察三两下就把杨小兵给制服了，而杨小兵在这一瞬间也全明白了。

杨小顺一定是打着杨小兵的名义在外面鬼混，现在犯了错，他的同伙一起跟着包庇他，准备把所有的过错都诬陷到杨小兵的身上。

"这是杨小顺诬陷我的！你快把杨小顺给拉出来……"杨小兵对着母亲大喊，而这时他却看到了母亲脸上那冷漠的表情，他明白母亲的心里已经有了答案。

"我的亲娘啊！你想一想杨小顺能支撑起这个家吗？他能照顾你吗？地里的活儿他能干吗？你能不能不要再包庇他了？你跟着我在一块儿我好歹能给你养老……"

警察听到杨小兵这么说，接着又问起了杨小兵的母亲："你知不知道你儿子刚才说的是什么？"

母亲板起一张脸，接着又看着警察以一种大义灭亲的语气说道："这个孩子从小就在外面偷鸡摸狗，警察同志，我听说他在外面犯了事，你们把他带走吧，去公安局里好好教育教育他！"

杨小兵突然感觉到前所未有的伤心，他在这一刻居然没有了被人诬陷的那种不甘心与愤怒，而是一种实实在在的悲伤。

他怎么也不敢相信母亲竟然会帮着杨小顺一起诬陷他！

"妈，难道我不是你的娃吗？你怎么能这么对我？"杨小兵的声音很轻，充满了不可置信与伤心。

"我怎么对你了？你在外面犯了事就要承担责任，我告诉你，你别想诬陷你弟弟！"

警察听出来杨小兵还有一个弟弟，便强行破门而入，把杨小顺也拉了出来，杨小顺对警察恭恭敬敬地说道："警察同志，我哥到底是怎么了？你们为什么要抓他？"

杨小兵不得不在这个时候对这对母子竖起大拇指，他们两个人竟然配合得如此天衣无缝，并且如此心有灵犀！

"你哥在外面犯了事还要诬陷你，妈给你撑腰！"母亲一边说一边来到了警察的面前，"我是个做母亲的！难道我的话还不能信吗？这两个孩子都是我的心头肉，我当然要公正地说话呀！"

警察把那个犯人押到了杨小顺的面前："你看仔细点，到底哪个是你的同伙？"

这个犯人看了一眼杨小顺，接着又低下头："不是他！是刚刚那个，杨小兵！"

连证人都这么说了，警察直接把杨小兵带到了车里，杨小兵拼命挣扎着，院子里黄土纷飞，他拼命地喊着冤，可是没有任何一个人愿意为他主持公道，哪怕是自己的母亲。

"儿啊！妈知道你做错了事，你到监狱里要好好改造，妈和弟弟都在外面等着你啊！"母亲哭了，她一边擦着眼泪一边做出痛心疾首状。

啪的一声，车门被关上了，铮亮的手铐铐在了杨小兵的手上，他曾经是一名军人，他的心中充满了正直，他怎能去接受这样一个罪名？怎能去接受这样一副手铐？

"警察同志，犯事儿的真不是我！"

可是警察已经得到了确凿的证据，根本就不管杨小兵说什么："我告诉你，坦白从宽抗拒从严，你就不要再推脱了，否则一定重判你！"

"你他妈凭什么诬陷我？"杨小兵看着旁边那个同样被铐起来的人。

那个人一言不发地坐在车里，两个人就这样被送到了公安局。

来到公安局已经是半夜了，两个人等待着审问，看到屋子里四下没人，那个犯人这才良心发现一般对杨小兵轻声说道："大哥，我也实在是没有办法！"

"你能不能现在跟警察说清楚？"

那名犯人低下头："不能，因为我欠小顺一条人命！小顺曾经救过我，现在我绝不能把他往监狱里拉！"

"那你就把我这个不相干的人拉进监狱里吗？"

杨小兵大吼了一声，他多么希望旁边能有一位为自己作证的人，可是屋子里只有他们两个人，杨小兵的心死了，他知道这小偷的罪名他是背定了！

7

接着便开始审讯。

警察念了一堆莫须有的罪名给杨小兵听，杨小兵自然而然是否定，但是他的否定好像起不到任何作用。

第一条是杨小兵偷了别人一百块钱，第二条是杨小兵跟人打架斗殴。

杨小兵气得差点没吐出血来，这点钱算什么？他在深圳做生意的时候，上万的钱进进出出都不算什么！

可是偏偏这个不争气的杨小顺竟然为了偷这么一点点钱跟别人打架斗殴！

难道他真的在外面吃不上饭吗？

想到这里杨小兵的心里又生出一种愧疚感，这么多年他一直在外面闯荡，从来没有管过这个家，虽然这个家从来没有给过他任何温暖，当年也是忍无可忍才选择离开，可是他肩上毕竟有大哥的这份责任。

但现在的问题是杨小兵已经被关押。

警察问杨小兵除了母亲和弟弟外还有什么亲属，因为一个人就算是坐监狱，也要通知家属过来送些东西什么的。

"你结婚没有？"

杨小兵下意识地想说自己结婚了，但话到嘴边还是说："我没结婚！"

"那让你家亲戚给你送点东西吧，这几天你还在咱们公安局，过两天就要送你去监狱了！"

杨小兵并不在乎这个，他有些恍惚地问警察："我判了几年？"

"你判了几年？这个还不好说，你既然现在害怕判刑的话，当初为什么要去大街上偷东西又打人？你这是数罪并罚，至少也得十年！"

杨小兵的心彻底凉了，要知道这可是他最好的年华，从此以后就要在监狱中度过了！

他的梦想，他的一切，终于还是飞到了飘渺的天地中，再也抓不到了！

不过想想也罢，毕竟他也早已在心里给自己判了刑，母亲一天活在这世上，他就一天走不出这大山沟！

"说别的也没用，让你家亲戚来给你送点东西吧，这生活用品咱们公安局也不能提供给你！"

杨小兵被公安局抓起来的事情很快就在村里传开了。其实大家对杨小顺这个孩子的人品是心知肚明的，所以杨小顺居然乖乖地待在家里而杨小兵被抓了，大家都觉得很疑惑。

毕竟小兵小时候在村里可是人见人爱的好娃，帮村里走不动路的老太太们担水，帮不会做作业的小娃讲题！

二姑听见了此事急得跟火烧了一样，连忙跑到杨小兵的家里。

她心里估摸着八成是杨小顺做了什么事情推给杨小兵了，但是杨小顺早就跑了，只留下一个孤零零的母亲坐在家里的炕沿上不住地叹气，她见到二姑进来，马上就哭开了："二嫂啊，你说这小兵怎么犯了这么大的事？"

"我不信！这次真的是杨小兵干的吗，不是你那宝贝疙瘩小顺干的……"

"你说谁？我可不准你这么说我儿子！"

二姑气得直拍桌子："小兵不是你儿子吗？你实话告诉我这事情到底是不是小顺犯下的推给小兵了？"

"不是！小兵这孩子这么多年没回来，在外面都学坏了！"

眼看着杨小兵的母亲哭得跟个泪人似的，二姑也知道不能再责怪她，毕竟也问不出个真话来。

杨小兵被关进了拘留所，他在这里等着自己的刑期被判下来。

和想象中一样，这个拘留所是又脏又破，因为没人给他送被子，他只能盖又硬又冷的被褥。

那个跟他一起被抓进来的所谓的同伙，也跟他关在一起。

杨小兵在硬板床上躺着，心中翻滚着，他一个人坐牢是他一个人的事，可是眼看着孩子就要生下来，若是有一天在孩子的档案上记着父亲是小偷这个罪名，他就太对不起孩子了!

　　心中的一股火腾地就燃起来,他直接抓起了睡在旁边的那个同伙,一顿如雨点般的拳头落在那人身上。

　　"打人了!打人了!"

　　看守的警察过来,把两个人拉开,杨小兵几乎用咆哮的语气说道:"这根本就不是我犯的!是诬陷我的,犯罪的是我弟弟!"

　　但是那个同伙不管警察怎么审问,就咬死了是杨小兵干的。警察把杨小兵单独拉出来关到了一间屋子里,厉声说道:"你是不想好了!你是想在你的这个刑罚上罪加一等,是吗?"

　　杨小兵不停解释,可是换来的却只是警察的训斥,最后他也不解释了,乖乖地待在自己的那个破单间里。

　　他看着头顶上那一盏破旧的吊灯,只觉得造化弄人,他杨小兵一辈子正直勤奋肯干,怎么就落到今天这个地步!

　　他失去了妻子孩子,他甘心在黄土高原上一辈子务农,可是即便是他做了这么多思想斗争,他妥协了!最后竟然还要被关进这监狱里来!

　　第二天早上,杨小兵被叫到了外面,说是有亲属要见他。

　　二姑一见到杨小兵当时就哭了:"我的娃娃呀,这到底是不是你干的?二姑可信你!"

　　杨小兵那一肚子苦水也流开了,眼泪哗哗往下掉:"二姑,真不是我,真不是我!"

　　二姑马上说:"我去跟警察说,我就不相信这世界上还没有王法了!"

　　杨小兵却摇了摇头:"算了,我已经解释了一晚上,你就别再说了,警察不会信你的!"

　　"那我也不忍心让你在这儿受苦啊,白白地受冤屈!"

　　杨小兵叹了口气:"就当是我的命吧!当是对我的报应,这么多年没回过家,没照顾过我的弟弟和妈!"

　　二姑见杨小兵这么说也知道是彻底没了希望,就赶紧把被褥吃食递给了看管人员。

　　回到家,二姑心里是又急又乱,她不知道谁能够帮杨小兵,唯独一个办法就是找春霞!那姑娘精明干练,肯定有办法!

8

　　"二姑?"春霞接了电话,听到二姑的声音便马上辨认了出来,"二姑你找我有什么事?"

二姑犹豫了很久，不知道该怎么跟春霞说，春霞在电话中热情地说道："二姑，有什么事情你就跟我说，家里有什么困难就从我这儿拿钱，我现在虽然一个人在深圳，但是我从来没有忘记过杨小兵，我想我们的事情还有转机……"

二姑听到春霞这么一说，又哭了："春霞，有你这句话，二姑算是求你了，求求你帮帮小兵吧！"

春霞一听心凉了半截："小兵出什么事了吗？他是生病了还是受伤了？"

"都不是！小兵被抓起来了，听说要判哩！"

春霞的大脑嗡地响了一声，她只觉得浑身一阵一阵地冒冷汗，拿着电话的手也颤抖了起来："二姑，到底是怎么回事？"

二姑明明白白地把事情告诉了春霞，春霞这才知道杨小兵是被那个烂包的家彻底给拖垮了！

"二姑，你先别急，我这就回去！"

春霞把小军叫到了身边，告诉小军她一定要回老家一趟，可是现在的春霞马上就要到预产期了，她大着一个肚子，怎么回家？

"姐，你要回去也不急在这一时！我不准你走！"

春霞仅剩的理智再也无法维持她脸上的平静，眼泪噼里啪啦地掉下来，竟然怎么都止不住。

"你姐夫……"

春霞一面说着，一面就感到腹中一阵剧烈的疼痛，接着一条裤子就湿透了！

"姐！你这是怎么了？"

王俊霞这时到办公室来汇报工作，看到这一幕，马上意识到了什么，急忙对小军喊道："你别愣着了，你姐这是要生了！"

"那你帮我一起把我姐扶下去！"

"别了，春霞姐这是早产，还是打医院电话吧！"

小军这才如梦初醒地拨通了120，春霞被抬上救护车的时候，肚子已经疼得如同有一把鞭子在里面抽打着。

小军和王俊霞一人一边握着春霞的手，眼看着春霞穿的裤子已经湿透了，小军吓得直哭："姐，你可千万不能有事！千万要坚持住！"

春霞在这剧痛之中，仍然安慰着小军："我能坚持住，你们别害怕！"

春霞很快被送进了市妇幼医院，在了解了春霞的状况之后，他们马上把春霞推进了分娩室。

其中一个医生慌慌忙忙地跑出来，小军叫住他："大夫，我姐怎么样了？"

医生快速地回答："病人现在大出血，需要输血，情况不太好，孩子的父亲在哪里？如果实在不行的话，必要时需要手术，要他签字！"

"父亲不在，我是家属！"

医生点了点头便匆匆忙忙地去取了血浆。

眼看着那一包一包的血浆被送进去，小军整个人蹲在墙角心中七上八下，他不断地祈盼着神明保佑。

王俊霞也做不了什么，只能跟小军一起等待着。

"俊霞，你知不知道我为什么没了妈？"

王俊霞没说什么，小军继续说："因为我妈就是生我的时候难产，所以没了，现在我姐也这样，我真的好害怕这是一个诅咒……"

"不可能！"王俊霞坚定地说，"春霞姐福大命大，一定不会难产的，你相信我！"

王俊霞的手热热的，放在了小军的手上。

两个人在走廊里待了好几个小时，这几个小时小军却觉得像过了好几年，已经把他所有的精力耗尽。

终于，分娩室的门打开了，里面也传来了新生儿的啼哭声，小军冲上去问："我姐怎么样？"

"病人已经度过了危险期，不用做手术！"小军听到医生的回答，脚上却顿时没了力气，若不是王俊霞扶着，恐怕要一下子跌倒在地上！

"太好了，这下就没事了，小军你要不要看看是男是女啊？"

医生打开了包着婴儿的襁褓，是一个男孩，粉嘟嘟的脸颊，正闭着眼睛哇哇地哭，那是鲜活的春霞生命的延续。

"这孩子哭得真带劲儿！你不知道，刚才产妇差一点就不行了，听到这孩子哭得响，竟然一下子就挺过来了！"

小军接过孩子，亲了又亲。孩子虽然是早产但是离预产期也差不了几天，所以不用住保温箱也非常健康。

小军和俊霞在病房里陪伴着春霞。春霞沉睡了许久，在这睡梦当中不断地喊着杨小兵的名字。

那一声声呼唤让这两个年轻人都心碎了，直到春霞醒过来，小军激动地把孩子放到春霞的身边："姐，孩子生了，你看这孩子多漂亮！"

春霞抱着孩子，给孩子喂奶，可是脸上却没有半点喜悦，只是询问："小军，能不能帮我问问医生，我身体没什么事吧？现在可不可以走？"

"不行！医生交代过你必要要好好休息，你生孩子的时候失血过多……"

"我等不了了！"

"为什么呀？姐？"

春霞张开干瘪的嘴唇，用艰难的声音说道："你姐夫被抓了，是被他弟弟诬陷的，现在没有人能帮得了他，我必须马上回去！"

小军和俊霞一听，也震惊无比，王俊霞直接骂开了："这到底是一个什么家庭？杨大哥这么好的人怎么偏偏摊上了这种家庭！"

"所以我现在要马上回去，孩子要办的手续尽快办！"

可是春霞眼下应该好好坐月子，把生孩子所带来的虚弱养回来。

但是小军的心里也知道他犟不过春霞，而且他也在担心着杨小兵。

"那这样，我陪你一起回去！"

春霞摇摇头："我自己一个人回去，公司还很忙，你们两个人本来就忙不过来了！"

当天晚上，春霞就让小军去车站买了票，然后自己又想尽办法多吃了一些东西，强迫自己睡了一觉第二天便踏上了返乡的行程。

她不知道自己这样做是否太冲动，也不知道是否能够保护刚刚降生的孩子，但是一种强烈的感情促使着她必须保护杨小兵！

杨小兵已经保护她太多次了，这一次换她！

9

春霞就这样拖着一个孩子坐着火车，一路的颠簸与艰辛自不用说，孩子也哭闹得要命，毕竟是刚出生的孩子正是要吃奶的时候。

春霞只好想办法带着孩子去厕所，在那难闻的气味中撩开自己的衣服把乳头送到孩子的口中，孩子马上像得到了莫大的惊喜一样，痛痛快快地吃了起来。春霞的身体越来越虚，她本来就经过难产大出血，现在孩子又吃奶，身体怎么吃得消？但即便是这样，春霞还是挨到了下车。

她第一次觉得腹中如此饥饿，闻着车站旁边面馆飘出来的香味，春霞从来没有这么馋过，但是一想到杨小兵正在监狱里受苦，便打定了主意，先去找杨小兵！

在车站门口的地摊上买了两个肉夹馍，也没就着水，春霞就这么吃了两个。

吃完了之后，春霞就往县公安局赶，可是到了之后无论春霞怎么说她是杨小兵的亲属，公安局还是不让见人，问春霞是杨小兵的什么人，春霞直接说："我们两个是夫妻！"

管理拘留的民警说："杨小兵之前说自己没结过婚，你……"

没等民警说完，春霞就掏出了自己的结婚证："这是我们的结婚证，当初还是村里给开的证明！"

民警看了看，点了点头："现在还没到探视的时间，你明天再过来！"

"我知道了。"春霞收回结婚证小心翼翼地放进包里,满是担心与焦急的表情已经写在脸上,再加上她穿着一身城里人的衣服,手中又抱着一个小娃娃,便引起了民警的注意。

"你从哪儿来的?孩子多大了?"

"我从深圳来的,这孩子才出生两天!"

警察当时就惊呆了:"那可不敢把孩子随便抱出来呀?才出生一天的孩子抵抗力弱,你怎么能随便抱出来呢?"

春霞心里的苦诉说不完,但此时此刻她也只好轻描淡写地说:"家里一时间也没人帮衬,我就只能自己带着孩子了,我老公现在在监狱里关着,我也没心思坐月子!"

警察看着春霞一个女人抱着孩子大老远地回来,心中倒也有些不忍,连忙给春霞倒了杯水:"同志,你喝水。"

春霞直接喝干了那一搪瓷缸的水,这才把那两个肉夹馍给口中带来的干热彻底带走。

"你说你这个女娃长得又漂亮,人还有气质,"警察一边说着一边惋惜地打量着春霞,"怎么能嫁给那种流氓二流子呢?我听说这个杨小兵之前就在镇上当流氓,警察一直抓不到人,现在又跑到县里来作案,叫我们给抓住了!"

春霞辩解着说道:"我丈夫不是这种人……"

"什么不是这种人?你这女娃怎么这么傻?嫁给了这么一个不成器的男人,还替他说话呢?你都不知道你男人在外面干的那些事!"

"他不可能犯法,他是当过兵的人,在部队里也有个官职,他怎么可能去犯罪呢?"

春霞一只手抱着孩子,一只手放在桌子上紧紧地握着,警察看着春霞怀中的那个孩子:"这孩子还小,真不知道你一个女人家怎么带孩子。"

"我能带!可问题是我老公根本没有犯罪,这是他弟弟诬陷他的!"

"怎么你也这么说?"警察不解道,"这杨小兵被抓获的时候也是这么说的,可是他的同伙已经证实了就是他干的!"

"绝对不可能!我丈夫和我在深圳经营一家很大的日化公司,我们怎么可能缺那一点点钱呢?他还不至于为这一点点钱到街上去偷去抢!"

警察听到春霞这么说,又看了看春霞的这副打扮,以及春霞的谈吐十分有学识涵养,怎么也不像是会看上一个当小偷的男人的样子。

这件事情在他的心里引起了一阵波澜:"凡事要讲个证据,现在你又没有证据,怎么证明你男人没犯罪?"

春霞拿不出任何证据!

"你可以去查一查,或者把我们公司的注册资料文件拿过来,上面的名字是我和我老公的,现在公司里的资产至少超过……"

警察听到春霞这么说,这才突然有了点印象:"你是不是上过电视?"

春霞连忙点头:"我是上过电视,上回表彰咱们全市全县的企业家来着,我跟我老公都上过电视,还有我们公司的广告也都在电视台播出过,你要是不信的话可以去看一看!"

警察心里也犯起了嘀咕,说不定杨小兵还真不是那个罪犯,毕竟大老板谁会去偷这么几个钱呢?

"你这口说无凭,就算是我看到了也没有直接证据能证明你家男人没偷钱,我劝你啊还是快点去找证据吧,没有证据的话过两天要判刑了!"

"什么时候判刑?"

警察看了一眼日历:"10月28号!"

要知道判刑的日子到今天只有六天了!一旦判了刑,再想要翻案可就难了!

这时春霞怀中的孩子哭了起来,似乎是因为西北这冬天的风太硬,刚出生的孩子根本就承受不了!

孩子在怀中哭,母亲的心也在疼,春霞没个办法,就只能先到二姑家去了。

二姑看到春霞把孩子抱进来,一时间不知道该哭该笑,那沉甸甸的孩子抱在手中,一个小小的生命正在对着她放声大哭,那是新生的渴望、活力与热情!

"你生了?"

"是的,我实在舍不得这个孩子,因为这也是小兵生命的延续,所以我就留下来了!"

二姑抱着孩子,把孩子放到热炕头上:"留下来好!留下来好!这孩子看着真喜人!"

"二姑,小兵的事怎么办?"

一句话让这娘儿仨又陷入了愁苦之中。

10

二姑告诉春霞,村子里面对于杨小顺是无人不知无人不晓,这孩子从小偷鸡摸狗,长大了就欺负女娃,打架伤人,从来没下过农田干过一天的活儿,也从来没在城里打过一天的正经工。

其实村子里面的男女老少都一致认为杨小兵绝不可能干出这种事情来!毕竟杨小兵是他们从小看着长大的孩子!那可是小时候就当过班长的人哩!

二姑把孩子递给春霞，孩子总算是不哭了，沉沉地睡去，二姑问："你这孩子才生了几天？"

"算上出生那天，到现在，第三天！"

"哎哟！春霞可真是受苦了，你快到炕上去好好躺着，把被盖上，二姑去把火生上，再给你做碗面条加个鸡蛋啊！"

一直在奔波与劳累之中，春霞抱着孩子便在炕上睡着了，不知道睡了多久，二姑突然把她喊醒了："春霞？"

"怎么了，二姑？"

"你看这孩子是不是发烧了？"

春霞顿时就清醒了，孩子的脸颊通红，睡得又沉，摸了摸孩子的体温，竟然比自己的热多了！

"我这个当妈的到底是怎么回事！怎么连孩子发烧都不知道呢？"春霞责怪自己。

"你也是太累了！"

春霞翻了个身马上下炕："二姑，我得把孩子送到县医院去！"

"行！我去帮你在路上拦辆车！"

于是春霞来到二姑家连一碗热乎面条都没吃上，马上就又要回到县里，因为走得匆忙，没遇上什么好的车，两个人只能坐在拖拉机的后面，拖拉机的声音把孩子从睡梦中惊醒了，孩子本就难受，所以在秋风中哇哇大哭起来。

"这可怎么办？怎么哄了这么久还哭啊？眼看都要哭背过气去了！"

二姑接过来哄了一阵也没什么办法，春霞解开了自己衣服的扣子，二姑看到这里连忙阻止："可不敢啊！这刮着这么大的风，怎么能在这里喂孩子呢？你还在坐月子呢！"

可春霞顾不上这些了，她只要孩子能够安静下来，平平安安地到达医院就行！

寒风从春霞的腹部钻进来，让春霞身上一阵一阵地打起了冷战，但是孩子终于不哭了！

孩子被送到了医院，两个人急匆匆地问大夫孩子这是怎么了，大夫也觉得有些棘手："倒也没什么致命的毛病，就是发烧，是不是冻着了？要是再这么烧下去，恐怕是肺炎！你们就得转院！"

春霞无力地坐在长椅上，看着这么小的孩子头上被打着吊针，一颗心就仿佛放在火上被反复地炙烤着，磋磨着。

"我的儿啊，你可一定要好起来，咱们还要一块儿去把爸爸救出来呢！"

两个人就在这椅子上等着，等着孩子的烧退下来，可是春霞的心里也发起了高烧，她火急火燎地想着怎么把杨小兵救出来！

"对了？他那个弟弟杨小顺到底是什么时候犯的罪啊？"

"这我哪知道？要不然我去公安局再帮你问问？"

二姑一边说着一边看了一眼孩子："我先下楼帮你买份面去，你把面吃了，在这儿好好陪孩子，我打听了就过来！"

二姑到了派出所，办案的民警看到杨小兵的家人过来问道："您有什么事儿吗？"

"警察同志，我想知道杨小兵具体是什么时候在县里犯的事？"

警察打开了卷宗："是11号！然后这人就跑了，他的同伙先被抓到，我跟你说他要是当时不跑，乖乖地让我们抓住，可能量刑还能减少点呢！"

二姑点点头："谢谢你警察同志。"

带着这个消息二姑回到了医院，此时春霞已经抱着孩子睡着了，等到春霞醒了二姑这才说道："我已经知道了，是11号的事！"

春霞估摸着这个时间："二姑，小兵这段时间都在干吗？他不是离不开家吗？"

"可不是吗！他妈成天缠着他，让他伺候，他又得去收地里的东西。"

"那你当时看到过小兵吗？或者是别的村民看到过吗？"

二姑马上点头，也明白了春霞的意思："你是说让我去找证人是吗？那几天咱们大家都看到过小兵！"

"是！你快点回到村里跟大家收集一下证据，或者你先去村支书那儿写一份文件，就当是大家的一个请愿书，咱们拿着这个作证啊！"

二姑又急又喜："果然城里来的孩子就是不一样，念过书就是有文化哩！二姑现在就回去，你在这儿好好带孩子啊，有什么事就打电话到村部！"

二姑刚刚走出去，春霞却又赶了上来拉住二姑："二姑，如果实在有村民不愿作证的话，你就告诉他，我是深圳的企业家，如果他们愿意作证的话，我不会亏待他们！"

二姑的心里更有底了："好孩子，你对小兵可真是一片真心，这次小兵要是真给放出来了，他要是再敢离婚，我就打断他的腿！"

"快走吧！"

二姑紧赶慢赶地回到了村里，到家还来不及喝口水，就直接跑到了村部。

"村长，你有文化你给我写个请愿书！"

"什么？"

二姑上气不接下气地把她的计划说了出来，但是村长的脸上却犯了难："这个东西我也不会写！你也不是不了解我，我小学没毕业呢！不过我倒知道一个人，你上阳水河后边那家，老谢家，他家儿子这两天请假回来，找人家帮着写！"

"哎！谢谢啦！"

二姑又直奔老谢家，他家的小儿子谢刚果然在家里！

"能不能求你们家帮我一件事儿？帮我写个请愿书！谢刚，你有文化你帮婶儿写！"

"行，你说我写！"

二姑正在跟谢刚说杨小兵家里杨小顺诬陷哥哥的事，就在这时，从墙头走出来一个女人影子！

二姑定睛一看，竟然是杨小兵的母亲！她阴沉着一张可怕的脸走过来："我告诉你，你别想写什么请愿书！"

11

二姑赶紧把请愿书往怀里塞，她不准备理杨小兵的母亲，因为这种泼妇她根本就不敢惹，换句话说全村人都不敢惹！

"你手里拿的东西给我交出来！"

"你喊什么喊？这是在别人家，别出来丢人！"

二姑转身就要走，杨小兵的母亲却如同一条恶狗一样一下子就把她扑倒了，接着两个人都滚到了黄土中。

老谢家人看到这么一幅景象赶紧过来劝和："哎呀呀，你们两个人打什么？都是亲戚！"

"我跟她不是亲戚！她打算把我儿子送进监狱！"

老谢跟谢刚对视了一眼，都知道杨小兵的母亲偏心，现在是宁可把大儿子诬陷了也要把犯了罪的小儿子保下来！

但是现在也不是伸张正义的时候，毕竟他们更害怕这两个人在他们家里出什么事，又把矛盾的战火引到他们身上！

"你们要打的话就回自己家打去，咱们一家老小也要睡觉的嘛！"

杨小兵的母亲直接拉着二姑离开了老谢家，两个人一路上你推我搡，二姑说："我非要给小兵这个孩子讨个公道！"

"你这个傻子！小顺才是跟你们老杨家有血缘关系的人啊，小兵充其量就是个捡来的孩子！"

"小兵怎么了？小兵小的时候帮我们家干过多少活儿？"

杨小兵的母亲却是一副兴师问罪的态度："你凭什么让我小兵娃帮你们家干活儿啊？你也太不要脸了吧？他自家的活儿都干不完还要帮你们家？"

"现在说这些有什么用啊！我告诉你，我非想办法把小兵保出来不可！"

杨小兵的母亲露出了一丝冷笑："那你就试试！"

"试试就试试！天地良心大家都会帮我保杨小兵的！"

因为时间已经不早了，二姑就算是心里冒火也不得不先回家，等第二天早上天亮了再出门。

她打算再厚着脸皮到老谢家去一趟，可是到了老谢家，却不见谢刚的人影，老谢一副愁眉苦脸的样子把她推了出来："这事儿别找我们家了！"

"怎么了？谢刚一大早就走了吗？"

"走了走了！"

二姑想了想："我不信！我们家就住在大道边上，那有车没车我还听不出来吗？"

老谢把旱烟狠狠地在墙边敲了敲："你怎么就不明白呢？我们家肯定不能给你写这个什么书！你要救你侄子是你的事，那也不可能让我们跟着你受牵连！"

"受什么牵连？"

老谢叹了口气："实话实说我也不瞒你！那杨小兵他妈昨天晚上在我家闹了一晚上，嘴里是破口大骂，什么不得好死这种话都说出来了，这倒没什么，问题是她直接拿了一瓶农药站在我们家门口，说是如果我们帮你写了的话，她就一瓶农药喝下去死在我家门口！"

二姑的心这一下是比喝农药还难受，她不能再为难老谢家，又只好走到了下一个人家去，哪怕是有点文化的能写字的那种人家。

可是刚刚走进来，人家都像是看见了什么不吉利的东西似的马上躲了出去，要不就是紧闭房门。

二姑连走了几家碰了好几鼻子灰，这时候才有一个小初中生跑过来："二婶子，我替你写吧！"

二姑差点流下眼泪："好娃，你帮我写！"

初中生从书包里拿出纸笔，远远地便听到泼辣的骂声："二柱子，你干什么呢？"

孩子怯生生地看着自己的妈妈："我看二婶子可怜！"

"你今天看谁都可怜，明天就是你可怜了，老杨家那个老寡妇什么都不怕，说是谁要是敢给杨小兵写请愿书，就往谁家的水井里下毒！"

孩子妈看到二姑，脸上也有些为难，说了句"抱歉"就带着孩子走了。

二姑站在田间的黄土路上，手中拿着空白的纸，心中茫然。

她清楚地知道，就算是这请愿书写了也没用，因为根本就没有村民敢为杨小兵作证！

他那个妈，就打算往死里害他！

春霞在医院里一整夜都未合过眼，孩子还是高烧不退，她知道现在应该把孩子送到省医院去。

二姑没回来，不知道事情办得怎么样，春霞的心里焦急得像是有火在烧，一面是孩子一面是杨小兵，她一个女人该怎么支撑下去？

不过眼下孩子的事情更是耽误不得，她立马就把孩子送到了省医院，到了省医院之后才打电话回村里，也是这时候才了解到二姑那边的情况有多么严峻！

还剩下四天，春霞顿时觉得没了希望，这么短的时间之内她还能想出什么办法呢？

孩子又在生病，她看着窗外那白白的天，只觉得一片茫然，她该怎么办？

终于，孩子到了省医院用上了好的药之后，很快就退烧了，春霞急忙带着孩子回到了村里。

第一件事就是去找村长，可是村长对于这件事情也显得很为难，春霞说道："你是一名共产党员，我们大家都拥护你，你也要服务于人民啊，人民现在有了冤屈……"

"我怎么知道人民有了冤屈，这也没有什么直接证据！"

二姑马上说道："有证据，秋收的时候大家都在地里，小兵也在地里，大家都看见了他根本没有时间出去作案，再说人家小兵娶了一个这么有能力的婆姨，犯得着出去偷钱吗？"

"那这个事也不在我的管辖范围之内啊，你们去跟派出所说！"

"派出所要的就是这个证据，村长，算我求你了！"二姑说着就哭了起来，春霞本来是个挺坚强的女孩子，但是现在她也是真的想哭，娘儿俩就抱着孩子在村部哭成了一团。

村长看到这里也心软了："行了行了！这个事情也得开会表决一下，请愿书是要自愿，人家要是不愿意，你们也不能强求！"

"太谢谢你了，村长！"春霞抹了抹眼泪，提笔写起了请愿书。

12

春霞含泪写完了请愿书。

接下来的事情就要去各家各户签字按手印。

两个人走出了村部，深秋的天空深远而湛蓝，几乎望不到几丝白云，白亮亮的光让春霞不由得眯起眼睛。

二姑看着春霞："你怎么了？"

春霞揉了揉眼睛："可能是身体虚。"

二姑点点头："可不是嘛，按正理月子应该在家里好好休养，可是你又吹风，又奔波，身体怎么能不虚呢？"

两个人往村子里面走,一阵大风刮起干燥的黄土,在这飞扬的沙尘后面,她们看到了一个脑袋上包着白手巾的女人,这女人自然就是杨小兵的母亲。

她的一双苍老的眼睛中展现出一种力量来,那是一种保护自己孩子的力量。

"你们要干什么去?"

春霞把请愿书放进了兜里,一只手拉着二姑的胳膊,二姑说道:"干什么也不用你管!"

结果杨小兵的母亲干脆一叉腰摆出了一副母夜叉的态度:"我告诉你们,今天你们谁也别想打我这儿过去,要不然你们就弄死我!"

春霞看到这样一副架势,露出温柔的眼神:"妈,您这是干什么?这里风大,咱们回家说去……"

可是杨小兵的母亲干脆不理春霞,反而破口大骂:"谁是你妈!你这个野姑娘怎么还胡乱认妈呀?你要不要脸啊?"

这几句话把春霞羞得面红耳赤,她还从未听过这样的话,倒觉得自己这声"妈"喊得太丢尊严。小兵的母亲紧接着说道:"你是不是没有妈呀?死了,你出来认别人?"

这几句话让春霞的心就如同被刀劈了一样,伤到她的心坎上,但是春霞此时此刻顾不上自己的尊严了,如果再拿不出证据,杨小兵判了刑进了监狱,可就再也没有办法了!

"春霞,你到村里去!"二姑一边说着一边拉住了杨小兵的母亲,春霞点了点头就往村里跑,两个女人就扭打在村口的大道上,一阵阵尘土从春霞的后面飘飞过来。春霞回头望了一眼,看到两个人滚在一起,心中觉得不忍,但还是马上往前跑。

春霞没敢跑到村头第一家,怕杨小兵的母亲追过来,就越过了山头往里面跑。大家看到春霞这个年轻的女娃跑进来,都觉得吃惊。

"你是谁呀?"

春霞一边喘着粗气一边说:"我是杨小兵的妻子,我想你们都知道杨小兵现在被抓进监狱里了,但是是因为他弟弟和他母亲的诬陷,我想请大家帮我签一下请愿书,证明你们在10月11号的时候看到过杨小兵在田里!"

春霞一口气把这些话说完,本来那些人听到是杨小兵的妻子,也还算热情,可是等春霞的话说完,这家人的脸色就都沉了下去。

春霞见状马上说道:"算我求求你们了,小兵现在有了难,大家帮一把,他就出来了!"

"你还是走吧,或者到别人家去看看,我们实在是没有什么办法……"

"怎么没办法呢?秋收的时候大家不都是一样在地里吗?怎么能看不到小兵呢?"

家里的男人摇了摇手："你这个女娃怎么还不明白呢？要是我们给你签了请愿书，到时候不还是把杨小顺抓进去？这小兵跟小顺都是咱们村的孩子，咱们能下得去这个手吗？"

"可是做人做事也要讲良心啊，是谁做的谁就应该去承担责任，小兵没做凭什么就应该去替杨小顺坐牢呢？"

大家不说话了，不论春霞说什么，他们都无动于衷，家里的男人干脆直接说道："这大白天的全家老小闲在家里干什么？跟我出去晒苞米，再说谷子还没收呢……"

于是一家人都走出了屋子，准备下地干活儿，春霞没办法也只好跟着他们走了出来，那家人把屋子的门锁上，都拿起农具下地干活儿了。

春霞实在没办法又赶快跑到下一家去，但是下一家也都是一样的态度！

这时候春霞才知道为什么村长是那样一副为难的表情，因为这些人根本就是害怕引火烧身，所以别人家的事情根本就不想管！

站在这黄土路的十字路口上，春霞望着那一望无际的田地，里面有新收的和没熟的庄稼，田间的人低着头劳动，他们都不理会春霞的这个请求。

最后，还是一个小初中生跑过来，拉着春霞说："姐姐！"

春霞正满心绝望，看着初中生那张稚嫩的脸，差一点就哭了出来。

春霞被这小初中生拉到了一边，这里还等着几个孩子。

"姐姐，我们知道你是怎么回事，我哥，就是杨小兵他和我家是亲戚……"

"那你知道他出的事？"

"我当然知道了，我哥他不是坏人，我也知道他是替杨小顺顶了罪，那杨小顺从小就欺负我，小兵哥就帮着我，所以我现在也想帮小兵哥！"

几个初中生都纷纷围了过来，在春霞的请愿书上又是签字又是按手印的，可是春霞的心里很清楚，这些小娃娃们的签字根本就不具备任何法律效力！

"姐姐谢谢你们，你们都是有善心的好孩子，姐姐能不能请你们答应我一件事？"

"你说呀！只要是小兵哥的事，我们肯定想办法！"

"你们能不能跟你们的家长说说，让他们来帮我签这个字！我实在是不能看着他就这么进了监狱！"

"那好，我们想办法回家说说！"

其中一个女孩子说道："我怕我爸打我！"

男孩子说道："你怕你就不说了呗！老师可教过咱们做事情要讲良心的！"

13

看着几个小娃娃都各自回家去了，春霞也回到了二姑家，一天就这么过去了，离给杨小兵送证据的最后时间就差一天了!

二姑的脸上带着伤,也回到了家里,身后自然还跟着那个母夜叉。

看到二姑伤成这样,春霞马上洗了毛巾:"你怎么变成这个样子了?"

"还不是那个泼妇打的?"

春霞来到杨小兵的母亲面前,看着她那满头的白发和那羸弱的身体,只觉得这个人是又可悲又可恨又可怜:"你怎么能打人呢?"

"我打你们怎么了?你们想把我儿子送进监狱里,我就要打你们!"

"你心里不是很清楚吗?这件事情到底是谁做的?你为什么不能说句公道话呢?小兵这些天一直都在家里陪你,他连镇上都没去过一次,怎么可能去偷去抢呢?"

面对着春霞这一连串的质问,杨小兵的母亲根本就不理会:"我告诉你!你别跟我说这些没用的,我们家杨小顺心善人好,这孩子绝对不可能犯罪,人家警察都说是杨小兵干的,我有什么好说的?"

"你明明知道是谁干的!"

"就是杨小兵干的!"

杨小兵的母亲反复喊起了这句话,她几乎已经听不到任何别人的声音,也不管别人说什么,那沙哑的嗓子喊出来的高亢的声音,在这个村子里显得格外凄楚,甚至有些恐怖!

春霞实在没有办法,她知道这个母亲根本不打算讲道理,打算把她的小儿子偏袒维护到底。

"凭什么?你凭什么让一个不相干的人去给你的小儿子顶罪!你怎么一点良心都没有?"

二姑走到春霞身边:"你别跟她讲道理了!现在村里的人应该都不敢给小兵作证吧?就是她闹的!她说谁要是敢签请愿书,她就到谁家去喝农药自杀,你说谁还敢呢?"

春霞失魂落魄地回了屋里,她心中逐渐开始接受了这件事,或许她根本就帮不了杨小兵!或许,她必须承受这个事实!

天渐渐黑了下来,杨小兵的母亲也回到了家里,二姑让春霞赶快躺下来睡觉,可是春霞怎么睡得着?

她心里知道若是明天交不上请愿书,这一切都完了,于是就这么睁着眼睛挨到了天亮。

就在春霞已经心死如灰的时候,外面突然传来了奔跑的脚步声,几个初中生跑了进来:"姐姐,我们就知道你在这儿!"

春霞一双疲惫的眼睛望着他们:"你们来了!"

孩子们的脸上满是歉意的表情:"对不起,姐姐!"

"真的一点办法都没有了吗?"

"我们已经跟父母求过了,可是他们说,害怕杨小兵的妈死在我们的家里,万一又要担什么责任,咱们一家都受不了!"

其中一个孩子一边说一边挽起了袖子,只见那手臂上竟带着一些淤青。春霞赶紧问:"这是怎么了?"

孩子哭了起来:"我昨天回去让他们签字,他们就把我打了一顿,说大人的事情小孩子别管,可是我们已经不是小孩子了,我们都知道他们这么做是不对的!"

春霞看着孩子们一个一个垂头丧气又被伤成这样,心疼不已地说道:"姐姐谢谢你们了!你们做得已经足够了!"

春霞一边说一边从包里翻出了一些钱,一个一个地发到孩子们手里,孩子们扔下钱说不要,可春霞却把钱捡起来又塞回到他们的口袋里:"这些钱,你们拿去买点零食,你们帮了姐姐这一次,姐姐领了你们的情!之后你们就不要再跟家里说了,好不好?"

"不!我们还是要跟家里说,老师说过人做事要对得起天地良心!"被打的那个男孩子仍然慷慨激昂地说着,可春霞摇了摇头:"不用了!不用了!你们好好保护好自己就行!拿着钱就快回去吧!"

孩子们一个一个都走了,春霞茫然地待在屋子里,脑海中乱成一片,她该走了。

村子里的请愿书签不成,她想去拘留所再看看杨小兵,如果判刑的话,她准备用一些钱来保释杨小兵,如果不行哪怕是减刑也行!

坐着汽车来到了县里,春霞要求见杨小兵。

在铁窗的两边,这对夫妻被分开在两边坐着。

在拘留所这么长时间,杨小兵也被折磨得毫无生气,胡楂散乱地蔓延在下巴上,他有些惊讶来看自己的人是春霞!

"你怎么来了?"杨小兵眉头蹙皱,那个眼神中已经写满了对春霞的爱恋思念,以及深深的心疼与无奈。

仅仅这一个眼神就好像杨小兵说了千言万语,春霞平静地说道:"你在这里不用怕,我想办法多拿一些钱来保释……"

"你就不要再管我了,就算是你保释我减了一两年,我也还是会留一个坐监狱的底子!"

"不!我一定会想尽办法救你的!小兵,其实我这次回来已经去过村子里,想要为你写一张请愿书,可是无奈你母亲太强势,她阻止了全村的人,所以我这次没能救你,但是你要相信我,我会一直等着你!"

"等着我啊?"

春霞含情脉脉的眼神在被杨小兵的这一句怒吼下变得惊讶:"怎么了?"

"你不要等我!你带着孩子好好过日子!"杨小兵看到春霞那已经平坦的小腹,知道孩子已经生了下来,"我不可能让咱们的孩子有一个犯了罪的爹,你好好带着孩子生活,这是我的命运,我自己承受,我不要连累你和孩子!"

"不!我要让你在这监狱里也有好好活下来的希望,所以我会带着孩子一直等着你!会一直经营咱们的公司!"

杨小兵无奈地说道:"哎呀!我就算是放出来又能怎么样?那都多少年了,我绝对不会让你为了等我跟孩子受这么多年的苦!春霞,你听我一句话,你以前不是最听我的话了吗?你快点回深圳去,好好地找一个人嫁了,最好不要让我们的孩子知道我这个生父!"

14

春霞恼了:"你怎么能这么说话?我一直觉得你这个人信心满满,可是现在怎么能说出这种话来?我知道你是被冤枉的,但是你若是想着我们娘儿俩的话,就要在这监狱里好好表现争取减刑,早日回到我们身边来!"

"那我妈呢?我出来以后还是要管她!这样的日子没头!我杨小兵接受了,不要你再过来跟我一起承受,我还要为你们担忧!这样的日子我受够了!我什么都不想管了!好了,你走吧!"

杨小兵站起来,虽然他嘴上的话是那样尖锐,可是那双眼睛里仍然是对春霞的放心不下,仍然是对春霞那诉不尽道不完的牵挂。

杨小兵被带了回去,春霞看着那高大的背影变得无比消沉,在心中暗暗发誓,无论如何她都要等着杨小兵!

等到杨小兵有一天出狱,一定会对这个世界失去信心,但是她会想办法让杨小兵重拾信心。

"小兵!我和孩子等着你,我会教育好孩子,你只须放心,放心!"

在门关上那一刹那,春霞的这句话再一次在杨小兵的心里给了他重重一击!

他何德何能配得上春霞如此深厚的爱?

而就在这时,村里的几个孩子怎么想都觉得心中有愧,便去找了村里的老师,要知道老师在这个村里是最有威望的人,他有学识有思想,家家户户不管出了什么事都要去找老师参谋参谋。

老师刚从市里调研学习回来,听到孩子们说的这件事,也马上说道:"做人最重要的是讲良心!孩子们,我知道你们都是讲良心的人,没辜负我对你们的这一番教育与期望！"

"那老师你快想想办法！"

老师是教过杨小兵的，杨小兵在他的班级里担任班长，因为能力出众，素质也高，学习又好。

"我也很心疼杨小兵，那这样，这件事情我不能坐视不管，干脆我给你们想办法，还有请愿书，我写一份！"

"太好了！太好了，老师！"同学们在老师的身边欢呼起来，他们围着他，仿佛这个老师就是他们世界的神明。

而老师也清楚地知道，在这个年龄段的孩子们正是世界观与人生观塑造的最重要的时刻，他不能让这些孩子失望，作为一个教育工作者一定要给孩子们正确的引导与教育。

"孩子们！你们记住了！人要有魄力，这个魄力不仅仅要面对生活当中的苦痛困难，更是要朝着正义勇往直前！拥有了这个魄力，在未来的生活中我们才不会被各种各样的困难所打倒，才不会最终变成我们所唾弃的那种人！"望着大家那信任的眼神，老师慷慨激昂地说道，同学们认真地点了点头。

当天下午，老师就在村子中召开了一个会议，几乎是所有的学生家长都来了。

他们坐在一起议论纷纷，以为是老师请他们开个家长会，却没想到老师直接说道："这次我找你们，不是为了孩子的事，不，也是为了孩子们，我想要让你们知道，什么叫做以身作则！怎么样才能给孩子树立良好的观念与榜样，让他们成为一个真正的好人！"

家长们听到这里，马上露出了不耐烦的表情，开始议论纷纷起来："还不就是那个事儿吗？"

"做什么好人？那老太太要是在咱们家院子里死了，多不吉利啊，搞不好还要讹我们！那小顺也不是好惹的，谁家惹上了，谁家可惹了大麻烦！"

老师用手轻轻地拍了拍桌子，用厚重而具有磁性的嗓音说道："你们听我说！我想说，人活着，最重要的一件事就是当个好人！因为这是作为一个人最大的幸福，是我们毕生要追求的事！否则，我们体会不到幸福所在！"

家长们听了这些话，也不算太懂，毕竟都是农民，但还是被老师的这几句话所震撼住。

"真的应该向你们的娃娃学习！他们都主张正义，也愿意努力地主持正义！这是因为他们都是善良的好孩子，这样善良的孩子在社会上才会过得好过得幸福。我承认，这个世界上有灰暗的一面，但是正因为这样，我们才应该坚定自己内心的正义感，我们才有力量去对抗那些灰暗！"

"你说这些有什么用啊，那老杨家的老太太要是死在我们家门口了，你负责呀？"其中一个家长直接站起来说道。

老师看了看大家，他是一个非常慈祥的年过五旬的男人，但是在这张慈祥的脸上也透着一种坚毅，他的额头上因为激动的演讲而渗着汗水。

"好！如果杨家老太太问起是谁让大家去签这个请愿书的话，你们就说是我！"

听到老师要担起这份责任，家长们也都于心不忍，要知道老师是这个村子当中最有威望的人，也是最有知识的人。

"你为什么要这么做？"

"因为我要对得起我教的这些娃娃！我要以身作则，给他们做善良的榜样，才能让他们在未来的人生道路上，不被任何灰暗与欲望所改变。哪怕牺牲我，可我作为一个老师，也要这么做！"

那慷慨激昂的讲话声，也渐渐引燃了大家心中的火焰。

"你们明明知道杨小兵这些天一直都在田间劳动，可是你们却不去为他作证！你们真的心安吗？当你们的娃问起你们这件事的时候，你们真的能问心无愧吗？你们以后又怎么教育孩子呢？当这孩子未来有一天对父母不孝，对师长不敬，难道你们还能用冠冕堂皇的话去教育他们吗？你们有资格吗？"

一番话说得家长们面红耳赤，这时老师拿出了请愿书，上面所签的第一个名字就是老师的名字，并摁了手印。

"我作为第一个证人！你们谁还要为杨小兵作证？请站出来！责任我来承担！"

15

看到老师都签了请愿书，家长们的心动摇了。

在村子里生活的人们都有很强的邻里意识，他们习惯性地不愿意去得罪任何人，他们习惯性地更愿意委曲求全。

可是老师的一番话却让他们醍醐灌顶，正如老师说的，作为家长在这件事情上都不能坚持正义，那以后又怎么去要求孩子做一个好人呢？

"我！"其中一个壮汉站了起来，"我签这个字！我也不怕那老太太上我们家来，公道自在人心！"

"好！"

这时家长们突然响起了阵阵掌声，为这个男子汉鼓起了掌。

"还有谁？"

一时间大家都纷纷在请愿书上签了字，密密麻麻的签名加上一片红彤彤的手印，就仿佛是一簇簇带着傲骨的梅花，绽放在这白纸上。

老师收回了请愿书，感激地望着大家："你们今天做的事不仅仅是拯救了帮助了杨小兵，更是教育了自己的孩子，为自己的孩子做了榜样！你们是孩子们的骄傲！"

这时，躲在门外的孩子们也欢呼着走了进来："爸爸妈妈，你们都是好人！"

老师笑着看着他们："你们谁去找一下杨小兵的二姑？把请愿书给她带去！"

其中一个孩子跑得最快："我去！"

话音没落他就已经夺下了老师手中的请愿书，如同兔子一样地跑出了门。

其余的孩子也跟着跑了过来，一进门就看见二姑愁眉苦脸地坐在门槛上。

"孩子们，你们怎么来了？"

孩子们兴冲冲地把请愿书托得老高："这是请愿书！我们老师回来了，他已经把我们的父母都说通了，大家都签了，都给小兵哥作了证！"

"真的吗？"二姑激动地托着请愿书，看着上面的签名，眼泪止不住地流，但是今天是最后一天！明天杨小兵就要被判刑了，所以这个请愿书必须今天交到公安局去！

二姑急忙回家看了一眼时间，现在已经是下午四点了！

"你哭什么嘛？"一个孩子问道。

"怕是来不及了，公安局那边早下班了，明天就来不及了，我怕这请愿书也没什么用了……"

孩子们聚在一起彼此看了看，都露出悲伤的表情，而这时老师也跟着他们跑过来，老师喘着气说道："二嫂子？你不是有请愿书了吗？"

"怕是来不及了！"

二姑跟老师说了说具体的情形，老师冷静地说道："不管来得及来不及，咱们都要试一把，你等着，我去前院儿的老周家借拖拉机，我开拖拉机带你到县城去，来得及！"

老师顾不上喝水，就往前院跑去，刚借了拖拉机，娃娃们也都跑了过来："老师，我们要跟你一起去！"

"跟我一起去你们爸妈能放心吗？"

"放心！"

看着孩子们那急切的样子，老师干脆大手一挥："都上来！老师带你们去！"

轰隆隆！

拖拉机开了起来，孩子们坐在拖拉机后面的车斗里，不住地在心里给杨小兵打着气，他们相信这个心善的大哥哥，一定不会蒙受冤屈！

春霞从公安局里走出来，坐在街边的一块大石头上，她决定今天晚上先找一个招待所住下来，明天先回深圳拿钱，去保释杨小兵。

不管花多少钱，不管能减几年的刑，她都要试一试！

而就在这时，春霞突然听到了村里那些孩子的声音，那清脆的稚嫩的并且带着生机和正义的声音！

一时间春霞觉得自己仿佛是幻听，一抬头一台拖拉机已经开到了自己的面前，孩子们纷纷跳下车，都一起激动地说请愿书已经拿到了！

"真的吗，孩子们？"春霞无比激动和感激地看着这些孩子，这时老师也下来了："你就是春霞？"

"是我，你是？"

"我是这些孩子的老师，也是杨小兵的老师，我听说了杨小兵的事情，马上就想办法给家长们开了个会，请愿书也拿到了，现在我们就到公安局去！"

"好！"

望着这个慈眉善目的老师，春霞这么久以来不安的心情总算得到了些许缓解，她也从这些孩子的身上得到了一种更加坚强向上的力量！

一群人就这么浩浩荡荡地来了派出所，以老师为首拿出了请愿书："警察同志，请你们看一下这是我们村的请愿书！我们村的杨小兵被抓进了这里，但是犯案时，我们都能够为他做不在场的证明！"

民警看到了请愿书上这么多签名以及红手印，也如释重负地看了一眼春霞："能拿到这个证据就好！我去给你想想办法！"

"太谢谢你了！"春霞握了握民警的手。

"这是很有力的证据！有了这个我们再对那两个犯人重新进行审问，搞不好就能证明杨小兵是无罪的了！但这是明天的事，今天晚上你们先回去！"

离开了派出所，春霞看着孩子们，视线渐渐地模糊，她把每一个孩子都亲了又亲，抱了又抱："谢谢你们！更谢谢老师！今天晚上我请大家好好吃一顿！"

"这怎么行？太破费了！"老师摆了摆手。

"不破费！"

在春霞的强烈要求之下，一群人走到了县城最贵的馆子里！

就连老师坐在这里都显得有些不太自然，孩子们就更是如此了，春霞把菜单递到他们面前："你们想吃什么尽管点！想吃什么就吃什么！"

老师这时候说道："春霞，什么事情都要有个心理准备，我不知道这个案子对杨小兵究竟会怎么判……"

"我明白了！老师，我今天请大家吃饭就是为了感谢大家对我和杨小兵的这份心意，至于这个案件究竟会怎么判，我已经做好了心理准备，哪怕杨小兵真的被判了刑，我等他！"

听到春霞这个女子口中说出如此坚毅而有担当的话，老师赞同地看着春霞："杨小兵这孩子果然有眼光！"

16

孩子们都怯怯地不敢点菜，春霞看到人多，便干脆直接对饭店老板说："把你们的招牌菜都上一遍吧，看着人数上菜就行！"

"好叻！"老板说着又看了一眼春霞，"你是不是上过电视啊？就是那企业家？"

春霞点点头："是的！"

"没想到你这一个女娃这么有出息，当时我就想是谁家的女娃这么厉害！今天我终于见着了，我给你们多加几个菜啊，免费的！"

老板说着跑进了后厨，春霞亲自帮所有的孩子倒上了饮料，老师说晚上还要开拖拉机回去，春霞也恭恭敬敬地给他倒上了饮料。

各种各样美味的菜品都上齐了，孩子们立马狼吞虎咽起来，春霞对老师和孩子们说："我真的很感谢你们，太谢谢你们了！"

"姐姐，老师说了，做人要对得起自己的良心，所以我们这也是为了自己的良心才这么做的！都是我们自愿帮你的！"一个吃得满面油光的小伙子说道。

老师也看着春霞："我想，这是我为这些孩子上的最重要的一课！那就是做人！我想这一课我上好了，也不愧他们叫我一声老师！"

春霞给自己倒了一杯白酒："老师，一定要让我敬你一杯酒，谢谢你培养出这么好的孩子，也谢谢你们，给我李春霞也上了一课！"

在这个世界上，富有与贫穷都不应当是评价一个人好坏的标准，唯独美好的心性、善良的品格才是评价这世界上的人或事唯一的标准。

而春霞也通过这次的事情明白，人不仅仅应当做一个善良的人，更要做一个正义且无私的人，只有不断地为他人着想，每个人才能获得真正的幸福。

老师临走前叮嘱春霞，一定要把结果告诉他们！第一时间就告诉他们！

第二天春霞来到了公安局，民警说因为这个证据，案件要延迟一天再审理。

很快，民警也在这一天之内到村子中暗访了几个人，又对另外一个犯罪同伙审问了一遍，那个人听说杨小顺的事情已经暴露了，便原原本本地把他所知道的都说了。

杨小兵当即无罪释放！

杨小兵从派出所里走了出来，看到春霞正抱着孩子在等着自己，一时间眼泪再也控制不住地流了出来，他一把就把春霞抱住，而春霞却把孩子递到了他的怀中："你看看！这是我们的孩子！"

这个小小的生命仿佛让杨小兵承受了无数的重量，他也不想消极地面对这件事，他要为这个小生命负起自己当父亲的责任，他要去关爱，去教育，去把自己的热情点燃，照亮这个小生命的人生之路。

"春霞，谢谢你！谢谢你这么千方百计地把我救出来，谢谢你给我生了一个这么可爱的孩子，我发誓，我要用我的一生好好地保护你们，照顾你们！"

二姑也看着杨小兵："我的娃呀！你这么想就对了！"

但事实上还是有一件事横亘在他们三个人的心中，那就是杨小兵的母亲。杨小兵无罪释放，警察当即下达命令抓捕杨小顺，那位母亲能够承受吗？又会做出什么样的事情来？

于是三个人先坐公共汽车回了家。

来到村口，杨小兵本来打算先回家，跟母亲好好说清楚，可是二姑却心事重重地拦下了杨小兵："小兵，二姑有句话不知该不该跟你说！"

"你说！"

"你爸妈当年要不上孩子，其实你是买来的，而且是通过我买来的！"

出乎意料的是杨小兵对此却没有感到多么惊讶，也没有感到多么伤心，因为在杨小兵被警察抓走的那一天，母亲完完全全地袒护着杨小顺的那一刻，杨小兵的心就已经伤透了。

此时此刻杨小兵只是感到如释重负："我终于找到了答案！"

杨小兵对春霞笑着说："其实你知道吗？我这个人心里一直有点自卑，我小的时候总觉得我的父母不太喜欢我，我表现得那么好，可是他们对我却不及对杨小顺的一半好，这一刻我的这种自卑终于完全消除了，原来是因为这样！"

春霞心疼地看着杨小兵，温柔地说道："如果曾经你父母没有给你这些，那么从此以后让我给你！让我们的这个家庭，给你爱护和保护！"

杨小兵深深地明白春霞的这些话绝对不是说说而已，因为春霞这段时间的不离不弃，又坚持把他从监狱里救出来已经证明了一切！

"是让我去保护你们！春霞，这段时间你受苦了，我发誓我要用我的一生去弥补，去珍惜，去爱你，爱孩子！"

接下来杨小兵跟春霞就要面临更大的磨难，但是他们的心中已经明白这一次不管杨小兵的母亲要做什么，他们都不会再分开了！

果然，这时候村长跑了过来，急匆匆地说道："你们可回来了，你妈现在正在老师家闹自杀呢，一群人都拦不住！"

杨小兵跟春霞马上来到了老师的家里，果然看到母亲一手拿着农药瓶一手拿着菜刀，说什么要喝农药，拿着菜刀不让别人接近。

"那你别去！"春霞担心杨小兵，拉住了杨小兵的衣袖，杨小兵却说："我无论如何也得去，这是我的母亲，不管是不是亲生的，我也要对她负起责任来！春霞，我向你保证，这一次我一定会处理好！"

17

杨小兵从人群中挤了进来。

母亲一看到他走进来，面对老师的那股火气便全都转移到了他的身上。这位母亲的菜刀在手中挥舞着，朝着杨小兵就冲了过来。

杨小兵连连向后退了几步，老师朝他大喊："你小心点！实在不行就先跑！"

"跑？我今天非要杀了你不可，你凭什么要害我的小顺？"

这个母亲的话中已经没有了丝毫的人性与公正，只有偏爱与偏见，杨小兵看着这个养他长大的母亲，此时的心中也翻腾着很多心绪。

但是他尽量使自己镇定下来，用一双温柔的眼睛望着自己的母亲："有什么事情咱们回家说，妈，咱别打扰外人！"

"都是你们！是你们害的我家小顺！"

母亲歇斯底里的声音响彻了整个村子，春霞怀中的孩子被吓得哇哇大哭，她把孩子塞进二姑的手中："二姑，你先带孩子回去！"

"我不放心！万一小兵出什么事？"

春霞说道："你放心，我在这儿呢，你替我把孩子照顾好！"

二姑怀着担心的心情带着孩子离开了，她今天做了一件在农村人的眼中很伤天害理的事，那就是告诉杨小兵他的身世。

"我今天要在这儿自杀，但我要先把你们都杀了，我的孩子坐了监狱，你们也别想活！"

杨小兵的母亲一边说着一边把菜刀挥舞着冲向了人群，人群马上就散开来，唯独老师还站在杨小兵的身边，对杨小兵的母亲说道："杨二嫂子，我知道你心里不舒服，但是小兵也是你的孩子，你不能这么对小兵啊！"

"关你什么事？这件事都怪你！"

菜刀的方向又转到了老师这边，春霞已经告诉那个初中生马上去村部打电话，但是孩子们还没来得及去，这菜刀就已经朝着老师砍了过来。

"老师！"杨小兵一边说，一边把老师推到了地上，而自己则结结实实地挨了母亲这一刀。

"小兵！"春霞看到这里，几乎是奋不顾身地冲了上去，她扑到杨小兵的身上，看到在那个伤口的周围，衣衫已经被血迹染红了。

"你给我到旁边去!"杨小兵突然朝着春霞怒吼了一声,"你快走开!"

可春霞哪能忍心走?

"小兵,你怎么样了?"春霞一面说一面就从口袋中掏出手帕来绑住伤口,"我先帮你止血!"

而杨小兵的母亲看到这对苦命鸳鸯此时此刻正在自己的面前显示着他们有多么恩爱,便更加无法控制自己的情绪,她高声怒吼道:"你们这对狗男女,今天我要杀了你们!"

春霞怎么都没想到,杨小兵的母亲一刀砍在了自己儿子的胳膊上,居然还不停手!

"你够了!你的心里到底有没有一点点善意?你真的忍心杀了你的儿子吗?他是怎么照顾你的?你都忘了?"

春霞的这一番话让周围的人都为之叹息,因为这个已经丧失了所有情感和理智的老太太,心中又哪有一丝丝对别人的同情呢?

其实这一刻春霞也明白,这只不过是一位母亲爱护自己孩子的心,可是太没有理智,也太过偏颇了。

"我砍死你!"

杨小兵的母亲突然就挥起了菜刀,杨小兵也来不及护住春霞,但就在这时,老太太手中的菜刀突然从后面被抽走了,两个人一抬头,原来是老师!

老师此刻也气喘吁吁地望着他们:"你先去把你的伤处理一下!你妈先交给我吧!"

老师夺过了菜刀之后直接把菜刀扔到了他们家窑洞的上面,杨小兵的母亲够不着,便干脆用一双干枯的手去掐春霞的脖子,正当她快把春霞掐得上不来气的时候,杨小兵跟老师终于将她拉开了!

此时此刻,鲜血混杂着泥沙的味道在这低沉的空气之中缓慢而沉重地蔓延开来,而杨小兵的心也被一种沉重的情绪所包围着。

他怎么也想象不到母亲的这把刀真的会砍到自己的身上!

当那刀刃将肌肤割裂开来,那冰凉的金属进入到血肉中来,杨小兵早就已经对母亲不再有丝毫的祈求与盼望,这把刀如同砍在了他的心上!

"你快点起来啊!"春霞拉着还在愣神的杨小兵来到了人群之外,然后又对身旁的一个大妈说,"能不能帮我再找一些布或是药……"

"你等着!"大妈匆匆跑回了家。

杨小兵的母亲却还在发疯,老师身体强壮,本来不想对这个老太太动粗,但是没办法只得把她按在了墙上:"你看看!你把自己的儿子给砍成什么样了?杨二嫂子！你是真没良心！杨小兵对你多孝顺啊！宁可放弃了深圳那么大的产业就为了回来给你养老，你再想想你的小儿子，他对你做过什么？你有没有点良心？"

"我没有！我就要我的小儿子，我就要！"

而这时，杨小兵推开了春霞来到了母亲的面前，他看着母亲那干枯而花白的头发散乱在额头前，轻轻地把那些头发捋到了她的耳后。

"妈，我知道你一个人在家里受了不少委屈，爸本来就不爱你，死得又早，你为了抚养小顺操了很多的心，我这些年一直都没有回过家，我错了，妈！我知道你心里难受，不过我答应你，从此以后我就让你过好日子，我也不会把你一个人扔在这里不管，我知道，你心里是怨我的……"

谁也没料到这个发疯的老太太竟然被杨小兵的这几句话劝慰住了，她放弃挣扎，老师把手放下来，这个老太太抬着头望着自己那年轻的儿子。

就这么望了好一会儿，母亲似乎作罢了，但是她看着杨小兵的那双眼睛里仍然充满了恨意："你滚吧！我不用你来给我养老，我不想再看见你！"

说着，母亲又看了一眼杨小兵那已经被血浸透的衣衫，颤颤巍巍地回到了家里。

杨小兵本来想追上去，这时大妈拿来了药和布。

18

春霞把杨小兵摁住，让杨小兵先坐下来，接着把白色的药面轻轻地敷在杨小兵那深深的伤口上。

"这是云南白药！能止血！"大妈说。

"谢谢你！"

春霞一言不发地帮杨小兵处理好了伤口，两个人站在院子中间对这些围观的村民们深深地鞠了一躬。

"我杨小兵之所以今天能够被无罪释放，是因为你们大家的正义与善良，我谢谢你们！"

听着杨小兵那诚恳的声音，春霞的眼泪滴落在这黄土地上，村民们也都纷纷说："不要紧的，举手之劳！"

"其实我能够猜到，我妈肯定千方百计地阻挠过你们，用过各种各样的手段，但是你们还是决定帮我，我更要好好地谢谢你们！"

杨小兵说完又转头看向了老师，两个人又朝着老师深深地鞠了一躬："老师，谢谢你，我家里的这些事实在给你添了太多麻烦！"

"哎呀！"老师拍了拍杨小兵的肩，"我是你的老师啊，你的事情我当然该管！你别有太重的心理负担，现在想办法把你妈好好劝劝，别出什么事了！"

两个人在村民的目送之下回了家，春霞害怕回家之后又出什么事，便拉着杨小兵说："先去处理一下伤口吧？那把菜刀不干净全都是铁锈，万一真出了什么事？"

杨小兵摇摇头："不行，我要先回家去看看我妈，我怕她……"

"你就不能为你自己想一想？为了我为了孩子！你被你妈害得也够惨了！你……"春霞的话没有说出口。

杨小兵没有继续说下去，还是毅然决然地走到了屋子里。

奇怪的是，屋子里并没有传来农药的味道，也十分安静，这种安静让人感到一种心慌。

"妈妈！"杨小兵站在门口喊了一声，接着走进去，看到母亲正坐在炕沿上，那张脸上看不出是什么表情，只能让人感到万分沉重。

杨小兵走进去，他坐在炕沿上，坐在自己母亲的身边，然后把母亲那双又老又皱的手放在手心中，他仍然能想起母亲曾经用这双手打他，手掌拍在身上的时候那么有力，而如今竟萎缩得像两只刚刚破壳的小鸟。

"妈妈，我错了，这些年我不应该不回家，对不起！"

母亲仍然一言不发，杨小兵从炕沿上下地，托着母亲的双手，在母亲的面前缓缓跪了下来："妈，你愿不愿意原谅我这个不孝子？"

"你把小顺送进了监狱！"

母亲说着一把就抽回了手，杨小兵道："妈，谁犯的错误就该谁去承担。现在我要跟你说我犯的错，我这么多年没回过家，我知道你心里怨恨我，你今天打我骂我我都愿意，只要你心里能够好过一点！"

可是母亲看了一眼杨小兵身上的伤，只是无力地说道："我没力气揍你了！你小的时候我一直揍你，让你干脏活累活，你是不是很恨我？"

杨小兵默默地摇头，片刻之后才说道："你让我干的那些活儿，你也干过，我知道你们是太辛苦，否则又怎么会逼着我去干呢？"

母亲惊讶地望着杨小兵，她实在不敢相信杨小兵竟然不恨她！

杨小兵说完又把母亲的手放在自己的手中，此时此刻他的心中对母亲也仍旧是爱着的，只是这种爱太沉重，只是这种爱里还掺杂着太多的怨与恨。但是当他感觉到母亲的苍老，他知道过去的一切只能随风飘逝，他唯独能做的就是尽一个儿子应该尽的孝道。

但杨小兵的这份心是母亲这种人所不能理解的："你还是走吧，我也不用你给我养老，你走！"

这时春霞也走了进来，她跟杨小兵一样跪在地上，用一双清澈的眼睛看着杨小兵的母亲："妈，你不能就这样赶我们走，我们就算是走了，也要带着您一起走！"

杨小兵惊讶地看着春霞，此时此刻他对春霞产生了一种无比的尊敬与佩服，他没想到春霞竟有如此大的气度与格局！

"妈，你看春霞也这么说了，所以我们以后都好好地孝顺你孝敬你，杨小顺虽然进监狱了，但是你还有我们呀？"

这样一番话似乎打动了母亲，母亲不再说什么，而是默默地把头转向一边，心里有愧也有怨，过了许久，她才说："你不是我亲生的，所以你现在想走就走吧！"

"是不是又能怎么样？你是我妈的这个事实改变不了，所以我要管你，要照顾你！你年轻的时候吃了太多苦，现在就让我们好好对待你！"

杨小兵坚定而诚恳的语气让这位心已经麻木了的母亲眼睛也湿润了，她一个人来到了院子里："让我想想！"

屋子里只剩下杨小兵跟春霞，春霞扶着杨小兵站起来。

"春霞，我真没想到你会这么说，你真是一个既慈悲又善良的人！"

春霞点了点头："人活着最重要的就是慈悲和善良，即使我真的恨透了你妈，但是我也知道，她能变成这样一定有她的难处！"

"是啊，当年她怀不上孩子，我爸就天天打她，她就成天变得疯疯癫癫的，后来好不容易怀了杨小顺，没过几年之后，我父亲也死了……"

"那你之前为什么不常回家看看呢？"

杨小兵叹了口气："年轻呗！再说我也实在受不了她打我，但这最终是我的一份责任，无论如何我都应该好好去承担这份责任，春霞，你愿意跟我一起承担吗？"

春霞的脸色很沉重："我不愿意！我不愿去承担这样一份责任，但即使我不愿意，我也会像你一样好好去承担，因为是你的责任！因为我爱你，就像是你也不愿意一样，但是我们两个都要好好去承担！"

突然，杨小兵把春霞揽进了怀中紧紧地抱着，他第一次这样深刻地明白，他拥有一个多么好的妻子。

19

杨小兵处理好了跟母亲的矛盾，也暂时让母亲的心情平复下来。时间到了晚上，来不及再去处理伤口，杨小兵便让春霞先到二姑家去照顾儿子。

自己又用一晚上的时间跟母亲化解心结，让母亲去相信他，会好好地孝顺她。

第二天一早，春霞便拉着杨小兵去镇里的卫生所消毒了。

两个人走在路上，杨小兵身体摇摇晃晃的，春霞摸他的手才发现那只手很烫。

进而又摸了摸身上，原来他发烧了！

"我昨天就叫你先去处理伤口,你……"

春霞很生气,杨小兵却感到如释重负:"我要是不把我妈的事情处理好,我真不能走!万一我妈再自杀了怎么办?"

"可是你得破伤风怎么办?"

杨小兵笑了笑:"还不至于!"

来到了诊所里,医生打开了杨小兵手臂上绑着的布条,这才发现伤口已经有些化脓了,创面微微地翻开。

"你怕是要去医院才能治,这么大的伤口得缝一缝!"

听医生这么说,春霞心里更是心疼,两个人又马上搭了拖拉机来到了县城,但是因为坐的是拖拉机被冷风一吹,杨小兵发烧就更严重了。

"你怎么能烧得这么重呢?我认识你这么久,你从来都没有生过这么重的病!"春霞一边说着一边紧紧地抱着杨小兵,让他舒服些。

杨小兵也知道自己为什么生病,在拘留所的那些天,他吃不下也喝不下,刚出来就遇上这么个事儿,心里又急又乱,就一下子病倒了。

所以来了医院,第一件事并不是缝针,而是先给伤口消炎,给杨小兵打退烧针。

春霞让杨小兵先在医院里住下来,又去买了一些水果和日用品拿上来,杨小兵在病床上躺着,似乎是因为昨天晚上一夜没睡,很快就睡着了。

春霞守在他的身边,从无罪释放到现在,两个人一直都急急忙忙,处理着各种各样的事,而只有现在这一刻,春霞才能仔仔细细地看着这个已经思念了好几个月的丈夫!

这么看了一会儿,春霞起身想去洗一下水果,刚刚发出一点响动,杨小兵便马上醒过来:"春霞!你要去哪里?"

这一瞬间,杨小兵的眼中透露出来的不再是平时的那种勇敢坚毅,而是一种类似于小孩子一般的无助与伤感。

"我不去干吗!我在这儿陪着你啊!"

杨小兵这才安下心来,又迷迷糊糊地睡了过去。

睡了很久,他才醒过来,这才发现春霞一动不动地坐在医院的椅子上,而现在已经是晚上了,窗外天都已经黑了。

"你一直在这儿陪着我?"

"是啊,谁叫你那么敏感,只要我一站起来你就问我要去哪里,为了让你睡个好觉,我就一直在这里守着你了,不过现在我要去上个厕所!"

等到春霞回来,杨小兵也彻底清醒了过来,他用一双愧疚的眼睛望着春霞:"这段时间真的对不起你!我想我早就应该处理好这些事,可是偏偏要用那么不成熟的方式去跟我母亲对抗，结果害你不得不一个人去面对那么多风浪，甚至一个人去生孩子！"

"我不怪你！"春霞笑了，"只要你最终还会回到我的身边，我就不怪你！而且我也知道，若是没有昨天你妈砍你那一刀，恐怕她也不会这么轻易放弃折磨你！"

春霞拿起一个苹果，帮杨小兵削皮。

"我自己吃！"

"别，我喂你吃！你知道吗？这个苹果好像是我们家那边的果园产的，特别好吃！"

杨小兵点点头，甘甜的汁水在口中蔓延开来，苹果的果肉也爽脆，却不算硬。

"咱们省的苹果全国都出名，你们家那边的苹果全市出名，当然很好吃！"杨小兵说着拿起了一块苹果，递到春霞的嘴边，"你也吃！"

春霞咬了一口，甜蜜的滋味流入了心田，这是这几个月以来，春霞第一次感觉轻松与甜蜜，安全与温馨。

"以后咱们一家人要好好地在一起，什么都不能把我们分开！"春霞认真而诚挚地望着杨小兵，杨小兵也同样说道："是的！我以后一定尽我最大的能力去保护你们！"

在医院住了几天，伤口不再发炎化脓，杨小兵也终于能做缝针手术了。

两个人回到了村里，去二姑家接了孩子。

看着孩子那一张胖胖的小脸蛋，杨小兵喜欢得不行："二姑，太谢谢你了，把孩子照顾得这么好！"

"你还是谢谢你婆姨春霞吧！人家刚生下来孩子的第二天啊，就跑回来找你！"

听到这句话杨小兵的鼻子一酸，他看了看孩子又看了看春霞："天哪，春霞，你竟然为我受了这么多苦？"

"只要能把你救出来，我跟孩子受点苦没什么！"

春霞并没有说其实她在生产的时候还经历了大出血，她火车上几次都差一点晕过去，若不是有好心人的帮助，她根本就坚持不下来！

杨小兵把春霞和孩子抱在怀中亲了又亲，春霞说道："我一直都在等着你，这个孩子的爹，给孩子取个名字！"

杨小兵想了想："恐怕我一时间也取不出什么好名字，我更尊重你的意愿！"

"本来要是女孩子的话我都想好了就叫春彩！男孩子的话叫什么呢？"

"我想让咱们的孩子以后能大展宏图，所以要取一个宏字！春霞，你呢？你也取一个字！"

春霞望着怀里的孩子，露出微笑："我只想让他平平安安的，那就取安吧！"

二姑听完了马上一拍手："好！这个名字好，杨宏安，多好听的名字！"

两个人望着襁褓中的小婴儿，从此之后这个名字将伴随着他的一生，从此之后这个名字也将深深地印刻在这对父母的心中。

杨宏安，大展宏图，平平安安。

第 17 章
/ 小军 /

1

春彩公司不能长时间没人管理，春霞急着让杨小兵回到深圳去。

杨小兵有些为难，毕竟母亲无论如何也不肯离开这个熟悉的老家。但是母亲竟然一改往常那副凶悍的态度，让杨小兵回到深圳去。

春霞去集市上买了许多家里的必需品，又给杨小兵的母亲留下了一些钱，虽然母亲仿佛并不屑春霞的这些钱，但春霞还是把钱放在了柜子上："这些钱，你拿着，下个月我跟小兵就回来看你！"

杨小兵跟春霞带着孩子离开了，而这个在这几个月里充满了矛盾与争吵的房间一下子就寂静了下来。杨小兵的母亲看着柜子上的那一卷钱，心中的最后一丝火焰，也仿佛被浇灭了一般。

她再也没有力气把杨小兵留在身边，当她把那一刀砍在杨小兵身上的时候，她发现自己的心也同样在流血。

回到公司，小军和王俊霞看到一家三口好好地站在他们面前，都开心得不得了，王俊霞冲上去逗着还没满月的孩子："孩子呀孩子，你可受苦了！"

杨小兵看着两个人，有些抱歉地说道："公司这段时间多亏了你们！"

"我们天天都盼着你回来！工厂没人管理，小军是又当工人又当管理，快累死了！"

杨小兵拍了拍杨小军的肩膀，这几个月以来小军的身体不但变得更加结实，整个人也变得更加成熟，也多了几分男人味。

"太谢谢你了！"

"姐夫，一家人说什么谢？只要你能回来，我才是谢天谢地，要不然我真怕这工厂被我管出了事，我没法向你跟我姐交代！"

一行人回到了公司，王俊霞说："晚上我在饭店已经安排了，我跟小军要好好地给你们两个人接风！"

晚上，到了饭店里，小军给每个人倒上了酒："今天晚上，你们可得陪我好好喝一杯！因为这段时间，实在是太担心你们了，我连个好觉都没睡过！"

王俊霞摸摸小军的手臂："那我就先敬你，你今天晚上喝了酒好好睡一觉！"

等王俊霞喝完，杨小兵端起了酒杯，认真地对王俊霞说："俊霞，这杯酒我要敬你！你那天还想尽办法打电话到我们村里，让我回来！"

王俊霞说："因为我心里真的很敬重你这位大哥，也很同情你的遭遇，更心疼春霞姐一个人在这边支撑着公司！"

一杯酒下肚，王俊霞的眼圈红了，小军连忙问她怎么了，她抹了一把眼泪，笑着说道："我还以为春霞姐和杨大哥真的……但是他们今天又和好如初，还有了一个孩子，我真的好替他们高兴！小军你呢？"

"我也是！"

一顿饭吃得笑中带泪，他们都感叹着这样一对历经了磨难的夫妻，如今又能重新在一起，这样的缘分多么来之不易！这样的婚姻多么值得珍惜！

春霞因为还在哺乳期所以没有喝酒，晚上便由她开着车，先把王俊霞送到了住处，小军担心王俊霞喝多了，把王俊霞送到了楼上这才放心离开。

小军又回到了车里，春霞看着小军的眼神有些神秘和暧昧，其实王俊霞跟小军这段时间的倾力合作她都看在眼中，两个人的默契与感情也同样在一天天地加深着。

春霞问道："你觉得俊霞怎么样？"

小军有些难为情地挠了挠头："她比我还大呢？我怎么去评判她？反倒是她给了我不少建议，甚至让我有了很快的成长！"

春霞的车子又开了一阵子，杨小兵在后座抱着孩子睡觉，春霞小声说道："我看你们还真是郎才女貌的一对！你是不是喜欢俊霞？"

在车里那昏暗的光线之下，春霞看到小军那红到脖子根的脸，就知道自己的猜测是八九不离十了！

"你别乱说嘛！俊霞那么好，我觉得我配不上她！"

"是吗？"

小军知道，春霞有意在撮合着他和王俊霞的关系。其实他也好喜欢俊霞，喜欢俊霞的爽朗大气，思维敏捷，胆大心细，最重要的是俊霞的温柔！

只是，他的心中还有一个更大的梦想！

"姐，现在你回来了，姐夫也回来了，我……"

"怎么了？你不会是想要休假吧？随你的便，我给你钱，你可以全国各地去玩！好好放松放松！"

小军点点头："我是想走！我打算离开深圳！"

春霞本以为小军这段时间已经在工厂干得得心应手，未来她也打算把工厂整个都交给小军，算是为小军的未来做了打算。

但是她知道，小军的志向与爱好并不是做这个。

"你还是想回去接咱爸的班？"

"嗯！"小军点了点头，眼神中透出坚定的意志来，"我真的很喜欢篾匠，我也喜欢竹子的那种清香，我能够感受到漂亮的篾匠活中的艺术。我知道现在大家都用不上这些东西了，但是我还是想从艺术的角度把篾匠的技术传承下来！这是爸留给我的！"

春霞本来还想劝小军几句，但还是同意了："好，姐同意你去做一个手艺人，若是你需要我的帮助，那么，我也会尽我所能！"

"真的吗？"小军的眼睛亮起来。

"真的！"春霞的手放在方向盘上，"其实我也有一个打算，这段时间我一直都在老家那边，我发现那边的人大多都是外出务工，家乡能留住的年轻人不多，也有不少的留守儿童，我想如今我有了些钱，也应该为家乡做一些贡献！"

"姐，你跟我想到一块儿去了！其实有很多人是很喜欢家乡的那片土地的，只是他们不得不出来务工！"

"是啊！所以我把深圳这边的公司安顿下来，再多招几个管理人员，然后我就打算回到家乡那边去，好好为自己的家乡做些什么！"

2

杨小兵半夜醒了，因为酒喝得太多所以喉咙又干又热。

春霞正在喂孩子奶，便起身接了杯温水给杨小兵："喝水吧！"

夫妻间的默契比起从前竟没减少半分，杨小兵喝了水又抱住了春霞和孩子："有咱们这个家，我真的觉得好幸福，也好幸运！"

"我也是！"

看到春霞喂完了奶，杨小兵把孩子接过来："你睡吧，我哄孩子睡觉。"

春霞没有马上躺下，反而看着杨小兵："我心里有一件事，我总想着，所以睡不着！"

"什么事？"

"你喜欢深圳这个地方吗？"

杨小兵怕春霞是以为自己又要回到老家去照顾母亲，马上说道："我很喜欢这里！这里空气湿润，不像咱们老家那边风沙太干！"

听到杨小兵这么说，春霞点了点头，盖上被子睡着了。

但是，杨小兵的心里也在记挂着老家的那些人，那些淳朴的孩子，那些不得不走到外面去的年轻人，那些因为年轻人都外出务工而没人照料的老人！

很快，公司跟工厂都招到了一批新的管理人员，由杨小兵亲自培训。

小军也渐渐地脱离了公司的事务。

王俊霞看到小军这段时间清闲下来了，便主动约小军去逛街看电影。

面对王俊霞的邀约，小军的内心是矛盾的，但是，还是答应了邀约。

星期天，两个人约定在电影院的门口见面，他看到王俊霞穿了一身淡粉色的裙子，外面又罩了件风衣，显得既有女人味儿，又很温柔。跟平常在公司里那雷厉风行有些活泼调皮的形象产生了极大的反差。

"怎么了？"看到小军有些愣神的样子，王俊霞拍打了一下他的肩，"电影票我都买好了，快进去吧！"

如同身边的情侣一样，小军跟王俊霞挨着坐在了一起。电影的名字叫做《生死恋》。

这是一段纠结而又缠绵的爱情故事，小军还是第一次来看电影，所以看得格外入迷，而王俊霞也同样投入了深深的感情。

这场电影就这样让两个年轻人的心中燃起了爱情的火焰，仿佛是在那原本的小火苗中加入了催化剂。

王俊霞的头不自觉地倚在了小军的肩上，这一刻，小军的身体突然就僵硬了，他感受到王俊霞带来的温暖与重量，那随着电影的情节而变得急促的呼吸声，也让小军的心里产生了一种奇妙的感觉。

渐渐地，似乎有泪滴在了小军的衣衫上，可是小军也没办法去看王俊霞怎么了，因为他实在太紧张了，他被一种莫名的高涨的情绪包围着，仿佛身体都被托得高高的，轻飘飘的脚不着地！

一场电影结束，两个人走到了外面，刺眼的光让两个人睁不开眼睛，在那模糊的视线中，小军看到王俊霞那双因为哭过而通红的眼睛，他在这一刻终于明白了心中激荡的感觉是什么！

"去吃饭吗？"

王俊霞再一次让愣着神的小军回过神来，小军反复在心中品味着这种感觉，他在想这种感觉是否就是电影中所说的：爱。

两个人吃了糯米鸡，又去逛街。

王俊霞似乎很开心，她仿佛是一只小蝴蝶，在人群中穿梭着，在商店中挑选着，小军跟在她的身后，欣赏着这一道风景。

逛了一天，王俊霞又累又开心地说道："春霞姐跟杨大哥不回来，我已经好久都没休过假了，今天感谢你能够陪我出来买衣服！"

"我还要感谢你请我看电影呢！"

两个人走在街上，晚上那湿润而冰冷的空气让王俊霞不觉打了个寒战，小军连忙把自己的外套脱下来："你披着！"

"那你不冷吗？"

"我不冷！真不冷！"

小军确实觉得浑身仿佛冒着火一般的热，因为那颗心是热的，那份感情是热的。

来到了路口，两个人也到了分别的时候，但两个人望着彼此都有些依依不舍，终于小军说："我送你回家吧？"

"好。"

小军送王俊霞到了楼下，两个人告了别，小军看着王俊霞上楼，突然王俊霞又噔噔噔地跑下来，跑到小军的面前照着小军的脸颊轻轻地吻了一下！

接着就像小蝴蝶一样地飞走了！

这一个吻虽然那样轻，却在小军的心上留下了一个深深的印记！

他没想到，王俊霞竟然会吻自己！一种惊喜让他的心彻底爆发了，他转身跑回了工厂的宿舍，虽然路途遥远，却不论怎么跑都觉得浑身像铆着一股劲儿似的，怎么也消耗不完！

这种燃烧着的兴奋让他躺在床上翻来覆去地睡不着，直到第二天天亮，他还觉得全身每一个细胞都在惊喜着，幸福着。

然而这种惊喜却并没有持续多久，取而代之的是一种沉重的感觉，因为小军深深地知道自己未来的命运，他已经铁了心要在篾匠活儿上下一番功夫，他更舍不得老家那片土地！

看到工厂招了那么多人，又招来了新的管理者，王俊霞有些疑惑。

"春霞姐，你怎么突然招了这么多人？工厂的工作现在也不给小军做了，难道你觉得小军的能力不行？"

春霞看着王俊霞，有些为难，但还是实话实说："并不是我觉得小军的能力不行，我也很想小军能够留在这儿，可是下个月小军就要回老家了，他打算继承我父亲的手艺！"

"他不留在深圳了？"

俊霞听到了这个消息便马上跑出了门,她打车来到了工厂的宿舍。

小军是第三次看到王俊霞哭,她的泪那样动人,他此时还不知道,这次的泪是为他而流!

"你真的要离开深圳吗?"

小军的心里早就明白,自己迟早要与王俊霞面对分别的那一天,他停顿了片刻。

可还没等小军说话,一个又温又软的拥抱便扑了过来:"小军!你真的要走吗?"

3

这个拥抱彻底打乱了小军的心思。

在这段时间里,他已经深深地体会到了爱情那美好的滋味,就像是一块蜜糖从舌尖流入心中,滋养得人整个身心都变得那么焕然一新。所以当这个拥抱来临的时候,小军这个感受着爱情的人,又如何不想深深地把王俊霞抱住?

可是他还是静静地等着王俊霞平静下来,看着王俊霞那双红红的眼睛,小军问道:"你怎么知道?"

"春霞姐都跟我说了!小军,留在深圳不好吗?你一定要回你的家乡?"

小军并没有给出回答,在这一刻他的心犹豫了。

深圳的繁华前几天他才刚刚感受过,那巨大的电影院,巨大的广场,巨大的高楼,而家乡只有巨大的山脉……

他或许应该留在这里做一个享乐主义者,他也可以通过在工厂的劳动得到生存下去的资金。

可是,他的心还是在犹豫着。

王俊霞执拗地看着他:"你不要回去!"

小军的声音很轻:"为什么?"

"因为,因为我爱你!我真的很爱你,我想跟你一起留在这个地方!"

当"爱"这个字从王俊霞的口中干脆地说出来时,小军的心是震颤着的,是无比激动的,他又反复地思考着自己的身上到底有什么值得别人爱的优点。

他长相平平,没有过人的本领,也没有学历,到底有什么值得王俊霞这么好的姑娘喜欢自己?

"你真让我有些受宠若惊。"

王俊霞被小军带到了附近一家面馆,两个人坐下来,小军知道王俊霞一路跑到这里,一定还没吃饭。

两碗面条端上来,小军先吃了几口,而王俊霞只是拨弄着面条,迟迟未曾吃上一口,因为她的心里还有一件郑重的事情,那就是得到小军的回答。

"不要走?"

"先吃饭。"

吃完了饭,两个人又来到了工厂附近的一块荒地上,肩并肩地走着。

王俊霞不时看着小军的侧脸,小军回过头望着她:"我到底有什么值得你喜欢的呢?"

"你问这样的话是什么意思?你讨厌我就直说!"

小军马上拦住王俊霞:"我不讨厌你!这个世界上我最不讨厌的人就是你!"

"我也不知道我喜欢你哪里,但是,喜欢一个人,并不需要那么多理由啊!"

很显然王俊霞的这个回答没有让小军满意,小军的脑海中仍然时常想起自己在上学时因为贫穷而受到的欺负,他知道那些人欺负他并不仅仅是因为他贫穷,还因为他自卑!

可是贫穷、自卑就好像是两个水桶,被一条扁担连着,有了一个,就会有另外一个!

他始终都跳脱不出那个怪圈,甚至到后来春霞有了钱,他身上带的钱比班里原来最有钱的那个同学的零花钱都多,可是,那种抬不起头来的感觉,却一直如影随形地跟在他身边!也正是这多种因素,导致他再也不想念书。

"小军,你不讨厌我,那你喜欢我吗?"

小军被这个问题惊讶住了,他在那里不知该说什么,眼睛也不敢盯着王俊霞,在他的心里,王俊霞是个太好的姑娘!尽管和他一样没有学历,但是有着超强的管理能力,独立生活的自立能力,又长得那么漂亮,带着一种既活泼又干练的气质,最重要的是富有同情心和善良。

她那么好!这让小军觉得自己这样的人连喜欢她都像是一种罪过。

看到小军半天都没有说话,王俊霞咬起嘴唇一个人走在了小军的前面:"你不说就不说!不说就是不喜欢了,看来都是我自作多情!"

说完王俊霞就离开了,小军喊了几声她的名字,依然拦不住她的脚步。

独自一个人回到工厂宿舍,小军躺在木板床上,闻到宿舍里一股汗臭的味道,望着窗外那一片天空,他的心里百感交集,思绪万千。

翻来覆去地在床上烙饼,晚上,小军来到了春霞的公司。

春霞暂时请了一个保姆帮她带着孩子,就住在公司的宿舍里,小军有时候也帮她看着孩子。

小宏安胖嘟嘟的脸颊,小小的鼻子,还有那像莲藕一样的手臂让小军的心中暂时感到了一阵平静,他开始冷静地回想起王俊霞今天的话。

他喜欢王俊霞吗?

答案是喜欢，而且是一种强烈的喜欢，一种依赖性的爱慕！

但这种喜欢，是带着一种敬仰的喜欢。

小军带着孩子到公司外面转了一圈，又抱上来，春霞的工作也忙完了，把孩子接到手中："你最近怎么心事重重的？"

"没事！"

小军向来是一个内敛的人，他从不向人透露自己的情绪。

"是不是因为俊霞？"

"姐……"

"小军，要不要回到陇南，你该想清楚，这是你一生的大事！你这个孩子从小就有主意，还叛逆，我想我的建议你恐怕是听不进去，但是你应该考虑一下俊霞的建议！留在这里，对于你来说也是个不错的选择！"

小军点点头。

这时王俊霞也下班了，她在下班之前把今天的数据报表递给了春霞，进办公室的时候也看到了小军。

从前的俊霞看着小军的时候满眼都是如水的温柔，可是今天却显得格外疏离，甚至看都不看小军一眼。

这个眼神让小军的心里感到了一丝莫名的慌乱！

等到俊霞背着包离开的时候，小军终于按捺不住心中那份急于解释的冲动，跟春霞随便找了个理由，就离开了。

来到公司楼下，两个人一前一后地走着，小军的脚步很轻，他在犹豫着要不要叫住俊霞。俊霞摸出零钱打算去车站坐车，可是就在车快要来的时候，小军却突然从后面说道："你先不要走！我有话想跟你说！"

俊霞回过头，那一双眼睛里仍旧是水波，温热的水波。

4

微微飘雨的冬天，小军下意识地握住了王俊霞那双红红的手。

"你有冻疮？"

"小的时候干活儿太多，冬天的时候水又太冰……"

小军把那一双手放在自己的手中握着，冰凉的触感让小军的心中燃起一束火焰来，炽热地烧灼着！

"有没有用冻疮膏？"

"用了，咱们公司的。"

小军带着王俊霞来到了附近的一家餐馆里："陪我吃顿饭吧。"

而在这期间，小军的手一直都在默默地握着俊霞的手，直到俊霞的手彻底暖和起来。

一杯一杯啤酒倒进了杯子里，俊霞有些担心小军："你向来不喝酒的。"

但是小军还是执意喝下去，因为只有喝下去才能说出心里的话。

直到小军的脸红了身体也发热了，整个人也变得亢奋了这才开口说道："俊霞，你白天跟我说的事我想了一下午……"

王俊霞愣着，看着小军吞吞吐吐了好一会儿："你就说吧！"

小军深呼吸了几下："俊霞，你白天问我的，我当时只是一时间不知该怎么回答，我说实话，我……很喜欢你！"

王俊霞的心在这一刻也如同喝了酒一样温暖，她比小军早进社会几年，经历的人情世故也更多，其实两个人之间的暧昧已经持续了好几个月，她本来不想这么急迫地捅破这层窗户纸，只是她希望小军能够留在她身边。

"你怎么哭了？"

王俊霞这一哭让小军更加不知所措，他刚刚才把心里话说出来，这会儿正害臊。

"没什么！"

"是不是我不应该这么说？还是……"

"你应该早点跟我这么说！今天下午你就该说，不过现在也不晚，小军，我真的好高兴，咱们这算是两情相悦！"

说完，王俊霞也拿起杯子痛饮了一口，两个都带着酒意的年轻人含情脉脉地望着彼此，心中的火焰也不断地升高。

吃完了饭，小军要送王俊霞回家，在俊霞家的楼下，两个人依依不舍。

小军记得上一次就是在这里俊霞吻了他，那个青涩但炽热的吻，让这个少年心中的波浪越涌越高，在这飘着细雨的夜晚，小军胸口有一种难以压制的欲望。

他靠近俊霞，在微弱的灯光下，看着那双水汪汪的眼睛，他不知道自己做得对不对，但还是低下头，轻轻地，轻轻地在那两片柔软的唇上吻了下去。

两人口中啤酒那麦芽的味道混合在一起，小军觉得自己的心仿佛飘浮起来了一般，而王俊霞也同样在巨大的震惊中，默默地接受着，品味着。

然而仅仅一刻，这个吻便结束了，小军带着歉意地望着王俊霞，而王俊霞一把钩住了小军的脖子，两个人结结实实拥抱在了一起。

俊霞微微挺起的胸脯就这样牢牢地贴在小军的胸肌上，那是一种从未有过的柔软触感！

"小军，我真的好开心，你知道吗？我这辈子从来没有像今天这么幸福过！"

王俊霞说完，便羞涩地低下了头快步上楼去了。

而小军也感觉到怀中仿佛盛着那巨大的甜蜜。雨越下越大，小军一个人快步走在雨里，也不觉得冷。

但是喝过酒之后又淋雨，虽然心里热，但身上还是冷，小军回到工厂宿舍之后便开始发烧。

他分不清这场发烧是由内而外的，还是只是身体上的一场感冒。

第二天王俊霞上班，到办公室交资料的时候，春霞告诉她小军感冒了，让她早一点下班。

春霞话语中的意思，俊霞很明白，她早早地下了班，又去药店买了药，去水果店买了水果，匆匆地坐上了去工厂那边的公交车。

小军发烧很严重，直到俊霞进来的时候，他还在沉睡着，只是迷迷糊糊中感到头上有冰凉的东西在敷着，舒服了不少，这才慢悠悠地醒过来，竟然发现俊霞就坐在自己的床边！

一时间，所有的不适烟消云散，他一个激灵坐起来："俊霞！"

"你好好躺着，就是你昨天晚上又喝酒又淋雨才发烧的！"

俊霞一边说着一边给小军倒了杯温水，又把药片放在药瓶的盖子里递给他："吃药！"

吃过了药，小军在药力的作用下，再一次睡着了。

因为这个宿舍暂时只有小军一个人住着，王俊霞不放心小军的病，就留在这儿陪他。

大概到了半夜，小军才醒过来，他看到王俊霞还在自己的床边，心中涌动着一种感动的情绪。

他从小就没了母亲，生个病，或是受了伤，都是自己一个人挺过去，今天有了王俊霞这般细心照料，让他竟觉得眼眶发酸。

"好点了吗？"

王俊霞冰凉的手指去探小军的体温，还好烧已经退下来了。

小军坐起来，看了看外面的夜色："这么晚了，你就一直这么陪着我？"

"不放心你啊！想不想吃个橘子？"

王俊霞一边说着一边已经剥开了橘子，小军正觉得口干舌燥，冰爽多汁的橘子让他的喉咙一下子就像是被打开了一样，他仿佛有好多话想对王俊霞说，但是又说不出来。

时间已经很晚了，小军有些难为情地说道："你要是不嫌弃，就睡在我的床上，我去隔壁的宿舍跟别人挤一张床！"

俊霞把外衣脱了，又来到床上，小军披了衣服准备到别人的宿舍去却被俊霞拦下:"你去了别人的宿舍,别人还嫌弃你要把感冒传染到他身上呢!"

小军有些难为情地挠挠头:"那怎么办?"

俊霞拉着小军的手一同坐到了床上:"今天晚上咱们就睡在一起!"

"睡在一起?"

小军的脸比发烧的时候还红,却被俊霞拖到了床上,两个人躺下来,只是中间隔着一条被子,但即便是这样,如此近的距离仍旧让这两个年轻人心中涌动着更加亲密的欲望,以及一种极为害羞的情感。

灯关上了。

5

刚一躺下的时候两个人谁都不说话,可渐渐地,这两个"烙饼"的人都发现自己睡不着的这个事实根本瞒不了对方。

小军尴尬地问道:"我这床上是不是有一股汗味,你睡不着?"

"才没有。"

王俊霞把被子拉了拉,上面的确有一股小军身上的味道。

"俊霞,今天晚上多谢你照顾我。"

"春霞姐叫我来的。"

小军的语气中有些失望:"这样啊!"

"但也是我自己要来的!"王俊霞急于向小军表现出心里的那份热情,"因为我真的好担心你!现在你好了,我就不担心了!"

小军在黑暗中笑了笑,放在被子上的那只手轻轻地朝着俊霞的胳膊那里动,但是又收了回来,他多么想跟俊霞再靠近一些。

不知道过了多久,两个人才睡着了。

很快,临近新年了。

公司还有一两天就要放假了,小军也打包起自己在深圳这边的所有行李。

他沉浸在爱情的甜蜜中,但是也时时刻刻会想起自己所追求的梦想,他一直在痛苦的两难抉择之中。

而王俊霞也敏锐地察觉到了这一点,她来到小军的宿舍,发现里面的东西都打包好了。

"不就是回家过个年吗?怎么……"

小军本来不想亲口把这个答案告诉王俊霞,他只想这样默默地离开,但是此时此刻他不得不说出自己的心里话。

"我有我的梦想,有我想要追求的东西。"

看着小军如此平静地说出这两句话，王俊霞的心里仿佛被千万只蚂蚁噬咬着一样难受，她多么向往一场热烈的爱情！

她以为小军也对他同样燃起了热情！

"咱们这段时间的恋爱难道还不能让你改变主意吗？"

小军摇了摇头："这是我早就做好的决定，这段时间你对我的照顾我很感谢，也会永远记在心里，只是我想我配不上你，你是一个那么美好的女孩子，你可以拥有更好的男朋友或丈夫，总之不是像我这样一个普普通通的人！"

"不！我要的是你！因为我爱你，难道你真的不爱我吗？你真的舍得丢下我一个人回家乡去吗？"

王俊霞跑到他的面前，紧紧握住他的那双手，此时此刻小军的心里多么痛苦啊！

他摇了摇头："我舍不得你！"

"那就不要走！你留下来！"

"可是我更舍不得我的家乡和我父亲留给我的那份手艺，我要留在家乡……"

突然，一个巴掌重重地落在小军的脸上，王俊霞气愤地望着小军："你既然心中早就有打算了，为什么这段时间还要跟我谈恋爱？你就这么不负责任吗？"

其实，就连王俊霞打在他脸上的那个巴掌，小军都觉得是香的是甜的，是美好的！

他也在心里爱死了这个女人，可是他也在心中千万遍地思量过：他真的配得上王俊霞吗？

王俊霞是一个充满了梦想的女人，她对于金钱的渴求程度从她拼命工作这一点就可以看出。她也同样追求着好的生活品质，那一次两个人一起去看电影逛街所发生的一切，小军还历历在目。

王俊霞买的每一件衣服，都那么贵，她口中常常提起一些小军根本就没有想过的东西，不单单要买房子，还要买车！

不过小军从来就没觉得王俊霞这是在奢望，因为王俊霞配得上这样的生活！她是那样地积极努力乐观！这一切都是因为她穷怕了！

只有小军才配不上她！他哪能带着她一起受穷？她已经吃过那么多苦了！

他是沉闷的，自卑的，而对于金钱的态度，他并没有太多的追求，他只想安安心心地追求自己的梦想。

"你留下来吧！算我求你了好吗？小军，不要离开我，你知道吗？我真的好需要这份爱情，也好想有一个家！因为你踏实，所以我真的不想放弃！"

打了小军一个巴掌后，王俊霞突然后悔了，她一边说着一边摸了摸小军的脸。

"会有更好的人来对待你！"这句话小军是忍着痛说的。

王俊霞只觉得心里仿佛是遭受了一个重大打击一样,她站在原地愣了好一会儿,这才说道:"那,我跟你一起走,你去哪儿我就去哪儿!"

"这不可能!也不现实,你不知道我回去之后将要面临怎样的生活环境,我没有钱去给你买好看的衣服,也没有服装店!更没有电影院!那个地方只有大片的土地,你要跟着我一起下地干活儿!你行吗?"

"行!"

王俊霞刚刚坚定地喊出了这个字,小军也同样坚定地说:"不行!我不同意!"

"为什么不同意?"

"因为那个地方……"小军突然转念一想,"其实,我并没有多么喜欢你,你的性格很强势,你也很爱花钱,我不喜欢这样的女孩子!"

这一瞬间,小军看到王俊霞的眼泪扑簌簌地就掉了下来,是那样的令人心碎令人心疼,可是小军仍旧板着一张脸:"你回去吧!"

"我不!"

"那你就待在这儿!我走!"

小军说完直接出了门,他知道王俊霞没有再追上来,这时他的眼泪才敢掉下来,迎着风,热泪马上就被吹冷了,冰凉地贴在脸上。

他的心在痛,在思念,可是他知道他给不了王俊霞这样的女孩幸福。

回家的火车缓缓开动了,小军望着这座城市,心里留下了无限的思念,尤其是对王俊霞。

他感谢这样一个人,给了他这么多的爱意与温暖,而这种情谊,将永远留存在他的心里,给予他深深的力量,同时也让他深深地惭愧。

"亲爱的王俊霞,"小军在心中这样想,"你将配得上更好的丈夫,也希望你能快点忘记我这样一个人,重新开始新的生活。"

当火车离家乡越来越近的时候,车窗外面飘起了柳絮般的雪花,小军深深地明白,他的身心都将属于这片大地,而在深圳的那段日子,将永远地结束。

6

这是一个特殊的新年。

小军坚持要回到自己的家里过年,他想在那个窑洞里,陪着父亲过这个冷清的年。

"一定要回去吗?"春霞问道。

"我不想爸一个人在那边寂寞。"

春霞叹了口气,她作为杨小兵的妻子,今年也应该在婆家过年,她劝慰道:"小军,你是个孝顺的孩子,这么多年你一直都没有离开过爸爸的身边,我知道你心里难受,明天早上我们就回去给爸上坟,今天你留在这儿好吗?"

小军有些犹豫地点了点头,他进了这个并不熟悉的院子,想起从前杨小兵母亲的所作所为,便觉得心里像压了一块重重的大石头一般。

他之所以留下来过年,也是因为想要保护春霞。

但是让他没想到的是,这个在传闻当中又泼辣又不讲理的老太太,竟然并没有显露出想象中的模样,而是显得有些麻木迟钝,但是在这张表情僵硬的脸上,也看得到那种喜悦之情。

尤其是当杨小兵把孩子递到母亲手中那一刻,春霞是紧张的,她不确定这位母亲是否对她和杨小兵还有着仇恨,是否会报复。

但是杨小兵的母亲抱着孩子的动作却是那样小心翼翼,一脸温柔,就连脸上的皱纹里面都仿佛藏着温情一样。

这一刻,杨小兵的眼睛红了,他转过头去,一只手放在嘴巴上。

"怎么了?"

"春霞,我觉得我真的是做错了!其实我妈要的很简单,不过是有人能够陪伴在她的身边!可是我这些年却一直在外面,她之前之所以那么做是因为太孤单了吧!"

春霞看到杨小兵的眼眶红了,便也觉得鼻子发酸:"是,这段时间咱们每隔一个月就回家住几天,你妈,不,咱妈的心情也好了,还给咱们做过油泼面呢!"

杨小兵摸了摸春霞的头发,接着一把把春霞揽到了怀中:"我们的家庭能有今天这样的和谐都是因为你,因为你当初想方设法把我从监狱里救出来,又对我妈报以如此宽容和同情的态度,所以才会这样,你知道吗?我娶了你,真是娶了一个福星!"

春霞有些害羞:"你这样夸我,我怕是要飘起来了!我不过是做了一个婆姨该做的!"

能这样一家人其乐融融地过一个年,对于杨小兵来说是一种奢望,而如今这个奢望实现了,他沉稳的脸上,第一次露出轻松又兴奋的笑容:"我的好福星!我的好婆姨!你等着,今天我给你们好好露一手,年夜饭我来做!"

"哪能全部让你来做?那不累死了?我来包饺子!"

就这样,杨小兵在厨房中忙活着年夜饭,春霞和小军则在里屋忙活着包饺子,本来杨小兵的母亲也想帮忙,但是春霞说:"妈,你还有个更累的活儿呢!就是带你的小孙子!"

而此时此刻,杨宏安正在她的怀中对着她笑,这两个月来他长大了好多,抱起来也有了分量。

就这样时间不知不觉地到了晚上,远方的山脉处星星闪烁起来,与家家户户点起的红灯笼遥相呼应。春霞包好了饺子,在门口看着自家院子里的红灯笼上面还绑着翠绿的松树叶。

看到这些松树叶,春霞便想起她男人带着她拎着镰刀上山的时候,是怎么干净利落地爬上树,又是如何迅速地砍下了那茂密的松枝。

杨小兵矫健的身手在大城市中好像并不太突出,但一旦来到这片原始的土地上,便显得格外灵活,他爬到树的上面去,又采下了一个松塔。

只是那松塔小小的,并没有什么种子,他便送给春霞当个玩物。

拿着青褐色的松塔,春霞有些奇怪,杨小兵怎么能爬到那么高的树上去?

饺子下锅,新年的菜被端了上来,杨小兵看春霞已经忙了一下午,便先夹了一块糖醋排骨到她的口中:"你尝尝!"

春霞品尝了一下直呼好吃:"这也不是咱们西北这边的传统菜呀,你怎么做得这么好?"

杨小兵耸了耸肩:"这算什么?就这个小菜还能难倒我吗?"

"你在部队里不会是炊事员吧?"

"炊事员会有这么好的体魄吗?不过呢,我在部队里有一个朋友是炊事员,我隔三差五就去他那里看看,就学会了!"

"你什么都会?"春霞眼睛里带着一种如同星星一般闪耀的光,她感到好奇怪,也好惋惜,"你知道吗?你这个人有好多好多的优点,每一个优点都是那样令人欣赏,我好奇怪为什么刚刚见到你的时候,没有这么喜欢你呢?我觉得我们浪费了好多时间,人生这么短,我们却彼此蹉跎了那么久!"

杨小兵揽过了春霞的肩膀:"不好吗?我倒是认为感情就要是这样,要对彼此考验,要负责,要一起经历过风浪,才能体会这感情的来之不易,才能让我们在未来的婚姻生活中更加彼此珍惜!"

开饭了,在这其乐融融的大家庭中,每一个人都感受到了来自家庭的温暖,而每一个人也是这家庭中的温暖之源。

十二点的钟声敲响,1998年结束了,1999年来临了。

杨小兵拉着一家人来到院子中,点燃了院子中的烟火,那拖着长长尾巴的火星在天空中迸发出绚烂的花朵,也点燃了这小山村的半边天空。

杨小兵把春霞搂在怀中,在她的耳边轻声说道:"以后,我们还要一起过几十个这样的年,你做好准备了吗?"

"当然!我们一家人,要永远在一起!"

7

大年初一。

春霞和小军回到了自己的老家，他们在窑洞后面的那条小路上往山上走，黄土被白雪覆盖着，踩在上面发出清脆的响声。

这雪是凌晨时下的，仿佛是对这个辞旧迎新时刻的一种洗礼。

小军的手中抱着两团黄纸，春霞走在前面，他们早就已经习惯了每年这个时候给母亲上坟，但是给父亲上坟还是第一次。

那个头上包着羊肚毛巾，叼着烟杆，坐在门前劈竹条的男人，便长眠在这片土地上，在眼前这个坟墓的下面。

姐弟俩心中的悲伤与思念就如同这场大雪一样，苍茫地洒在大地上，他们在雪地中跪下来，小军点燃了黄纸。

"爸，我辜负了你对我的期望。"

春霞看着小军，他的眼泪滴在雪上，滴出两个洞来。

"小军，其实你也并不算是辜负了爸的期望，你只是选择了自己想走的路，如果你一定要走的话，那么我希望你能快乐而坚定地走下去！"

得到了春霞的支持，小军的内心感到无比的感动。

很快，小军回到村里的消息便在村里传开了，大家都很奇怪，小军有一个企业家姐姐和姐夫，为什么一定要回到村里呢？

而且小军也是念过书的人。

不过对于这些言论，小军总是笑笑就过去了，他有他的世界和梦想，沉浸在这个世界中，他才感觉到真正的安定。

很快，春霞和杨小兵离开了家乡，小军在村口送别。

临到村口之前，小军的脸上显得很沉重，杨小兵说："是不是舍不得我们走？你以后一个人在这里生活，也够艰难的。"

小军摸了一下春霞怀抱中的孩子，摇了摇头："倒不是……"

小军欲言又止，而春霞作为小军的姐姐，很了解小军的心事："小军，我们会很照顾俊霞的，她是一个工作能力很突出的女孩，我也想进一步地提拔她。"

小军点点头："那好，我回去了，姐姐姐夫，你们走吧！"

本来应该是小军看着他们离去，但是春霞跟杨小兵都明白，当一个人要去面对自己的茫茫人生时，总会感到些孤独。

很快，小军的背影便消失在了那茫茫的被雪覆盖的山中，只留下一串脚印。

"小军这孩子长大了。"春霞一边说着一边抹了抹眼角的泪，"我们也走吧。"

回到公司后，春霞发现王俊霞的神色总是有些紧张，也有些焦急，或许她还在等待着一种奇迹的发生！

就这么等了几天，王俊霞的心才彻底死了，小军再也不会回来了！他真的走了！春霞并没有说破这些。

王俊霞的工作能力远不如从前，在处理工作时总是出错，也总是缓慢得很，春霞不愿意责备她，不光是因为对她的喜爱，更是因为曾经答应过小军要照顾好俊霞。但是望着一份份频频出错的资料与文件，春霞实在忍不下去了。

她把王俊霞叫来办公室："你好好看看！"

说着她把两份文件递到了王俊霞的面前，王俊霞的眼神显得很迟钝，她看了又看，过了良久才发现上面的错误。

"对不起。"

春霞一向不喜欢责怪任何人，但是这一次她严肃地问道："你到底是怎么回事？你的工作状态需要调整！"

王俊霞恍惚之间点了点头："我知道。"

春霞看着王俊霞那失去了生机的眼睛，也想起了自己曾经失恋的时候，其实比起王俊霞，那段时间她过得更昏暗，更绝望。

"怎么了？是不是因为小军？"

突然，王俊霞的眼神仿佛是抓住了救命稻草一样："春霞姐，小军他真的不回来了吗？"

春霞摇了摇头。

"为什么？"

"因为他有他的梦想，他继承了我父亲的手艺，决定把这门手艺发展下去，传承下去。"

王俊霞思考了良久这才点了点头："我知道了，春霞姐，这段时间我一直都在思考一个问题，也许喜欢一个人就是应该不顾一切地去做……"

"你不该是这种女孩子！你是个很理智的人！"春霞严肃而冷峻地说道。

王俊霞却摇了摇头："不！我不是，小军是我的初恋，我真的放不下他！如果可以，我，我想去找他！"

春霞虽然意外，却冷静地问道："你要辞职？"

王俊霞咬了咬牙："是的！我要辞职！我要去找小军！"

"你家里不是很缺钱吗？"

"我到哪里都会赚钱的！"

春霞沉默了一会儿："好吧！我同意你辞职！"

杨小兵知道了这个消息之后也显得很震惊："你怎么能同意她辞职呢？"

"你不同意？"

"我不同意，不光是因为咱们公司需要她，更是为她的前途着想，她是一个要强又自立的女孩，难道真的让她去村里面跟小军过一辈子？"

春霞笑了笑："你呀！想得还是太天真了！"

杨小兵故作生气地把春霞压在了身子下面："你说谁天真呢？你可别忘了你天真的时候做过多少傻事？"

春霞把脸贴在杨小兵的胸膛上，闻着他身上那安心的味道："正是因为我天真过啊！"

王俊霞第二天就跟春霞交了辞职信，也去人事部办好了辞职的手续，但是春霞却说让她办完手续之后再来自己的办公室一趟。

从王俊霞那张带着敌意的脸上，春霞知道王俊霞是怕自己不同意，她反而笑了笑，接着从抽屉里拿出了一个手机："这是送你的！"

"怎么送我这么贵重的东西？"

"你就拿着吧！俊霞，你这一路过去万一碰上什么危险，还能报个警，春霞姐不放心你，你带着吧！"

王俊霞突然愧疚地哭了起来："我对不起你对我的这份栽培！"

春霞没说什么，只是把自己家的地址写在了一张纸上："我也很感谢你陪公司度过了那么一段艰难的时光，来，这是地址，你拿去吧！"

王俊霞就这样开启了一段未知的旅程。

8

从深圳坐火车来到小军所在的那个城市，一共需要将近一天的时间。

王俊霞怀着忐忑的心情坐在火车上，她不知道她将要面对的是什么。

是穷苦的生活吗？是需要下田种地吗？

这样的生活王俊霞都经历过，可是现在的她还能干吗？

下了火车，王俊霞又冷又累，但是她不想在街上随便找一家小宾馆住下，她想快一点找到小军的家！

先是坐公共汽车到县里，然后再从县里搭车到村里！

王俊霞在路上买了食物和水，接着便坐上了去县里的班车。

一走到车里，王俊霞便被耳边那些方言弄得晕头转向，她要很努力才能听得清售票员的话。

"我到陇南！"

售票员看着这个穿着时尚而又漂亮的女孩子，又问道："你是要去哪里？"

王俊霞干脆把春霞画给她的路线图给售票员看，售票员问道："你来这边有事？"

王俊霞点了点头，把目光移到了车窗外。

很快车子便到了县里，县里的街道很破旧，两侧也并没有像深圳那样的店铺与高楼，有的不过是一排排低矮的平房。王俊霞就在这里下了车。

她突然在这一瞬间开始怀疑自己做的决定，她真的要来这里与小军共同生活吗？

要在这里共同生活一辈子吗？

来不及多想，去镇上的车马上就开了。

从县里到镇上的这一段路上，她可以清晰地看到那一片片层层叠叠的黄色土地，这里的破旧与贫穷是王俊霞从来都不敢想象的！

就这样，一路坐车，直到天快要黑了的时候，王俊霞站在了村口。

从村口到小军家的路线春霞画得格外仔细，这时她接到了春霞的电话。

原来春霞早就已经算好了她到村口的时间，在电话中春霞耐心地引导着王俊霞该怎么走，大概过了半个多小时，王俊霞拖着疲惫的身体终于找到了小军家门口。

这是一个多么破旧的院落啊，而且让王俊霞感到震惊的是，这里的房子竟然是一个个洞穴，在洞穴的外面砌上墙，安上门窗就是一个家！

王俊霞的心突然跳得很快，她缓慢地走进这个院子里，窑洞里传来噼里啪啦的声音，想必是正在点火。

在窑洞的门口，堆了一大堆竹子，王俊霞摸着这些竹子，她实在不明白小军竟然就是为了这些而执意放弃在深圳那边舒适的环境！

房间里传来小军咳嗽的声音，王俊霞的心提到了嗓子眼儿，突然门开了，一阵烟从门框里挤了出来，小军也跟着走了出来。

他的口中正在喃喃自语："这柴火湿的真不好烧！"

而就在这烟尘之中，小军看到了王俊霞！他十分震惊地盯着王俊霞，过了好一会儿才缓过神来："你怎么在这里？"

王俊霞在这一刻显得很无助："我……"

"快进来！"

小军从锅里舀了热水倒进盆里："快洗洗，暖和暖和！"

这屋子里几乎没有站脚的地方，摆着的都是小军这几天做的篾匠活儿，王俊霞惊讶地盯着这些艺术品，之所以称之为艺术品，是因为篾匠活儿上面有着十分精美的图案。这些图案并不是画上去的，而是用染色的竹条编在上面的！

"这都是你编的？"

小军显得有些难为情，他点了点头："我给你做碗面吃！"

吃完面，小军并没有问王俊霞的来意，而是在炕上铺开了一套行李："你今天晚上就睡在这里！我给你多烧点火，一会儿就暖和了！"

王俊霞刚想说什么，小军便又转到了厨房，她在这房间中，透过窗子看着外面那片已经漆黑了的原野，只有点点星光。

她真的要留在这种地方生活吗？

她所谓对爱情的执着，又真的值得吗？

在火车上她一夜未眠，格外困倦，躺在炕上便睡着了。小军走进来，在黄色的灯光下良久注视着她的脸。

等到走出屋子的时候，小军已经泪流满面。

第二天一早，王俊霞便听到外面劈竹条的声音，她看到小军正穿着一件厚厚的棉袄，将竹条收集起来抱进房间里。

小军一言不发地用这些竹条编织着他的艺术、他的梦想。

王俊霞就站在一边看着。

"你知道吗？虽然这些东西生活中已经不再需要，但是我想把它变成艺术品。"

"做得很好！"

在接下来的两天里，王俊霞想跟小军说点什么，小军却一心扑在篾匠活儿上，他与王俊霞唯一的交流，就是问她想吃什么，他去做。

终于，王俊霞在一天清晨起床之后，郑重地对小军说道："我要回去了。"

小军这才放下手里的活计："那我送你去县上！"

两个人走过了长长的山路，又搭着拖拉机来到了镇上，再从镇上坐车到县里。

这一路上王俊霞终于思考清楚了一个问题，那就是为了爱情放弃一切到底值不值得。

答案是值得！但是这份值得要建立在更加深厚的感情上，就像春霞姐对杨大哥一样，而她这份所谓的爱情实在太肤浅，也太年轻。

她实在是没有办法为了爱情，选择这样的生活。

送别的时候，小军买了一些水果塞给了王俊霞，他们之间很默契地没有再提起未来，只有对彼此的祝福与嘱托。

"你一定要坚持把篾匠活儿的艺术传承下来！"

"你也一定要好好工作，好好面对生活，我就送你到这里，票也买过了。"

两个人就此分别了，甚至没有一个拥抱，更没有一次亲吻，就这样永远地分别了。

就在王俊霞在火车上坐下时，她的电话再一次响了起来，是春霞那令人安心的声音："回来上班吧！"

"嗯。"王俊霞的眼泪止不住地流下来,心中却感到一种从未有过的轻松。

爱情或许是人这一生中最美妙的东西,却不是最重要的,因为作为一个人活在这个世界上要承担的东西太多太多。

9

重复地去进行一项工作是枯燥无味的。而如今小军所面临的工作就是如此,他从来没有认为篾匠是一个简单的工作,更没有想在这份工作上投机取巧。但是,在做篾匠活儿时的辛苦,仍然能让他感到这一切比上学的时候累多了。

上学时只要在黑板前好好地听老师讲课,记知识点,考试时就能迎刃而解,但是现在小军的头脑中构思出一个又一个形状,手中描绘出一种又一种花纹,想要做出来,难上加难。

有的时候一整天憋在家里面想一个新的花样出来,但是画在纸上却没什么立体感。小军思来想去便趁着村里学校下课的时候,一个人偷偷溜进教室里,用粉笔在黑板上画出花样。因为粉笔可以随时擦掉,所以即便有了错误也不必重新再画。

渐渐地,小军习惯了这种生活,他经常趁着学生们放学,一个人在教室里面画花纹花样。

有一天小军正画得尽兴的时候,孩子们涌入了教室,他们一个个都探出好奇的脑袋看着小军:"哥哥,你在黑板上画的是什么呀?"

"没画什么!你们怎么还不回家呀?"小军问孩子们。

孩子们七嘴八舌地说道:"回家了也没意思,这天气不是好了吗?我爸我妈又出门打工了……"

有的孩子回家了只能跟爷爷奶奶住在一起,有的孩子幸运些,可以跟妈妈住在一起,但是不管是幸运还是不幸,这些孩子都没有一个完整的家庭。

他们时常思念在远方打工的亲人,小军看着他们便想起了自己。

当年他在市里念书,常常会想起在远方务工的春霞,过春节之前,他常常感到很兴奋,因为春霞就要回来了。

然而这个被称作家的地方,春霞几乎每年才能回来一次。留守儿童的父母也同样是如此,甚至有的连一年都见不上一次面。

小军因此对家这个概念产生了怀疑,难道这个一年才能回来一次的地方真的能叫做家吗?他们真正的家难道不是务工的地方吗?

小军叹了一口气,他可怜这些孩子从小就不能有爹妈的陪伴,或许从某种意义上来说,他们根本就没有拥有一个完整的家庭。

但是,这又能怪谁呢?

不出门务工如何挣得到孩子的学费生活费？在这个靠天赏脸的土地上，农作物的丰收与否，要看雨下得足或不足。

小军可怜这些孩子，便常常在孩子们放学之后留在教室里与他们聊聊天，后来干脆让孩子们留下来把作业写完，不会的就问他。

直到有一天，村里的老师发现了小军的存在。

"孩子们最近的作业完成得越来越好，我就好奇是怎么回事，原来是因为你，你每天晚上都在这里辅导作业？"

"反正我也没什么事。"

老师点了点头："太谢谢你了，要不然这些孩子呀，放学回家之后要不就是玩，要不就是干活儿，谁能想起来写作业呀？"

"是啊。"

小军一边回答着老师的话，头脑中一边想象出一个造型来，那是一个什么样的造型呢？

首先，用竹条编出一个罐子，但是这个罐子不同于别的，这是一个长长的罐子，受到材料和技术的限制，所以这个长长的罐子也是由一个一个小罐子拼成的。形成之后，便是一条龙。

而问题难就难在，编这些小罐子的时候，要把龙身体的图案一截一截地编出来。所以，这是一项很复杂的工作，他必须把每一个小罐子上面的图案都规划好，又能连接在一起。

"对了，听说你最近在村子里搞什么篾匠活儿？"

小军点头。

老师也显得有些惊讶和不屑："做这个有什么前途呢？赚不来钱，也走不出去！我听说你姐姐已经在外面开了大公司，你怎么偏偏就要做这么一个……"

"我喜欢！"一向沉稳的小军打断了老师的话，"其实篾匠活儿是一个很有意思的东西！"

"好吧！"

老师显得有些无奈。

渐渐地，小军头脑中的那条龙越来越活灵活现，他开始把每一个衔接部分的细节都想好，接着画在纸上。

然而这一切并不是那么容易。如果想做出如此精美的图案，那么就需要非常精密的计算，该编多少下，该怎么编。在编到第几个格子的时候需要换颜色，这一切都要在图纸上显示得清清楚楚。

这个想法越来越清晰，小军的心也由最开始的激动变成了坚韧不拔的耐心和决心。

他先是编出了一个罐子,接着在图纸上计算出每一个地方需要编多少下,接着又把这罐子拆掉,来完成下一个图案。

这样做是为了保证数据精确地被记录下来。渐渐地,一个又一个小罐子就完成了,而这些小罐子都没有收口,因为每一个都要接在一起。

小军按照顺序将这些罐子接在了一起,但是问题出现了,该如何让连接的地方不露痕迹呢?

小军能做的,就只有细心更细心,只有更加仔细的时候,才能使衔接处的痕迹减少一些。

大概花了一个月的时间,小军终于完成了这条龙,他的心中充满了得意与自豪,他准备晚上给这些孩子补习的时候,将这条龙展示出来。

一阵欢呼声过去,孩子们都好奇地来到了这条龙的旁边,东摸摸西碰碰,一个劲儿地问小军这是怎么做出来的。

小军说:"你们猜猜看。"

孩子们一个个直摇头,猜不出来,小军便说:"这就是你们家盛东西用的罐子,只不过是拼接在了一起,所以变成了一条龙!"

看着小孩子们那些亮晶晶的眼睛,小军的心里第一次感到了一种莫大的成就。

10

小军和孩子们一起把这条龙带回了家里。毕竟这条龙实在很长,放在教室里也占地方。

孩子们第一次踏进了小军的家,他们惊讶地发现屋子里堆满了竹条和工具,小军严肃地说道:"你们不要乱摸乱碰,小心受伤!"

"哥哥,你每天都在家里做这个吗?"

"嗯!"

"可是谁会买呢?"

这个问题也难倒了小军,谁会买这些东西呢?

他虽然一开始就有了明确的目标——想把篾匠活儿变成一种艺术,希望这种艺术至少能养活自己!

现在,他是靠着春霞寄过来的钱生活着,想到这里他便觉得很惭愧。

思来想去,小军从屋子里拿出了几个最近做的小物件,明天就是镇上的大集,他打算去集上把这几个小物件卖了。

因为这是一种艺术品,也同样是小军花费了极大的心血与时间做成的东西,所以小军不想让这些东西跟别的锅碗瓢盆一样卖得稀烂贱，因为那样便是真正伤了一个手艺人的自尊。

但是更伤自尊的是，根本就没有人来买他的东西！

小军拿起那一个个小小的篓子或者罐子，看着上面一个个精美的图案，红色的，绿色的……

偶尔有人来问价，小军热情地报出了价格，却引来那人的白眼："这些东西有什么用？你还卖这么贵，我买来就是想给孩子当个玩物的，你便宜点卖给我！"

"不行！"小军非常真诚又斩钉截铁地说道，"我的东西不许讲价！"

"那不买了！"

小军望着那人离去的背影，心中充满了无力感。一直到集市散了，小军面前摆着的那几个罐子没有卖出去一个，但这些罐子唯一的变化就是变黑了！太多的人怀着好奇心用手去摸去碰，但是并没有人愿意为他的艺术埋单！

把罐子装进蛇皮口袋里，小军把口袋扛在背上，他的脚步显得那样沉重，因为背上背着的仿佛是一种挫败感，一种难以言说的无奈。

但即便是这样，小军也并不打算放弃，他看了看自己挂在墙上的那条红龙，他知道这是因为镇上的人并不懂得欣赏他的艺术吧！

他仍然埋头躲在家里，思考他的艺术。

这时候村里的孩子们已经成了常客，他们常常三五成群地过来看着小军做活儿，在他们的心里，小军变成了一个魔术师大哥哥，仿佛这些竹子到他的手中被施了魔法一样，很快便能变出各种各样的形状与图案。

"小军哥，你可不可以给我做一个小孩的玩具啊？我想给我弟弟买一个玩具，因为他马上就要过四岁生日了！但是我的钱不够……"

小军看着懂事的小女孩问道："你想要一个什么样的玩具？"

小女孩想了半天："我也不知道要一个什么样的玩具！"

小军想了想："那做一辆小汽车？"

"小汽车好！"

小军找来了一些竹条，又找来了一些黄色和绿色的颜料："那这样，你们帮我染色！"

很快，这些聪明的孩子照着小军说的把篾条染成了黄色和绿色，当然还有黑色。

等到这些竹条晾干了，小军便开始编小汽车。

那是一双男生的修长的手，竹条灵巧地穿梭在他的指尖。一双双眼睛都盯着那双手。

小军时而停下来，拿出纸笔涂涂改改一阵子，又继续投入到工作中去。

大概过了一天工夫,一个长约半米的小汽车就做好了。

黄色的车身,蓝色的玻璃,黑色的轮胎。

当小女孩惊喜地打开这个逼真的车子的车门的时候,竟发现里面还有座位!

小女孩高兴极了,但是她又显得很忧虑。

"拿着吧!"

小军把小汽车递给小女孩,小女孩却不敢接,她羞涩地从口袋中掏出一点点零钱来:"小军哥,我身上只有这么一点钱,就连到集市上给我弟弟买个玩具都买不起,但我没想到你的这个玩具比镇上卖的玩具还要好很多很多,我没有钱买……"

"你拿着,我不要钱!"

小军刚要把小汽车塞给小女孩,小女孩就一溜烟似的跑了,这时调皮的男孩子们说道:"不要就给我们呗!"

"这是人家的!你们如果喜欢,我可以再做给你们!"小军说着打发走了这些男孩子,一个人抱着小汽车来到了女孩的家里。

这是一间很破旧的窑洞,窑洞里面的陈设和布置也很简陋,屋里烧的是煤油灯,所以灯光显得昏沉而不稳定。

小女孩的奶奶此时正在炕上铺被子,小女孩的怀中坐着一个调皮的小男孩,他正在哭,口中喊着明明已经答应给他买生日礼物了,可是到现在还没买!

小军的突然造访让他们感到很吃惊,也打断了孩子的哭声。

小军把小汽车递给了小男孩:"小朋友,这个东西是你姐姐让我送你的,是给你的生日礼物!"

小男孩破涕为笑,他惊讶地把小汽车抱在怀中:"哇,这真的太好看了,是辆小汽车吗?"

"是啊!"小军摸了一下小男孩的头,"这是你姐姐给你的生日礼物,还不好好谢谢姐姐?"

小男孩开心地谢过了姐姐,抱着小汽车去玩儿了。小女孩今年已经上六年级,她十分抱歉地对小军说道:"小军哥,如果你不嫌弃的话,我把我的这点零用钱先给你,我拿不出什么钱了,等到以后我再慢慢还给你!"

小军知道这是一个关乎尊严的问题,他轻轻地说道:"你的这个零花钱我不要,但是你可以放学之后到我家里去,帮我做一些简单的活儿,用这个来抵玩具钱!"

"可以吗?"

"当然可以!"小军说完就离开了。

11

结果，来找小军做玩具的孩子越来越多，大部分的孩子也拿不出钱来买，小军更不可能要他们的钱，便只好都让这些孩子来给他帮忙，当然，这个所谓的帮忙，也不过是帮小军做一些简单的活儿，这是一场赔钱买卖！因为到了周末，小军中午还要做上一锅饭，跟这些孩子一起吃！

不过即便如此，小军还是在这样的过程中体会到了真正的宁静和快乐，他和孩子们做的这些玩具一个比一个漂亮，一个比一个逼真！

现在他能做的不仅仅有小汽车，还有小动物。

孩子们上学的书包破了，小军干脆就编一个形似书包的篓子，在上面编着每个人想要的图案。

学校的老师发现孩子们来的时候都背着这样精美而又特别的书包，都觉得格外好看，等孩子们放学的时候站成一排走出学校，倒是一道风景。

于是老师干脆找到小军："你这个书包编得不错，能不能给我家的小孙子也编一个？他跟爸妈住在城里，我想要是能有一个这样的书包送给他，肯定跟别的小孩不一样，他这孩子就喜欢追求与众不同！"

小军点点头："交给我吧！"

老师掏出了钱递给小军："给你二十五，你看行吗？"

"怎么能要你的钱呢？"小军连连摆手，老师却板起一张脸："你不要的话我就不做了！那群拿不出钱的娃娃不给就算了，但是我不能不给！你听话！"

小军收下了这二十五块钱，这是他在做了篾匠之后的第一笔收入，所以小军非常重视这个书包。他打听到现在城里的男孩子们都喜欢机器人，于是就费尽心思在包面上编了一个机器人出来。

老师看到之后赞不绝口："当初我就不该说你做这个东西没出息，俗话说三百六十行，行行出状元，你能把这篾匠活儿做得这么好，是别人都学不来的本事，以后一定会有大出息！"

小军有些无奈地笑着："谁知道呢？"

就这样过了一段时间，小军照例是把这些艺术品拿到镇上的集市去卖，但也照例原原本本地拿回来。他在价格的要求上决不含糊，哪怕是一个都卖不出去，也不肯便宜地卖出任何一个！

他可以把自己的东西送给任何人，但若是买卖，他的原则就是东西的价格要对得起他所付出的这份心血！

因为做篾匠挣不到什么钱，小军也不愿意一直花春霞的钱，所以到了春天也要下地干活儿，村里的每一个人都一样，包上头巾在地里挥洒着汗水。

与小军同龄的孩子们大部分都外出务工了，不然就是在学校里读书，他们绝不会留在村里当一个农民！

所以小军下地干活儿就仿佛成为了邻里之间的新鲜事似的，但小军仍然干得卖力，他喜欢这片土地给他带来的踏实的感觉。

这天他正干活儿呢，就看到老师急急忙忙地跑到他的地里，小军大喊了一声："老师你别着急，踩坏了我的苗怎么办？"

"你怎么还在乎这几棵苗？你赶紧给我回家！"

"回家干什么？天儿好我赶紧把地锄了，明儿大晴天，太热！"

老师一把就把小军的锄头扔在了地里："我告诉你，我孙子的那个书包现在全班同学都想要！"

小军没想到自己编织出来的书包竟然会那么受同学们的喜欢！

"他们班一共有五十个同学，一共有三十二个同学想要，我儿子已经统计好了名单，你这就回家做吧！"

三十二个？小军犯了难，那一个书包做起来就得两天工夫，要是把这些书包全做完了，还不得等到放暑假呀？

"这么大的订单我接不了！"

老师咂嘴："你傻呀你？你知不知道这一个多少钱？"

"多少钱？"

"我说这一个书包是三十五买的！"

"这价格也太高了吧？"

老师摆了摆手："城里孩子有钱，不像咱们农村的孩子，学杂费都交得吭吭哧哧！所以你赶紧回家做去吧！"

小军一听到一共三十二个同学要，每个书包卖三十五块钱，这样做下来自己就能赚个一千多！立马兴冲冲地答应下来了："那好……不过，我这地里的活儿还没干完呢！"

"哎呀！那你干吧！快点干，同学们还等着呢！"

小军迅速地把地里的活儿干完了，扛着锄头小跑着回到了家，他计算了一下这些书包需要用到多少根竹条，找人订购了一批。

接下来，小军便没有时间往学校跑了，一门心思地在家里劈竹子做书包，同学们看到小军不来，便都往小军家跑。

这段时间他们早就已经习惯了在小军家做点什么，老师干脆把学校的手工课变成了下午最后一节课，直接让这些孩子去小军家上。

同学们知道小军最近正在赶一批活，于是便自告奋勇地要帮小军的忙。

男孩子们戴上手套劈竹子，女孩子们对竹条进行染色，还有更细心一点的孩子，小军就让他跟着自己一起编书包。

在孩子们的陪伴之下，这样枯燥而乏味的工作有趣多了，小军有时候一边做活儿一边不太熟练地唱着父亲曾经唱过的信天游，一开始的时候他还不好意思，但是唱得久了嗓音放开了，那歌声便显得格外悠扬。

很快，在孩子们的帮助下，这三十二个书包便做成了！

小军分两批把书包带到了城里，由村里的老师带着他来到了学校里。

同学们看到了书包都显得很开心，唯独老师的孙子撇了撇嘴："这有什么好的？我背两天就觉得没意思了！"

老师连忙对小军说："这孩子叛逆！本来挺喜欢的，看到大家都有了就不喜欢了！"

小军笑笑："这孩子挺有个性的！"

很快，一千多块钱就到手了，从前小军在春霞的工厂里上班，也挣到过这么多钱，但是，唯独这一次，这些钱的分量显得格外地重。

小军急匆匆地回到了家里，给每一个帮忙的孩子都发了工资，看着孩子们脸上那灿烂的笑容，小军也打从心底感到了一种欣慰。

12

这一批书包的定做，让小军很快就在这个小村子中名声大噪。

他们这群庄稼汉怎么都没想到一个放弃了城里好工作而回家务农的人，竟然还能搞出这么些名堂来！

就说这一千多块钱，就算是在外面打工也不可能在这短短的半个月之内就赚到这么多！

渐渐地，大家对这个小伙子也多了几分敬意，就连平常小军跟大家伙儿一起下地的时候，曾经那几个嘲笑小军种不好地的人，也过来指导他。

"小军，你看这个地啊，得这么的……"

老刘大叔一边说着一边拿过小军的锄头，很轻松地就把杂草铲了出来："现在这个时候，苗还小，不太适合打农药，就这么处理草就行！"

"谢谢你啊，老刘大叔！"

小军这些年一直都在外面上学，地里的活计并不太懂，其实他也可以不用下地来干活儿，因为春霞每个月寄来的钱足够他生活，可是就算如此，他也不愿意心安理得地花着春霞的钱。

况且既然站在这片土地上,他就不愿意让自家的那片田荒废着。

所以这一整个春天下来,他一个人又是翻地又是锄地,因为这片地自从老李走了之后就没人再侍弄过,所以更要翻得透彻仔细些,小军天天累得腰酸腿疼。

好在现在有了村民们的帮助,小军也总算是磕磕绊绊地种好了地,种子也发了芽。

不过,老刘大叔这次来帮小军,却不单纯只是为了帮他。

老刘大叔那张堆满皱纹的脸上露出一丝惨淡的愁云来:"唉,你说我家那娃娃要是有你一半自立就好了!"

小军知道老刘大叔家的孩子,现在正在外面读大学呢!

"他不是正念大学吗?以后是个人才!"

老刘大叔咂了咂嘴巴:"你不知道,他那个大学花钱可多着哩!你说我和你刘婶儿,每天就在家里种这么一亩三分地,孩子月月都要钱……"

"可不就是嘛!难为你们老两口了!"

老刘大叔看了一眼小军,犹豫了好半天才说道:"小军,你是咱们村的好后生,你给老刘大叔想想办法,看看我们两个还能有什么挣钱的营生,好让孩子的大学念下来呀!"

小军把头上的毛巾扯下来擦了一把脸上的灰和汗:"这我怎么知道啊?我年纪也不大,不懂这些!要不然,你外出务工去?"

"这怎么能行呢?"老刘大叔捶了捶自己的腰,"我这个腰年轻的时候就落下病根了,难道让我去工地上干活儿?怕是真的干不动哩!"

老刘大叔的话说到这个份儿上,小军的心里也明白是什么意思,他叹了口气:"那要不然……你们到我家去帮我做篾匠活儿?"

"哎呀小军娃,我就是这个意思!你看看能不能让我过去帮帮忙?少赚点零花钱也行,给孩子改善改善生活!"

看着老刘大叔那双殷切的眼睛,小军也于心不忍:"那好,不过现在我也没有什么生意,前段时间小孩子的书包也不过是个偶然,这样吧!一旦有了生意,我缺人手就通知你们来!"

"好着哩!好着哩!要是有活儿,我跟刘婶一起去!"

小军算是应承下来了这件事,日落西山,他扛着锄头回家,坐在自家的门框上心中第一次感到一种沉甸甸的压力。

从前他做篾匠儿活只是为了自己的追求,不管是赚得来钱还是赚不来钱,他只是想把这份手艺传承下来,但是现在加上了两个人的生计问题,所以他不得不尽快多揽些生意。

但是到哪儿去揽生意呢？

小军突然想到了前段时间做的那个小汽车，虽然很费工夫，却很受小朋友欢迎。

他干脆下定决心，这几天好好研究出几个玩具，接着就带到市里去卖！

不去镇上也不去县里，要去购买能力更强的地方！

于是，他没日没夜地赶制出了几个小汽车、小书包和一些小笔筒。

他装了一个大麻袋，独自一人坐着公交车来到了市里。

在市里转悠了一圈，他把目光放在了学校门口。

等到下午学生们一放学，小军就在学校门口摆开了。

令小军没想到的是，这些东西才刚刚摆上，便被一大群孩子团团围住，他们好奇地看着这些小玩意儿，小军笑着说："没见过吧？你们知不知道这都是什么做的？"

孩子们看了又看："是木头！"

"竹子！"

"答对了！"小军拿起了一个书包，打开了上面用铁丝固定好一边的盖子，让孩子们看里面，没想到这个书包里面竟然别有洞天！

中间有一道暗格，暗格上面还缝着一块小花布，要知道这样的书包就跟商场里卖的差不多，都是那么精致好看！

这时接孩子们的家长也围了上来，孩子们嚷着说道："我要这个！"

这些竹制的商品也引起了家长的好奇心："这笔筒多少钱啊？"

"十块。"

家长的脸上露出鄙夷之色："我在商场里买个笔筒才五块钱，你这摆摊的怎么还卖得这么贵？"

小军拿起这精巧的笔筒说："这是纯手工做的篾匠活儿，上面编制的这些图案都是竹子做的，而且很结实耐用，比起商场里那些千篇一律的商品，竹子做的篾匠活儿却仅此一个！"

家长看了看，孩子想要，便只好买下了。

随着这第一单生意的开张，买的人便渐渐多了起来。小军一开始还有些不好意思，到后来便主动打开小汽车的门，介绍起里面的座椅。

家长们看到这玩具设计得精妙，不光是孩子想要，就连他们自己也都觉得新奇。

于是，大件的商品小军就一个卖四十元，小件的就三十元，竟然在放学这么一会儿工夫，就售卖一空！

回去的路上，小军的心中有一股涌动着的惊喜与激动。

并不光是因为这些作品卖出去了，更是因为他用心做出的艺术品得到了大家的认可！

13

有了这次的鼓舞，小军认为之前那批书包的售卖成功并不光是因为偶然。

他便下定决心，好好地做一场生意！

他先是从南方进来了上好的竹料，又在图纸上画出了很多图案，再由这些图案更加精确地设计出立体的图形，其中的每一个边角每一个面，他都精妙地计算出要编多少个格子，每一个格子的大小，计算好这些，又要计算出每一根竹条劈出来的薄厚与宽窄。

经过了几次反复试验，小军做出了不少样品。

做出样品之后，小军马上找来了老刘大叔两口子，跟他们谈好了工钱。

他耐心地指导着这对夫妇该如何劈竹子，老刘大叔胸有成竹地说："这活儿我以前又不是没干过，你就交给我！"

小军有些忧虑地说道："我当然知道老刘大叔你很熟练，但是你还是要按照我图纸上的要求来劈竹子，否则，后面你根本做不出成品！"

"嗯，你放心吧！"

经过了一个上午的忙碌，老刘大叔把成品交给了小军。

"你就放心吧！我这劈得直直的！"

老刘大叔显得十分自负，但是他怎么都没想到小军竟然拿出了卡尺，只见小军用卡尺仔细地量着每一根竹条的每一段。

"你这娃子，难道是不信任我吗？"老刘大叔显得有些心虚，他看到小军脸上越来越阴沉的脸色："我可都是按照你的要求做的！"

小军放下卡尺和竹子，沉默了一会儿。

"老刘大叔，这个竹子……你用尺子量过吗？"

"怎么没量过？"老刘大叔提高了声音。

但是小军并没有因为他那浑厚的嗓音而被吓住，他直视老刘大叔的眼睛："你真的用了尺子吗？如果用了尺子不应该有这么大的偏差！"

"你这个娃子，我都一把年纪了，怎么看得清那个尺子上的刻度？你这不是纯粹难为人吗？"老刘大叔恼羞成怒地对小军喊了起来，还好刘婶算是个明事理的人，劝慰道："你本来就没用尺子量过，也怪不得人家娃娃！"

只见老刘大叔怒目圆瞪地把刘婶推到了一边，叉起腰来说道："去你的！女人家都别说话！我告诉你，这篾匠活儿我又不是没做过，我的眼睛就是尺！咱们家的那些篓子不都是我做的？"

小军只怪自己太年轻，他其实早就应该料到老刘大叔是一个很固执的人，让他接受用尺子和刻度去做事，恐怕是一件很难的事！

他心疼地望着这一批竹条，这可是从江苏买回来的上好的竹条！花了一大笔钱呢！

现在可好，都浪费了！

"老刘大叔！你别生气，怪我一开始没有跟你讲清楚！"

小军一边说着一边把成品拿在手里："你看看，这些都是很精妙的设计，如果其中有一点偏差的话，上面的图案就会改变，你说做出来的东西不好看，我怎么卖出去啊？"

老刘大叔拿着小军手中的成品看了又看："这也不是什么稀罕物啊！你是不是觉得我做不出来，你等着，我现在就给你做一个出来，你爸当年在的时候，活儿做得可不比我好！"

小军望着那一批已经废了的竹条说："你想做就做吧！"

又经过了一个下午的折腾，老刘大叔更加心虚地拿出了自己的作品，虽然都是严格按照小军图纸上的数据做的，可做出来却跟小军做的那个千差万别！

因为竹条的不均匀，所以做出来的成品东扭西歪，连图案都拼接不上，更别提什么艺术与美了！

但是老刘大叔是个要面子的人，仍然理直气壮地说道："你看我做的哪点比你差了？至少比你做的结实！"

小军叹了口气："老刘大叔，我现在所做的篾匠活儿，不是咱们传统意义上的篾匠活儿，所以你也不应该用传统的手法去做，应该……"

"我发现你这个娃娃忘本啊！我们就是篾匠，怎么不按传统的方法去做？"

小军摇了摇头："老刘大叔你不要抓我的语病啊！我的意思是我们是以传统的手法去做……"

"那不就完了吗……"老刘大叔的手背往手心上一拍，自顾自地发起了牢骚。

小军知道像老刘大叔这样的人根本无法接受他这种新式的篾匠活儿的！因为老刘大叔的思维已经僵化了，即便不是，他也绝对不能虚心地接受晚辈的指导，这可是事关重大的面子上的问题。

"老刘大叔，你先放下吧。"

小军知道自己不能再让这对夫妻给自己做活儿了，否则浪费的竹料只会越来越多，但是又不知道该怎么开口。

果然，第二天一大早，老刘夫妇就准时来到了小军的家里。

"小军啊，今天给我们做什么活儿啊？"

小军从门槛上起身，思虑了一会儿才说道："老刘大叔，我现在这个生意也不算稳定，这段时间你们先不用来了！"

"什么？你这不是忽悠我们两个人吗？怎么说不来就不来了！"老刘大叔又用昨天那种高亢的声音对小军喊道，他那种强势的压倒性的力量跟那天在地里求着小军给自己活儿干的时候完全是两种模样。

小军心里也窝着一股火，但是老刘大叔的岁数也不小了，他便强压着怒气："老刘大叔，我觉得这个活计不太适合你来做，因为这是一个精细活儿……"

"那就连那些小娃娃都能做呢！我怎么不能？"

"小娃娃们头脑灵活眼睛好使……"

"那你是说我们老了吗？"

经过了一番拉扯，小军总算是把老刘大叔劝走了，不过临走的时候，老刘大叔还是要了昨天一天的工钱，而且是两个人的！

小军给了，他认为那是老刘大叔昨天辛苦了一天应得的报酬，而自己那堆被废掉了的竹条，也是因为自己用人不当而必须承受的损失。

看着那堆报废的竹条，小军一只手支着头在磨盘上沉思着这两天所发生的一切。

14

这两天，春霞和杨小兵带着孩子回来了。

他们本来是去杨小兵的家里看看母亲，春霞惦念小军便又回到了这里。

看到小军在房间中摆的那么多成品样品，春霞充满了惊喜。

这种惊喜不光是因为小军做出了这么多漂亮的篾匠活儿，更是因为这些物件仿佛被注入了灵魂一样，每一个都是那么精致漂亮，其中有一些更是充满了艺术感！

春霞拿起了那个拼接起来的红龙："小军，你真是一个天生的手艺人！"

小军被如此夸奖，憨憨地笑了几声："姐你过奖了，你喜欢哪个就拿回去！"

"好！"

春霞在屋子里面欣赏这些艺术品和小玩具，杨小兵却注意到堆在外面的那一堆废弃的竹条，还有小军桌子上的图纸。

他拿着图纸对照着这些竹条，便发现了竹条之所以被废弃的原因。

"你做这些东西都很精密？"

"是啊！"

"竹条是你做废的？"

小军讲起了前几天的事："其实我也不是不想帮老刘大叔，看这些农民留在家乡只能靠种自家的一亩三分地活着，我也是于心不忍，但若是让他们干活儿，也就是这个效果……"

春霞认真地想了想："是啊，咱们村的大部分青年人都出去打工了，若是家乡有好的营生，谁愿意出去奔波呢？"

杨小兵拿来了一根竹子，对照着小军的图纸，一刀劈了下去，但是他从前没有做过篾匠活儿，所以用刀的时候不稳，不但没把竹条劈出来，反而不小心伤了手。

春霞看到杨小兵流血了，连忙找来云南白药和布条帮杨小兵把手指绑起来，口中连连问道："疼不疼啊？伤口深不深？"

小军在一旁看了，故作吃醋状："姐，我姐夫不过是伤到那么一点点你就心疼成这样，你看看我的手！"

春霞一看小军的手，心里像被揪着一样疼，那双稚嫩的手上已经多了不少的新伤跟旧伤，有刀刃留下来的口子，也有竹条上的刺刺伤的印子，有些地方小军用布条包着，有些地方已经结了痂。

"小军啊，你怎么不小心一些？怎么不戴手套？"春霞心疼地捧起了小军的手。

小军说道："不能戴手套，因为这是精细活儿，一旦戴了手套我量不准也劈不准！"

杨小兵说道："这个篾匠活儿不仅仅耗费时间，更是容易受伤，小军，你真的愿意吃这份苦吗？"

小军看了看屋子中摆着的那些样品，坚定地对杨小兵说道："姐夫！我就像我姐说的，是个天生的手艺人，手艺人不就该承受这些吗？"

"你说的不错！"杨小兵朝小军投来了敬佩的目光。

在家里住了几天，春霞与杨小兵一家三口再一次坐上了回深圳的火车。

一路上春霞显得忧心忡忡，杨小兵问道："还在心疼小军啊？"

"这是一方面！"春霞的目光放到了外面那广阔的原野上，"我在想，以后的社会是一个经济社会，大家都会去像深圳上海这样的大城市发展，那你说我们的家乡呢？难道以后要变成一座鬼城？"

杨小兵也陷入了沉思，他知道在大城市安家的苦与累，也知道有很多出来务工的人心里深深地思念着家乡，但是家乡根本就没有什么拿得出手的产业，让人们该怎么生活呢？

春霞从口袋中掏出一个苹果削了，递给了杨小兵："你尝尝，这是我们村这边的苹果！"

"很甜。"杨小兵咬了一口，"还很脆！"

"毕竟咱们省的苹果是全国出名的，而咱们全省最出名的苹果呀，就在咱们村！"

春霞骄傲地说道。

两个人回到深圳后,春霞投入到了工作中,而杨小兵则随着业务员去江苏出差了。

小军怎么都没想到,自己竟然会收到生日礼物!

这个农村长大的孩子根本对生日没什么概念,况且他的生日是母亲的忌日,他哪有心情去过?

一辆卡车开进了小军家的院子中,杨小兵从卡车上跳了下来,又与司机一起卸下了一台大机器!

小军惊讶地望着这台沉重的机器,上面反射着金属的光泽:"姐夫,这是什么呀?"

杨小兵神秘一笑:"送你的生日礼物呀!"

杨小兵一边说着一边准备把机器的电线与家里的电源连上,但是这老房子年久失修,电源就是一根细细的线,连地线都接不了,无奈之下只好去前院拜托了邻居。

这个机器被放在了邻居家的院子中,轰隆隆地运作了起来,杨小兵早就抱好了竹子走进来。

"小军,你来看,把你的图纸也带来!"

小军看着设备上那些按钮,只见杨小兵在上面拧了几下,接着问道:"小军,你要的竹条是多宽?多厚?"

小军精确地报上了数据,杨小兵又调试了一番,接着把竹子放进去,另一端便出来了均匀的竹条!

小军惊讶地望着这一切,杨小兵说道:"快点,看看这个竹条跟图纸上的要求有没有差别?"

小军一溜烟儿地跑回家拿着卡尺,对着竹条测量了好一会儿,精确度几乎高达99%!

"天哪!姐夫,这真是一台好机器!"

"以后你就不用为了劈出那么精细的竹条而把自己的手弄伤了!明天我再帮你接个新的电线,就能用了!"

小军无比心爱地看着这台大机器:"姐夫,你是从哪儿买的这么好的东西?是不是很贵呀?"

杨小兵摆摆手:"我也是出差的时候看到的,不是很贵,你就放心用吧!"

小军怀着激动而感谢的心情紧紧地握住杨小兵的手:"姐夫,真的谢谢你!"

"一家人,说什么谢不谢的?倒是你追求梦想与艺术的精神让我敬佩,所以这就算是我为你做的小小的投资吧!"

15

从前，小军做篾匠活儿速度提不上来的主要原因就是要精准地劈竹子，劈出想要的形状，而现在有了这台破竹机，速度就可以大大地提升了！

小军干脆又从南方进来了一批竹料，他这一次要做的不仅仅是一些给孩子们用的小玩意儿，更是想要追求创新！

他想要用这些竹子做出真正的艺术品来！

于是，他在家里想了又想，画了无数张的图纸，进行了无数次的尝试。

该怎么才能把生活用品跟艺术连接起来呢？该用什么手法才能让成品更加具有美感呢？

小军经常是一画就画到了大半夜，白天就在阳光下给竹子染色，他渐渐发现，一直认为容易的染色，其实才是真的大有学问！

想要融合出一种颜色，需要不断地用颜料来尝试，而这种颜色一旦有所偏差，那么出来的图案可能就与心中想要的风格大相径庭。

为此，小军陷入了深深的苦恼之中！

一方面是图纸一方面是颜色，可是他根本不是美术生，全凭自己研究总会陷入困惑。

思来想去，小军干脆来到了市里，找了一家美术班。

老师是一位年轻的姑娘，她身上带有一种温柔而又典雅的气质，这种气质不同于小军之前所见过的任何一个女性。

如果对这个老师做一个简单的评价的话，那么小军只有两个字：艺术。

这位老师本身就充满了艺术气质，她穿着简单的衬衫，深格子的裤子，不加任何修饰的披肩发却显得这一身朴素的搭配多了几分清雅，也多了几分年轻姑娘的青春活力。

"我叫刘雅静，是这里的美术老师。"老师一边放下手中的碳素笔，一边来到小军的面前，展现出一种成熟而自信的美。

"你好，刘老师。"

"你是打算做专业的美术生，还是业余爱好？"

小军摇了摇头："我不是什么美术生，我只是想向你系统地学习一下美术当中的透视和调色。"

刘雅静道："看来你也了解一些，那你能不能告诉我你学美术的目的是什么，我好给你制定一套针对你的课程。"

小军就把自己的目的告诉了刘雅静，刘雅静听完了之后感到很惊奇："我还以为你是念书的学生呢,没想到你竟然是一个自己创业的小老板!"

"我才不是什么小老板呢,我要做篾匠活儿,也并不光是为了赚钱,当然,也是希望赚一点钱的,但是最重要的是,我想把这门手艺传承下来,也想在这些手艺中加入更多的艺术元素,这样才能发扬光大!"

小军每每说到这里,眼睛里都展现出一种对美好的向往,刘雅静看得出小军是真的热爱这门手艺!

"那你是想学会画图纸,调颜色?"

"对,我想要画更深入的图纸,但是凭我这两把刷子,只能画出平面的而画不出立体的,所以我需要专业地训练一下!"

刘雅静比了一个OK的手势:"我想,这对你来说并不难,一个人只要有热爱的决心,那想要学成什么是很容易的!"

"那刘老师,你就帮我制定课程吧,我要越快越好!"小军有些急切地说着。

刘雅静想了想:"如果你刻苦练的话,想要快一点没问题,但是关于调色,我想你还是应该把竹片带来,因为颜色在纸上跟在竹子上肯定是有差别的,还有,如果你是要做篾匠活儿的话,也许我会帮你找到一些灵感呢,所以你下次上课,干脆把原材料带来!"

"你也感兴趣吗,刘老师?"小军激动地问道。

刘雅静笑着说:"本来对篾匠活儿不感兴趣,但是听你这么一说,我倒是感兴趣起来了!"

"那太好了,下次我来咱们就一起研究研究……"小军说着话又停顿下来,"不过会不会太打扰到你?我的那些工具、竹子什么的,带过来恐怕要把你的画室弄乱了!"

刘雅静笑了,环视了一圈自己的教室:"你看看,这里还怕更乱吗?"

小军环视了一眼这间教室,里面摆放着很多石膏像、画架,以及各种各样的画具,塞得满满当当的。

"那好!"

跟刘雅静谈妥了课程的时间,小军的心情一直高涨着,他没有想到刘雅静这样恬淡的女性,也会对自己那份有些粗糙的篾匠活儿感兴趣!

小军在市里逛了逛,总觉得心里像是有一只被关在笼子里的鸟一样,望着蓝天想要展翅高飞,又苦于无门,但是马上就有一个人要把鸟笼子打开!

那个人就是刘雅静!

或许真如刘雅静所说,她能够带来更多的灵感,以及专业技术上的指导!

到了约定上课那天,小军把竹子用破竹机削成竹片,连着工具一起装进了蛇皮口袋里，可临走的时候看到这蛇皮口袋破破烂烂的，外面还沾着灰尘，小军觉得有些不体面。

但是工具这么多，除了蛇皮口袋也没什么能装得下了，无奈之下小军便把蛇皮口袋用刷子刷了一遍，接着再把材料装进去。

一路上，小军仔细地护着这个蛇皮袋子，来到了刘雅静的美术教室。

"你来了！"

"嗯。"小军有些闷闷地回答了一声，看着这蛇皮口袋，"我实在没什么装东西的，就只好用这个装化肥的袋子……"

刘雅静倒并不介意，一把接下了小军手中的蛇皮袋子："快进来吧！"

小军的心里生出一种奇异的感觉，他把这个蛇皮袋子一路拿到城里，周围的城里人都会下意识地觉得小军手中的袋子有些脏，是乡下人的象征，所以连坐公交车都没有人愿意靠近他，而刘雅静却并不在乎这些。

"这袋子有什么？我平常画具买得多了，也是用这种袋子装，你不知道我那袋子可脏了！"

刘雅静话语中的那种率真与诚恳就这样在不经意间打开了小军心中有些自卑的心结。

16

小军有些羞涩地从口袋中掏出了几张纸："刘老师，你看，这是我画的图纸……"

刘雅静看了看上面并不成熟的笔触，却极为认真的线条，向小军投来了赞许的目光："你不是专业学美术的，但是画得很细心，也很有创造力！"

小军挠了挠头："是吗？"

"是的！我想你很有美术方面的天赋！"

刘雅静说完，拿出了一本书递给小军："这本书上的画你可以先临摹一下，都是最基本的透视关系，原本我是先打算让你从线条练起，但是既然你说想快些，那就一起开始练吧！"

有些微凉的、指尖柔软却有力的手放在了小军的手上，刘雅静正在教小军该如何拿笔。一时间，小军的心中仿佛下了一场蒙蒙春雨，湿润之中又带着些激冷，而这种冷不仅仅是从刘雅静手部散发出的温度，而是刘雅静本身带给小军的一种全新的感觉。

很快，小军就投入到练习中，而刘雅静在小军练习期间开始研究起小军的这些材料和工具。

她不时地拿出图纸，又不时地对照起这些原料，不觉惊讶地说道："李小军，用这些东西真的能做出这么漂亮的小汽车和书包吗？"

　　"当然可以，不过我做得有些粗糙！"

　　"那你真的好厉害，真想看看你做出的东西。"

　　小军一边画画一边说："家里放了一大堆呢，我本来想拿一个给你看看，但是又觉得那些做得不够好，我想等我做出一个好的再拿来给你看！"

　　一个下午过去了，小军的练习时间也结束了，晚上还有学生要来刘雅静的教室。刘雅静看着那些原料和工具有些抱歉地说道："今天好像没时间再跟你研究篾匠活儿了，这样，东西先放在我这儿，等到下一次你来，咱们再研究好不好？"

　　"好，不过工具我要先带走！"

　　小军带着工具，带着今天学到的美术方面的知识坐上了回家的车，可他知道，这些东西并不全占据着他的心扉，他的脑海里不断出现着刘雅静的模样。

　　就这样，小军在刘雅静这里上了几次课，渐渐地明白了物体的透视关系，画出来的图纸也一张比一张更精细巧妙。

　　"你进步得很快呀！"刘雅静看着小军临摹出来的静物，"而且你真的很细心，要知道不管是美术，或是别的什么艺术，耐心与细心才能达到真正的高峰！否则一时间的灵感呀，天生的天赋呀，都不是决定成败的根本！"

　　被刘雅静这么一夸，小军的脸有些红了："我只是太想做出我想要的东西了，所以不得不学得快一些！"

　　这时，刘雅静悄悄地从书里拿出了一张纸，有些神秘地拿到了小军的跟前："李小军，你看这个图案怎么样？"

　　小军拿过来看了看，这是一朵盛开着的花，花瓣的形状呈现出一种极为规律的对称，且又交叠在一起，既饱满又有着不同寻常的韵味在里面。

　　"很漂亮，刘老师，这是你画的么？"

　　刘雅静点头："我看你一直都在为你的篾匠儿活儿上该设计什么样的图案而困扰，就帮你想了一个。这种编织而成的手工艺品不太适合过于写意的图案，所以我设计了一个这样的图案！"

　　"这是帮我设计的？"小军激动且感激地问道。

　　"算是吧！当然啦，你要是觉得好，可以试一试，要是觉得不合适也可以直接提出来！"

　　小军连连摆手："怎么能这么说呢？真的很合适！我可不可以现在就试一试？"

　　刘雅静一拍手："我也正有此意！"

　　不过，这种图案画在纸上容易，要呈现在篾匠活儿上就很难，因为用实打实的竹条去编织，就一定会留下一些偏差，而这些偏差很有可能让此设计失去灵性与美感。

于是两个人便热火朝天地尝试起来，一旦编出来的效果不好，就马上拆开来重新修改数据，或者是把竹条的宽窄调整一下，或者在编织手法上做调整。

就这样，两个人一直忙到了晚上，小军一抬眼才发现外面的玻璃上还残留着最后一点晚霞，天已经黑了。

"都这么晚了？刘老师，我真没想到会打扰你这么久？"小军抱歉地说道。

刘雅静笑了，脸上露出两个淡淡的酒窝，显得格外温柔高雅。

"时间还不算晚，今天晚上我也没学生，你可以在这里画一会儿……"

小军连忙摇头："不行，再晚的话，回村的车我赶不上了！"

他说完便急急忙忙地收拾了东西，从刘雅静的教室离开了。

他不知道自己为什么会急匆匆地离开，事实上这个时间回村的车早就已经没有了，他不得不在一家招待所里开了个房间。

开好了房间，小军下楼买吃的，刚转到一家包子铺，便看到自己的高中同学，那两个人一个家里是在山西开煤矿的，一个爸爸是在市里电视台上班的。

他们看到小军，都显得惊讶又很热情："李小军，怎么在这儿看见你了？你现在干什么呢？"

"我现在……在家里做篾匠活儿！"小军向来不爱撒谎。

两位同学都露出非常惋惜的表情："那能有什么前途啊？我看你还不如回到学校去复读一年，好好考个大学！"

"就是，要不然人这一辈子不就……"

小军心里也清楚这两个同学的话是好意，可是打心底一股强烈的自尊心让他的表情变得冷硬起来："做篾匠就是我的梦想，人追求自己的梦想也没错啊！再说，你们怎么知道做篾匠就没出息？"

"这不是显而易见的吗？"

"去你的显而易见！你们是读了两天书，但又有什么出息呢？还不是在自己的爸爸手里混一份职业？我起码是靠我自己！"

17

小军很惊讶为什么自己会说出这样一番话来，他本来是一个性格沉默的人，不应该挑起这场争端。

可是每一次看到高中同学，曾经不被重视甚至偶尔还会被欺负的回忆便卷土重来，他讨厌这种自卑的感觉，可是这两个人却重新将他那时的自卑点燃了！

"你怎么说话呢?"

煤矿老板家的儿子挥起拳头就要打小军,小军也没有躲,但是这个拳头却被另一个同学拦下了:"算了算了,咱们一会儿还有事儿呢!你晚上不是还得去约会吗?"

"不管干什么,我都要先教训这小子再说!"

"那就试试,看你打得过我吗?"小军也不甘示弱,但这种不甘示弱从某种意义上来说,倒更像是一种因为心虚而故意的虚张声势。

"行了,咱们快走吧!"电视台工作人员的儿子显然不想自己卷入这场战争中,但是此时此刻也不能独善其身,便只好把煤矿老板家的儿子拉走了。

小军看着他们两个人离开,也没有再追上去,他一个人漠然地在大街上逗留着。

或许他刚刚真的不该用那种语气说出那么尖锐刻薄的话,他有些后悔,不仅仅是后悔用那样的言语伤害到这两个人,更是后悔这番言语根本不可能为他的自尊挽回半分面子!

本来小军还想在街上逛逛,但是如今已经兴致缺缺,便买了两个包子一瓶矿泉水,回到了招待所。

但是这种低落的心情很快就被刘雅静所设计的那幅图案所冲淡了,他在招待所里看着他们刚刚编织出的那一个样品,红红的花朵上面是刘雅静点上去的几缕淡黄色的花蕊,她的笔触是那么细腻,就如同人一般精细与矜贵……

之后的日子,小军便很积极地去上课,同时也在家里认真地完成刘雅静留的作业,每一次上交作品的时候,都赢得了刘雅静的赞许。

面对这样的赞许,小军总是谦虚地说"这没什么",可是刘雅静却非常认真地对小军说:"这真的有什么!你要问我有什么,我要告诉你,你有着很好的绘画天赋,也有非常惊人的毅力与耐心,我想一个成功的人无非就是在这两点上比别人更多一些!"

小军的眼睛微微瞪着,他看着刘雅静:"你这么说,是真的?"

"当然是真的!李小军同学,你是我教过的所有同学中最优秀的一个!"

这一句话让小军的身体感到有些飘浮在天上似的,他在这时突然想起了王俊霞,王俊霞曾经也这么对他说过。

他始终不相信自己优秀,但是今天,刘雅静那双真诚的眼睛让他相信,或许他也是一个优秀的人!

至少在美术和篾匠方面!

到了交下一次学费的日子,刘雅静却只收了一半。

"你这是干什么?"

刘雅静笑了,有些调皮地说:"这一半是我交给你的学费呀!本来我对篾匠一无所知，但是你的到来让我对篾匠活儿产生了兴趣，也学了不少知识，你看现在我都能亲手做一个小物件儿，难道我不应该给你一半学费吗？"

"这怎么行？这件事是一码归一码的！"

"我说行就行，因为，你是我的学生，学生就要听老师的话！"刘雅静故意站起来叉起腰，做出一副老师的样子。

小军又把钱塞到了刘雅静的手中："你是我的老师，但是在做篾匠方面，我是你的老师，这个钱我让你收你就得收！"

"你还学会举一反三了，不，你是倒打一耙！"

"不管怎么说，这个钱你收也得收不收也得收！"

刘雅静只好收下了钱，却提出了一个要求，那就是让小军带她回一趟他家里，她想去看一看小军做出来的东西。

小军答应了刘雅静的要求，两个人一同回到村里，当然这也引起了不少村民的非议。

前段时间就有一个女娃娃来到小军家里住了几天，这会儿小军又带了一个漂亮的女娃过来，村里的人都指指点点地说："没想到小军这个娃娃看起来老实，可是人品却不咋样！"

刘雅静来到小军的房间里，看着小军琢磨出来的一个又一个物件，用竹子做出来的东西并不显得粗糙，反而有一种素雅而古朴的魅力。

"你做的东西很好看，但我想说这不仅仅是好看，而且带着一种灵魂，带着一种思想！"

小军惊讶地看着刘雅静："你真的懂吗？"

"我想我是懂的，其实我也一直在追求着艺术上的创新，我画过很多画，却一直没有想过做手工。我才知道，原来美术的艺术不仅仅体现在画布上和那些精致的工艺品上，其实也体现在我们每个人那简简单单而又朴实的生活中！"

"是啊！如果美术光是体现着阳春白雪的美感，岂不是太狭隘了吗？"

刘雅静也同样惊讶地看着小军，她怎么都没想到在这个农村娃娃的身上竟然带着一种天生的艺术家气质！

"或许，我们可以合作！你可不可以带着我一起创业？"

"创业？"

"对呀！"

"可我怕这种东西赚不到什么大钱，所以你要是想学习的话顶多当个业余爱好，不要当什么创业！"

刘雅静却突然握住了小军的双手："不！这就是创业，而且我真的从你的身上发掘到好多好多的东西，你是一个有思想有灵感的人，我想你正好缺乏专业的美术基础，而我正好能带给你。而且，我想我有能力把你的作品带到更广阔的天地中去！我在北京念过书，认识好多的同学和教授！"

这是小军人生第一次看到了炽热的希望，但是他念头一转，又显得有些灰心："我这些作品都是上不了台面的，你的同学和教授都是专业的……"

"正是因为他们是专业的，才能够鉴赏得了你的东西！"刘雅静鼓励道。

18

刘雅静的话，深深地化解了小军心中的不自信，他也从心中鼓起一股勇气来，他要去尝试！

经过了几个月的打磨，渐渐地，两个人的作品越来越多，也越来越具有艺术性。

只是在这几个月的时间里，小军一直都没有半点生意，也就没有半分钱的收入。

一开始，小军还能支付得起给刘雅静的学费，渐渐地便囊中羞涩，他告诉刘雅静，未来一定会还得上学费！

可是刘雅静并不在乎这些，她知道小军有一颗很敏感的自尊心，她知道交不上学费的小军，是绝对不会再去画室的！

"要不这样吧，咱们再做一些小玩意儿到街上去卖！"

这段时间小军都一心在追求他心中的艺术，现在不得不重新拾起那些东西，便快马加鞭地赶制了一批书包玩具，两个人一起来到学校的门口。

当所售卖的东西被一抢而光时，小军的心中突然深深地明白，艺术和生计或许是两种东西，但是至少要先有了生计，才能去搞艺术！

"以后，你再做一点这样的东西，平常我就放在画室里，小朋友来了我就替你销售！"刘雅静说道。

小军有些惭愧："你怎么对我这么照顾？我都觉得不好意思了，我一个男人，却要靠你一个女人来帮助！"

"小军，一个人对一个人的好从来都不是没有目的的，我也不是没有目的地去照顾你，我是因为欣赏你，佩服你，所以才愿意帮你一些忙，你知道这一切的根本吗？都是因为你是一个有价值有潜力的人！"

刘雅静的话每一次都能深深地击中小军的心，她知道小军并不喜欢别人无缘无故的帮助，所以才愿意这么说。

但事实上，刘雅静本人心中对小军早已产生了好感。

"对了，这几天我已经跟北京的教授联系好了，准备把你的一些作品带过去给他鉴赏一下！"

"这就联系好了？我们什么时候去北京？"小军急切地问道，他在盘算着兜里的这些钱到底够不够两个人去北京的一趟路费。

"随时随地！还有，去北京的费用，咱们两个人各付各的！"

"那怎么行？你本来就是为了我的事情去的，当然要我掏这份钱！"

"哎！别管这么多了，你这个人总是思前想后的，你知道吗？你的身上有一股艺术家的气质，但是唯独在这一点上，你没有艺术家的洒脱！"

小军无奈地笑了笑："其实我是农民的孩子呀，怎么不顾及这些？你是城里的孩子，自然活得洒脱！"

"所以呀！我现在告诉你别想这么多了！"

就这样，两个人踏上了去北京的路程。

面对小军的是一个全新的世界，他不知道他将要面临什么样的人或事，更不知道自己那些作品会不会得到这位教授的欣赏。

北京。

这是一个多么繁华的城市，是一个比深圳人口还要密集，比深圳还要繁华的城市！

小军被刘雅静带到了美术学院里。

这是一座多么漂亮的校园啊！不管是校门的设计，还是校内的雕塑，以及园林景观，每一处都体现着艺术的美感！

小军望着这一切，心中激荡起一种澎湃的热情。

刘雅静与小军一同提着重重的袋子，两个人在学校里左拐右拐，来到了教授楼下。

"你紧张吗？"刘雅静问道。

"有点紧张。"

刘雅静调皮地吐了吐舌头："其实我比你更紧张！因为这位教授呀真的很严格！"

"连你都紧张，那我该怎么办？"

"紧张归紧张，不过你也不必害怕这位教授，因为他是一个很好的人，只是在学术方面严格而已！"

一样又一样的作品被摆到了李教授的桌子上，小军和刘雅静站在李教授的对面，等待着李教授的点评。

李教授反反复复地打量了好几遍这些作品，他的一张国字脸上果然如刘静雅所说写满了严肃，甚至还带着一种强势！

这几分钟让小军和刘静雅都感到极其地难熬。

但是令两个人都没想到的是，在这位教授严肃的脸上，竟然突然绽放开笑容！

他笑得实在太突然，一时间竟让小军有些摸不着头脑。

"好！"

这时，小军全程被提着的心，才突然落了下来。

但是李教授的话锋一转，对小军的这几个作品都严厉地批评了几句。

这让小军刚刚落下的心又提了起来，但是刘雅静的脸上却已经露出笑容。

李教授批评完了，又看了一眼表："行了，你们在学校里转转，我要去上一节课！"

李教授走了，小军忧心忡忡地问道："你怎么还笑啊？"

"我怎么不能笑了？"

"教授把我们的作品全盘否定了呀！难道你就不伤心吗？"

刘雅静摇了摇头："我告诉你吧！我们教授如果真的碰见不入他眼的作品，连看都不会看的，何况是点评？今天他对咱们这些作品认认真真地点评了一遍，也就是说，认同咱们了！"

"真的吗？"

"那还有假？我跟这位教授学了四年呀！"

刘雅静说完又带着小军来到学校的食堂，小军望着这巨大的食堂，望着那进进出出的学生，这才知道原来大学校园是这样的氛围。他有些后悔没有好好学习，读大学，这样就能体会到大学的生活。却不后悔选择了回家做篾匠，因为比起念大学，他有着更向往更想做的事。

吃完了饭，教授也回到了办公室中，他早就在电话中了解到小军是一个连基本绘画基础都没有的人，却能够做出如此精美并且具有艺术性的作品。

"李小军，你做得很不错，是一个优秀的青年，你的作品我暂时留在这里，你和雅静回去，再多做一些东西出来，我打算在学校里帮你开一个展会！"

19

小军做梦也没想到篾匠活儿居然也能开一个展会！

他惊讶地看着教授，张了张嘴巴半天才说道："真的可以吗？我可以办一个展会？"

"当然可以，我想办一个展会，让更多的人知道还有这样一种艺术形式，而且篾匠也是一种传统的手艺，我也像你一样希望这种手艺能够传承下来！因为这是咱们国家的非物质文化遗产呀！"

得到了这样的高度肯定，小军只觉得自己的眼眶发热鼻子发酸，他第一次体会到如此巨大的成就感，这种被肯定的感觉激励着他去做出更多更好的作品！

本来刘雅静打算带着小军在北京城里逛逛，也尝尝北京的传统小吃，但是小军归心似箭，他急着想要做出更多能证明自己的作品。

两个人坐在火车上，刘雅静说："你呀你！怎么这么急？都不跟我一起去逛逛，就非要拉着我回来了！"

"我着急呀！"小军干脆地表达出自己的心情。

刘雅静无奈地说："我本来还想在北京多回味回味我的校园生活呢！"

小军这才感觉到愧疚，来到北京，他只顾得上自己的感受，忽略了刘雅静的感受："对不起！"

刘雅静却摆摆手："我理解你，像你这种人啊，灵感一旦来了挡都挡不住，所以你现在是归心似箭！"

小军挠挠头："你懂我就好！"

快马加鞭地回到了村里，小军跟刘雅静全情投入到了篾匠活儿上，白天就专心做篾匠活儿，晚上画图纸，两个人几乎连吃饭睡觉都在想着篾匠活儿，所有闲暇的时间也都在讨论图案应该如何运用，或者是作品应该做成什么形态。

每次刘雅静看到小军的图纸，都忍不住竖起大拇指："小军，你真是个天才！"

很快，小军跟刘雅静就再一次带着作品来到了北京。

教授看了这些作品，这一次并没有再批评他们，而是高兴地说道："上一次我跟你们讲的你们果然都听到了心里去，都是好孩子！这一次虽说算不上完美，但已经很不错了，因为艺术嘛，不完美也是完美的一部分！"

小军被这句话绕得有些发蒙，刘雅静拍了一下小军的头："这还不高兴吗？对了，教授，我们什么时间开展会呀？"

"我近期就联系，就在咱们学校的文化长廊里办！你们恐怕要在北京多住几天，我也会请到一些美术界的资深人士人过来，请他们帮忙鉴赏！"

李教授说到做到，展会如期举行了，美术系的学生们都来参加了这次展会，一些艺术家也都应邀来参加。

大部分人都对小军的作品高度赞赏，他们有些人看够了这都市的繁华，所以更是被这种朴素而又贴近生活的美与艺术所吸引。

李教授把小军介绍给这些专家教授认识，他们一个一个都要与小军握手，小军伸出自己那双带着伤的手，有些惶恐地与他们一一握了手。

小军做梦都没想到，自己竟然会被专家和教授赞许，甚至是给出这么高的评价！

就在展会开办的第一天，有一位老板一定要买下小军所做的几个物件，包括小军一开始所做的那条罐子红龙。

"别的几个物件都可以卖，只是那条红龙，我想留下来留个纪念，因为那是我的第一个创新作品。"

"好吧！不过别的你可要让我挑几样，我实在太喜欢，当然，我也会想办法帮你打开这边的市场！"

小军一听，当下说道："若是你能帮我打开一些市场的话，那就太谢谢你了！"

"你放心吧，对了，我要的这几样东西你帮我开个价！"

小军就按照自己的心理价位，帮这位老板开了价，只见老板的脸上出现了一丝异样的表情，不过还是欣然付了钱。

展会结束的晚上，小军问刘雅静道："你说那老板之所以有些不高兴，是不是因为我价格出得太高呀？"

刘雅静撇了撇嘴："你真当老板傻呀？当老板的才不会做亏本买卖呢！他惊讶的是你竟然把价开得这么低！要知道这可是我们学校文化长廊办的展会呀！所以你价格不该开得这么低，可是还没等我过去，你就已经张口了，让我也没法改！"

"真的值更多的钱吗？"

"这就是你年轻了吧，其实艺术这种东西是无价的，若一定要有一个价值的话，那必然是高昂的价格才配得上你这么好的手艺与创想！"

这段日子，小军深受刘雅静这位大姐姐的鼓励，他欣慰地看着这些篾匠活儿，没想到原来艺术的价格是这样的，并不像是在菜市场卖萝卜那样明码标价。

办完了展会，小军和刘雅静两个人再一次回到了家乡，小军虽然知道这样一场展会他并不打算赢利，只是为了有足够多的人欣赏。这样，这门手艺就能一直留传下来，而这对于小军来说，这还有一层更加深远的意义，那就是他把父亲生命当中的意义延续了下来。

就这样，又过了两个月。

一个坏消息和一个好消息同时落在了小军的头上。

好消息是那位在展会上买下小军作品的老板真的为小军打开了市场，有很多人向小军订购篾匠活儿。从此以后，小军不仅仅不用为生计而发愁，还能够赚上一笔大钱！说不定还能带着村里的一些老篾匠一起发家致富！

而坏消息就是刘雅静亲口告诉小军，她订婚了。

小军呆呆地看着刘雅静，刘雅静告诉小军，她的男朋友出国留学了，她就在家乡这边当美术老师等着他回来，现在他回来了。

过了好一会儿，小军不自然地说道："原来是这样！刘老师，那恭喜你了！"

刘雅静也用复杂的眼神看着小军："过段时间，我会离开这里，跟我男朋友结婚，小军，我们永远是好朋友，对吗？永远是合作伙伴？"

20

小军不知道自己是怎么从画室回到家里的。

市区的繁华景象曾经给小军带来过很多新奇而美好的感觉，而如今则全部变成了令人恼怒的喧嚣。

小军在心里反复思忖着，为什么刘雅静要把这个好消息跟坏消息一股脑儿都告诉他，或许是因为怕他接受不了？

小军这才突然明白，原来一开始跟刘雅静之间的暧昧，只不过是自己的一厢情愿，又或者是刘雅静真的对他有些许好感，但是这些许好感又算得了什么呢？

不过是深深地牵动着他这少年的心，却无法真正地打动一位成熟女性的心。

小军的脑海中无数次回忆起刘雅静的面貌、气质，她时常穿着的蓝色衬衫……

她是那么美好，那么气质出众！

小军这才发觉，这段时间他有多么天真！他不过是一个农村的穷小子，有什么资格去触及这遥不可及的爱情？

坐在家里的门槛上，小军望着面前那一大堆竹屑，他的心情是复杂的。一方面北京的市场打开了，一方面刘雅静要结婚了！

他根本就无心再去想什么篾匠活儿和图纸！

而这时，他鬼使神差地拨通了王俊霞的电话。

电话那边的声音显得有些陌生，但是很快又熟络了起来："小军，你最近过得好吗？"

在这一刻，小军终于明白自己是一个多么自私的人！

他不能对王俊霞的那份爱负责，可现在却要从王俊霞那里得到安慰！

"挺好的！"

王俊霞在电话里面那略带粗重的喘息声，让小军听得出来她有心事，她在伤心，她还未曾痊愈！

"你打电话来，有什么事吗？"

小军沉默着，王俊霞又继续说道："还是说，就是聊聊？"

"聊聊。"

"对了，你最近的事业做得怎么样？有发展吗？"

小军把自己这段时间在篾匠活儿上的进展告诉了王俊霞。

"真的？真没想到你竟然打开了北京的市场！小军，看来我当初执意让你留在深圳的确是我太任性！幸亏你意志坚定，要不然我岂不是耽误了你这位大艺术家？"

小军苦笑了一声："你就不要再讽刺我了，什么艺术家？不过是个篾匠！"

"那又如何？你不是说过这是你喜欢做的事吗？一个人能做自己喜欢的事，工作，又能在这份工作上取得完美的成绩，这件事本身就是一种艺术！"

王俊霞的声音一如从前的热情与温柔，而小军听着听着，眼泪便不自觉地流了下来，王俊霞紧张起来："怎么了？小军，你是不是有什么事瞒着我？"

"不，我只想你静静地陪我一会儿……"

王俊霞就这样静静地拿着手机，听着小军在电话那边如同大海的潮汐一样啜泣的声音。

小军没有想到的是，王俊霞跟春霞一起回来了！

"姐，你们怎么回来了？"

春霞道："你呀你，做出了这么好的成绩，却不告诉我，要不是俊霞跟我说，我都不知道你小子竟然还打开了北京的市场！"

小军点点头，脸上有些许无奈，他打开了北京市场，老板也跟他订了一批货物，而这批货物属于私人定制，有一些客人本身提出的要求，需要小军去研究，重新画图纸。

可是这段时间的小军却心乱如麻，正在一场失恋中，又如何有心思去画图纸，做新的篾匠活儿？所以他堆积了一大堆订单，却毫无灵感。

"小军，祝贺你！"

王俊霞来到小军的面前伸出手，小军看着王俊霞，她变了，她变得更加漂亮，也更加成熟。

"谢谢。"小军握了握王俊霞的手。

春霞看着那台破竹机，小军道："姐，姐夫给我买这台机器帮了大忙了！"

"你姐夫是一个有心的人，他本来也想回来看看你，不过这几天工厂的工作太忙了，要不然也打算一起回来给你庆祝庆祝，今天晚上我在县里订了酒店，咱们三个好好庆祝一番！"

晚上，小军随春霞来到了酒店。

他很茫然地看着面前的一桌子菜，却没什么食欲，唯独给自己倒了一杯酒。

"来，小军，我敬你一杯！"春霞端起酒杯，"你把爸爸的手艺传承下来，如今又发展得这么好，你是我们李家的骄傲！"

春霞跟小军都一饮而尽，王俊霞也举杯敬了小军。就这样几杯酒下肚，小军感到微醺，他这几天一直沉浸在失恋的悲伤与痛苦中，也终于明白当初王俊霞是什么样的感受！

酒过三巡，王俊霞这才轻声地问道："小军，你最近到底有什么心事没跟我说？"

小军只是摇了摇头，仍旧端起酒杯。王俊霞看着小军，眼里满是复杂的情绪：

"那好，你不愿意说，咱们就喝酒，今天晚上痛痛快快地喝上一场！"

到后来小军和王俊霞都不记得喝了多少，春霞在酒店的楼上分别开了房间，小军在醒来时已经是第二天早上。虽然身体很不舒服，但是心里的伤痛也似乎随着昨晚的那场痛饮而消减了不少。

王俊霞和春霞的鼓励让他终于重新拾起了信心，他急着下楼退房，要回家赶制一批订单！

春霞跟王俊霞也回了村里，春霞似乎有些忙，小军跟王俊霞一整天都找不到她的人影。

直到晚上，春霞才回来，风尘仆仆的，身上和头发上都沾着黄土的灰尘。

"姐，你去哪儿了？"

"在附近转了转，家里烧水了吗？我要洗个头！"

"我现在烧！"

春霞洗好了头发，把王俊霞叫到了自己的房间里。

"什么？春霞姐，你真的要把公司这么大的权力交给我？为什么？安安现在也有人带着，你并不忙啊！"

春霞语重心长地说道："首先，是你已经有了很强的能力，但更重要的是，我打算离开深圳！"

王俊霞久久地望着春霞，春霞拿出了一个苹果："你尝尝，这是我们村里的苹果。"

王俊霞咬了一口，甘甜的汁水在舌尖清洌地荡漾开来。

第 **18** 章

/ 绿水青山 /

1

"很甜，还很脆！"

春霞笑着说："这种苹果甜度很高，容易储存，果肉脆而不硬。"

"是啊，苹果味还很足……春霞姐，你到底为什么要离开深圳呢？"

春霞看了一眼王俊霞手中的苹果："因为苹果！这次你跟我回来，也看到了我家乡现在这个状况，家家户户的青年男女都出门务工，把老人跟小孩留在村里，也没个人照顾。"

"现在的农村不都是这样吗？"

"我想改变这个状况！"春霞认真地看着王俊霞，"我想把我家乡的土地建设得更好，也想带着村里的人发家致富。你看看，他们现在有的人家还是住着一间破土窑，上学的孩子连像样的衣服也没有，我想在这边承包几片山，种水果，这样在外面务工的人也能回家工作，不用再忍受着思乡之苦，孩子和老人能得到更好的关爱，同时家乡也富裕起来了！"

王俊霞依依不舍地看着春霞："你是我的老板，是一直指引着我进步的那个人，而你之所以能让我有这么大的进步，是因为你本身有一种高尚的精神！"

春霞用毛巾擦着头发上的水珠："我没有你说的那么好！我只是想为家乡做点事情。现在春彩也稳定了，有你在那边管理我也放心，而且家乡这边的土地能种出这么好吃的苹果，不好好利用也是浪费，这次回来我到山上去看了看，挺多土地还在荒废着，倒不如利用起来！"

王俊霞伤感地低下头，掩饰着自己眼角的泪，她实在舍不得春霞这位大姐，春霞摸了摸王俊霞的头："我又不是不回深圳去了，也不是不管你了，你哭什么？"

"就是舍不得你嘛！"

"这也是你一个锻炼的好机会，公司的大权都交给你了，你应该好好珍惜！"春霞鼓励王俊霞。

"春霞姐，我会的，只是这件事你跟杨大哥讨论过吗？杨大哥也赞同你回来吗？"

"我也在考虑该怎么说服你杨大哥，不过如果不能为家乡做点事，我实在心里愧疚！"

"好吧！春霞姐，我支持你！"

杨小兵在工厂的忙乱之中打电话给春霞，问她怎么回去了这么久都不给自己打通电话，言语之中多少有些责怪的意思。

"你生气啦？"

"我能不生气吗？你这一走，不给我打电话，也该给保姆打个电话呀！都不问问安安怎么样了？"

"安安有你照顾着我能不放心吗？"

"算了，这都不重要，小军怎么样了？"

"多亏了你买的那台机器，小军现在正在家里快马加鞭地赶制订单呢，最近还打算把村里的老篾匠也都找过来，一起干！"

"小军这孩子有闯劲儿，对了，你和俊霞什么时候回来？"

"俊霞后天就回去！"

杨小兵在电话那端沉默了一会儿："春霞，那你什么时候回来？"

春霞思忖了一会儿，这才说道："小兵，其实我暂时不打算回去了！"

"为什么！家里出了什么事？安安还在等着你回来！"杨小兵的语气显得很急躁。

春霞此时正站在院子中，抬头望着那满天的星光，阵阵微凉的秋风吹来庄稼成熟的香气，她才发现其实她跟小军一样，对家乡都有着一份深深的眷恋。

"我打算在这边承包两片山，然后开一片大果园！"

杨小兵显然很生气："春霞，这么大的事情你为什么不跟我商量？"

"不是，我只是想先把这件事情落实了再跟你说，我怕你不同意！"

"你知道我为什么生气吗？因为你这人向来我行我素，从我第一天认识你就是这样。你从不尊重我，向来都是私自做决定，如果你真的把我当成你的丈夫，你就不应该用这种强硬的方式对待我！"

"对不起，不过我最近正在跟村里谈这件事，所以一时抽不开身，怕是回不去了，安安你暂时照顾着……"

"孩子我当然会照顾，但是你的这种处事方式，我不能理解！"

"是我的不对，不过我已经这么决定了，这几天就会把山承包下来！"

王俊霞临行之前，她与小军一同坐在玉米地里，身子下面垫着的是干燥的苞米秆，广阔的天空没有一丝云彩，秋日烈阳的温度不敌凉风。

"小军，希望你能在这里干出一番事业！"

"俊霞，咱们之前的事，我还要跟你说声抱歉！"

王俊霞深深地看了一眼小军："说什么抱不抱歉的话？无论如何，我也很感谢你曾经给我的那段恋爱的时光。"

"我也是。"

两个人再没有多说什么，只是默默地互相陪伴着。

这便是青春，是充满伤痛的青春，但也是充满着爱与热情的青春。

即便是有酸涩，但是两个人的心里也都同样清楚，若是再有一次机会，他们也不后悔曾经把爱给了想爱的那个人。

送走了王俊霞，春霞便在村里忙起了承包山林的事。

村长对于春霞的这个提议非常支持："这村里呀年年都要走几个年轻人，外面的世界好，他们都不愿意回来，像你这样在外面闯出了天地，却仍然不忘家乡的人，真的是少之又少……"

"这是生我养我的土地，我也想为这片土地做点什么。"

"好！"村长激动地说，"今天晚上我就找村民们举手表决一下，如果大家都同意的话，我就把这件事情报到镇上去，然后咱们就划分山林！"

村民们一听到有这样发家致富的机会，个个都举起了手，唯独有几家住在半山腰的说什么都不同意，因为一旦要大面积种果树，他们就必须要搬家！

一时间，承包山林的事陷入了僵局。

不管春霞和村民们怎么劝，那几家的老人都不同意搬家。

不过春霞对此也早有预料，否则她不会在秋天就急着要承包这片山林，她已经打算好了，在没上冻之前帮那几家箍几间新窑洞，或者盖上几间房！

2

春霞亲自来到那几位村民家中，这些村民也都是曾经看着春霞长大的。春霞温和地对炕上的老太太说道："张二奶奶，我给你盖新房子，比你现在的这间还要好！"

可是张二奶奶却把头一扭："不行！我老伴就是在这个炕上没的，我也要死在这个炕上，要不然我老伴找不着我，怎么接我？"

"张奶奶，我看你长寿着哩，怎么现在就说这种事呢？"因为张二奶奶的耳朵聋，春霞不得不提高了音量。

"我告诉你，不管我长不长寿，我总有死的那天。春霞娃，你今天说什么我都不会走，你要是让我走就是要我的命，我怕我老伴找不着我，我干脆现在就死在这个家里，让他把我一起带走算了！"

春霞不敢再说下去，怕这老太太激动，便干脆暂时放弃了，来到下一家。

但是每一家人不搬家的理由都差不多，家里的老人不肯搬，儿女也不敢动，春霞也说不通。

春霞也只好离开了，累了一天也没谈出个结果，不过春霞并不打算放弃，心中想着该怎么才能让这些老人破除封建迷信思想。

回到家，正走到门口，春霞便听到孩子的哭声，她刚开始还以为自己是太想安安了，所以产生了幻听，但是走近了几步才知道，这就是安安的声音！

一进门，便看到杨小兵正抱着孩子在地上慢悠悠地哄着，春霞脸色整个黑了下来！

春霞带着歉意马上接过了孩子，孩子投入妈妈的怀抱里仿佛是因为委屈，所以哭的声音更大了，春霞也是一阵心疼。

"你看看，安安都想你想成什么样了？"

"妈妈抱，妈妈哄，我的安安……"春霞哄了好长一会儿，才把安安心里的委屈劲儿消释，安安哭累了，终于睡着了。

春霞把孩子放在炕上，杨小兵这才说道："你这个当妈的怎么能这么狠心！说走就走？孩子也不管了？"

"我这不是想干点事业吗？再说也不是没有保姆？"

"有保姆你就不当这个妈了？那你这个妈当得也太不合格了吧？"

面对杨小兵的质问，春霞一整天的挫败加上心里也有些焦躁，便没好气地说道："你现在知道当爸爸了？当初安安没出生的时候，你难道没叫我把孩子打了吗？你就合格了？"

"你一定要吵架吗？"杨小兵提高了声音。

春霞干脆一扭头离开了房间，杨小兵拉住了她的手腕："你看看你今天说的叫什么话？看看你最近这段时间做的叫什么事？什么都不与我商量，一声不吭地把家扔了就回来？"

春霞回过头："我不是怕你不同意吗？"

"那我就是不同意呢？你打算怎么办？跟我两地分居？"

"就算是这样，我也想为我的家乡做点事，我不能看着我一个人在外面富了，可是我家乡的这些乡里乡亲还守着这一亩三分地过苦日子，我李春霞就是看不下去！"春霞也显得很激动，杨小兵定定地看着春霞，春霞继续说道，"如果你就是不同意的话，那么……"

突然，杨小兵把春霞拉进了自己的怀抱里，那是多么温柔的一个怀抱啊！一瞬间就将春霞所有的情绪化为了温暖。

"春霞呀！你始终都不明白我为什么会生气！我生气你不提前跟我商量，我生气你擅自揣摩我的心思！我生气你不尊重我！"

"可是，我没有想不尊重你，我其实也多次地暗示过你，问你想不想回家乡，可是你都说不想，我怕你这次还是不同意，我只能选择先斩后奏……"

杨小兵轻轻地抬起春霞的脸，看着她眼中那一汪水，心疼地说道："我不知道你原来承受了这么多，其实你很早之前就打算回家乡来干事业了，对吗？从你无数次地跟我提起你村里的苹果有多好吃的那天！"

春霞突然无比珍视地看着杨小兵："原来你什么都懂我！"

杨小兵突然苦笑了一声："春霞呀，你不觉得咱们两个人都活得太隐忍了吗？我们总在揣摩对方的心思，却不肯向对方袒露心扉，我们是夫妻呀！你都忘了？"

春霞也突然明白了什么："难道你的意思是……"

"其实，我也早就这么想，但是经历了上一次咱们那么长久的分离，我怕你早已经不想再回到这个地方，怕我母亲又在咱们之间闹出什么样的事端，让我不得不离开你，所以我告诉你我不想回来，是为了让你安心，更是怕你回来在这边吃苦啊！"

春霞连连摇头："我不怕吃苦，我只怕你离开我，不过现在咱妈不是也不排斥我了吗？所以，你也同意一起回来干果园吗？"

"我当然同意！其实我也早就想过这个问题，我想我们早就应该开诚布公地谈一谈。春霞，以后不管遇到任何事情我都会向你坦白我的心思，你也一样，答应我！"

春霞无比真挚地看着杨小兵："我答应你，以后我会好好地尊重你的意见！"

杨小兵捧起春霞的脸，深深地在她的唇上吻了下去，一吻结束，杨小兵深情地说："你知不知道咱们才分离了这么几天，我有多想你！以后，不管在哪里我们都要一起做事业，不要再分开了！"

"好！"

第二天早上，春霞便对杨小兵说了自己这两天碰到的阻碍："你说，我该怎么让那几个老人不要信封建迷信那一套……"

杨小兵却摇摇头："春霞，这是不可能的事，你让那些封建迷信了一辈子的老人改变自己的观念，岂不是比登天还难？"

"那果园岂不是干不成了？"春霞皱起眉头忧愁起来。

杨小兵却笑道："我倒有个主意，既然封建迷信，那干脆咱们不如来个将计就计！"

"怎么将计就计？"

杨小兵在春霞的额头上吻了一下："我有办法！今天你就看我的吧！对了，你们村有什么半仙儿没有？"

"有倒是有！"

"有，就好办！"

3

吃完了早饭，春霞跟杨小兵来到了半仙儿家。

这一路上杨小兵都只字不言自己的计划，春霞问不出个所以然，但要看看杨小兵想干什么！

半仙儿的家里破得就连窑洞都要塌了，只见他躺在一堆如同破烂一样的棉絮中，若不仔细看，都看不出那上面还有一个人！

春霞心里很清楚，这个所谓的半仙儿不过就是蒙钱的，别的本事没有，说起话来倒是一套一套的。李老汉曾经找半仙儿给春霞算过一次，这半仙儿说春霞和曹贵荣的命格很搭！而且还能生五个孩子！

春霞当时听到这个，气得当时就要去找这半仙儿，但是这半仙儿是个瞎子，一嘴的胡诌乱扯，就算是找他理论，又有什么用呢？

但是村里的老人很信半仙儿的话，这让春霞百思不得其解。

"我说，半仙儿？"杨小兵来到这半仙儿的床头，轻轻地拍了拍他。

半仙儿这才从炕上爬起来，因为眼睛看不见，所以摸索了半天："你是谁呀？你不是咱们村的吧？"

眼睛盲了的人这耳朵倒是好使，春霞说："他是我老公，我是春霞。"

"原来是春霞呀！你可是咱们村的大功臣，说是要给咱们村办果园！"

这半仙儿道听途说倒也听了不少春霞的事。

杨小兵在旁边破旧的凳子上坐了下来："今天我们找你，就为这事儿！"

"让我给看看风水呀？方位呀？"半仙儿相当殷切地问道。

"不是，这不是要办果园的山里有几家老人不肯搬家吗？我想让你去跑一趟，你要是把这事情给我办成了，钱的问题好说！"

半仙儿突然故作高深地说："你让我干什么？违背良心的事情我可不做！"

春霞白了白眼睛，心想：违背良心的事你是没少做！当初若不是曹贵荣给了你钱，你怎么能对我爸那么说？

"是这么个事儿，那些老人不肯搬家，是因为舍不得，当然更重要的原因是害怕死了的老伴儿找不着回家的路，所以我想让你跟他们说说，说是你已经跟他们死去的老伴儿沟通过了，那些老伴儿都能找到回家的路，也同意搬家！"

杨小兵把话这么一说，春霞算是明白了，原来杨小兵还有这么一手！心下对杨小兵更生出几分敬佩来，没想到这个刚正不阿的军人，心里还有点装神弄鬼的小把戏！

"哎呀呀！这可不成，这可是违背良心的事！我干不了！"

半仙儿干脆把自己黑黢黢的被子拉了过来，直接盖过了头顶，不理这两个人了。

杨小兵倒也没恼，他把半仙的被子扯下来："我说，咱们明白人说痛快话，你要多少钱？"

半仙用自己已经瞎了多年的眼睛仿佛在盯着杨小兵似的，不一会儿伸出了一个手指头："一千块钱，少一分都不行！"

这个数字完全在杨小兵的意料之内，毕竟这个从来都没有出过远门的半仙儿也就只有这么大的格局和想象力了。

"这太多了吧！不过就是让你跟那老太太说几句话，就要这么多钱？"

半仙儿扭动着身子一边胡乱地比画，一边急切地说道："你们可是要开果园的人了，都是大老板，那么有钱，你还在乎这点吗？"

杨小兵说："怎么不在乎？我可在乎着哩！你要得太贵了！不行，我们就找别人了！每个村还不出几个半仙儿？"

半仙儿想了想，舍不得这到手的鸭子飞了，终于妥协："那九百，你要知道我这可不是蒙人玩儿呢！我是要真的跟他们的老伴儿说一声搬家的事，能不能搬得成还不一定呢！人家老伴儿要是不同意呢？"

"那这样，一千块钱给你，你好好把他们劝一劝，让他们赶紧同意老伴儿搬家！成了就一分不少地给你！"

"那行！明天我去，还有你们要给我买一些做法事用的东西！"

半仙儿列了一张清单，当然这是口述的，由春霞用手机记着：苹果、橘子、梨子、蛋糕……大概都是一些吃的东西，到了最后才说黄纸什么的。

离开了半仙儿家，春霞和杨小兵准备去一趟镇上，好把这些东西买回来。

"这半仙儿，说是供果，你说他怎么好意思？这么多东西不都得填他自己的肚子？"春霞嘲讽。

"买点就买点，他生活也不容易。"

杨小兵突然感到手臂上一阵疼痛，是春霞掐的："你掐我干什么？"

"你还挺有善心的？你知不知道就是他当年给我爸爸算命，说让我嫁给曹贵荣呢！我要是真嫁给曹贵荣了，今天你还见得到我吗？"

杨小兵一听，顿时火冒三丈："哎，你要这么说，我现在就回去揍他！"

"得了得了，咱赶紧去镇上把东西买了，顺便也多买一些分给那几个可怜的老太太，把这事儿解决了！"

杨小兵摸了摸春霞的头："还是你更心善！跟你比起来，我那点善良算什么呀？"

春霞知道杨小兵这是故意哄自己开心，也笑了："真没想到，你还有两下子，还能想到这招！"

杨小兵一拍胸脯："我是谁呀？我可是你老公呀！你眼光这么好，能选到一个如此精明能干的老公！还是你厉害呀！"

"你快别说了，你这么聪明，别哪天把你的招数用到我身上！"

杨小兵马上在春霞的脸颊上亲了一口："我这叫小聪明，所谓魔高一尺道高一丈，你春霞才是大智慧，我在你面前呀，可不敢耍小心思，况且我也永远都不会对你耍小心思，我会永远对你坦诚，永远爱你！"

春霞也不知道杨小兵这是怎么了，从前这个有些木讷呆板的人如今倒是毫不吝啬地说起甜言蜜语来。

不过她也有一种感觉，自从杨小兵把跟母亲之间的关系处理好之后，整个人变得更加阳光开朗了，或许家庭曾带给他的自卑与忧郁，渐渐消失了。

4

按照半仙儿的要求，春霞买齐了东西，接着三个人便一同来到了住在半山腰的那几家的门前。

首先，春霞是连哄带骗地把那几家的老人都聚集在一家的院子里，把香炉供果都摆好，半仙便开始了他的作法。

一阵铜铃声响起，半仙儿便在这些老太太面前又蹦又跳，相当卖力。

而这些老人看着半仙儿，刚开始摸不着头脑，而这时半仙儿神神叨叨地开始讲话了："老金家！老金家的！"

一个老太太站了起来，颤颤巍巍地伸出手指，指着自己："找我？"

"对，你老伴儿找你！"

老太太一听这话，眼泪当时就流了下来，春霞看到这里也觉得心中酸楚。其实春霞也清楚，这老太太也不怎么相信半仙儿，但是对老伴儿的思念已经远远大过这些。

"我老伴儿找我？真的吗？"

"对！找的就是你！他说你断了全村人的财路，现在他在下面不好过，别人家的祖先欺负他！"半仙儿用半训斥半命令的语气说道。

老太太一听，当时就哭开了："老伴儿啊！我不是想断他们的财路，我是怕你找不着我呀！你找不着我可怎么办呀？"

半仙儿朝老太太用铃铛比画了一下："谁说找不着你？你家老伴儿说了，要是真找不着你，我就带着他找你去！再说了，他心疼你住这个破窑洞，你能住上新窑洞，你老伴儿高兴还来不及呢！"

老太太一听，马上信以为真地问道："你真的能带他来找我吗？到时候会不会找不到？"

"告诉你不会！不会！"半仙儿的语气又软了下来，"到时候你搬新窑洞了，我在你家门前再做场法事，给你老伴儿留个记号不就得了？"

老太太一听，一颗心顿时就放了下来："这就好！不过那别人家的祖先欺负我老伴儿怎么办呢？"

"你听我的，你只要同意办果园，人家就不欺负你老伴儿了！"

"那行，那我搬家，你可别忘了到时候上我们家做法事给我做记号去！不过，我可没钱给你！"

这时春霞马上说道："这钱包在我身上！"

老太太同意了。半仙儿用同样的招式哄着剩下的几位老人，没一会儿工夫，老人们便全都同意了。

杨小兵在春霞的耳边轻轻地说道:"怎么样?我这办法好使吧!"

可是春霞却显得有些忧郁,她看着这些孤苦伶仃的老人说道:"老公,你说咱们是不是在骗他们!用这种方式真的对吗?"

杨小兵知道春霞心地善良,便安慰道:"你想想,这些老人们过得够苦的了,家里的老窑洞又破,你说万一哪天来个洪水泥石流什么的真给他们砸了岂不是更可怜?他们能住上新窑洞,不是一件好事吗?"

春霞点了点头。

法事结束了,半仙儿把桌子上的供品都塞到了自己的蛇皮袋里,背在背上,口中嘟嘟囔囔地说:"这些东西都给烧了!"

杨小兵对此嗤之以鼻,两个人跟着半仙儿离开了,到了半仙儿的家里杨小兵自然要兑现之前的承诺,拿出了崭新的一千块钱。

半仙儿摸到了钱之后显得十分兴奋,但是又一想,这钱就算是给了自己,自己也看不到啊!

于是干脆找来了邻居,在邻居的作证之下,半仙儿这才高高兴兴地收了钱。

"你也算是为村里的人做了好事一桩!"春霞说。

"演得还不错!"杨小兵说。

可是半仙儿却说道:"我这可不是演,你不知道他们真的跟我说,因为挡了人家后代的财路,在底下挨欺负呢!"

杨小兵笑了:"可别吹了!"

"真的!"半仙儿似乎很执拗地想让杨小兵认同他,但是杨小兵却只是笑了两声,"好,是你见到了!"

说完杨小兵便带着春霞走了,要从这里回到春霞家,还要拐个弯。

"你说这人,怎么还自欺欺人起来了?"

"反正,事情成了!"春霞一边说着一边朝半仙儿家望去,就看见半仙儿在门口生起了一堆火,"小兵,你看他干什么呢!"

杨小兵也朝着半仙儿家看,只见那半仙儿把蛇皮口袋里面的供品都扔到了火堆里!

一时间,杨小兵和春霞两个人都愣住了,他们一直认为这半仙儿不过是在演戏,却没想到他真的把那么多的水果和蛋糕给烧了!

难不成他并不是在演戏?

两个人相视一眼,彼此沉默着。

杨小兵和春霞在此时突然深深地意识到一个问题,也许他们应该尊重每一个人的工作，虽然这半仙儿多半是糊弄人的，但是，他是一个瞎子，他的工作别无选择！

一时间杨小兵跟春霞都后悔自己曾在半仙儿的面前流露出那股不屑以及不尊重人的态度，因为至少这个半仙儿对于自己的工作还算是认真和尊重的。

很快，所有的村民都一致举手表决愿意春霞承包果园，至于那几家人，春霞马上联系了村里面的一些人手，找了新的地方给他们箍了新窑，不想住窑洞的就干脆盖了一间房子。

而这些，春霞没有收一分钱。

起初村里还有些人对春霞冷嘲热讽，说是回到村里来耀武扬威了，来挣这些农民的钱了，而这一刻他们才知道，春霞是认真地要为这片土地创造些什么，更是认真地要为大家寻找发家致富的道路！

在冬天来临之前，房子和新窑都已经建成，而承包果园的文件也已经在村长的推动下批了下来。

春霞和杨小兵两个人坐在灯下核算着投资的账目，杨小兵说："你这果园还没开始做呢，投入的钱倒是不少！"

"既然要干大生意，当然要投资啊，但是其实我也并不是以营利为目的，更多的是想让父老乡亲都能过上富裕的生活，让那些孩子的父母不必再出门打工！"

杨小兵点了点头，他能够感觉到从春霞的身上散发出一种高尚的光与热。

5

一系列要办的手续都办成了，春霞和杨小兵两个人再一次回到了深圳。

他们这次回深圳要对春彩公司进行管理，当然最重要的是他们急需一笔很大的投资金额！

开春以后，果园的土地需要大量的施肥培土，需要修整，更需要人工！

而果园的收益并不是来得那么快的，至少需要两三年的工夫才能出成果，所以在这段时间春霞所有的投资都要从春彩的盈利里出……

这对于春彩来说是一个不小的压力！

这层压力便很自然地落到了王俊霞的身上，春霞和杨小兵就像是前线作战的战士，而王俊霞就是后方的补给，两方面的配合缺一不可。

这个冬天，春霞和杨小兵新招了一批员工，对员工进行了强化培训，更是对王俊霞的能力做了考查。

在春霞和杨小兵离开的这段时间，王俊霞一个人公司和工厂两手抓，却把每项工作都完成得很好，让春霞稍微安下了心。

"春霞姐，以后你就在家乡那边遥控我，我来实施，来应酬！"

王俊霞拍着胸脯对春霞保证，她会尽全力经营春彩，而春霞也同样给王俊霞开到了很高的工资。除此之外她决定等王俊霞再成熟一些，便把公司的一部分股份让给王俊霞。

这样才能够长久地保留住王俊霞这个人才，两个人也能安安心心地干果园了。

春彩公司逐渐稳定了下来，春霞和杨小兵马上投入到了下一件重中之重的事中去。

那就是学习果园技术，每一种水果的培育技术都不一样，两个人便分别在一些小果园找了一些技术人员培训。

两个人听着理论上的知识，也都很清楚接下来将要面临什么，依然是极高的风险。

技术员告诉他们，种水果学习科学技术很重要，但是经验也必须充足，即使这样，也必须要在土地上磨合两年，才能够试验出每一块土地到底适合种什么样的水果。

"总之，要掌握土地的脾气，这个过程不要急，慢慢地发现问题解决问题就可以了，当然还要有一定的心理准备。"

对于这个心理准备，春霞明白是什么意思。

很快春天到了，春霞向村民们保证，她一定会把这个果园做强做大，所以过完年之后，本来要去工地上打工的农民工都留在了家乡，因为春霞直接给他们签订了一年以上的劳动合同！

村民们对春霞这种行为很感激，也都想着未来能在这片果园中谋下一份长期职业，便都认真卖力地干。

培土和施肥结束之后春霞买下了第一批树苗。

那就是村子里十分出名的花牛苹果树苗，还有天水苹果树苗，这两种苹果一种脆甜，一种干面，两种口感分别适合不同年龄段的人吃，还种了一部分枣树跟梨树。

等到天气热一些，春霞打算在那一片沙地中种上白兰瓜。白兰瓜当年就可以出经济效益，先用白兰瓜的收入来维持果园需要长期培育的树苗支出。

到了下地干活儿的时候，春霞首先是找来技术员给大家培训，接着便是跟大家一样下到地里去，与大家一同干活儿。

有好几次杨小兵看不下去，春霞那双好不容易养得白白嫩嫩的手如今又长满了茧子，甚至有时候春霞天不亮便到果园里去，有时候又在果园里研究到很晚才回来。

杨小兵心痛地说道："春霞，其实你可以把这些都交给我，你不要太累，身体是最重要的！你看你现在累得又瘦又黑，我心疼你！"

春霞却把嘴巴一噘:"你是不是嫌我丑了?你不喜欢?"

"哪儿的话?"杨小兵马上把春霞抱在怀里,"有你这样的妻子,我很知足,也很爱,就算是你现在变得不漂亮了,我也爱你,甚至我会更爱你!因为我要把你变得不美的这一分痛苦也承担下来!"

春霞满眼的感动,杨小兵自始至终都给她一种坚定的安全感。但是她仍然皱着眉头问:"我是不是变丑了不少?"

"没有,你还是那么漂亮,我让你少去果园,是心疼你的身体!"杨小兵诚挚地说道。

"我偏不听你的!果园里的每件事都马虎不得!"

春霞坚持要跟员工们一起到果园里去,她知道自己首先要以身作则,其次她不放心把这种工作交到任何人的手上:"就如同技术员所说,现在是果园成型的初期阶段,我们必须全程跟进,我要对这片果园负责!"

"交给我不就行了?"

"不行,咱们一个人就要管好几种农作物,如果我再把这些工作加到你身上,你不仅会太累,也会力不从心!"

春霞的倔强杨小兵一向十分了解,他便也只能由着春霞:"那好,咱们夫妻同心!"

"对,夫妻同心!"

苹果树等树苗的栽培还算是顺利,几乎没有太多不成活的现象,所有的树苗都生根发芽,当然这一切也离不开春霞没日没夜的观察,在出现问题之前都能及时挽救。

但是他们怎么都没想到,唯一能在第一年有收成的白兰瓜却出了大事!

白兰瓜的生长条件是喜热,耐旱,然而今年夏天的雨水却特别多!

雨水多本来有利于庄稼或树苗的长势,可是对于白兰瓜来说却是一场灭顶之灾!

春霞望着那一大片长长的沙地,手中撑着伞,心疼地看着那些刚刚结出来不久的圆溜溜的果子。

"别看了,回家去,你这样容易感冒的!"杨小兵来接春霞的时候说。

"小兵,我现在根本就没心思注意我感不感冒,你看看这么多瓜都被水泡了,今年又总是阴天,根本没有多少日照,我真怕这一批瓜就这么烂在地里!"

杨小兵也忧心忡忡地望着这一片瓜田,但是他们现在能做的只有等,等雨水尽快消退!

6

春霞最终还是病倒了。

本来就日日操劳，心中忧虑，再加上淋了一场雨，整个人就发起了高烧。

但是躺在炕上，春霞的心仍然在那片地里。

她眼看着外面一阵一阵的雨不停地下，从前她听着那淅淅沥沥的声音总觉得心情沉静，而唯有这一次，那声音搅得她心神不宁！

"春霞，你都生病了，刚刚吃了药，这会儿好好睡一觉，我已经把火生起来了，炕也烧好了……"

杨小兵在春霞的耳边不断地哄着她睡觉，因为这段时间，她一直都记挂着雨水的事儿，哪曾睡过一个好觉？脸上挂着黑眼圈，苍白憔悴。

春霞觉得喉咙火辣辣的痛，舔了舔干燥的嘴唇，杨小兵又马上拿来了水："你烧得这么重，还不好好休息？"

"地里的事我怎么能不想呢？我怎么能睡着呢？"春霞喝过了水，整个人的身上一会儿冷一会儿热，外面的水汽又重，让她更觉得身上一阵阵寒战。

杨小兵担心地摸了摸春霞的额头，把她抱在怀里，用毛巾在她的脸上擦拭："你出了好多汗。"

"我没事，现在你要做的不是在家里照顾我，而是应该想办法看看地里的事应该怎么办？"

杨小兵终于生气了："你怎么能这样？你把地里的事看得比一切都重，比身体都重要，甚至比安安还重要！这段时间你有去我二姑家看过孩子一眼吗？"

"那地里关乎的不仅仅是咱们两个人的收益。我问你，如果我们今年损失惨重的话，我们拿什么去给那些父老乡亲开工资？你知不知道人家在外面建筑工地上一年能赚多少钱？我们如何去赔偿人家这份损失？"

春霞因为说话着急，所以咳嗽得厉害，杨小兵是又心痛又着急："我不跟你争论这些了，但是现在你必须好好跟我睡一觉！"

一面说着，杨小兵一面把春霞直接按在被子里："好好地出一身汗，地里的事情交给我就好！"

好在退烧药起了作用，春霞就是再急着想去地里，可仍然抵不住药力，在被子中渐渐睡着了。

杨小兵在地上踱步，他控制不了老天爷要下的这场雨，再这么下去的话，白兰瓜地非得涝！

该怎么办呢？

趁着春霞睡着的工夫，杨小兵一个人来到了田间，现在唯一的办法就是把这些积水排出去！

眼看这雨越下越大，再耽搁下去也不是办法，杨小兵便叫上了村里几个年轻力壮的人，带着铁锹锄头下了地。

他打算在瓜田的外面挖上几条排水的沟渠，但是由于这片瓜田的庞大，所以还要在瓜田中间挖几道沟渠排水才行，这是一项非常庞大的任务！

一听到要挖沟渠排水，不仅仅是年轻人要下地，就连上了年纪的老年人也要下地，这块田关乎着大家今年的收益，大家都是心急如焚。

杨小兵堵在那些老年人的家门口："我求求你们，千万不要下地，身体最重要！"

"我们的身体还行，就是地里那瓜……"

这两个老年人的力气也大，推着杨小兵一起出门，杨小兵只好劝慰道："我知道你们着急，但是我向你们保证，这片地我会负责到底，你们的收益我也会负责到底，哪怕就是没有什么收益，我也会把你们的工资一分不差地开出来！"

"你们也不容易，哪能让你们这样？"

杨小兵干脆拿着铁锹在老爷爷的家门口一横，下定了决心："总之，今天你们这些超过六十岁以上的人，谁要是敢下地，我就扣工资！"

"你这娃，你真是……"

杨小兵的声音提高了："我说到做到！"

说完杨小兵便从那几家离开了，带着几个年轻人在地里挖起了沟渠，虽然这个工作如同愚公移山一样的困难，但是杨小兵知道至少能减少一点损失！

干到了一半，一个年轻人直接把锄头一扔："小兵哥，这怕是不行，你不知道就是前两天白家河发了洪水，把咱们地里的庄稼都淹了……"

"可不嘛！他们的堤坝修得又不牢固，这一下子怕是全年都要颗粒无收，因为这雨水都集中到了这么几天，往后还是要旱！我怕咱们这地也不行了！"

"是啊，我估摸着这一场雨就能把这瓜秧子都泡烂！"

杨小兵听着他们左一言右一语那泄气的话，突然大喊了一声："能干就干！不能干现在就回家去！"

"我们回去了，你呢？"

杨小兵没有停下手中的活计："我在这儿干！"

大家看到就连果园的老板都如此执拗，实在没办法把他一个人扔在这儿，便只好默默地低下头，尽力地排水。

就这样干了很久，每个人都精疲力尽，身上的热量耗尽，湿衣服又紧紧地贴在身上，大家都又冷又饿。

杨小兵便干脆地说道:"你们都回去吧,地里的事情有我!"

"这怎么行呢?你一个人要干到猴年马月去?"一个年轻人把锄头撑在地上问道。

另一个年轻人说道:"干脆算了,我想这瓜地是抢不成了,咱们也就别在这儿白费功夫,万一再弄出一身病来,岂不是更麻烦?"

杨小兵点了点头,把这些人劝了回去,嘴上说着自己也回家去,可是心里却不泄劲。

他是一个积极与命运抗争的人,而这些是春霞教他的!

他当年选择放弃春霞,回到家乡照顾母亲,而春霞一直都没有放弃,甚至还在他危难时刻将他救了出来!

春霞是一个不坚持到最后一刻绝对不罢休的人,他如今也不会放弃!

即使雨水浇得他浑身冰凉,即使他也同样又累又困又饿,但是手上的锄头却一直没有停下来,一下一下坚定地铲在地里,就如同他的心,坚定而勇猛地向前行进着!

就在这时,一辆拖拉机停在了田边,后面的车斗里载着满满当当的货物。

7

杨小兵抬起头,结果竟然看到了春霞!

他这一次是真的生气了,直接把锄头往脑后一扔,锄头直接摔在了水坑里,溅了他一身的泥水,不过他也不在乎。

"小兵,你看我买了什么?"

春霞兴冲冲地往杨小兵的面前跑,脚步跟跟跄跄,但没想到迎接她的,竟然是杨小兵那充满怒火的眼神。

"小兵……"

"李春霞,咱们现在就回家去!"杨小兵一边说着一边强制性地搬动着春霞的身体,直接把春霞扛在肩上,在田里深一脚浅一脚地往前走。

"回什么家呀?这地里都涝成这样了,咱们回家干什么?"春霞一边说着一边在杨小兵的肩上挣扎着,而杨小兵死死地抱着春霞,不管春霞说什么他都不应答,因为他知道他只要一说话,恐怕就要发火!

春霞挣扎得更激烈了,杨小兵一脚没踩稳两个人一起滑倒在田地里,都滚了一身的泥水。

春霞用几近哭腔的声音说道:"你干什么呀?咱不能回家了,我刚刚去镇上买了塑料布,又买了一大堆的柴火……"

"你能不能爱惜一点自己的身体?你能不能够尊重一下我这个丈夫?我让你在家

里好好休息，你就偷偷地跑出来买东西，你知不知道你变成什么样了，你简直是疯了！彻底疯了！"

杨小兵说出的每一个字几乎都是咆哮着说完的，春霞记不得上一次杨小兵发火的样子，只觉得这一次实在可怕。她呆呆地坐在地里看着杨小兵，那被雨淋过之后苍白的脸，青紫色的嘴唇，显得他那张脸更加冷硬。

突然，天边闪过了一道紫红色的闪电，接踵而来的是轰鸣的雷声……

"老公，你干吗这么对我？你怎么可以……"

春霞的眼泪混着冰冷的雨水，将她脸上的泥沙冲刷出一条道子，她声音在发抖，身体也在不住地发抖。

女强人这个形象似乎已经成为了春霞的标志，就连杨小兵也习惯了春霞身上那股强势而又坚定的气势，可是在这一刻，他分明看到了那个曾经常常受伤，又常常流泪的小女孩。

杨小兵一时间后悔无比，他能够感觉到春霞的心在流血。

突然，杨小兵把春霞紧紧地揽在了怀中："春霞，我不该对你发火，我不该对你喊，对不起对不起对不起！你不要怕我好不好？"

春霞也终于紧紧地依偎在杨小兵的胸膛上，放声大哭起来："小兵，我什么都能承受，什么苦都能吃，我唯一怕的就是你用这样的态度对我。我能一路撑下来走到今天，都是因为你的温柔在温暖着我，都是你的力量在支持着我，所以我不能承受你对我这样的态度！"

杨小兵后悔得恨不得捶自己的头，他不断地抚摸着春霞的身体："我不对你这样，你又怎么能听我的话呢？你太让我心疼了，我不忍心看着你生病还到地里来呀！"

春霞看着杨小兵，抹了一把杨小兵脸上的雨水沙土，眼神中也同样是不忍与心疼："你不忍心看着我一个人在地里就这么干，我也一样舍不得你的身体呀，所以我要帮你分担！"

杨小兵紧紧地闭着眼睛皱了下眉头，他突然紧紧地吻住了春霞的嘴唇，从春霞的口中喷薄出的炽热气体，燃烧着他的心，他的灵魂。

"我的春霞，我亲爱的春霞呀！"

这几天小军去北京给那边的老板送货，又通过参加老板组织的一场手艺人的交谈会学习了不少东西。同时，小军在宾馆里也一次不落地关注着家乡的天气，他的心情一天比一天沉重，他没想到家乡那边竟然下起了这么大的雨！于是干脆匆匆告别老板，连夜坐火车回到了家乡。

他顶着大雨跑回来，第一件事却不是回家，而是来到这片瓜田。

他看到春霞和杨小兵此时两个人都抱在地里，便赶紧冲了上来："姐姐姐夫，你们这是……"

杨小兵和春霞互相搀扶着站起来，看到这一幕小军也明白了是怎么回事，他也早就听过这白兰瓜最怕的就是水太大！

"我来帮你们！"小军二话没说就撸起了袖子，春霞说："咱们快点把拖拉机上面的塑料布和柴火卸下来，把柴火插在田间，塑料布绑在上面，尽可能地让雨水不要再浇到地的上面！"

三个人说干就干，杨小兵跳上了拖拉机的后车斗里，把东西扔下来，小军和春霞就一边拆，一边往地面搭棚子。

但是雨很大，就凭这三个人很难把塑料布一块一块地固定好。

"春霞，那边的棍子倒了，快点扶起来……"

春霞扶起了这边的棍子，可是另一边的塑料布又开了，小军手中来不及放下正在绑着的塑料布的一角，三个人手忙脚乱，看着这天气，马上又有一场更大的雨要来了！

就在这时，一群年轻的小伙子从田埂间跑了过来，他们其中一个就是开拖拉机的，他在雨中喊道："我把大家都带来了，咱们一起干！"

每一个人都被这场大雨淋得全身冰冷，但是大家的热情却在这雨天中燃烧着。春霞感动地看着他们，突然感觉眼前一阵恍惚，身体便摔在了田里。

杨小兵冲到春霞的身边，把春霞抱起来，这才发现春霞已经晕倒了，她烧得太严重了，又这样淋雨！

小军和其他的年轻人让杨小兵带着春霞快去医院，他们留在地里把棚子搭好。

杨小兵抱起春霞就跑，他急匆匆地把春霞抱回自家院子的车里，刚要启动车子，就发现春霞的脸色白得吓人，浑身抖得厉害。

他迅速跳下车子抱着棉被把春霞裹起来。

杨小兵一面开车，一面迫使自己镇定下来，用温柔又坚定的语气告诉春霞："我就在你身边，你不要怕！你会没事的，会没事的！"

8

车子很快开到了医院，杨小兵把春霞抱下来就跑进了医院里面，他自己也快体力不支，刚到了医院的门诊部，整个人腿一软便也倒了下来，但是他仍然把春霞紧紧地护在怀中。

护士和医生看到这一幕也都围了上来，杨小兵喊道："我没事，快点救救我老婆，她发烧晕倒了！"

护士把春霞抬到了病床上，医生进行了简单的诊断，给春霞挂了吊瓶。杨小兵一直守在春霞的身边，护士看到杨小兵也是体力不支的样子，便干脆也给他打了一针葡萄糖。

这边打着针，杨小兵焦急地问道："我老婆没事了吧？她……"

"一会儿要照个片子，病人烧得很严重，怕是肺炎！"

杨小兵一听到这里，心就拧着一般地痛："很严重吗？"

"还不知道，先拍了片子再观察一阵子！"

春霞似乎有些醒转过来，她在迷迷糊糊中用沙哑的嗓子喊道："老公……"

"我在！"杨小兵冲到春霞的床前，握着春霞的手，"我就在这儿……"

"我在……"

"你在医院……"

春霞晃了晃自己吊着水的手："你别管我，你去地里，你……"

杨小兵摸着春霞的脸："都什么时候了？你还管地里？小军已经跟他们在地里搭棚子了，没事了，现在我就陪着你，你把身体好好养好。"

春霞一阵剧烈的咳嗽，她在模糊中看着杨小兵的脸，泪水涓涓地流到头发中："老公……"

"你怎么哭了？是不是太难受了？"杨小兵紧张地问道，春霞却淡淡地笑了："我只是觉得太幸福，我好想你现在去地里，可是你陪着我，我好幸福……"

"我的傻春霞呀！"杨小兵紧紧握住春霞的手，"我一直都在你身边，一直都在！"

拍完了肺部的片子，医生又做了一些检查，也算是松了一口气："虽然烧得严重，但是还没到肺炎的程度，住几天院就可以了！"

春霞被转到了住院病房，杨小兵就坐在床边的椅子上陪着她，她好久都没有睡过一个好觉，所以现在反倒能够好好睡一觉了。

只是在她烧得迷迷糊糊的时候，也是她最脆弱的时候，她竟在睡梦中哭了起来！

"春霞……"杨小兵从春霞的床边惊醒，看到春霞已经是满脸的泪水。

"小兵，你不要跟我离婚，你不要不管我和孩子，你不要……"

而这一句虚弱的、伤心的话，彻底击中了杨小兵的心，他时至今日都不知道春霞那时候是怎么一个人熬过来的！

他竟然在春霞怀着孕的时候向春霞提出离婚，他照着自己的脸狠狠地打下了几拳，他太不是人，太不负责任，他不知道那时候春霞承受了多么大的痛苦，才能让她如今即使在睡梦中还心里害怕！

"春霞，我在，我没有跟你离婚，我在，我不会不管你和孩子，我舍不得你！"

杨小兵泪流满面，他心疼地看着春霞的脸，他不知该怎样才能化解得了春霞心中的伤痛。

"我要把孩子生下来，这是你的孩子，所以我要生下来，我要你的孩子，你的，因为是你的……"

春霞的口中含混不清地说着，而这字字句句对于杨小兵来说都是一种虐待和折磨，可是他心甘情愿地承受着这种痛苦，他多么想这痛苦能来得更猛烈一些，让他好好地赎罪！他才知道原来春霞爱他爱得这么热烈，爱得这么深重！

因为是他的孩子，所以才要生下来！

"别赶我走……"

春霞哭得更厉害了，杨小兵想起那时候自己狠心赶春霞走的场面，突然明白了一件事，他应该用一生来化解春霞的这份伤痛，他应该拼上自己的一切都要给春霞幸福！

"小兵，我爱你，我爱你！我求求你，求求你……"

哭声里面夹杂了太多哀求的语气，杨小兵用拳头捶着自己的头，他知道春霞的性格是那么的骄傲，她在与自己通电话的时候几乎没有像这样哀求过自己不要离婚，只是坚定而强势地说会等他！

原来，在春霞心里住着的其实是一个脆弱的女孩，她需要被爱着，她其实已经在心中向自己哀求过千遍万遍！可是得到的却是自己那冰冷的回答：把孩子打了吧！

天哪，杨小兵简直不知道自己说过这样的混账话！他曾经把春霞的心伤得多么彻底啊！可是春霞竟然还愿意对他一往情深！

他这一辈子，都欠春霞的！

"我不离！不离！"

突然，春霞从梦中惊醒过来，她整个人坐起来，脸上的汗水跟泪水一同掉下来，她低着头还没有从梦境中完全醒过来，只被那一种失落的情绪所包围着。

"春霞！"

突然，春霞一转头看到了杨小兵！她才在这一瞬间突然清醒过来，原来刚刚是一场梦，原来她跟杨小兵早就已经挺过了那一关！

"小兵！"春霞突然无比委屈地投入杨小兵的怀抱，她在他的怀里这一次终于完完全全地卸下了自己所有的尊严，所有的骄傲，她哭得就像一个小孩。

"春霞，我对不起你，我不应该伤你的心……"杨小兵的泪滴在春霞那浓密的发丝中，渗透进去。

春霞的泪顺着杨小兵的衣服紧紧地贴在了他的身上："永远都不要离开我好吗？你永远都不要离开我！我真的很爱你，真的好爱你！"

"我不会离开你，我要永远陪在你身边，我要好好做你的依靠，我会把你当成我的女儿一样去爱护,我会把你心中所有的不安消除,我会把所有我犯下的罪都变成我对你的好,春霞,我只希望你能够不要再用这些回忆来折磨自己……"

春霞这才抬起头,看着面前那真实的杨小兵,突然笑了起来:"我在梦里还以为你不要我了呢,现在我看到你就在我身边,我好开心,我这一辈子,从来没有像今天这样幸福过!"

9

第二天早上,春霞的烧退了。

她四周看了一眼,没找到杨小兵,就打算自己起来洗洗脸,想必杨小兵是去买早饭了。

而就在她回到病房的时候,突然看到了小安安!

此时二姑的怀里正抱着安安,安安比刚送到二姑家的时候胖了许多,也长大了不少。

春霞赶紧把安安抱在怀里:"你想妈妈了吗?"

二姑叹了口气:"这才刚满一岁的孩子,能不想妈妈吗?春霞呀,你那么忙,还是小兵给我打电话,说是你生病了,总算是能休息几天,我才把安安带来医院看看你!"

春霞抱着孩子亲了又亲:"小兵可真是有心。"

这时,杨小兵买了早饭回来:"二姑你来啦!"

"你们呀,干事业是很好,可是也不能不顾自己的身体呀!"

杨小兵点点头,又笑着逗了逗孩子,春霞听得出来杨小兵的嗓音里也有些沙哑,他昨天顶着大雨在地里忙了一天,恐怕是感冒了。

"爸爸可想死你了!"

听到杨小兵这么说,春霞的心中也觉得愧疚,这段时间她只忙着事业,实在是冷落了孩子和家庭。

"小兵,等到秋天过去了,咱们不忙了,就好好把安安接到身边来!"

杨小兵亲了亲孩子:"是啊,这孩子一天一个样,你说咱们当父母的反而都不能见证孩子成长的时光……"

二姑接过了孩子:"你们先吃早饭,我带着安安出去转转,这医院里病毒多,细菌也多,我带他透透气去!"

春霞病了一场,浑身没力气,杨小兵就让春霞在床上躺好,借了一张小桌子把食物放在桌子上,让春霞尽量吃得舒服些。

"也不知道地……"

春霞忧心忡忡地说着，可是杨小兵却打断了她的话："你这个人一直不服输，我知道有这种精神很好，可是春霞，有时候，人也要认命，什么事情都要去接受！"

春霞咽下了一口粥，喉咙还是火辣辣地疼。

"这世界上不是每件事情只要你用心就会有结果，就像这场大雨，哪怕是咱们用心了，可是我想还是会对收成有很大的影响，咱们得接受！"

杨小兵的话不假，虽然他们已经全力抢救过，甚至付出了这么大的代价，但是后来的收成会受到影响不说，瓜的品质也会有影响。

"小兵，我明白你的意思。"春霞经过了这次生病，也平静了不少，她还是太冲动，一心只想着要赢要成功，可是拼到最后，连自己的身体也弄成这样。

"你现在好好养病，今天再观察一天，明天咱就出院！"

"好吧。"

春霞吃完了饭，又带着安安玩儿了一会儿，二姑就又把孩子带走了。

母子分离的滋味不好受，春霞听到安安的哭声只能是哄了又哄，但是春霞知道，接下来自己还要投入到这场战斗当中，不得不暂时把孩子交给二姑。

出院之后，春霞回到了家中。

杨小兵开着车第一时间带着春霞来到了瓜田，天空放晴了，而瓜田上面的塑料布还积攒着满满的雨水，有的塑料布已经塌了下来。

两个人下地一看，大部分的瓜藤没有烂掉，但是有一部分确实无法挽救。

春霞站在瓜田中央久久地望着这片天，思忖了好久，杨小兵抱着她的肩膀："你先回家休息，接下来关于地的技术问题，我去找人问一问，看看有没有什么补救的办法。"

春霞这才开口说道："你说，是不是咱们种植的方法不科学？"

"但咱们都经过了技术人员的培训，我想主要是因为天气的原因……"

春霞摇摇头："不该是这样的，难道咱们现在还要靠天吃饭吗？如果是这样，那果园的收益岂不是没有保障？咱们怎么能够保证有了村民们的收入呢？"

"我想，是不是有更先进的技术？"杨小兵说道。

"应该是，我想我们从一开始就准备得不够充分，虽然咱们这块土地特别适合种白兰瓜，但是我们不能因为这样就放松了警惕，还是应该学习一下大棚的种植技术！"

"说的也是，等到结束了这一茬的种植，咱们就去学一下扣大棚的技术，顺便也把村里的几个年轻人带着一起去学习，通过这次的事情我算是明白了，做什么事情一股冲劲儿肯定是不够，还得有足够的准备！"

杨小兵把春霞送回了家里，小军对春霞关心地询问了好一阵子："那天你晕倒了真的是给我吓坏了，好在你没什么事，要不然……"

"我能有什么？你忘啦，咱俩小的时候顶雨去地里干活儿还少？"

"也是，所以你的病才能好得这么快呀！"

春霞和小军从前要帮父亲干活儿，但是也都要赶在上学前或放学后，有的时候为了把活儿赶出来，就只好顶着硬上。

好在接下来的天气还算是风调雨顺，并没有出现人们所担心的干旱。

小军的篾匠技术也越来越好，他把村里的几个老篾匠都集中到了自己家里，他们有的时候帮他干活儿，有的时候也从他那儿学习一些新的技巧。

渐渐地，有很多年轻人也对篾匠活儿产生了兴趣，不忙的时候都过来学习，而小军也十分慷慨地教授大家。很快，来学习、工作的人越来越多，小军家的这个小院子都装不下了。

杨小兵便在春霞家的附近又盖了一个院子，盖了一个简易的房子，让大家不用在原来的院子里露天作业。

渐渐地，村里的人通过小兵跟春霞的果园收入，以及在小军那里工作的收入，渐渐过得富裕了起来，不少孩子也不用再受留守儿童的那种辛苦，老年人也有人照顾了。

村里人每每提到老李家，都不停地竖大拇指，说是李老汉培养出了两个人才！更有甚者说他们是全村人民的大救星！就连村支书都送了一面锦旗到老李的家里。

10

但是望着那鲜艳的锦旗，春霞感到压力巨大。

果园一直到现在都没有什么收入，她砸进去的投资却很多，而这些都要从春彩公司的盈利里面出。可是春彩也是一家新公司，为了让公司能够运营下去，就必须要留够足够的运营资本。

但是，即使是用于公司周转的资金，春霞也在给村民们发工资的时候用了一部分。

又到了这个月该开工资的时候，春霞打电话给王俊霞，其实她这个老板在打这通电话之前心里都是带着愧疚的，毕竟，她给王俊霞的压力太大了！

"什么？春霞姐，你这么快又要钱了？"王俊霞的语气很犹豫，也很为难。

"这不是到了该开工资的时候了吗？我也是没办法……"

王俊霞急得快哭了："春霞姐，可是咱们公司的工人也要开工资啊！现在又是夏季，我打算再让工厂那边研发出一款防晒霜，资金已经投进去了，现在拿不出来呀！"

春霞这边急着给村民们发工资，只好说道："能不能想想别的办法呢？或者是再搞一波促销活动，还有，你要投资怎么不提前跟我说呢？这么大的事，你就私自做主？"

听着春霞在电话里责怪的语气，王俊霞也没说什么，只说钱尽量凑。

怀着满心的委屈与无奈，王俊霞又打电话给了杨小兵。

"杨大哥，我不知道该怎么跟春霞姐说，既然你们已经把公司大部分的权力放手交给我，那么我看准市场想要投资做什么也不是不可以，况且我也是为了公司着想，否则我干吗急急忙忙地在夏天要研发防晒霜呢？"

杨小兵赶快劝慰道："我知道你委屈，你春霞姐呀做事总是太心急，给你的压力太大了，她说你什么你别放在心上，公司你就尽管放手去做！"

"杨大哥，有几句话我想跟你说说，我不知道该不该说，但是为了咱们公司能够继续运作下去，我还是要说！"

"那你就说！"

"人有多大的本事就做多大的事，春霞姐一定要把全村人的生计都负担下来我不是不赞成，只是我怕这样会把咱们公司都拖垮了，春彩一路走过来不容易，我希望你能劝劝春霞姐！"

杨小兵知道王俊霞也是真心为公司着想，便答应了下来。

可这话对春霞一说，春霞就急了："那你说现在这么多村民的工资怎么办？"

杨小兵沉默了一会儿："要不这样，等到白兰瓜收成的时候，咱们再一并把工资开下去，让他们先等一阵子，咱们这么长时间也从来没有拖欠过他们的工资，有这么一次他们也应该谅解！"

春霞一向信守承诺，但如今除了这个办法，也实在是走投无路。

于是春霞便召集了所有在果园工作的村民开了一场大会，说了现在经济的状况，少部分村民在会中提出了异议，但是大部分村民把春霞和杨小兵这段时间的所作所为都看在了眼里，也算是谅解了他们。

但是春霞知道，在白兰瓜收成的时候，她必须把拖欠的工资发给村民们，因为这笔钱是每一家每一户的过年钱！

在精心的培育之下，白兰瓜长成了。

春霞和杨小兵挑了当中长得又圆又大的一个出来，这是这批瓜成熟时，他们挑出的第一个瓜！

在刀子即将落下去的时候，春霞的心七上八下地跳动着，忐忑着，更是无比的激动。

这是他们忙了一个夏季，甚至是快把命都搭上才收成的果实。

春霞把切好的瓜递给了杨小兵和小军，三个人咬了下去，一时间他们互相望着彼此，脸上都露出了失望的表情。

因为天气原因，这批瓜从刚刚开始发育的时候就受到了影响，而后面的天气有些干旱，所以昼夜温差较小，甜度没跟上来，口感也不算太脆。

春霞放下瓜，把口中那只有淡淡的甜味的果肉咽了下去，抿了抿嘴唇，才仿佛下定了决心一般地宣布："这个瓜的味道，不太好。"

但是小军不信这个邪，他偏偏把那一整片的瓜都吃完，接着又在地里挑了两个上来："也许是你那个瓜的味道不好，咱们再尝尝其他的！"

令人伤心的是，另外两个瓜也都没什么滋味，口感淡淡的如同水一般。

而春霞现在还欠着村民们上个月的工资，加上这个月的工资，她所有的希望都寄托在这批瓜能够卖个好价钱上，现在这个希望落空了。

"先回家吧。"杨小兵说道。

回家之后，小军在院子里转了好几圈："姐，姐夫，你们统计过没有？到底需要开多少钱的工资？咱们这批瓜怎么办？"

杨小兵摆了摆手："你还是个孩子，这些事情就不要管了！"

小军跑到杨小兵的面前，急切地说道："你怎么还把我当孩子呢？我现在也算是个老板，还在北京那边跑生意，我也能够帮你们分担一些了，不要再把我当成一个孩子了！"

"那你在我们眼里也是孩子！"

小兵一边说着一边点燃了一支烟，愁眉不展地看着春霞，便只好安慰道："办法总比困难多，你先别急，有我呢，我去想办法！"

小军说道："现在唯一的办法就是把这批瓜低价卖出去，能卖多少钱算多少钱，先开一部分人的工资再说……"

"不行！"

夫妻两人异口同声地说道，杨小兵接着说："这怎么能行呢？咱们的果园才开第一年，口碑是最重要的，这批瓜卖不卖出去不要紧，一旦卖出去给人留下了不好的印象，往后就算是咱们种出来好吃的瓜，人家也不会信任咱们呀！"

小军拍了拍大腿："那咱们去哪儿凑这个钱给他们发工资呢？反正我先拿几万块钱给你们，我能出多少出多少，剩下的你们自己想办法吧！"

然而春霞愁的却不仅仅是工资，因为春天她打算扣大棚，这笔巨大的开销又从何而来呢？

想来想去，除了把春彩公司卖掉，春霞别无他法，她又去找杨小兵商量。

杨小兵也不耐烦了，他吼道："怎么办？怎么办？那就该牺牲春彩？春霞，我有时真觉得你太自私了！"

春霞一愣，接着说道："我自私？我还不是为了大家过上好日子！"

杨小兵沉默片刻，说道："你眼里只有大家，那我们夫妻呢？你好好想想吧。"

11

春霞怎么都没有想到，杨小兵真的会一走了之！

只见杨小兵在炕上随手抓起了一件外套，便直接离开了。

其实在这一刻，春霞无比地想抓住杨小兵的手，让他不要离开！

可是，春霞的心里也很清楚，杨小兵在这里就是受委屈，忍着劳累，可是又得不到任何回报，她也不忍心自己的爱人受苦。

看着杨小兵遗落在桌子上的那包烟，春霞会想起杨小兵无数次因为地里的事因为钱的事坐在门槛上抽烟的模样。

突然间，热泪从春霞的脸上滚下来，她开始后悔自己做的这个决定。

她愿意为家乡的父老乡亲做些事，可是这始终是她自己的事，和杨小兵无关，却因为他们是夫妻，所以不得不把杨小兵牵涉进来！

也许，是她太任性，这一次她终于触及了杨小兵的底线！

一种深深的失落与伤心的情绪涌上了心头，一种熟悉的感觉再一次包围了春霞，那就是被杨小兵抛弃的痛苦！

她抓起那包烟，匆匆地跑出家门，她想用给杨小兵送烟这个理由来挽留他！

可是看着杨小兵一路踩出的泥泞中的脚印，春霞停下了，她一个人回到了屋子里，关上房门克制自己不要冲出去的冲动。

她在想，杨小兵会不会回去之后就跟自己提出离婚？但是这样也好，杨小兵就不用留在这里受苦！

眼下果园已经承包了，春霞知道她没有回头路，她已经给了村民们承诺，就必须负责到底！

杨小兵顶着风一个人走在路上。

他这辈子从来没有任性过，尤其是对春霞，一直以来都是百般地包容爱护，可是今天，他真的很失望……

他知道自己转身就走这种行为实在太任性，但是他也好希望春霞能够理解他一次，他停下来回头看了看，春霞果然没有追出来！

但是突然，杨小兵又为自己这个幼稚的行为感到可笑，他是一个大男人，为什么要等着女人追出来？

但是春霞真的舍得自己就这么离开吗？

一种复杂的情绪在杨小兵的心里莫名地纠缠着，扰得他心神不宁，而与此同时更大的压力也在逼着他，那就是钱！

就这么一路来到了村口，而这时通往县里的大巴车也经过了村口，杨小兵穿的衣服实在单薄，出于取暖的想法，杨小兵坐上了车子。

他一路看着外面的风景，身子便在这车子中渐渐地温暖起来，心也渐渐地平静下来。

他清楚地知道这个钱在他和春霞之间就像是一颗炸弹一般，随时随地都可能炸开，而他们两个人也因为钱，一颗心都被绷到了极点……

所以他应该理解春霞为何突然发脾气。

只是，他还是不能理解，春霞为什么一定要对这个村子所有人负责！这真的值得吗？

不知不觉车子已经来到了县里。

春霞这时候才从房间里走出来，恍恍惚惚之间她也来到了村口，而这时正好看见家住在村口的张奶奶出来倒垃圾。

春霞犹豫了一会儿，还是开口问道："张奶奶，你看没看见杨小兵？"

张奶奶挠了挠银白色的头发，思索了一会儿："刚才在屋里我好像看见来着，他坐车走了！"

春霞看了看手机上的时间，这个时候刚好是县上的大巴车经过的时候！

一时间，春霞的心仿佛重重地跌落在地上，难不成杨小兵真的走了？

他真的抛下她离开了？

张奶奶看到春霞一副失魂落魄的模样，赶快把春霞拉到了家里："春霞，你怎么啦？是不是冻着了？快到炕里坐着暖和暖和！"

炕上的温暖仿佛融化了春霞的泪，她抹了一把眼泪，不想让张奶奶看到自己哭泣的模样。

"你坐着，我去给你倒杯热水！"张奶奶说着，拿着杯子刷了刷，给春霞倒了一杯热水，"我一个人住，家里就这一个杯子，春霞你不嫌弃用我的吧？"

春霞摇了摇头："我怎么能嫌弃你呢？张奶奶你是看着我长大的。"

要说这张奶奶，虽然一个人住在这儿，年纪也大了，但是仍然积极参加了果园的工作，她负责和妇女一块儿做饭，而在上一次村民们集体到春霞家讨要工资的时候，张奶奶并没有来。

"春霞，你最近也挺辛苦的吧？其实我帮你算了算，你承包这个果园呢，要花不少钱！你真的有这么多钱吗？"

春霞望着张奶奶，心中的压力与委屈一起迸发出来："我也确实在为钱这个事为难!"

张奶奶赶紧用自己那有些僵硬的老手抹了一把春霞的眼泪:"娃娃呀,我是真心疼你!"

"我知道,张奶奶,上次你没有跟他们一起过来找我要工资……"

张奶奶叹了口气:"我怎么能找你要呢?本来我在果园里就干不了多少活儿,再说我一个人也花不了多少钱。我知道你也是遇到了难处,你说村里的这帮人怎么能那么逼你呢?"

"也许是别人家也有难处吧。"

张奶奶拿出了一块槽子糕递给春霞:"你这孩子就是太善良,吃点东西吧,我看你最近都瘦了!"

春霞还记得小的时候张奶奶就经常给村子里的孩子们发些糖果糕点什么的,即使她自己的生活过得拮据,但是喜爱孩子的她还是把为数不多的食物分给孩子们。

"张奶奶,你说我到底该怎么办?"说着说着春霞的声音便哽咽了,她实在承受了太多,"就在刚刚,我老公杨小兵也因为我承包果园的事情,跟我大吵了一架,现在他走了,他不要我了……"

张奶奶马上把春霞抱在怀中:"我的娃娃呀,你可别哭了!我觉得杨小兵不是那样的孩子,你呀,就不要再胡思乱想了!"

"真的吗?不,我想杨小兵也早就已经到了忍耐的极限,他应该走!"

张奶奶心疼地摸摸春霞的头发:"可怜的娃娃呀,你这是为了咱们村呢!"

12

杨小兵下了车,先是转车回到了自己村子里,去了二姑家。

他到二姑家看见安安正在炕上,姑父正在逗安安玩,一时间,一颗冰冷的心顿时便化开了。

他不得不想起春霞怀着孕还仍然坚守着这份婚姻的坚定,不得不想起春霞刚刚生下孩子的第二天,就为了他匆匆回到老家。

那样的辛苦与颠簸,都只是为了他这个人,都只是因为那份爱!

一时间,后悔的情绪在杨小兵的心中激荡着,他恨不得自己马上就出现在春霞的面前,把春霞抱进怀中好好地道歉!

"小兵,你过年的时候不是来了吗?怎么这么快又回来了?想孩子了?"

姑父一边说着一边把孩子塞到了杨小兵的怀中,杨小兵从外面进来那冷冽的空气似乎让孩子感到十分不舒服,安安哇哇大哭起来,这时二姑从厨房走进来:"怎么啦?孩子怎么哭了?"

杨小兵握了握自己的双手，这才说道："也许是我的手太冰了。"

二姑撇了撇嘴："你们男人啊就是不细心，这么凉的手能抱孩子吗？万一把孩子冻感冒了怎么办？"

"是啊。"

"要说照顾孩子，就是女人的活儿！对了，春霞怎么没有跟你一起回来？"

问到这个，杨小兵只好扯了个谎："有点忙，我就过来看看孩子。"

"你们两口子就知道忙，自己生的孩子都看不上几眼！"

杨小兵抱歉地对二姑说："给你们添麻烦了……"

"麻烦都算不上，我呀平常就一个人在家，有个孩子陪着我，我倒是开心，就是委屈春霞。小兵，你不知道这当妈的心情，其实不管干什么，心里都是最惦记孩子呢！"

杨小兵点点头："你说得对。"

"那你这次把安安带回去吧，过两天再给我们送回来，让春霞也亲亲孩子！"

杨小兵却摇了摇头："这次不行，等下回，我带春霞一起过来接孩子！"

之所以不行是因为他知道春霞现在正是焦头烂额的时候，根本就没有精力去照顾孩子。

在二姑家坐了会儿，杨小兵便急着要走。

"二姑还给你做饭呢，你别急啊！"二姑匆忙地追出来。

杨小兵道："今天晚上我还有点事，就是抽空出来看看孩子，二姑你就别送了！"

看着杨小兵匆匆跑出院子的背影，二姑无奈地叹了口气："这孩子！"

急急忙忙地又回到县里，杨小兵跑到肉摊子前割了两斤羊肉，又买了点蔬菜，赶上了最后一班回到村里的车。

春霞正在张奶奶家，她现在太需要一个温暖的怀抱，需要一个人温柔的陪伴，所以张奶奶把她留下来："春霞，你今天晚上就住在我家，咱们两个也好有个伴儿！"

"嗯！"

杨小兵回到村里的时候天已经快黑了，白天化冻了的土地此时又冻上，凹凸不平硬邦邦地硌着脚底，但是他的脚步仍然迅速。

可是跑到了家门前却没有看到家里的灯光，平时这个时候春霞一定已经做饭了，但是烟囱并没有冒出烟。

一进家门，杨小兵匆匆地把手中的食物都放下，可是里里外外都没找到春霞的身影。

突然间，一种沉重的失落感占领了杨小兵的心，春霞去哪里了？

难不成春霞也走了？

杨小兵此时此刻更是懊悔下午自己那冲动的举动,他作为一个大男人怎么能把春霞一个人丢在这儿不管呢?

于是他匆匆地从家里跑出来,去邻居家问春霞在不在,可是周围的这几家邻居都没有看到春霞。

杨小兵的心里更着急了,他很清楚春霞的为人,她是一个坚强的女人,但是一想到最近春霞面临的种种压力,又想到自己就这么离开,所以他仍然在心中担心春霞会不会是要去寻短见。

但是他知道春霞不是这样的人!便开始在村里挨家挨户地找,就这样一直走到了村口,正好赶上张奶奶出来抱柴火。她看到杨小兵一脸焦急,即使是在这初春的寒夜,杨小兵的口中仍然呼出阵阵的白气。

"杨小兵!"

杨小兵此时已经喘得上气不接下气,他把整个村子跑了个遍,冷空气在肺中循环了一圈又一圈,所以此时胸口像是被刀割一般地疼:"张奶奶,春霞在不在?你看到春霞了吗?"

张奶奶马上说:"哎呀你这孩子,你白天去哪儿了?春霞到我这儿来哭了老半天呢,你知道她说什么吗?"

"什么?"

"春霞说你不要她了,说你一个人走了!"

杨小兵此时后悔得恨不得时间倒流,他回想起自己在医院的时候曾经对春霞发过的誓,那就是永远都不离开她,但是今天下午他还是丢下春霞一个人走了!

他作为一个大男人,却没有信守诺言!

杨小兵匆匆地跑进屋子里,此时春霞正睡在炕上。

"张奶奶,春霞……"

张奶奶跟进屋子里:"你小声点,春霞她这会儿刚刚睡着,我看她最近好像也挺累的,你就不要吵她睡觉了!"

杨小兵在昏暗的灯光下看着春霞的脸,他此时懊恼无比心疼无比:"春霞,我错了,我不该把你抛下……"

他在春霞的耳边喃喃地轻声说着,张奶奶把杨小兵拉到了外面:"有几句话你得听奶奶说!"

"你说!"

"今天下午,春霞跟我说了很多,她说其实你原本就不赞成在我们村承包这个果园,而且现在又赔了不少钱,她说也不忍心再拖累你,所以今天才看着你离开的!"

原来是因为这样!

杨小兵朝着屋子里望了一眼，张奶奶继续说道："其实我也心疼春霞这孩子，我想跟你说的是，这个果园你们能出多少力就出多少力，千万别因为这个果园把你们这对夫妻给拆散了！春霞这孩子小的时候受了太多的苦，我希望你能好好地爱护她！"

杨小兵握住张奶奶的手："张奶奶，你放心，我一定会好好爱护春霞！"

杨小兵说完便离开了，他从院子里启动了车子，把车子开足了暖气，一路开到了张奶奶家。

"张奶奶，我能不能把春霞先带回去？"

13

张奶奶无奈地看了一眼杨小兵："你这孩子，你就不能让春霞陪张奶奶一晚？"

杨小兵有些急切地说道："那让春霞明天来陪你！但是今天我必须要把春霞带回去，因为我想春霞睁开眼睛就能见到我，我想跟她道歉！"

"好吧！"

杨小兵轻轻地来到房间里，又用被子把春霞整个人的身体裹起来，轻轻地抱到了车子里："张奶奶，这条被子明天我还给你！"

"那你们就回去吧。"张奶奶说，看着车子离开这才进屋。

一路上杨小兵的车子开得小心翼翼，他生怕自己一个不小心就把春霞给颠簸醒了。

就这样，慢慢地回到了家里，杨小兵轻手轻脚地把春霞抱了下来，放到了炕上。

春霞在这段时间是夜夜失眠，她始终都在想着筹钱的事，而如今似乎是因为下午哭了一场，所以体力消耗殆尽才睡得这么沉。

把春霞安置好，杨小兵又到灶台前把火生了起来，屋子里暖融融的，这才回到了春霞的身边。

直到杨小兵进了被窝，春霞习惯性地把身体侧到杨小兵的身边，依偎在他的胸前，这似乎已经成为了春霞下意识的动作。

杨小兵在灯光下久久地看着春霞的脸，而这时春霞的手放在杨小兵的胸膛上，似乎感觉杨小兵被子没盖好，在完全睡眠的状态下仍然帮杨小兵拉好了被子。

这个动作瞬间就让杨小兵泪流满面，他能够感觉到春霞对他的爱是那样的深刻，深刻到早已成为了一种习惯……

第二天早上，春霞迷迷糊糊地醒来，她突然感觉心仿佛被重重地敲击过一般，这才回想起昨天下午的事，杨小兵走了！

她亲爱的杨小兵离开了她！

就在这时，春霞突然听到厨房里传来的声音，又看了看四周，这并不是在张奶奶家，而是在自己的家里！

此时此刻的屋子里被水汽氤氲着，她闻到了一阵扑鼻的香气。

春霞奇怪自己昨天晚上到底是怎么回的家，难道是她睡得太迷糊所以忘了？

听到厨房的响动，春霞以为是小军回来了，一边走一边喊道："小军，你什么时候回来的？"

这时杨小兵抬起头来，夫妻二人四目相对，两个人都愣住了。

"老公，怎么是你？你回来了？"

杨小兵在一片雾气中站起来："春霞……"

这话还没说完，春霞便整个人跑过来，紧紧地抱住了杨小兵，那是一个多么温暖而又迫切的拥抱呀！

春霞无比珍惜地抱着杨小兵："小兵，我还以为你不回来了！"

杨小兵心痛地摸着春霞的头发："我怎么能不回来呢？春霞，对不起，我让你伤心让你难过了！"

春霞无比贪恋着这个怀抱，她还舍不得起来，杨小兵只好把春霞抱回了炕上："你在这儿等着，锅里的饺子要是再不捞上来，一会儿全都碎了！"

"你包的饺子？"

杨小兵来到厨房里把饺子盛上来，又在炕上放了桌子，把饺子端到了春霞的跟前："我今天早上起了个大早给你包饺子，就是因为想要好好地向你赔个罪！"

春霞感动地望着饺子，她眨着湿润的眼睛："你跟我说赔罪干吗呢？其实是我做得不对，我不应该把我心里的火都发泄到你的身上！"

"说什么呢？我是你的丈夫，难道这点我都不能承受吗？"

春霞摇摇头："可我让你承受得太多了！我让你一起跟我承受着果园的压力，你拼搏了这么多年，本来应该到你享受名利和金钱的时候，我却把你拉进这穷山沟沟里……"

可是就在这时，杨小兵吻住了春霞的嘴巴，良久之后才松开："别说了，先把饺子吃了，一会儿凉了，就不好吃了！"

春霞吃着饺子，杨小兵就在一边剥蒜头："来，再来一瓣蒜！"

"谢谢你，为我做了这么多。"

杨小兵也拿起筷子："春霞，其实我昨天并没有真的要走，我只是一时间有些生气，所以想出去转转，你为什么会跟张奶奶说我不要你了？"

"我以为你承受不住跟我在一起这么大的压力……"

"才不是呢！春霞，多大的压力我都能承受，只要能跟你在一起。其实我昨天坐车到了县里，就想着给你包顿饺子，所以去买了羊肉，你听着，我永远都不会离开你，更不会抛弃你！我知道你的童年让你时刻充满了不安，但是我要你相信我，永远都会陪在你身边！"

春霞看着杨小兵满眼的真挚，却低下了头："我倒是希望你能走！眼下我们村里的这个烂摊子就由我来收拾，不应该把你卷进来！"

"你忘了，我们是夫妻！在我落难的时候你全心全意地帮助我，我又怎么能在这个时候抛弃你呢？我绝对不会把你抛下不管的，绝对不会！"

说完，杨小兵拿了白酒过来，给自己倒上了一杯："春霞，我要用这杯酒来表明我对你的真心！"

说完，杨小兵便把那满杯酒一口就干了下去。

"你这是干吗？"春霞来不及阻止。

"我想让你快点相信我，我不会离开你，说实话，哪怕是今天你把咱们公司折腾得一分钱都不剩！我也不会离开你！因为我爱你，因为我曾经对你承诺过永远爱你！"

春霞在这一刻也深深地犹豫了，她实在舍不得让杨小兵跟着自己继续受苦，她不知道该不该继续扣大棚，买设备。

"小兵，我想咱们今年扣大棚的计划就先放一放，把咱们深圳的公司经营好，来年再扣也不迟啊。"

话虽这么说，春霞也知道村里的村民们还在等着她扣大棚呢！

甚至还有不少人在外面纷纷辞了工，回到果园里来上班，如果今年不扣大棚，那么这些人又要出去重新找工作。

14

"不，大棚还是要扣！"杨小兵坚定地说道。

于是问题又回到了原点，这个钱从何而来呢？

杨小兵心里很清楚，春霞已经是把自己的一切都搭在了这个果园上！她本就没有回头路，或者说她打心里根本就不想回头！

"不行，我们现在没有这个钱，我也想清楚了，总不能让你太勉强……"

"春霞，要不然这样，我们回到深圳去，把春彩下面的工厂转让了！"

"那咱们公司的产品怎么办？"

"其实我想过了，把工厂转让出去，咱们的公司就请别的工厂代加工！这样就会抽出一大笔资金了！"

春霞没想到杨小兵竟会为了她把工厂转让出去！如果说春彩公司的营销是春霞

一步一步打下的江山，那工厂就是杨小兵夺得的天下！

他为那个工厂奉献了太多的汗水与智慧，他竟然打算把工厂转让出去！

"我不同意……"

杨小兵抱着春霞的肩膀："你不同意能怎么办呢？现在咱们唯一的办法就是转让工厂，否则就来不及扣大棚了！"

"不行，俊霞也不会同意的！"

杨小兵却据理力争："俊霞不过是咱们的一个员工，她只有同意的分儿！"

"可是，工厂是你的心血，你真的舍得转让出去吗？"

舍不得又能怎样？因为杨小兵已经在心里打算无论春霞做什么他都百分百地支持，不为别的，只为春霞曾经为他付出过那么多！

春霞虽然不同意，但是杨小兵执意这么做，现在也没有其他能赚来钱的方法，春霞不得不同意了。

在电话中，杨小兵对王俊霞提出了自己的这个决定，王俊霞在电话那边喊道："杨大哥，你怎么能这么做呢？难道你真的忍心？"

"不忍心，但现在没有办法！你最近这段时间准备一下工厂的手续，过几天我跟春霞回深圳，准备齐了就把工厂卖出去！"

听到杨小兵说得如此决绝，王俊霞心中的一股火气也升了上来："杨大哥，你们把深圳的这个摊子交给我，我辛辛苦苦地为你们干活儿，可是你们尊重过我一点吗？除了找我要钱，就是要钱，实话告诉你，其实上一次我给你们打钱过来，我连自己的工资都没有开呀！"

"什么？"

"我想着只要不拖欠其他员工的工资就行，我的工资无所谓，只要能让公司渡过难关，我之后再拿钱也不迟，可是你们尊重过我这份为了公司的心吗？你们怎么能轻易做出这种决定呢？你们知不知道工厂卖出去之后咱们公司要承受多大的损失？你们只顾着你们的果园，这实在是太自私了吧？"

王俊霞也知道她不应该对自己的老板说出这样的话，更何况她理解春霞和杨小兵正是因为太无私才会做出这样的决定！

但是，王俊霞也太心疼那么大的工厂。

"俊霞……"杨小兵的语气变得温暖柔软起来，"现在，你先把你的工资领出来！"

"不行，我想着能为公司省多少就是多少！"

"俊霞，你为咱们公司做得已经够多的了，这份心意我知道了，未来我也一定不会亏待你！但是现在你去领你的工资，然后准备工厂的资料吧！"

"杨大哥！"王俊霞在电话中喊道，"算我求你了，你们不要这么做，好不好？"

但是杨小兵的心意已经决定，就不会再改变。

几天之后，杨小兵和春霞就打算回到深圳去，把转让工厂这件事情落实下来。可是刚刚来到镇上，王俊霞的电话便打到了春霞的手机上。

"春霞姐，工厂不能卖呀！工厂卖了我们之前所有的研发成果就都没了，那可是我们一步一步艰难地走到现在的，不能卖呀！"

春霞听到王俊霞在电话中哭泣的声音，一时间也觉得不忍心："俊霞，你别哭了，我们也是没办法……"

"我知道，所以说我已经把所有的资料都整理出来了，只是我还是想求求你，不要把工厂卖掉，好不好？"

春霞的心软了下来："好吧……"

坐在一边的杨小兵一言不发，他抱着手臂看着面前的座椅，眉头皱得紧紧的，像是在思考着一件至关重要的事。

"小兵，我还是没办法狠下心把工厂卖出去……"

这时车子正好经过了镇上的车站，杨小兵直接把春霞从车上拉了下来："咱不去深圳了！"

"你也同意不卖了是吗？"

"对，不卖了！"

春霞此时此刻的心里是既轻松又沉重，既放松又紧绷，她庆幸着自己的工厂不用被卖掉，可是又想到根本没有钱去买扣大棚的设备，所以又陷入两难的境地之中。

"小兵，咱先回家去吧！"

春霞拉着杨小兵的手臂就要走，可是杨小兵却立在原地如同一座雕像一般，身体竟纹丝不动。

"你还有什么别的办法吗？若是没有咱们就先回家去，再从长计议……"

春霞的话还没说完便顺着杨小兵的眼光向前看去，面前就是镇政府。

镇政府此时此刻挂着漂亮的五星红旗，那是过年的时候新换上去的。

"春霞，你先找个地方等我！"

"你要干什么去？"

杨小兵甩开了春霞的手臂："我要去找镇长！上一次明明我已经清清楚楚地把咱们遇到的困境跟他说了，可是他现在竟然一点触动都没有！"

"你要进政府？"春霞死死地拉住杨小兵的手臂，"你不要冲动，就算是见镇长也不要用这种方式，大不了就让村支书帮咱们再联系嘛！"

杨小兵冷哼了一声："村支书？你以为他真的一下子就能把镇长请来吗？咱们没有时间了，我现在就要进去问问镇长，我要政府拨钱给咱们的果园！"

15

杨小兵根本就不顾春霞的阻拦，整个人就横了心地往里冲。

当然，在镇政府外面的门卫平常要登记来访人员信息，看到杨小兵红着眼睛往里冲，马上就把他拦了下来。

"你们不要拦我，我现在要见你们镇的镇长！"

门卫一听，这样的人每年倒是能够见到几个，连忙说道："不管你想要见谁，都要把身份登记好！"

春霞给门卫赔了不是，接着在本子上登记好了两个人的身份信息，这才走了进来。

春霞一边走一边有些担心地说道："你说咱们是不是应该给镇长买些什么，就这么空着手来……"

"我就空着手！"

两个人就这么说着话就到了镇政府里面，春霞担心地看着杨小兵，她知道杨小兵现在是气急了，生怕他现在做出什么过分的事情来！

然而就在这时，镇长出现了，他出办公室是因为托同事帮他在隔壁的商店里买了烟，正打算出来抽支烟，就在此时便碰上了杨小兵！

"哟，你不是杨小兵吗，农民企业家！"

杨小兵看着他有些气不打一处来地说道："你还记得我呀？"

"这怎么能不记得呢？你给了我非常深刻的印象……"

杨小兵心里已经急躁万分，听到镇长打官腔，他顿时就怒火中烧，但还是强忍着心中的那份怒火，用较为平静的态度对镇长说道："我说镇长，我有些话要跟你说，你看哪里方便？"

镇长马上把杨小兵夫妻请到了自己的办公室里，还问他想要喝哪种味道的茶。

杨小兵现在什么都不想喝，便开门见山地说道："你说咱们人民政府存在的意义是什么，不就是为了人民吗？如果不为了人民的话，那这个地方岂不是没什么意义？"

镇长一面放下大茶缸，一面愣愣地看着杨小兵，心中已经猜了个八九不离十。

"你说，这人民要富起来，需不需要政府的帮助？你说咱们普普通通的小个体户能有多大的力量？要把全村人的生计都负责起来！"

镇长点点头："是不容易！"

"镇长，我早就跟你实话实说，我跟春霞现在在家乡开办果园，为的就是能够不让这村里的男女老少出门打工，可是现在我们实在是资金运转不周，浑身上下真的拿不出一分钱来了……"

镇长来到杨小兵的面前，拍了拍杨小兵的肩膀："你说的我知道，你以为这件事情我没有跟县里积极沟通吗？自打上次从你们村离开，我就打算拨一笔款到你们的果园，算是政府的投资，可是……"

"可是什么？"

"这个钱要从市里来，现在县里这个钱下不来，你让我去哪儿给你找这个钱啊！"

杨小兵冷冷地看着他："这不过是你的借口罢了！你真的不要再瞒我了，也许你根本就没有把这件事情放在心上，那村里面男女老少的生计问题，跟你这个做镇长的一点关系都没有！"

镇长的茶缸啪的一声就放在了桌上，春霞赶紧打圆场："镇长，实在是对不起，我和我老公现在也是被钱逼得没办法，马上我们就要去买扣大棚的设备和材料，可是现在我们没有钱，若是再等几天，就错过了扣大棚的时机……"

"原来是这样！"镇长叹了一口气，顺便吐掉了口中的一片茶叶末。

"镇长，真的不能想想办法吗？"

镇长说道："暂时我也没有什么好办法，你们只能先回去，等着我的消息！"

等消息？等到什么时候是个头？

"我不走，我就在镇政府住下来，我到底要看看你有没有跟上头说要拨钱的事！"

镇长无奈地看着杨小兵："你留在这里会影响我的工作，而至于我有没有跟上面沟通过，现在我可以发毒誓告诉你，我正在积极地沟通！"

"我不信！反正毒誓随便发……"

"够了！"春霞突然朝杨小兵大喊一声，"你理智一点吧，现在咱们已经把意思传达给了镇长，这一切就要看镇长怎么做了。他是农民的父母官，如果连父母官都不在乎农民的话，那我想咱们两个人有多大的力量呢？"

杨小兵点点头，春霞拉过了杨小兵的手，又给镇长打了个招呼才走。

镇长坐在办公室里，刚才杨小兵对他说的一字一句就好像是几个巴掌一样热辣地打在他的脸上。

他实在应该好好地反省一下自己，他的确是跟县里沟通过了，却并没有积极地去推进，反而觉得自己已经做得够多了，等待着结果，却忽略了真正为人民付出的、不计得失的那些人已经到了水深火热的地步。

从镇政府走出来，杨小兵和春霞坐车回到了家，他们心里很清楚，这一次镇长要是再没有拨钱下来的话，恐怕他们还是不得不将工厂转让出去。

就在坐车的时候，春霞突然眼睛一亮："小兵，你说咱们的工厂也进行一些代加工怎么样？就是不光做咱们公司的产品，也外包一些，这样，是不是又能够增加一份收入？"

杨小兵把头靠在靠背上："你说的这些我也想过了，但是眼下先看看这个难关能不能渡过吧。如果实在不行，恐怕咱们就要把咱们公司的产品拿到别的公司代加工了！"

"镇长，你这么急着要去哪里，要开中午饭啦！"

一个同事从镇长的身边经过，镇长摆了摆手："我要去县里！"

说完镇长把自己的自行车推了出来，他心中似乎有一种精神被杨小兵的那一大堆激烈的讲话所点燃了。

他也要为人民做些事！

"那你可小心着点！骑车子慢点啊！"

同事的叮嘱被吹到了脑后。

16

结果春霞和杨小兵刚刚回到村里，就被村支书堵在了家门口。

原来他们刚刚去镇政府闹这件事已经被村民看见了，回来便告诉了村支书，村支书跟着他们来到了家里急得直拍桌子："你们两个这是干什么？你们去镇政府闹什么？"

本来杨小兵心里的火气就没消，听到村支书这么说也是火冒三丈："那我就告诉你是为什么！眼下地里面我没钱扣大棚、买新设备，如果按照去年的那种种植方法，今年的白兰瓜全得扔！"

村支书一双眼睛滴溜溜转动着："那你去镇政府干什么？镇政府能给你钱？"

"对，我就是要去问问镇政府，能不能批些钱给咱们的果园！"

村支书一听就急得要命："你怎么能这样呢？咱们怎么能觍着脸跟政府要钱？再说，你没有个一官半职，没有理由去跟政府要钱呀！"

杨小兵冷笑了一声："你是党员干部，那你的意思是这钱该你去要呗？"

"这个……"

"你都要不来，那我去又怎么样？"

村支书连忙摇头："我的意思是谁也不该去要这个钱……"

"那村里面的地怎么办？果园你来掏钱？"

杨小兵的话是句句咄咄逼人，村支书顿时就哑口无言，最后只好带着一团怒火骂道："你这个后生，真的是不识好歹，我这么做都是为了劝你向善，还不是为了咱们这个果园，你把镇长惹恼了，往后的事情怎么办？"

"我就是惹恼他了，有本事你现在就赔礼道歉去！"

杨小兵一边说着一边挥了挥手，示意村支书走。村支书也的确不得不走，因为，他必须要去镇上亲自给镇长道个歉。

镇长去了县里，而村支书来了镇里。

村支书便坐在镇政府的外面等。

没想到等来的镇长跟杨小兵一样，也是一肚子的火气。

"镇长，今天我们村的后生来到这儿大闹的事情我都听说了，我过来是要跟你道个歉，你不要放在心上，他们年轻人脾气比较急……"

镇长把自行车一扔："我能不放在心上吗？你这个村支书过来就是为了这点事儿？"

"我就是为了这件事啊！"

镇长的手放在桌子上狠狠一拍，很显然他刚刚也受了气，所以说现在又把气转嫁到了村支书的身上："你们村的经济年年搞成那样，你怎么说这事儿？"

"这……我也没办法，这不是我能改变得了的呀！"

"那你们村那两个年轻后生怎么就改变了？你现在明明知道他们在经济上遇到了困难，为什么不早点跟我说？"

村支书这下明白了，自己现在是里外不是人，来到镇政府，结果人家镇长又是向着杨小兵一家的！

"是我不对，但是我这次来也是为了村里着想，我怕那两个年轻后生给你们添麻烦，往后咱们村的果园也不好办下去不是？"

"怎么不好办下去了？我实话告诉你，要不是这两个后生今天来闹，我真不知道原来村里的经济已经紧张成这样，全村的生计都要靠这两个年轻后生，你这样让人家怎么办？拖死人家吗？"

"我不是这个意思……"

"你就是这个意思！不过现在我也没资格说你，我早就应该把给你们村拨款的事放在心上，虽然我跟县里说了但是一直拖到了现在，刚刚我去了一趟县里，把这件事情跟县委书记说了一声。"

村支书一听，心里更是紧张："那上面怎么说？是不是怪咱们村……"

"我说你这个支书，你怎么老把咱们共产党员想得这么坏？难道咱们共产党员是吃人的老虎，而不是为人民服务的公仆？"

"我不是怕得罪了上面的人吗？"

"我告诉你，今天我确实把他们得罪了，因为我说如果不快点拨款的话，这个镇长我不当了！"

小军和刘雅静刚刚从北京谈完了生意回来,小军坐车来到了镇上,而就在这时看到了镇长,此时的镇长正推着个自行车满面红光地朝镇政府走。

小军跟镇长认识,因为小军是篾匠手艺的传承人,镇里也对他做了褒奖。

"小军!"

"镇长,你叫我?"

镇长拍了拍小军的肩:"告诉你一件大喜事,本来我想一会儿骑着自行车到你们村里去宣布,但是你这个后生腿脚肯定比我快,你先把这个喜讯告诉大家吧!"

"什么?"

"那就是上面的拨款下来了,给你们村果园的这个钱终于批下来了!"

小军的手放在镇长的自行车把上:"真的?"

"真的!"

"太好了,太谢谢你了,镇长!"

小军正在为这件事情犯愁呢,他把之前的积蓄都用来帮春霞给农民们开工资了,现在就是想帮也帮不上,这才急匆匆地又找到了刘雅静去北京谈生意,想再扩大些市场。否则,他是绝对不会去找刘雅静的,他不想打扰刘雅静婚后的平静生活,除此之外他更不愿意见到刘雅静。

小军开着拖拉机到了村口便一路小跑着来到了家里,春霞看见小军上气不接下气地跑进来,连忙说道:"你都这么大孩子了,怎么现在做事还疯疯癫癫的?"

小军一面捂着胸口,一面激动地大喊:"咱们的果园有救了!姐,有救了!"

"你怎么知道有救了?难道你有什么办法?"杨小兵从外面进来问道。

"我刚才在镇政府门前看见镇长了,他说给果园的拨款批下来了!说这个钱就是用来买设备扣大棚的!"

一听到这里,春霞心中的大石头终于落地了:"谢天谢地!"

17

小军刚刚把这件事情说完,村支书便通知大家去开会!

村支书喜气洋洋地在会议上宣布,县里已经给他们的果园拨钱了!

村民们听到这里一阵欢呼,而杨小兵和春霞最近这段时间已经为了钱的事情精疲力尽,他们彼此望了一眼,笑容中透着千百种情绪。

钱批下来之后,春霞和杨小兵就去买了扣大棚需要的材料和设备,接着又到市里去请了最专业的技术员进行指导。

全村村民又热火朝天地投入到劳动之中!

大棚里比外面要热一些，春霞整天整天地待在大棚里，常常是来这里打工的村民都走了，春霞还在里面孜孜不倦地研究。

杨小兵知道，春霞这是被上次那件事打击过，所以这一次才格外地小心谨慎。他看到春霞放在地上的一个笔记本，上面密密麻麻地记录了白兰瓜种植的技术和知识点。

"春霞，你歇一会儿……"杨小兵走进来，看见春霞正弯着腰在地里研究着刚刚长出来的藤子。

春霞这才直起身，她捶了捶腰："小兵，果树那边怎么样？"

"好得很！好得很！"

有了县里的拨款，他们花钱雇了几个专业的技术人员来打理果树。

"那就行，我看咱们这一次果然是真的步入了正轨！"

杨小兵随手拿起了一条白毛巾在春霞的脸上擦了擦，接着又把春霞衣服上的帽子给春霞戴好。

"你这是干吗？我又不是坐月子！"

杨小兵笑道："外面的风硬，你刚刚在大棚里出了这么多汗，出去会被风吹感冒的！"

"你这么细心，以前我怎么没发现？"

杨小兵在春霞的鼻尖上刮了刮："以前？是你不细心，才没发现我的细心！"

经过了一个夏天，春霞一丝不苟地照顾着棚子里的白兰瓜，但看着那一个个又圆又大的果实结起来，春霞的心中是忐忑的。

杨小兵知道，是之前那件事情把春霞给吓怕了，所以这一次杨小兵干脆在地里挑上几个又大又圆的好瓜，趁着农民们都在劳作的时候，把瓜摆在了桌子上吆喝道："大家休息一会儿，过来尝尝瓜！"

人们纷纷聚集过来，杨小兵手起刀落，里面那白白的果肉露出来，显得晶莹剔透，汁水丰盈。

接着杨小兵把白兰瓜切成了小块，分别发给了每一位农民。

最后一块大的，他发给了春霞。

"尝尝吧！"

还没等春霞咬下去，春霞便发现了在座的每一位脸上都露出了甜蜜的笑容。春霞咬了下去，一股甜蜜的味道瞬间就在舌尖蔓延开来，甜得甚至有些腻！

"我的天，怎么会这么好吃？"

"都甜到心窝子里了！"

"这次咱们的瓜肯定会卖个好价钱！"

农民们议论纷纷起来，而春霞也欣慰地看着杨小兵："这瓜的确好吃，看来咱们的辛苦终于有了回报！"

杨小兵摸了摸春霞的头："你辛苦了！"

春霞也同样学着杨小兵的模样摸了摸他那又短又硬的头发："你也辛苦啦！"

就在这时，小军走了进来："怎么这么热闹？"

杨小兵喊道："你快过来吃瓜，这瓜可甜了！"

他们才发现小军的身后还跟着一个女孩子，竟然是王俊霞！

"俊霞！你也来了？"春霞惊喜地跑过去握住了俊霞的手。

"春霞姐，我怎么不能来呀？我其实早就想来看看这边的果园怎么样了，但是你给我的压力实在太大了，公司那边我抽不开身。不过这几天我把工作推了推，听小军说到了白兰瓜收成的季节，我要尝一尝！"

春霞马上转身，给王俊霞切了一大块："你快点尝尝看！"

王俊霞咬了一口下去，汁水甜蜜至极，果肉也十分清爽脆生："好吃！"

"是吧？"杨小兵笑着对王俊霞说道，"咱们的果园这次经过了专业的技术指导，这儿的土壤又好，所以不甜都不行！"

"杨大哥，春霞姐，你们可真行！"说完王俊霞又把视线转到了小军的脸上，"怪不得你一定要拉着我来尝一尝这白兰瓜的味道，你一直说甜得要命，我还不相信呢！"

杨小兵看了一眼小军："难不成你早就过来尝过了，小偷瓜贼！"

小军难为情地挠了挠头："这么多瓜摆在这儿，我实在是馋得不行了，所以就提前在地里拣了一个尝尝！"

"你就是个小馋猫！"春霞拍了拍小军的头。

杨小兵又拣了几个瓜上来，高兴地对大家说："今年的收成不错，今天咱们也好好吃一顿瓜，咱们也享受一回！"

于是，今天就变成了一个临时的吃瓜大会。

大棚里面热热闹闹的气氛快把这大棚给顶翻了，小军跟王俊霞走了出来，两个人站在田埂边上，呼吸着夏末初秋的丰收的香气。

"我还以为你永远都不想见我了呢！"王俊霞想起了之前小军对她的冷淡。

"才不是呢，只是……"小军不知该怎么解释心中那种纠结的情绪，"不过，我是真心想请你过来尝尝我们的瓜！"

望着这个曾经最亲密的小军，王俊霞的心中百感交集，她即便回到了深圳，小军的身影也一直在她的脑海中挥之不去。

"小军，你的篾匠干得怎么样了？"

"说实话,如果不是上次我把积蓄全都拿出来给农民们垫付工资,我早就打算开办一个正规的篾匠加工厂了!"

18

"那这段时间也委屈你了,还把自己辛辛苦苦攒下的积蓄也投到这果园里。"

小军摇摇头:"这段时间真正委屈的人是你,若没有你在深圳后方的支援,我姐跟我姐夫哪来的钱去维持果园?不过,现在总算是在党和政府的帮助下把这个难关渡过去了!"

"真不容易,这叫什么,苦尽甘来?"

"对了!俊霞,你愿不愿意跟我去一趟镇上,我得把镇长请来,要不是镇长努力推进,没有拨款,这瓜是肯定长不成的!"

"反正这两天我也没事做,就去呗!"王俊霞爽快地答应了下来。

小军说:"那你在这里等我!"

不一会儿,王俊霞便看到小军骑着自行车飞一样地赶了过来,自行车的后座上还绑了一个垫子:"俊霞,敢不敢坐我的车?"

事实上,王俊霞在深圳已经习惯了开车,杨小兵走之后把他在深圳的车留给了王俊霞用来跑生意用,而自己则为了在农村拉货方便,买了辆二手皮卡。

不过现在,王俊霞还是想也没想就跳到了小军的自行车上:"那走吧!"

"你可坐稳了!"

小军的长腿蹬着自行车,自行车马上飞快地行驶了起来,只不过坑坑洼洼的路面让两个人说话的声音都走了调,不过倒显得更加欢快。

王俊霞在小军的身后轻轻地抱着小军,可是小军的速度越来越快,王俊霞也不得不紧紧地抱住他的腰。

在这一刻,一股温暖在小军的腰间蔓延开来,他口中欢快的话语突然就停了下来,一种早就被潜藏了的情绪重新翻涌了出来!

"俊霞……"

王俊霞的耳朵贴在小军的背上,现在小军的声音来得那样的真切直接:"什么事?"

小军欲言又止,此时此刻他们已经来到了镇上。

"镇长,你一定要去我们的果园看一看,若不是你拨款下来,就没有咱们果园的今天。本来我是想拿几个瓜过来给你尝尝,可是我还是想请你亲自去一趟!"

镇长中午刚刚吃过了饭,他看了眼时间,马上说道:"那我就跟你们去!把下午的会议往后拖一拖!"

"太好了！"

于是就在农民们都在瓜棚里庆祝今年的丰收之时，镇长打开了大棚的门进来了！

一瞬间大家都吃惊地望着镇长，镇长笑道："你们这么看着我干吗？难不成是不欢迎我？"

大家马上欢呼道："欢迎欢迎！我们怎么会不欢迎你？你是咱们的大救星大功臣呀！"

镇长马上摆了摆手："我不是你们的大救星，大救星在这儿了！"说着镇长指了指春霞跟杨小兵，"要不是他们开这个果园，咱们就算是拨款投资，都不知道往你们村的什么地方投！所以你们把掌声送给春霞和杨小兵这对夫妇吧！"

顿时，在这瓜棚之中响起了雷鸣般的掌声，春霞久违地感到了一阵欣慰，杨小兵搂着春霞的肩膀："终于，咱们终于等来了这一天……"

镇长离开之后，又帮助春霞的这个果园打通了一些销路。由于市政府人员的推荐，所以不少售货商也直接找到了果园。

一时间，白兰瓜全部售出！

每一个白兰瓜上都贴着果园的标签，这是春霞在镇上的一家小作坊特别赶制出来的，为的就是能把果园的招牌打出去，而白兰瓜香甜的口感也为整个果园打了广告。

因为这次白兰瓜销售成功，农民的工资也顺利地开了出来。王俊霞也带来了好消息。

因为杨小兵建议工厂多做一些代加工的活计，又多招了一些工人，所以到现在也有了一定盈利。

杨小兵拉着王俊霞问："你的工资开出来了吗？"

"杨大哥，我就是再学雷锋，这一次也得把我自己的工资开出来了！"

"那就好，你把公司需要的资金留下来，剩下的转给我们。"

王俊霞有些困扰："杨大哥，你不会是又要搞投资吧？"

"是啊，其实我是打算把这片果园扩大一些，让我们村子那边的人也能过来务工，而且之前欠了小军一些钱，也要还上。"

王俊霞耸了耸肩："那好吧，我回去再挤出一些钱来，你们就是给我太大的压力了，回去我又要拼命了！"

"实在是很抱歉，公司多亏了你……"杨小兵诚恳地对王俊霞说道。

而这时春霞也走了过来："这次我要跟你一起回去，小兵，你也一起来！"

杨小兵在已经修整过的土地上坐下来，这片土地的瓜已经全部摘完了，现在重新培土堆肥，为了下一茬瓜尽快种植。

"回去干吗？地里的活儿还没干完呢，再说明年果树也应该结果了，现在正是忙的时候……"

"小兵，我觉得俊霞为我们做了这么多，曾经我就打算把一部分的股份转给俊霞，现在咱们刚好有了些闲暇的时间，不如把这事情办了吧！"

王俊霞听到这里马上摇头："这怎么行呢？春霞姐，这公司是你们的心血，也是你们的投资，我不过是你们雇来的一个员工……"

春霞握住王俊霞的手："俊霞你听着，一直以来我都对你感到很亏欠，而且这段时间你对公司的付出比我们要多得多。这片果园之所以能够办得这么成功，也有你的功劳，所以我决定把公司的一部分股份转给你，以后你就不必再领死工资，年底的分红都有你的份儿！"

王俊霞听到这里心里是既激动又感激，她没想到春霞竟然对她这么好！

"你就像我的妹妹一样，在这个世界上，我的亲人不多，所以能有你这样跟我一起并肩作战的人，就是我的亲人！"

杨小兵也马上站了起来，一边拍了拍裤子上的土，一边笑着说："既然是这样，那咱们就算是再忙，也要去一趟深圳，把这事儿落实了，咱们不能让一直跟着咱们打江山的人寒了心啊！"

19

临行的前一天，小军约了王俊霞到后山上去坐坐。

后山的枣树上结了许多酸枣，小军爬上树打了一竿，酸枣便像是下雨一般噼里啪啦地落下来，王俊霞拿了一个在口中咬破，一阵酸甜的滋味在舌尖瞬间延展开来。

"这枣子不能吃多，伤胃！你尝尝就好！"

"这枣子虽然酸，可是味道不错。"王俊霞看着那咬了一半的枣子自顾自地笑着，可是笑容中却带着些淡淡的哀伤："你不觉得这就像是爱情吗？不成熟的爱情，带给人甜蜜而又酸涩的滋味。"

小军在俊霞的身边坐下，怀着满满的歉意说道："曾经那段时间，我辜负了你太多。"

"但是我不后悔，即使咱们已经分开，但是你曾经给我留下那么多温暖的回忆，那么多甜蜜的爱情，我拥有过，便觉得足够了……"

小军这段时间在村子里常常下地干活儿，有的时候又去果园帮忙，常常是一副灰头土脸的模样，就像是现在，也和这村里的农民无异。

"你还放在心上吗？"

"是指你，还是指这份爱情？"

小军沉默着，王俊霞说："那我可以诚实地告诉你，不管是你，还是这份爱情，我都还放在心上，只是我知道，你有你要追寻的东西，我也有我对公司的责任……"

"我不知道像我这个形象，到底有什么值得你喜欢的？"

王俊霞却突然抬起头："喜欢并不是值不值得，而是一种感觉，并非权衡利弊，只是一种纯粹的感情，小军，难道你不了解吗？"

这样的一句话在小军原本已经平静的心里激起千层波浪，他这段时间把一些感情倾注在刘雅静的身上，或者是倾注在自己的活计上，他以为自己对王俊霞的这份感情早已经深深地埋在了心底的最深处，却被这一句话再次打开，也同样深深地刺痛着他的心。

小军许久的沉默，让王俊霞感到了一丝失落，不过她笑了笑："没什么，你不了解也罢，不过我只是想把我的心意诚实地告诉你，其实我苦苦支撑着春霞姐的公司，不光是为了春霞姐，也同样是为了你，我不想让你有太大压力……"

小军突然无比珍视地望着王俊霞："你心里真的是这么想的？我曾经伤害过你，你为什么……"

王俊霞摇摇头，自顾自地苦笑了一声："女孩子不就是这样吗？比你们男人动情要深，可是我不后悔，能让你轻松一些，我很开心。"

小军低下头，眼泪突然充满了他的眼眶，一滴一滴地溢出来，重重地砸在地上的灰尘里。

"小军，你怎么了？"

小军连忙抹了一下脸："我昨晚没睡好。太困了。"

第二天，王俊霞便启程了。

小军送他们离开，他知道也许王俊霞又有好一阵子都不会再来了。

依依不舍地看着他们上了车，小军一直站在路边，直到大巴车消失，他的脸上充满了泪痕，心也在这一刻感到无比空虚。

他突然跑回家里骑上了自行车，一路来到了刘雅静的画室。

今天很不凑巧，刘雅静的老公也在这里，小军一时间显得有些尴尬，不过刘雅静反倒是从容地说道："小军，你怎么来了？是图纸有问题，还是调色有问题？"

小军摇了摇头，从那张刚刚下过了一阵大雨的脸上，刘雅静看出了他情绪的低落与消沉。

"老公，你去市场买菜回家做饭吧。"

小军没想到，刘雅静的老公竟然同意了，接着离开了画室，刘雅静笑着说："我老公是一个很开明的人，我们从大一就在一起，经历过很多分别与风雨，彼此互相信任。"

"原来是这样。"

刘雅静端了一杯咖啡给小军："你有心事？"

小军接过咖啡，苦涩的味道在他的心中流淌着："刘老师，我有一个问题搞不懂。"

小军常常有很多问题，他是一个热爱思考、善于提出问题的人，而刘雅静也每次都用专业知识耐心地给小军讲解，可这一次小军望着刘雅静的眼睛说道："爱情的问题，我搞不懂。"

刘雅静就这样听完了小军那段深圳爱情故事："我明白，你一边放不下你的梦想，也舍不得家乡，一边又深深爱着那个女孩！"

"我真的再也没办法控制我的感情，我真的再也不想辜负俊霞的感情！可是……"

刘雅静一如既往的恬淡优雅，她把手放在小军的小臂上，轻轻地握着："我跟我老公其实门不当户不对，他家里很有钱，所以他父母一直阻挠着我们，甚至不惜把他送出国留学，也要拆散我们！"

小军惊讶地抬起头："你们也这么波折？"

"我老公有段时间放弃了，我也放弃了，可是最终我们都不能妥协于现实，因为我们的感情太深，所以他回国之后，第一件事就是来找我。我们的婚姻并没有受到双方家长的支持与祝福，可我们还是结婚了，现在他暂时与我在这里经营这间画室，未来也许我会跟他去他的家乡，也许还会发生别的变数，但是，我们都珍惜着眼前的这份感情，小军，我要说的只有这些，你明白了吗？"

小军的手放在桌子上，紧紧地捏着桌子角，他明白，或许爱情并不一定要败给现实，或许他应该付出更多的努力！

"爱情是种来之不易的东西，小军，你应当好好珍惜！"

小军突然抬起头，他深深地看着刘雅静："刘老师，你今天给我上了很好的一课，我想我应该去追寻这生命中最美好的东西！"

"是啊，我们应该对得起这份爱情，更对得起自己的心！小军，这段时间咱们也去了好几次北京，看过了更多的人和事，你也应该成长起来，有更开阔的眼界，以及更加负责任的心！"刘雅静鼓励着小军说道。

20

带着公司的资料，春霞和杨小兵带着王俊霞去了公证处。

他们决定把公司15%的股份让给王俊霞，除此之外还给王俊霞的工资涨了一倍。

再回到公司，王俊霞看着办公室，突然明白原来这家公司也有一部分是属于她的，在外面漂泊了这么多年，她第一次感到了一种强烈的归属感。

"春霞姐，杨大哥，谢谢你们！"王俊霞诚挚地看着他们说道。

"这是你应得的，从此以后，你也要把公司当成你的家，我并不是说让你付出多少，而是说让你也有个依靠！"春霞握着王俊霞的手，"有了这份股份给你作为保障，你更应该把我当成你的姐姐，未来，咱们就要有福同享有难同当了！"

俊霞站起来："春霞姐，你放心，我会更加努力地经营公司！"

杨小兵和春霞没有时间在公司久留，只是检查了大部分的工作之后，就又从深圳匆匆离开了。

坐在火车上，杨小兵问道："春霞，你说这到底是你用的一个策略，还是你的真心？"

春霞望着外面逐渐远去的高楼与架起的桥梁说："真心和策略并不冲突，我希望王俊霞能够安心地在公司工作，也更希望能给她一份保障与安心！"

"你果然是个当老板的料，在这个世界上，流传着一句话——无奸不商，有的老板太注重自己的利益，太吝啬，只注重策略，而你是一面用策略，一面又对员工保持着善意与真心！"

"你就不要夸我了，我只是真的过意不去！"

"这就是你的眼界与格局，你知道吗？当我们不断地为保护自己的利益而伤害别人利益的同时，也在降低着我们的格局与眼界，你在每一件事情上都足够为别人着想，才能够有今天这样的收获，办成真正的事业！"

春霞觉得脸红了，她有些害羞，但更有些激动，激动的是自己的爱人能够如此地尊重自己，认同自己。

"我只是不想亏待了员工，也真的想为他们做些事情。"

"我能娶到你这样的老婆，三生有幸啊！"

春霞看到杨小兵的心情不错，接着便把心里的算盘说了出来："小兵，现在咱们的果园也步入了正轨，明年果树的果子也能丰收了，你说咱们是不是应该……"

杨小兵看着春霞，没好气地说道："你呀你，你还不知道你又犯老毛病了吧？"

"什么呀？"

杨小兵在春霞的脸上掐了一下："我以前在部队干过侦察兵，你的所作所为你的小心思全都逃不过我的眼睛，不过春霞，有些事情咱们不能操之过急，你这个人的性格有些急，你承认吧？"

杨小兵的那双眼睛仿佛什么时候都能看穿春霞的心，春霞有些不好意思："你怎么知道，我要干什么？"

"你最近这段时间打电话给工厂，联系做果汁的机器，对不对？可是你没有第一时间跟我商量,又没有跟我坦诚相待,我就等着你什么时候跟我坦白呢!"

"你都知道了,那我就跟你说吧!"春霞有些心虚地说道,"我打算明年直接在果园的旁边再盖一家工厂,把这些机器都放进去,咱们做果汁饮料,或者再做一些冰棍,这些农副产品可比直接卖果子的收入高多了!"

在春霞与杨小兵的创业过程中,春霞一直是大刀阔斧,杨小兵却更加沉稳冷静,做出理智的分析,如此,两个人才能相互扶持,相得益彰。

"春霞,我想咱们再等一年再上设备,先要看果子的产量和品质……"

"可是我们不是已经雇了专业的技术人员吗?今年一部分果树已经结了果子,我尝过了,味道还不错。"

"你怎么总是这么心急呢?"

春霞语气急切了起来:"我想要快点多赚些钱呀,也想更多的人能来到这片果园里上班,解决更多人的就业问题。"

"你这么操之过急万一资金再断链了怎么办?难道还要把这些压力都转嫁到俊霞的身上吗?你知不知道你在过去的这两年当中,都把俊霞逼成什么样了?"

杨小兵的语气有些急,春霞不说话了,委屈地蜷缩在座位上,一时间杨小兵又心软了,连忙哄道:"行了,你就别委屈了,我知道我刚刚说话的语气不对态度不对,可是你也应该听听我的建议!"

"小兵,其实我已经算过一笔账了,现在这批瓜的收入,以及果园结出的果子那部分收入,已经足以买进设备了,咱们把设备先买进来,万一明年果子丰收咱们不就能直接做这笔生意了吗?"

"那万一明年没有丰收呢?"

"那就后年再用设备呗?但我想早一点抓住机会!你想想,咱们如果要做农副产品,还需要很多手续,所以这一年我想把手续办下来,这都需要时间,再说机会是留给有准备的人!"

杨小兵在春霞的脸颊上捏了一把:"我的好婆姨,我问问你设备进来了之后,你还有钱盖厂房吗?把设备放哪儿?"

可是春霞已经在心里盘算好了:"咱们村的小学早在多年前就荒废了,我们可以把机器先放到小学里,然后等到有钱了再盖厂房也不迟呀?"

原来春霞心里的如意算盘早就已经打得叮当响了,杨小兵曾经也说过,不论春霞干什么他都会支持到底,想一想春霞的话也有道理,便只好再一次妥协:"那好吧,不过在设备这方面你可要听我的,你不如我明白!"

春霞在杨小兵的肩头拱了拱,撒着娇说道:"我就知道你最听我的!不过设备的事我全听你的,咱们两个互相尊重!"

杨小兵翻了个白眼:"你尊重个屁呀!"

话虽这么说,但是落在春霞身上的手仍然那么轻柔,每一个动作里都饱含了深深的爱意。

而就在他们回程火车的相反方向,小军也坐上了来深圳的火车!他怀着一颗迫切的心,不想再辜负下去。

21

下了火车,小军来不及在火车站旁边买上一碗牛肉面吃,即使他已经饿得饥肠辘辘。

他打车先来到了公司。

跑进公司,同事们看到小军便热情地打招呼:"小军,你回来啦?"

"我回来了,俊霞在办公室吗?"

同事摇了摇头:"俊霞今天在工厂,听说是要接一些外包的活儿。"

小军扑了个空,他的手机没电了,来不及跟俊霞打个电话,便直接坐上了去工厂的车。

来到了工厂,工人们看到小军来了也同样十分热情地招呼他,小军问道:"俊霞呢?我听说她今天来工厂了!"

工人这才一拍大腿:"刚刚王经理接了个电话,就匆匆离开了,跟咱们谈的那批新货物,也刚说到一半就走了!"

小军这才知道,一定是公司里的员工联系了王俊霞,她这才撇下工作匆匆回到公司!

结果小军又扑了个空,这次他跟工人借了手机,打电话给俊霞。

电话那边,俊霞的声音显得有些急促:"小军,你在公司吗?我正在开车,马上就回去……"

"不是的,我来工厂找你了!"

俊霞的声音停顿了一下,突然笑了起来:"那好,你现在就在工厂等我,我马上回去!"

工人接了杯水给小军:"你怎么突然回来了?是要回来工作了吗?"

小军摇了摇头:"不是的,我这次是专门来找俊霞的!"

等了一会儿,工厂的外面传来车子的声音,小军匆匆跑出来。

俊霞停了车也匆匆地跑到了小军的面前,两个人的脸上都写着无比的欣喜,即使就在前两天,他们才刚刚见过面!

"你怎么来了?"

小军在火车上已经有一肚子的话想要对俊霞说，可是到面前却又说不出来了，他想表达的感情太多太多，所以这一刻，他必须要一个拥抱才能发泄这如洪水一般倾泻而来的感情！

"小军？"

王俊霞很吃惊，但是很快她便回应了这个热烈的拥抱，眼泪也在小军的肩头洒落，渗透了他的衣衫："小军，能告诉我，你的这个拥抱代表着什么吗？"

小军的双手紧紧地握着俊霞的双肩，他温柔地看着她，但也同样迫切地看着她："我来，想回应你的那句话！"

王俊霞抹了抹眼泪："什么话呀？不能在电话里说？"

"不能在电话里说，因为在电话里说了，你就看不到也感受不到，俊霞，我要说的是……"小军闭上眼睛，又睁开，努力地组织语言，"你所说的那份喜欢，我同样明白，爱情不仅仅是值不值得，更是愿不愿意，俊霞，我喜欢你，就像是你喜欢我那样！"

俊霞惊讶地看着小军，她从没想过一向冷静而沉闷的小军，竟然能如此对她表达着激烈的感情，她再一次投入了小军的怀抱："小军，你说的都是真的？"

"是真的，所以我亲自来到这里，就是想告诉你，你的这份喜欢是值得的，因为我也从来没有一天忘记过你，说实话，我爱你！"

两个人就这样相拥而泣，爱情那甜蜜的滋味再一次取代了苦涩，他们从来没有任何一天，像今生的这一天这样幸福，这样激动！

等到平静下来情绪，王俊霞带着小军来到了自己的家中，这是一间干净整洁的小屋，虽然是租住的，但是仍然充满了家的温馨。

小军这一刻有种感觉，这仿佛是王俊霞提前为他准备好了的一个家。

"你累了，你先去休息，我做饭给你吃！"

王俊霞说着转身走进了厨房，而小军也实在太累，便躺在俊霞的床上睡着了，醒来的时候已经天黑，桌子上摆满了热气腾腾的菜肴。

"你醒了？"

小军来到餐桌前："俊霞，谢谢你为我准备了这些……"

"说什么谢？我愿意为你准备这些，知不知道？你今天让我好感动！我还以为这段爱情只是我的一厢情愿，现在我才知道原来你早已经在心里这样地回应了我，对吗？"

小军点点头，坐下来第一次吃起了王俊霞做的饭菜。

不得不说，王俊霞这个女孩什么都好，就是厨艺太差，不过小军仍然吃得很香，他甚至吃着吃着便感觉眼睛红红的。

因为这种感觉太幸福，也因为这幸福被他拖延得太久太久！

吃完了饭，两个人不约而同地想到了现实的问题，王俊霞首先开口："未来你打算怎么办？你不可能来深圳，现在公司在我的手里，我也不可能去你家……"

小军的心中充满了迷茫："是的，我也不知该怎么办，可我今天一时冲动来到了你这里，要回应你的感情，我不知道会不会对你造成伤害！"

俊霞沉默了好一会儿："你对我回应的这份感情，我很感动，所以即便是有伤害，我也愿意去承担！"

小军握住王俊霞的手："我不知道未来我们究竟会把这份感情推向何处，会更好还是更坏，但是我想过了，未来我会常常挤出时间来看你，若是你愿意，也可以常常去看看我，好吗？"

"我愿意，小军，你今天能勇敢地迈出这一步，我也愿意同样勇敢地迈向你！"

两个人再次相拥在一起，这份迟来的幸福让他们彼此更加懂得珍惜，爱护。

春霞回到了家乡，把小军之前垫付的钱还给了小军。小军拿着这笔钱建了一个小型加工厂，他不仅把全村的老篾匠都召集了过来，还培养了一批青年篾匠。

北京那边的订单越来越多，工厂也渐渐步入了正轨，小军又陷入了每天的忙碌之中。但是他也不忘每天给俊霞发短信打电话。俊霞一直没有催促小军来深圳看自己，她知道小军的工作太忙，便偷偷来到了小军的加工厂，给了小军一个惊喜。

"你怎么都不知道来看看我？"俊霞的声音出现在小军的身后，小军回过头激动地说："你来了！"

"我不来怎么办？难不成还等着你去看我啊？"

22

看着王俊霞脸上那嗔怪的表情，小军连连道歉，王俊霞只好说道："到头来还是我为爱情牺牲，不过我也不怪你，谁让我觉得值得呢？"

小军把俊霞拉进怀中："谢谢你的这份爱，以后我一定多抽时间去看你，再也不会辜负你！"

在小军的工厂走向正轨的时候，春霞的果园也迎来了丰收！

这一次不仅白兰瓜有了很好的收成，果树上的果子也迎来了第一批大规模采摘。

这一次的采摘，镇长也亲自来祝贺，同时表扬了这对夫妻："你们是咱们村经济的领头羊。咱们政府鼓励扶贫，今后也会一直支持你们！把咱们村的经济搞上去。"

农民们看着春霞跟杨小兵，都不断地竖起大拇指。

得到了这样的赞许与支持，杨小兵曾经的那份心寒也渐渐消退了。

有了在春霞家这边村子的经验，杨小兵和春霞打算在杨小兵家所在的村子里也搞一个这样的大棚和果园，让更多的人富起来！

果树直接从这边的果园移植到那边的村子，不需要再继续等待树苗发芽，便可以直接收获果子！

又过了一年，两个大果园都有了很好的收益，而这时果园里的果树也已经能结果了。春霞从农校花了大价钱请来了技术员，保证了果子的品质。

一年后的秋天，他们迎来了真正意义上的一个大丰收！

看着农民们喜气洋洋地往背篓里面装果子，一筐一筐地运到车上卖出去，春霞和杨小兵的心里都感到无比欣慰。

春霞和杨小兵便趁热打铁用上了沿海地区那些先进的设备，制作果汁等一系列农副产品，在这里建立了工厂。他们不仅仅要让村里的人衣食无忧，更要带领着大家富起来！

杨小兵不得不佩服春霞的战略眼光，以前一早就订好的设备直接派上了用场！因为果园的名声好，广告打得响，所以农副产品的销售也相当红火！

工厂和果园的效益好，农民们赚得的钱就更多，他们一边采摘着果子一边说要拿这些钱来做什么，有的说要盖个新房子，有的说要给儿子娶个媳妇儿，有的说要供孩子念书出国深造！

春霞和杨小兵也有了一笔很大的收益，他们也有一个打算！就是在村里盖一座小学！

因为春霞家的这个村子有些偏远，孩子又多，村里的孩子们只能起早贪黑地去上学，若是能在村子里有一间学校，就能把更多的时间跟精力放在学习上而不是走路上！

于是杨小兵带领着施工队建小学，春霞再去乡政府，请乡政府批准调几个老师过来。

要知道这个村子以前可是出了名的穷，而现如今，大家的日子不仅仅蒸蒸日上，现在还要建一所新小学，乡政府自然乐意帮他们请老师。

就这样，小学建成了，崭新的桌椅板凳，漂亮的图书室，广阔的操场，温馨的食堂，由镇上调来的专业老师一应俱全，解决了这里孩子们上学难的问题。

而春霞和杨小兵却并没有参加学校的开学典礼。

因为这一天同样是他们的纪念日！他们相识的纪念日！

两个人回到了深圳，来到了他们最开始见面的厂子外面，外面的道路建筑仍是一样，一时间他们仿佛回到了青春年少的时候，那心中激荡着的是青涩的感情，可是彼此早已有了相互扶持的默契！

杨小兵掏出了一枚漂亮的钻石戒指，他在春霞的面前单膝跪地，把戒指拿在手上:"春霞,你愿意嫁给我吗?"

春霞满眼的感动,两个人孩子都生了,杨小兵却在这个时候求什么婚?

"春霞,咱们的婚礼太简单,那时候我也没什么钱去给你准备好点的礼物,可我一直都放在心上,我要给你买一枚很大很大的钻石戒指,重新求婚一次!"

戒指戴在了春霞的无名指上,这一刻春霞的心里比吃了那白兰瓜还要甜!

"小兵……"

杨小兵站起来抹去了春霞脸上的泪:"咱们这一路走来有太多太多的不容易,春霞,我答应你,这一辈子都会好好照顾你,让你往后的日子都是甜蜜!"

春霞也同样抹去了杨小兵的热泪,"我也是,我也同样会像你保护我爱护我一样保护你,爱护你!因为你不仅仅是我的爱人,还是我的亲人,我最好的朋友!"

两个人再一次走过这段路,曾经摆地摊的回忆也渐渐浮上了心头,他们感激那一段艰苦的时光,才让他们无比珍惜现在幸福的时光,甜蜜的爱情。

这时,杨小兵的电话响了起来,原来是深圳的市领导,说是让他们参加深圳特区成立三十周年的大会!

到了会场上,他们才知道原来他们在家乡的那些事迹早就已经被报道出来广为流传,而春彩公司的产品也被评为十大国产化妆品!

"十大杰出青年?"

春霞对这个荣誉感到十分吃惊,要知道能在深圳这个人才济济的地方被评为杰出青年,可不是一件容易的事!

但是这个名额只有一个,春霞想让给杨小兵,杨小兵却一定要给春霞:"说实话,若是没有你那股勇往直前的冲劲,咱们干不成这么大的事业,其实我一直都是你的追随者,所以这个荣誉,是你的!"

春霞的胸前戴着大红花,她与其他青年一起站在台上,接受着掌声的簇拥,接受着这一份巨大的荣誉。

春霞的眼睛始终盯着台下的杨小兵,因为这份荣誉与财富对她来说并不重要,重要的是这个与她一起携手并肩的人看到了她的成就,肯定了她的成就!他们终于迎来了幸福的曙光。

未来她还要同这个人开辟更大的事业!即使还要披荆斩棘,但只要同这个人一起,她便永远充满了无穷的力量!